Manfred Kasper • DÉJÀ-VU

Manfred Kasper

DÉJÀ-VU

Inspektor Naderers erster Fall

Krimi

verlags
haus
hernals

Mein besonderer Dank gebührt …

… meiner Frau Irene, die sich von Anfang an und immer wieder durch mein Manuskript lesen „durfte“ und dieses überhaupt erst „lesbar“ machte.

… meinen Kindern Bianca und Markus, die mit ihren Anregungen auch zu so mancher Verbesserung beitrugen.

… Jürgen, der sich als erster „Außenstehender“ meinem Geschreibe annahm und mich zur Verlagssuche animierte.

… meinem Schwager Christoph, der quasi in letzter Minute noch den einen oder anderen Fauxpas verhinderte.

… und natürlich dem Team im Verlagshaus Hernals, allen voran Frau Mag. Elisabeth Schmidt, für die tolle Zusammenarbeit.

www.verlagshaus-hernals.at
Grafik: Johannes Ebner
Coverfoto: Fotolia
Satz: b+R satzstudio, Graz
ISBN 978-3-902744-89-0

DÉJÀ-VU

Je weniger Menschliches in einem Täter steckt,
desto schwieriger ist es wohl, ihn zu überführen.
Wenn aber gar nichts Menschliches mehr da ist,
ist es schier unmöglich.

1

Sie waren oft hier unterwegs. Martin Koller, 52, Verleger und Herausgeber eines Monatsmagazins, und seinen Ikarus, ein inzwischen knapp dreijähriger Cavalier King Charles, konnte man hier vor allem an Wochenenden antreffen. Also dann, wenn Koller etwas mehr Zeit als sonst erübrigen konnte und mit seinem Hund die sogenannte ‚große Runde' absolvierte. Zwischen zwei und drei Stunden waren die beiden dann unterwegs. Und sie genossen es. Koller, weil er endlich etwas Zeit für seinen treuen Gefährten hatte und ein paar Stunden an der frischen Luft abschalten konnte. Ikarus, weil sein Herrchen endlich mal wieder etwas mehr Zeit für ihn erübrigte und er eigentlich nichts lieber mag, als stundenlang durch die Gegend zu stiefeln, da und dort zu schnuppern, zwischendurch sein Geschäft zu erledigen und so ganz nebenbei ‚sein Revier' zu markieren. Koller und Ikarus waren bester Laune. Es war Samstag, der 16. Juli 2011. Ein strahlend schöner Sommertag im Salzburger Seenland.

Ikarus wohnt mit Herrchen und Frauchen inmitten eines Einkaufs- und Gewerbeparks in Obertrum am See, eine Marktgemeinde mit rund 5000 Einwohnern, nur etwa 15 Kilometer nordöstlich der Mozartstadt Salzburg gelegen. Zur großen Runde geht's direkt von hier los, hinunter zum Obertrumer See, dann weiter über den Rad- und Spazierweg nach Mattsee, bis zum Strandbad und dann, über einen kaum mehr begangenen Pfad, direkt am See, wieder Richtung Obertrum zurück.

„Ikarus, komm her", rief Koller seinem Hund zu, als sie gerade auf diesem alten Pfad beim Strandbad in Mattsee unterwegs waren. „Sei ein Braver. Komm zurück." Ikarus stürmte schwanzwedelnd und freudig zu seinem Herrchen. Und das, obwohl ja beide in den diversen Hundetrainings gelernt hatten, dass Hunde nicht auf Sätze, sondern auf klare Kommandos hören. „Sprechen Sie so wenig wie möglich mit Ihrem Hund", hatten die Trainer damals gemeint. „Nur so kann der Hund erkennen, was er wirklich zu tun hat." Koller, der von Anfang an mit Ikarus in ganzen Sätzen gesprochen hatte, war das gleich suspekt und unsympathisch. Also sprach er mit Ikarus weiter in ganzen Sätzen. Und es funktionierte. Zumindest nach Kollers Ansicht.

Wenn Koller seinen Ikarus, so wie gerade eben, beim Herumschnüffeln oder Herumtollen beobachtete, war er jedes Mal wieder überzeugt: Ikarus war nicht nur der schönste und liebste Hund auf dieser Welt, er war wohl auch der glücklichste. Egal, was das Tier nun verstand, oder nicht.

Als Koller sich gerade auf eine halb verfallene Bank, nahe dem Ufer des Mattsees, setzen wollte, um sich genüsslich eine Zigarette anzustecken, schlug Ikarus an. Es kommt selten vor, dass der Kleine bellt. Aber okay, ein Vogel, vielleicht auch eine Ente, können ihn schon mal etwas aus der Ruhe bringen.

„Komm' her, Ikarus", rief Koller. „Komm, ich hab' Leckerli für dich." Unbeirrt bellte der braun-weiß-schwarze Tricolor King Charles weiter. Aufgeregt, wie es Koller schien. Ungewöhnlich aufgeregt. Koller ging in die Richtung aus der das laute Gebell an sein Ohr drang.

Unbeirrt von Kollers Rufen bellte der Hund irgendetwas Graues, etwas Graues mit roten Streifen, an, das sich da im Schilf verhakt hatte. Ikarus, der inzwischen fast bis zum Hals im Wasser stand, war derart außer sich, dass das Gebell inzwischen mehr in ein Knurren überging. Koller stieg ins Wasser, auch wenn seine Schuhe dafür nicht geeignet waren. Er näherte sich, im Schlamm stapfend, der Stelle, wo das graurote Ding im Wasser lag.

Koller hob Ikarus auf, merkte nicht, dass dieser tropfnass war und deshalb auch er selbst schnell vor Nässe triefte.

Doch Koller achtete in diesem Moment nicht auf solche Nebensächlichkeiten. Jedenfalls musste der Hund aus dem Wasser, zumindest weg von dem grauroten Teil.

Koller ging ein paar Schritte, damit der Hund abgelenkt war und nicht länger zu seinem Fundstück hinzog. Etwas nervös versuchte er sich die Hände an seiner Jeans trocken zu reiben. Hastig griff er nach seinem Handy. Ikarus war jetzt ganz ruhig, wedelte stolz mit seinem Schwanz, so als wüsste er, was er da entdeckt hatte.

„Hi Max, hier spricht Martin", meldete sich Koller am Telefon, als auf der Gegenseite abgehoben wurde. „Was kann ich für dich tun?", fragte der Teilnehmer am anderen Ende zurück, erfreut darüber, seinen Freund Martin an der Strippe zu haben.

„Verdammt, Max", begann Koller, „ich glaub' ich habe hier den Rucksack der kleinen Sabrina gefunden. Du weißt schon, die Hartl, die seit vorgestern vermisst wird." Am anderen Ende blieb es sekundenlang still.

2

Max Naderer drückte die Auflegen-Taste an seinem Handy, nachdem er sich von seinem Freund Martin Koller verabschiedet hatte. Seine Gedanken kreisten um die Geschehnisse der letzten Tage. Er erinnerte sich, wie alles begonnen hatte.

Chefinspektor Max Naderer, Leiter der Polizeiinspektion Obertrum am See, gönnte sich zusammen mit seiner Mitarbeiterin und rechten Hand, Frau Gruppeninspektorin Karin Schönwald, ein Feierabendbier nach Dienstschluss. Es war ein heißer Tag im Salzburger Seenland. Anstrengend allein schon wegen der Hitze. Sonst war nicht wirklich viel los. Überhaupt, fand Naderer, war es dafür, dass die Sommersaison bereits begonnen hatte, relativ ruhig. So ruhig, dass die beiden pünktlich Feierabend machen konnten und Zeit fanden, im Stiftskeller in Mattsee noch ein Bier zu trinken.

„Was hältst du eigentlich von dem – wie hieß er noch gleich – Schartner oder Scharinger", wandte sich Naderer seiner Kollegin zu, nachdem sie sich mit zwei schön gezapften, kühlen Seideln Bier zugeprostet hatten, „der heute Nachmittag den Diebstahl seines Mountainbikes gemeldet hat?"

„Schachner", korrigierte Karin Schönwald ihren Vorgesetzten.

„Schachner heißt der und wenn du meine Meinung hören willst: Ich glaube dem kein Wort. Wer bitte klaut ein Bike aus einem verschlossenen Radkeller in einem Hotel, wo ausschließlich Hotelgäste Zugang haben? Während der Saison stehen in der Region hunderte oder tausende Bikes – meist eh unverschlossen – herum. Da stehle ich doch ein Bike nicht ausgerechnet dort, wo sich der Täterkreis von vornherein auf ein Minimum reduziert", bestätigte Schönwald die Zweifel, die auch Naderer am Nachmittag bei der Aufnahme der Diebstahlsanzeige schon gekommen waren.

„Du hast recht. Der hält uns wohl für Landeier und glaubt, dass wir auf solche Schmähs reinfallen. Ich denke, Kollege Mayrhofer sollte der Sache morgen mal etwas genauer nachgehen." Naderer lehnte sich entspannt zurück. Die beiden hatten im Gastgarten Platz genommen, dort, wo Loungemöbel zum Relaxen einluden. Die Sonne brannte noch immer mit ordentlicher Kraft von einem wolkenlosen Himmel über dem Salzburger Seenland.

Naderer nahm einen kräftigen Schluck, lehnte sich wieder zurück und schloss für einen Moment die Augen. Seine Gedanken lösten sich spontan vom Tagesgeschehen und wandten sich seiner neuen Kollegin zu. Er war vom ersten Tag an über die Neubesetzung des Stellvertreter-Postens an der Polizeiinspektion Obertrum mit Frau Gruppeninspektorin Karin Schönwald begeistert gewesen. Naderer kannte zwar die Personalakte der jungen Kollegin, wusste also auch wie sie aussah. Aber als Karin Schönwald dann vor knapp einem halben Jahr erstmals sein Büro betrat, war er dennoch überrascht.

Hellwach, voller Tatendrang und Begeisterung stand sie damals vor ihm. Salutierte, wie es noch immer Vorschrift ist, was Naderer aber längst abgeschafft hätte, wenn es nach ihm ginge, und meldete sich zum Dienst. Mit ihren 1,78 Metern machte sie für eine Frau ordentlich was her, ihre Figur war mehr als ansehnlich. Vielleicht etwas zu viel Oberweite, fand Naderer damals. Inzwischen hatte er seine Meinung revidiert. In ihrer Uniform wirkte die junge Inspektorin ausgesprochen sportlich, etwas streng. Jedenfalls so, dass man ihr einiges an Durchsetzungsvermögen zutrauen konnte, was in diesem Job bestimmt kein Fehler ist.

Naderer öffnete die Augen, rief nach der Kellnerin und bestellte für sich und Karin nochmals zwei Seidel. Er schaute seine Kollegin an. Ihre Haare trug sie kurz, beinahe so kurz wie er selbst. Allerdings mit Stirnfransen, die ihr leicht rundliches Gesicht mit den feinen kindlichen Zügen noch etwas kindlicher wirken ließen.

„Zum Wohl", prostete Karin ihrem Kollegen zu, nachdem das frisch gezapfte Seidel serviert worden war und riss Naderer damit aus seinen Gedanken.

„Ja, Prost", gab er zurück. „Wohl bekomm's! Was kommt denn als Nächstes dran?", fragte Naderer seine Kollegin völlig überraschend.

„Wie, was meinst du? Was soll als Nächstes dran kommen?"

„Na, zuerst durften wir dich mit rabenschwarzem Haar kennenlernen, dann sah man dich für ein paar Wochen strohblond und seit ein paar Tagen – übrigens für mich bisher die tollste Variante – gibst du dich fast feuerrot."

„Ach, das meinst du", lachte Schönwald. „Das ist so ein Tick von mir. Seit zwei, drei Jahren habe ich ein Faible dafür. Deshalb auch meine kurzen Haare. Mit dieser Frisur ist es ziemlich bequem und preiswert, öfter mal die Haarfarbe zu wechseln."

„Okay, ich hab' kein Problem damit. Aber was kommt denn jetzt als Nächstes?", hakte Naderer nach.

„Das wird nicht verraten", tat sie geheimnisvoll. „Lass' dich überraschen."

Noch einmal fixierte Naderer das Gesicht seiner Kollegin.

„Irgendwann", dachte er, „möchte ich mal genau wissen, wie viele Sommersprossen es da gibt. Es sind nur ganz wenige, aber doch zu viele, um diese unauffällig zu zählen." Dennoch, diese paar Sommersprossen gaben ihrem Gesicht das gewisse Etwas, einen Hauch von Erotik. Naderer ließ es gut sein. Für heute. Und um gleich klarzustellen: Naderer mochte seine neue Kollegin und Mitarbeiterin, aber er stand nicht auf sie. Nicht etwa, weil Karin Schönwald nicht seinen Idealen oder Vorstellungen entsprach. Auch nicht, weil sie zwanzig Jahre jünger war als er. Nein, für ihn war es einfach undenkbar, mit einer Untergebenen, auch mit einer gleichrangigen Kollegin, etwas anzufangen. Das geht nie gut. Das wusste Naderer aus jahrelanger Erfahrung von anderen Kollegen und Kolleginnen. Irgendwann gibt es da Probleme. Immer.

„Entschuldigt, ihr beiden“, riss eine ihm bekannte Stimme Naderer aus seinen Gedanken. „Habt ihr vielleicht gerade einen Moment Zeit?“ Vor ihnen stand Ella Hartl, die Wirtin des Stiftskellers in Mattsee.

„Ja, klar, immer“, lächelte Naderer ihr gut gelaunt entgegen.

„Was können wir für dich tun?“, fragte Schönwald nach. Obwohl Schönwald erst seit einem halben Jahr in Obertrum Dienst tat, war sie mit den meisten Leuten hier bereits per du. Das ist hier in der Gegend so üblich. Spätestens beim zweiten, dritten Zusammentreffen wird in der Regel auf das Du angestoßen. Oder man spricht sich von vornherein mit du an.

„Ich weiß ja, ihr habt schon Feierabend“, begann Frau Hartl etwas zögerlich.

Naderer unterbrach sie: „Ella, ich bitte dich. Schieß los, was gibt’s?“

„Sabrina ist noch nicht zu Hause“, schoss es aus Frau Hartl heraus. „Ich mein, das ist nicht wirklich ein Problem um die Uhrzeit. Aber wir können sie auch am Handy nicht erreichen. Den ganzen Nachmittag schon nicht. Seit 15 Uhr versuchen wir es immer wieder, aber nichts. Nur die Mailbox“, schilderte Frau Hartl ihre Sorge. „Sabrina wollte um 15 Uhr zurück sein. Sie wollte heute im Gastgarten aushelfen. Und du weißt, wie zuverlässig Sabrina ist. Das ist der Grund, weshalb wir uns Sorgen machen. Das ist einfach nicht ihre Art, versteht ihr?“

Tatsächlich wusste Naderer, dass Zuverlässigkeit und Pünktlichkeit zwei der großen Stärken der siebzehnjährigen Sabrina waren. Er kannte sie schon seit sie ein Kind war.

„Wir verstehen deine Sorge", begann Naderer ruhig mit seiner Antwort. „Sabrinas Art ist das wirklich nicht. Aber es kann ja auch mal irgendetwas dazwischen kommen. Weißt du denn, wo sie heute Nachmittag hin wollte?"

„Nicht so genau. Sie wollte einfach mal ein paar Stunden ganz allein sein. Kein Strandbad, keine Freunde, einfach nur den schönen Tag genießen. Ich bin sicher, sie hat einen Spaziergang irgendwohin unternommen. Manchmal liebt sie es, allein durch die Wiesen und Wälder zu gehen."

„Also ist sie zu Fuß unterwegs", fragte Schönwald nach.

„Ja, sie ist etwa um halb zehn von hier losgegangen", bestätigte Frau Hartl.

„Wann habt ihr zuletzt versucht, Sabrina anzurufen?", wollte Naderer weiter wissen.

„Eben erst, gerade bevor ich euch hier sitzen gesehen habe. Ich mach mir wirklich schon Sorgen!"

„Das Problem ist, Ella, dass wir vor morgen früh eigentlich nichts unternehmen können. Dienstlich sowieso nicht und inoffziell weiß ich spontan auch nicht, wo wir ansetzen sollten, ohne gleich eine Lawine loszutreten", versuchte Naderer der besorgten Frau Hartl die derzeitige Situation klarzumachen.

„Oder, was meinst du, was wir unternehmen sollten?", wandte sich Naderer an Schönwald.

„Ella, wo am ehesten könnte Sabrina hingegangen sein?", wollte Schönwald von Frau Hartl wissen.

„Am ehesten wohl zum Buchberg. Da läuft sie gerne."

„Ich hab Zeit", meinte Schönwald an Naderer gerichtet.

„Wenn du nichts Besseres zu tun hast, können wir ja mal rauf zum Buchberg fahren. So als erste Möglichkeit."

„Du hast recht: Das werden wir machen. Lass' uns zahlen und auf geht's. Wir melden uns in jedem Fall noch mal."

„Die Bierchen geh'n aufs Haus", verabschiedete sich Frau Hartl. „Und danke, dass ihr das macht."

3

Rund zwei Stunden nach Kollers Anruf saß Naderer in seinem Büro. Er überlegte, was der Fund von Sabrinas Rucksack bedeuten konnte. Er war tief in Gedanken, als sein Handy schepperte und ihn aus denselben riss. Um ihn herum herrschte ziemlich aufgeregtes, hektisches Treiben. Das Handy schepperte weiter. Unablässig. Naderer brauchte noch ein paar Sekunden, ehe er bereit war, sich zu melden.

„Naderer", sagte er kurz, „Polizeiinspektion Obertrum." „Ich hab' davon gehört, dass man Sabrinas Rucksack gefunden hat", begann Major Peter Steinecker seine Ausführungen, grußlos, wie meistens. „Wo genau liegt denn der Fundort?"

„In dem kleinen Schilfgebiet, fast direkt beim Strandbad, dort wo früher der Fußweg nach Obertrum angelegt war", versuchte Naderer zu beschreiben. „Da geht heute kaum mehr einer, seit es den neuen Fuß- und Radweg gibt."

„Außer deinem Spezi Koller und seinem Hund."

„Ja, die beiden gehen oft dort entlang, Gott sei Dank."
„Gibt es denn seitens der Kriminaltechnischen schon etwas Neues?", fragte Naderer nach.
„Der Rucksack ist eben erst ins kriminaltechnische Labor gebracht worden. Vor heute Abend ist wohl mit keinen Ergebnissen zu rechnen. Und bei euch? Gibt es was Neues? Konntet ihr inzwischen jemanden finden, der Sabrina noch gesehen hat?"
„Nein", antwortete Naderer etwas genervt, „niemand will etwas gesehen oder gehört haben. Sabrina muss weiß Gott wohin gegangen sein. Inzwischen haben wir ja wirklich alle in Frage kommenden Wege abgesucht. Nichts!"
„Ich bin sicher, Max", bestärkte Steinecker seinen langjährigen Kollegen, „du und dein Team, ihr findet Sabrina. Da fehlt einfach noch das entscheidende Puzzleteil. Sei nicht zu ungeduldig mit dir selbst."
„Das ist nicht das Problem", entgegnete Naderer. „Vielmehr ist es der Umstand, dass überhaupt niemand auch nur irgendetwas zur Sache sagen kann, der mir Sorgen macht. Es sieht ja beinahe so aus, als hätte Sabrina den Stiftskeller überhaupt nicht verlassen oder aber, sie ist unmittelbar danach untergetaucht oder entführt worden – keine Ahnung, was da passiert sein kann."
„Es wird sich weisen, Max! Bleibt mit Hochdruck dran und haltet mich auf dem Laufenden, okay", verabschiedete sich Steinecker. Wieder grußlos.
Major Steinecker, 58 Jahre alt, war Leiter der Kriminalabteilung in der Bundespolizeidirektion Salzburg. Eigentlich ein direkter Vorgesetzter von Naderer, außer in Fällen wie der Vermisstensache ‚Sabrina Hartl', beispielsweise. Oder in anderen Fällen, die in die Zuständigkeit der Kriminalpolizei fallen und – geografisch gesehen – im Verantwortungsbereich von Chefinspektor Naderer lagen.

Dann griff Steinecker immer gerne auf die Erfahrung und die Cleverness des Inspektors zurück, der in seinem Team längst eine Führungsrolle hätte übernehmen können, wenn er nur wollte und wenn er bereit wäre, die Offzierslaufbahn einzuschlagen. Aber das wollte Naderer nicht. Jede Bemühung, ihn zum Umdenken zu bewegen, war vergebene Liebesmüh.

Umso mehr war es Major Steinecker ein besonderes Anliegen, seinen langjährigen Kollegen mit derlei Aufgaben zu betrauen, wann immer es möglich war. Auch wenn dies nicht unbedingt dem üblichen Dienstweg entsprach. Aber Steinecker wusste schon, weshalb er so viel auf Naderer gab. Seine Erfolge in den vergangenen Jahren bei den verschiedensten Untersuchungen und oft hartnäckigen, kniffigen Fällen, bestätigten ihn immer wieder aufs Neue. Und so gab es für ihn auch im Fall ‚Sabrina Hartl' nur einen möglichen Leiter der Untersuchung: Max Naderer. Auch wenn hochoffziell er persönlich diese Position innehatte. Er wusste, wie bedingungslos er Naderer vertrauen konnte.

Naderer steckte sein Handy wieder zurück in die Handytasche an seinem Gürtel nachdem Major Steinecker am anderen Ende aufgelegt hatte.

„Wo steckt denn Schönwald?", rief er in die Runde. „Hat jemand Karin gesehen?" Noch bevor jemand antworten konnte, kam Schönwald zur Tür herein und grüßte laut und kraftvoll in die Runde.

„Hast du kurz Zeit?", fragte Naderer und winkte Schönwald zu sich.

„Ja, klar, was gibt's?" Naderer bat die Kollegin in sein Büro, schloss die Tür und bot ihr einen Platz an.

„Wollen wir gemeinsam nochmals alles Wesentliche durchgehen?", fragte Naderer, ohne wirklich eine Antwort darauf zu erwarten. „Okay, unsere Fahrt zum Buchberg am Donnerstagabend war vergeblich. Das brachte gar nichts, außer dass Ella vorübergehend etwas beruhigt war. Dass wir uns noch am selben Abend dazu entschlossen haben, die Medien zu informieren, hat uns bisher niemand angekreidet, auch wenn wir offziell noch keinen Anlass dafür hatten. Und obwohl wir noch nichts – rein gar nichts – erreicht haben, haben wir dadurch zumindest einen halben Tag gewonnen."

„Ja, du hast recht", setzte Schönwald fort. „Auch wenn wir fast nichts wissen, ohne die frühzeitige Medieninfo wüssten wir wohl noch weniger. Immerhin läuft die Suchmeldung fast stündlich in den regionalen Radio- und TV-Sendern. Die Tageszeitungen berichten heute bereits zum zweiten Mal ausführlich über den Fall. Ich bin sicher, früher oder später kommt der eine oder andere wertvolle Tipp für uns."

„Heute Abend sollten wir noch die ersten Ergebnisse von der KTU bekommen, was den gefundenen Rucksack angeht.

Dass er tatsächlich Sabrina gehört, steht bereits außer Zweifel. Schließlich fanden wir ja einige persönliche Gegenstände darin, die von den Hartls bereits eindeutig Sabrina zugeordnet worden sind. Wer war von unseren Leuten eigentlich am Fundort?"

„Ich komme eben von dort", begann Schönwald ihren kurzen Bericht. „Viel werden wir dort nicht finden. Mit Fußspuren ist jedenfalls kaum zu rechnen, weil der Weg regelmäßig vom See überflutet wird. Wobei ohnehin fraglich ist, wie der Rucksack dorthin gelangt ist. Abgelegt von einem Fußgänger, von Sabrina selbst oder angeschwemmt, weil irgendwo von einem Boot geworfen oder ins Wasser gerutscht. Wir wissen es nicht. Und wenn uns nicht irgendjemand etwas dazu sagen kann, werden wir das zunächst wohl auch nicht wirklich zweifelsfrei feststellen können. Übrigens: Martin lässt dich grüßen. Du sollst dich mal wieder anschauen lassen."

„Danke. Mal sehen", nahm Naderer den Gruß entgegen.

„Also, fassen wir nochmals zusammen: Wir wissen noch immer nicht, wo Sabrina hingegangen ist. Nicht einmal ansatzweise. Haben wir etwas übersehen? Wo könnten wir die Suchtrupps noch suchen lassen? Was macht da noch Sinn?"

„Wenn überhaupt, können wir nur das Gebiet ausweiten", schlug Schönwald vor. „Selbst wenn es unwahrscheinlich ist, dass Sabrina weiter gegangen ist. Es sei den, sie ist doch mit jemandem mitgefahren. Dann allerdings müssten wir wohl im ganzen Land und darüber hinaus nach ihr suchen."

„Apropos darüber hinaus: Es gibt also auch von unseren Kollegen im übrigen Bundesland keinerlei Nachrichten?", wollte Naderer von Schönwald bestätigt wissen.

„Nein, nichts. Weder aus dem Inland noch aus dem Ausland gibt es irgendwelche Hinweise. Weder auf Flughäfen noch auf Bahnhöfen oder an Grenzübergängen ist sie gesehen worden."

„Das Auffinden des Rucksacks deutet doch ohnehin eher auf die Region hin, oder was glaubst du?", fragte Naderer nach der Meinung seiner Kollegin.

„Ja, das sehe ich genauso. Also würde ich vorschlagen, trotz eigentlich geringer Erfolgschancen, einen Radius von vielleicht zwei, drei Kilometer rund um den Fundort des Rucksacks durchsuchen zu lassen. Mit den zur Verfügung stehenden Leuten schaffen wir das vermutlich noch vor der Dämmerung."

„Ja, okay! Gibst du das bitte so raus. Ich schau noch mal bei den Hartls vorbei. Vielleicht ist den beiden doch noch etwas eingefallen. Ich werde mich auch unter den Gästen im Stiftskeller nochmals umhören. Manchmal kommt erst beim dritten, vierten oder fünften Mal Nachfragen etwas Neues zutage. Kommst du nach, wenn du mit der Einteilung der Suchtrupps fertig bist?"

„Ja, mach ich", rief Schönwald über die Schultern, während sie schon voller Tatkraft zur Bürotür hinausschritt.

4

„Ich hoffe, du bringst gute Nachrichten", tönte Josef Mühlebner, ein recht wohlhabender Bauer aus dem Ort, ihm schon lauthals entgegen, als Naderer den hinteren Bereich des barocken Gastgartens im Stiftskeller betrat. „Habt ihr Sabrina gefunden?", legte ein anderer am Stammtisch nach, noch bevor Naderer auch nur grüßen konnte.

„Nein, leider", antwortete dieser genervt ob der vielen Fragerei. „Es gibt nichts Neues. Aber wir lassen keine Möglichkeit aus, das könnt ihr mir glauben. Übrigens, wisst ihr wo Ella oder Hannes stecken?"

„Hallo Max", meldete sich Hannes Hartl, der gerade aus der Küche in den Gastgarten kam. „Ella hat sich etwas hingelegt. Ihr geht es ziemlich schlecht. Brauchst du irgendetwas? Kann ich dir irgendwie helfen?"

„Können wir kurz in dein Büro?"

In Hartl's Büro war es angenehm kühl. Die beiden setzten sich. „Es gibt leider nach wie vor nichts Nennenswertes zu berichten“, begann Naderer zögerlich, was sonst eigentlich nicht seine Art war. Aber die bisherige Erfolglosigkeit setzte ihm offensichtlich zu. „Ist euch vielleicht noch irgendetwas eingefallen? Irgendeine Kleinigkeit, die bisher übersehen worden ist?“

„Wir sind beinahe die ganze Nacht zusammengesessen und haben uns den Kopf darüber zermartert, was da passiert sein könnte. Aber nein, nichts! Rein gar nichts. Wir können uns das alles nicht erklären. Warum sollte sie einfach so von Zuhause weglaufen? Das würde sie nie tun. Ganz bestimmt nicht“, machte Hartl den wiederholten Versuch, jeden Gedanken in diese Richtung im Keim zu ersticken.

„Ist schon gut, Hannes“, versuchte Naderer sein Gegenüber zu beruhigen. „Wenn es okay ist für dich, werde ich jetzt nochmals mit einigen deiner Gäste sprechen. Einfach nur um nachzuhaken. Oft fällt den Leuten ganz spontan etwas ein. Vor allem mit den Touristen, die bei dir häufiger zu Gast sind, haben wir noch nicht so ausführlich gesprochen.“

Als Naderer zurück in den Gastgarten kam, war dieser bis auf den letzten Platz besetzt. Es war kurz nach acht Uhr abends. Zeit für das Abendessen, das Einheimische und Touristen immer wieder gerne hier einnahmen. Ob an diesem Tag mehr Gäste da waren als sonst, weil den einen oder anderen die Neugierde gepackt hatte oder weil man mal dort einkehren wollte, wo die vermisste Sabrina zu Hause ist, darüber wollte Naderer gar nicht nachdenken. So etwas war ihm ein Gräuel.

An einem der äußeren, ruhigeren Tische sah Naderer die Eheleute Seibold sitzen, die offensichtlich noch auf ihr Abendessen warteten. Er hoffte deshalb, nicht zu stören, und ging auf die beiden zu.

„Guten Abend, Herr Inspektor", winkte ihn Seibold an ihren Tisch. „Na, immer noch im Dienst?"

„Ja, an Feierabend kann und will ich im Moment nicht denken", antwortete Naderer ebenso freundlich und begrüßte beide mit einem kräftigen Händedruck.

„Darf ich mich kurz zu Ihnen setzen?", fragte Naderer nach, den freien Stuhl bereits fest im Griff.

„Natürlich, bitte schön, nehmen Sie Platz", machte Seibold eine einladende Geste. „Können wir etwas für Sie tun?"

„Meine Kollegen haben, soviel ich weiß, schon mit Ihnen gesprochen. Sie wissen natürlich, was geschehen ist, oder?" Noch bevor einer der beiden antworten konnte, setzte Naderer fort: „Sabrina wird nun seit mehr als 50 Stunden vermisst. Ist Ihnen vielleicht seit dem Gespräch mit meinen Kollegen noch irgendetwas eingefallen? Soviel ich weiß, kennen Sie die Familie Hartl recht gut. Sie sind seit Jahren Gast hier in Mattsee und auch häufig im Stiftskeller."

„Also, so viel wir auch darüber nachdenken", kam es wie aus der Pistole geschossen aus Seibolds Mund, „es fällt uns nichts Bedeutendes ein. Wie schon gesagt, hatten wir noch Anfang der Woche mit Sabrina gesprochen. Über ihre Zukunft, das Studium, das sie vielleicht in Frankfurt beginnen wollte. Beginnen will", korrigierte sich Seibold rasch. „Ich, also wir, können ihr da vielleicht ein wenig behilflich sein. So unter alten Bekannten, wenn Sie verstehen, Herr Inspektor."

Frau Seibold saß teilnahmslos dabei. Naderer ertappte sich bei dem Gedanken, dass Frau Seibold wohl nicht allzu viel zu sagen hatte in dieser Ehe. Überhaupt war ihm die Frau nicht wirklich sympathisch. Etwas abgehoben, fand Naderer. Eine durchaus elegante, sehr gepflegte Frau um die Sechzig. Aber doch ziemlich arrogant, eher egozentrisch, was Naderer nicht wirklich mochte.

„Wann genau haben Sie Sabrina denn zuletzt gesprochen?“, wandte sich Naderer wieder an Herrn Seibold.

„Eben an diesem besagten Abend. Ich glaub’ es war am Dienstag. Die Hartls saßen ja auch dabei.“

„Und, wird Sabrina Ihr Angebot annehmen?“

„Was meinen Sie damit“, stellte Seibold sich etwas hilflos an.

„Na, ob Sabrina nach Frankfurt gehen und Ihre Hilfe annehmen wird“, drückte Naderer sich deutlicher aus.

„Ach, soweit ging das Gespräch noch gar nicht. Mehr so ganz allgemein.“

„Aber du hast Sabrina doch unsere Wohnung in der Kurfürstenstraße angeboten“, mischte sich nun plötzlich Frau Seibold in das Gespräch ein. „Obwohl ich finde, dass das zu weit ging. Und die Hartls wussten auch nicht so recht, was sie zu deinem Angebot sagen sollten.“ Frau Seibold war eine Art Misstrauen in Bezug auf das Angebot ihres Mannes deutlich anzumerken. Oder kam da so etwas wie Eifersucht auf.

„Gibt es einen besonderen Grund dafür, Sabrina Ihre Wohnung anzubieten?“, fasste Naderer nach. „Ich nehme mal an, der Mietpreis wird eher günstig sein, für eine Studentin, oder?“

„Darüber haben wir nicht gesprochen, noch nicht einmal nachgedacht“, schien sich Seibold beinahe ein wenig zu verteidigen. „Das ist alles noch nicht konkret. Und wer weiß, vielleicht hat sich die Sache eh erledigt.“

Naderer horchte auf, als Seibold das sagte. Und Seibold erschrak selbst über seine Aussage. Blieb aber dennoch still und korrigierte sich nicht. Frau Seibold schien die Worte ihres Mannes überhört zu haben. Jedenfalls äußerte sie sich nicht dazu.

„Wie viele Jahre kommen Sie eigentlich schon hierher nach Mattsee?“, lenkte Naderer das Gespräch in eine neue Richtung.

Seibold schien erleichtert. Offensichtlich wollte ihm der Inspektor keinen Strick aus seiner unüberlegten Äußerung drehen. Seibold grinste, als würde er gerade eben mit einer Dankurkunde für besondere Treue ausgezeichnet und antwortete stolz: „Nächstes Jahr sind es zwanzig Jahre. Seit beinahe zwanzig Jahren machen wir nun ohne Unterbrechung Urlaub in Mattsee. Nur ein einziges Mal mussten wir absagen. Ich war damals nach meinem Herzinfarkt nicht reisefähig.“

„Dann kennen Sie hier in der Gegend ja sicher jedes Waldstück, jeden Weg und jede Berghütte. Oder kommen Sie nicht wegen des Wanderns hierher?“, fragte Naderer weiter.

„Meine Frau spult hier Jahr für Jahr ihr Wellness-Paket runter“, ging Seibold mit einem Hauch von Missachtung für die Urlaubsinteressen seiner Frau auf die Frage ein, „während ich mich vor allem der unverbrauchten Natur widme. Zwei der drei Wochen, die wir hier auf Urlaub sind, verbringe ich wenn möglich in meinem Jagdhaus.“

„Sie haben ein Jagdhaus hier?“, griff Naderer das Thema auf.

„Ja, oben nahe der Egelseen. Früher hatte ich das Haus nur gepachtet, zusammen mit ein paar Jagdkameraden, doch inzwischen gehört mir die Immobilie. Aber in diesem Jahr war ich noch viel zu selten dort“, erklärte Seibold. „Ich nehme Sie gerne mal mit zur Jagd, wenn Sie das interessiert.“ Bemüht um einen freundschaftlichen Ton ergänzte er: „Dann verbringen wir zusammen einen gemütlichen Altherren-Abend auf der Hütte.“

Naderer stand auf, reichte Frau Seibold die Hand, bedankte sich bei Herrn Seibold mit einem kräftigen Händedruck für das Gespräch und natürlich auch für die freundliche Einladung und meinte, dass er sie nun lange genug gestört habe.

„Aber bitte“, ereiferte sich Seibold geradezu überschwänglich.

„Sie haben doch nicht gestört. Man hilft doch gerne, besonders wenn man die Person um die es geht, auch noch persönlich kannte.“

Naderer hob noch einmal die Hand zum Gruß und wandte sich zum Gehen. Natürlich war ihm auch jetzt, bei der Verabschiedung, dieser eine Nachsatz aufgefallen. Eine zweite Bemerkung von Seibold, die ihn stutzig machte. Warum sprach er in der Vergangenheit von Sabrina? Und dann zuvor, diese Andeutung in Richtung „hat sich die Sache vielleicht ohnehin erledigt“.

Inzwischen war es fast neun geworden. Rund ein halbes Dutzend Kellnerinnen und Kellner waren eifrig um das Wohl ihrer Gäste bemüht. Die Temperatur war noch immer sehr angenehm. Ideales hochsommerliches Wetter für einen gemütlichen Abend unter freiem Himmel. „Eigentlich“, dachte Naderer, „hätte ich jetzt Lust auf ein kühles Blondes und dazu ein feines Steak vom Grill. Aber das muss warten. Bevor der Fall ‚Sabrina‘ nicht geklärt ist, will ich daran gar nicht erst denken“, legte sich Naderer selbst die Latte recht hoch.

Als er sich gerade einem mit vier Gästen belegten Tisch zuwenden wollte, sah er Inspektorin Schönwald, die den Gastgarten betrat und mit einem freundlichen Lächeln die Stammtischler begrüßte. Er änderte seinen Kurs und ging geradewegs auf seine Kollegin zu, die ihn mit einem lässigen Salutieren begrüßte.

Naderer geleitete Schönwald in den hinteren Teil des Gastgartens, der offener gehalten und deshalb bei den Gästen nicht ganz so beliebt war. Nur deshalb fanden die beiden noch einen freien Tisch für sich alleine.

„Sag' mal, kennst du diese Seibolds?", schoss es aus Naderer heraus, noch bevor sie richtig Platz genommen hatten.

„Was heißt kennen", erwiderte Schönwald. „Ich habe sie die letzten Tage ab und an mal gesehen. Gesprochen habe ich die beiden noch nie. Aber man erzählt sich so Manches. Vor allem über Herrn Seibold."

„Ich habe mit den beiden soeben ziemlich ausführlich gesprochen. Irgendwie sind mir die Seibolds nicht wirklich sympathisch und irgendetwas – ohne dass ich es begründen könnte – gefällt mir da nicht." Naderer schilderte in kurzen Worten das Gespräch von zuvor und wies Schönwald dabei besonders auf die zwei Aussagen hin, die ihm doch ziemlich zu denken gaben.

„Hört sich tatsächlich komisch an", meinte Schönwald daraufhin und ergänzte: „Vor allem, weil Seibold meiner Einschätzung nach nicht gerade auf den Kopf gefallen ist. Passt irgendwie nicht zu ihm, solche Aussagen zu treffen."

„Außer er war nervös oder ärgerlich oder beides", versuchte Naderer einen Grund zu finden.

„Gut, Karin, lassen wir die Seibolds für heute sein. Ich muss in Ruhe mal darüber nachdenken, was es mit den beiden auf sich haben könnte. Soviel ich weiß, wohnen sie im Parkhotel. Morgen werde ich dort mal versuchen, etwas mehr über die beiden zu erfahren. Jetzt fahr ich für ein, zwei Stunden nach Hause. duschen, ein frisches Hemd … na du weißt schon. Ich bin spätestens um Mitternacht wieder im Büro."

„Wie geht's den Hartls?", fragte Schönwald noch kurz nach.

„Ella ist ziemlich fertig und musste sich hinlegen. Hannes macht etwas auf starken Mann und vergräbt sich in seiner Arbeit. Na ja, was sonst mitten in der Hochsaison", antwortete Naderer, drehte sich um und verschwand in Richtung Parkplatz.

Inspektorin Schönwald war indes noch voller Energie. Ein, zwei Gespräche mit dem einen oder anderen Touristen hier wollte sie noch schaffen, bevor sie sich in der Polizeiinspektion auch für ein oder zwei Stunden ausruhen wollte.

5

Irgendwie konnte Seibold nach dem Gespräch mit Inspektor Naderer den Abend nicht mehr so richtig genießen. Ihm war klar, dass die eine oder andere Andeutung von ihm nicht gerade klug und noch weniger taktvoll war. Als er nun kurz vor Mitternacht allein auf der großzügigen Terrasse seiner noch großzügiger angelegten Suite im Parkhotel Mattsee saß, seine Pfeife, die er bei jeder Gelegenheit im Mund hatte, nachstopfte und über diese Begegnung mit Naderer nachdachte, kamen erste Zweifel in ihm hoch. Zweifel vor allem darüber, ob er denn nicht gleich am Freitagmorgen abreisen hätte sollen. Irgendein triftiger Grund wäre ihm bestimmt eingefallen. Nachprüfbar sogar, wozu hat man überall auf der Welt Freunde. Leute, die bestätigen würden, dass er da oder dort plötzlich dringend gebraucht wurde. Er, der erfolgreiche Geschäftsmann, der sich inzwischen doch ein kleines Imperium aufgebaut hatte.

Okay, die Chance war dahin. Die hatte er versäumt. Das war Seibold klar.

Seine Frau hatte sich längst in ihren Teil der Suite zurückgezogen. Das war schon jahrelang Usus bei den Seibolds. Sobald man alleine, unbeobachtet, war, ging man sich tunlichst aus dem Weg. Gemeinsamkeiten gab es nicht mehr wirklich. Wenn, dann höchstens nach außen hin, wo die beiden zwar längst nicht mehr als Traumpaar galten, aber doch immerhin noch eine funktionierende Ehe darzustellen vermochten. Aber darüber dachte Seibold an diesem späten Abend nicht nach. Über seine Beziehung zu seiner Frau Helena dachte er schon seit Jahren nicht mehr nach. Diese spielte in seinem Leben längst keine Rolle mehr.

Dr. Helmut Seibold, erfolgreicher Geschäftsmann, Chef eines ausgezeichnet etablierten Consulting-Unternehmens mit Sitz in Frankfurt am Main, wohnhaft ebendort, konnte auf eine mehr als beachtliche Entwicklung seines Unternehmens zurückblicken. Mit Niederlassungen in Brüssel, New York, London und seit Kurzem auch in Tokio zählte die ‚WWC Word Wide Consulting AG' inzwischen zu den zwanzig bedeutendsten Anbietern im Bereich der Unternehmens- und Wirtschaftsberatung. Worauf Seibold besonders stolz war, war die Tatsache, dass er es geschafft hatte, vor mittlerweile rund 10 Jahren seinen langjährigen Geschäftspartner, Firmenmitbegründer und Freund Dr. Dr. Karel Posch loszuwerden. Schnell, unkompliziert und kostengünstig. Wie er das geschafft hatte, wussten bis heute nur er selbst und Dr. Posch. Jedenfalls war längst Gras über die damals doch recht medienwirksame Trennung gewachsen. Zumindest war Seibold davon überzeugt.

Mit seinen 58 Jahren stand der Manager noch mitten im aktiven Geschäft. Auch wenn er sich inzwischen immer öfter eine Auszeit gönnte. Er konnte es sich leisten. In jeder Hinsicht. Die Arbeit machten längst andere für ihn und was seine Ehe anging, hatte er ohnehin die eine oder andere Auszeit verdient. So nutzte er die eine oder andere seiner Geschäftsreisen auch mal für ein paar entspannte Tage. Einmal in New York, einmal auf der japanischen Insel, einmal da, einmal dort. Ganz wie es ihm beliebte. Geld war schon lange kein Thema mehr.

Die Suite, die er alljährlich zusammen mit seiner Frau im Parkhotel Mattsee für jeweils drei Wochen bewohnte, war nicht gerade preiswert. Mit knapp 150 Quadratmetern, zwei Bädern, einer Dachterrasse, die knappe 70 Quadratmeter maß, Whirlpool und Saunahäuschen inklusive, zählte die Suite zu einer der luxuriösesten überhaupt im Salzburger Seenland.

Ganz abgesehen davon, was Seibold für die dreiwöchige Wellness- und Beauty-Tour seiner Gattin alljährlich hinblätterte, dürfte das, was er in nunmehr knapp zwanzig Jahren an die Familie Monger, Besitzer des Parkhotels Mattsee, überwiesen hatte, wohl schon leicht an der 1-Million-Euro- Grenze kratzen.

In dieser Nacht, allein auf der riesigen Dachterrasse, bemitleidete er sich ein wenig. Nicht wegen finanzieller Dinge. Nein, er fand einfach, dass es doch ein wenig unverschämt war, wie sich dieser Inspektor Naderer heute ihm gegenüber verhalten hatte. Immerhin war er einer der treuesten Gäste im Seenland überhaupt. Und bestimmt auch einer, der einiges zur Tourismusbelebung beigetragen hatte. Was ihn aber eigentlich ärgerte, war viel mehr der Umstand, dass er sich zu der einen oder anderen unpassenden Äußerung hatte hinreißen lassen. Er, der doch sonst immer und überall seine Souveränität bewahrte. Irgendwie schien ihm dieser Donnerstagabend auf der Jagdhütte doch ein wenig auf den Magen geschlagen zu haben. Jedenfalls spürte er eine gewisse Unruhe, die er so ganz und gar nicht kannte. Eigentlich war ja nichts passiert.

Seibold lehnte sich weit in den bequemen Sessel zurück, nahm das Glas mit dem teuren Cognac, schob seine Pfeife in den rechten Mundwinkel und schloss die Augen. Entspannt, jedenfalls entspannter als noch vor ein paar Stunden, ließ er die Geschehnisse des Donnerstags in Gedanken Revue passieren.

6

Es war gegen 15 Uhr. Seibold saß völlig entspannt auf der Terrasse seines Jagdhauses. Wie üblich mit seiner geliebten Pfeife im rechten Mundwinkel. Er bemerkte gar nicht, dass sie längst ausgeraucht war, so sehr war er in Gedanken versunken. Die Sonne strahlte von einem wolkenlosen Himmel über dem Salzburger Seenland. Die Vorhersagen versprachen weiter ungetrübtes Sommerwetter. Er verbrachte bereits den zweiten Tag hier in seinem Jagdhaus, wo er sich während seines jährlichen Urlaubes eigentlich am allerliebsten aufhielt. Die Jagd, die ihm früher einmal so wichtig war, war längst nicht mehr der Grund für seine Aufenthalte hier. Nein, er genoss einfach nur die Ruhe, den Frieden in seinem Jagdhaus und die Tatsache, dass er hier zu jeder Zeit tun und lassen konnte, was er wollte.

Dass er als viel beschäftigter Geschäftsmann auch auf seiner Jagdhütte Internet benötigte, wunderte damals keinen, als er den Anschluss beantragte. Ein Business-Mann, durch und durch. Immer online. Immer erreichbar. Immer bei der Arbeit. So sahen es zumindest die Einheimischen.

Während Seibold bei seinen Kurzurlauben eher charmante Begleitung aus Fleisch und Blut bevorzugte, suchte er hier oben die Einsamkeit. Oder besser gesagt, die Muße, um sich – wann immer er wollte – einer anderen Leidenschaft zu widmen. Ungestört. So lange und sooft er wollte.

So war es auch an diesem Donnerstagnachmittag. Seibold wollte sich gerade aus seiner Liege erheben, um sich seinem Laptop zu widmen, als er die Person bemerkte, die gerade den Wanderweg, etwa dreißig, vierzig Meter unter seinem Haus gelegen, heraufkam. Trotz seines Alters sah Seibold noch scharf wie ein Adler. Schnell erkannte er in der Person ein junges Mädchen, eine junge Frau, wie er meinte. Wirklich erkennen konnte er das Mädchen erst, als sie ihm zuwinkte.

Fröhlich winkte sie mit beiden Armen und rief: „Hallo, Herr Doktor Seibold, hallo", und kam dabei zügig den Weg entlang. Jetzt erst wurde Seibold bewusst: Die junge Frau war Sabrina. Sabrina Hartl, die Tochter vom Stiftskeller. Sabrina, der er erst vor ein paar Tagen angeboten hatte, zum Studium nach Frankfurt zu kommen. Er wollte ihr eine günstige Wohnung zur Verfügung stellen und einen Studentenjob in seiner Firma.

„Sabrina, was machst du denn hier oben", rief er ihr, überrascht und dennoch freudig, entgegen.

„Schön, dass ich Sie hier antreffe", sagte sie, noch immer einige Meter vom Haus und von Seibold entfernt. „Schön haben Sie's hier oben." Und dann war sie endlich am Haus. Seibold kam ihr von der Terrasse herunter entgegen, streckte ihr die Hand zum Gruß hin und fragte noch einmal: „Was um Himmels willen machst du hier oben?"

„Soll ich ganz ehrlich sein?", fragte sie in ihrer etwas schüchternen aber sehr herzlichen Art. Eine Art übrigens, die Seibold schon immer gefallen hatte.

„Ja, was führt dich denn heut‘ hier rauf?“

„Ich will mit Ihnen reden, Herr Dr. Seibold. Sie wissen schon, über das Studium, über Ihr freundliches, großzügiges Angebot. Ich möchte wissen, wie ernst es Ihnen damit ist.“

Seibold bat Sabrina mit einer einladenden Geste auf die Terrasse. „Nimm doch Platz“, sagte er. „Was darf ich dir anbieten? Ich bin ja völlig überrascht von deinem Besuch. Ich denke, das ist Grund genug, ein Fläschchen Schampus aufzumachen. Was meinst du?“

„Wenn Sie meinen, wir sollten am helllichten Tag Schampus trinken, Herr Doktor. Aber für mich nur ein ganz kleines Schlückchen.“ Sabrina nahm in einem der bequem aussehenden Lehnsesseln Platz, fühlte sich darin pudelwohl und lächelte verschmitzt, während Seibold mit dem Champagner beschäftigt war.

In den hautengen Shorts, dem eng anliegenden T-Shirt und mit ihren langen, heute zu einem Rossschwanz gebundenen, blonden Haaren zog Sabrina gewiss so manchen Männerblick auf sich. So auch jenen von Seibold, der jetzt, noch im Schatten der Eingangstür stehend, für einen Augenblick all seine Sinne auf das Mädchen richtete, das da, sichtlich entspannt und gut gelaunt, in seinem Lehnsessel lümmelte. Er spürte den Voyeur in sich hochkommen und zwang sich, weiterzugehen.

„Hast du auch Hunger?“, erkundigte sich Seibold charmant. „Möchtest du vielleicht ein wenig Räucherlachs und Toast zum Champagner? Ich hab’ alles da.“

„Machen Sie sich doch keine solchen Umstände“, bat Sabrina, genoss aber gleichzeitig seine Bemühungen.

„Das sind keine Umstände, Sabrina. Ich freue mich, dich hier zu Besuch zu haben. So überraschend. Ich freu mich wirklich. Also, was darf ich dir noch anbieten?“

„Ich nehme, was Sie mir servieren. Vielen Dank!“

„Dann stoßen wir doch schon mal an. Auf dich und auf deinen Besuch in meinem Jagdhaus."

„Prost", erwiderte Sabrina lächelnd.

Während Seibold sich um das Essen kümmerte, genoss Sabrina die Stille und ließ die Sonnenstrahlen auf sich wirken.

Bald stand Seibold mit einem Tablett in den Händen wieder vor ihr.

„Setzen wir uns an den Tisch oder möchtest du hier bleiben?", fragte er höflich nach.

„Ach, bleiben wir doch hier in der Sonne. Stellen Sie das Tablett einfach auf den Boden."

Seibold stellte das Tablett mit dem frischen Räucherlachs, goldbraun getoasteten Brotecken, Butter und frisch geriebenem Kren tatsächlich auf den Boden. Er rückte seine Liege so zurecht, dass das Tablett zwischen ihnen stand und die beiden sich gegenüber lagen.

„Ein netter Anblick", dachte Seibold und lächelte Sabrina entgegen. „Los, bitte, greif zu. Lass es dir schmecken. Und zum Wohl, nochmals."

Seibold hielt ihr sein Glas entgegen, nachdem er nochmals nachgeschenkt hatte. Sabrina nahm das ihre und stieß mit Seibold an. Sie lächelte ebenfalls und nahm einen vorsichtigen Schluck. Seibold leerte sein Glas in einem Zug und füllte es sofort wieder nach.

Irgendwie machte ihn die Gegenwart, die Nähe dieser jungen Frau etwas nervös. Oder war es mehr eine Art Erregung. „Verrätst du mir nun, was genau du mit mir besprechen möchtest? Und warum du deswegen extra hier hochkommst?"

Sabrina schluckte einen Bissen runter, nippte noch einmal an ihrem Glas und antwortete: „Wissen Sie, Herr Seibold, unser Gespräch vor ein paar Tagen und Ihr Angebot haben mich ein wenig durcheinander gebracht. Jedenfalls kann ich seither kaum an etwas anderes denken, als an die Studienzeit in Frankfurt. Und das, obwohl ich ja erst mal die Matura machen muss. Aber irgendwie bin ich ganz aus dem Häuschen. Plötzlich habe ich das Gefühl, dass das alles schon ganz nah, schon fast Realität ist."

Sabrina unterbrach kurz, um nochmals einen Schluck zu nehmen. Sofort war Seibold zur Stelle und schenke ihr nach.

„Letzte Nacht", setzte Sabrina fort, „als ich in meinem Bett gelegen bin und wieder über all das nachdachte, wusste ich plötzlich: Ich muss mit Ihnen reden. Ich muss die Sache etwas vorantreiben, wenn Sie verstehen was ich meine. Also beschloss ich, heute hier heraufzukommen. Ich konnte ja annehmen, dass ich Sie hier finden würde. Mit diesem Entschluss hatte ich auch plötzlich das Gefühl, endlich mal selber etwas für mich, für meine Zukunft zu tun. Selber, verstehen Sie? Mal ganz ohne Papas und Mamas Zutun. Plötzlich fühlte ich mich erwachsen. Richtig erwachsen. Darum beschloss ich auch, niemandem etwas davon zu erzählen. Es soll mein Ding sein und bleiben."

Wieder unterbrach Sabrina ihren Redeschwall, nippte am Glas und gönnte sich einen Bissen vom frischen Lachs. Während sie kaute, sah Seibold ihr fest in die Augen.

„Was heißt, du hast niemandem was gesagt?", fragte Seibold nach.

„Ganz einfach. Ich habe gesagt, dass ich heute mal einen Tag für mich allein verbringen wollte und basta. Meine Mama hat mich zwar noch daran erinnert, dass ich ja eigentlich ab drei im Gastgarten helfen wollte, bevor ich losging. Und um halb vier hat sie auch schon angerufen. Als Sie gerade mit dem Lachs beschäftigt waren. Wissen Sie, was ich gemacht hab'?", fragte Sabrina und lächelte dabei verschmitzt. Ohne eine Antwort abzuwarten, fuhr sie fort: „Ich bin gar nicht dran gegangen und hab' mein Handy abgeschaltet. Nein, heute bin ich mal ein böses Mädchen. Heute mach ich mal nur das, was ich will." Sabrina lachte.

„Trinken wir also auf das große, erwachsene Mädchen", grinste Seibold und hob das Glas. Sabrina lächelte etwas kess und bat ihn nachzuschenken. Seibold kam der Bitte gerne nach. „Also, auf das große Mädchen", kicherte Sabrina und stieß mit Seibold an. „Weißt du was", schlug Seibold vor. „So große Mädchen dürfen gerne du zu mir sagen. Also, ich bin der Helmut. Zum Wohl Sabrina, auf uns!"

„Wenn Sie meinen, Herr Seibold", erwiderte Sabrina, offensichtlich etwas überrascht. „Wenn du meinst", korrigierte Sie sich und ergänzte: „Ganz wie du meinst, Helmut."

„Um auf die Sache mit Frankfurt zurückzukommen, Sabrina. Also da steh ich voll und ganz dazu. Die Wohnung ist ideal für Studenten. Hat so um die 100 Quadratmeter und liegt direkt an der U-Bahn-Station. Da bist du in ein paar Minuten an der Uni. Über Geld wollen wir beide uns nicht unterhalten. Das mach ich dann mal mit deinem Vater aus. Aber da komm' ich euch schon entgegen. du brauchst dein Geld bestimmt für Wichtigeres, wenn du erst einmal in Frankfurt bist. Und dafür, dass du dein Auskommen findest, werde ich schon sorgen. So ein Studentenjob bei uns wird gut bezahlt. Da werden wir beide uns bestimmt einig, oder?"

Seibold grinste und hob schon wieder sein Glas.

„Prost", kicherte Sabrina. „Wenn du meinst, wir kommen da auf einen Nenner, wäre das natürlich der Wahnsinn."

„Willst du noch etwas essen?", fragte Seibold. „Sonst stell ich das Tablett auf den Tisch hinüber."

Sabrina sagte nichts, schüttelte nur ganz leicht ihren hübschen Kopf. Seibold brachte das Tablett zum Tisch, kam zurück und rückte seine Liege näher an Sabrinas heran, die sich ihn ihrer Liege räkelte und dabei die Hände hinter ihrem Kopf verschränkte. Sie strahlte und war rundum zufrieden.

„Du bist sehr großzügig, Helmut“, nahm Sabrina wenig später das Gespräch wieder auf. „Ich hoffe, ich kann mich eines Tages revanchieren.“

„Vergiss es, Sabrina. Wenn es mir ums Geld gehen würde, hätte ich die Wohnung längst vermietet. Ich brauch' dafür kein Geld. Davon hab' ich nun wirklich genug.“

Sabrina hörte, was Seibold sagte, ohne zu verstehen, was er damit meinte. Es störte sie auch nicht, dass Seibold, während er sprach, seine Hand auf ihren Schenkel legte und diesen leicht tätschelte.

Sabrina richtet sich auf und stellte dabei ihre Beine links und rechts der Liege. Mit gespreizten Beinen saß sie nun vor Seibold, dessen Blick aufgeregt in Richtung ihres Schoßes wanderte. Sabrina spürte den Blick. Dachte sich aber nichts dabei. Jungs, und wohl auch Männer, schauen halt bei einer Frau gerne mal da hin.

„Ich denke, ich sollte langsam los. Ich hab ja noch ein paar Meter vor mir“, sagte Sabrina.

„Bleib doch noch, Sabrina. Ich kann dich später mit meinem Wagen ins Dorf fahren. Ist überhaupt kein Problem. Also ich mach gern noch ein Fläschchen für uns auf. Oder magst du was anderes?“, bemühte sich Seibold, sie zum Bleiben zu bewegen.

„Aber um neun muss ich unten sein“, erwiderte Sabrina arglos. „Ich bin heut noch verabredet, weißt du.“

„Kein Problem. Machen wir. Dann haben wir ja noch zwei, drei Stunden für uns“, sagte Seibold und blickte auf seine teure Armbanduhr. Es war noch nicht mal sechs.

„Ich müsste mal für kleine Mädchen", sagte Sabrina mit einem Drängen in ihrer Stimme. Seibold wies ihr den Weg zum Bad.

Er fragte sich nicht, ob er dem Mädchen gefallen würde. Nein, das war für ihn keine Frage. Gut gebaut, braun gebrannt, erfolgreich, reich ... bei welcher Frau findet das keinen Gefallen? Seibold fragte sich das nie. Er wusste, dass er ankam. Vielmehr dachte er darüber nach, wie er die bisher so lockere und gelöste Stimmung erhalten, ja vielleicht sogar noch etwas anregender gestalten könnte.

Ein dumpfes, lautes Donnergrollen und die ersten schweren Regentropfen rissen Seibold aus seinen Gedanken. Er schreckte auf und nahm nach und nach war, wo er sich befand. Ein Gewitter zog auf. Blitze zuckten am Nachthimmel. Der Wind entwickelte sich zu einem kleinen Sturm. Das alles in Sekundenschnelle. So schnell, dass Seibold bereits klatschnass war, als er endlich begriff, dass er sich auf der Terrasse seiner Suite im Parkhotel befand.

Schnell ergriff er sein Cognac-Glas, die Flasche und seine Pfeife, die inzwischen auf dem Tisch lag und verzog sich in Richtung Wohnzimmer. Plötzlich spürte er die Wirkung der paar Cognacs, die er getrunken hatte. Er fröstelte leicht, weshalb er beschloss, noch schnell zu duschen und sich dann hinzulegen.

7

Es war Samstag, fünf Minuten vor Mitternacht, als Naderer die Polizeiinspektion Obertrum betrat. Fünf seiner Kollegen, zwei davon von der Polizeiinspektion Neumarkt und zwei Kollegen von der Kripo waren im Einsatz. Revierinspektor Oberbrandacher sah Naderer als Erster und erstattete umgehend Bericht über die Geschehnisse der letzten Stunden.

„Unsere Suchtrupps, die am späten Nachmittag nochmals die Umgebung rund um den Fundort des Rucksacks durchkämmt haben, mussten die Suche leider erfolglos abbrechen als es dunkel wurde. Außer einer Menge Abfall, der dort eigentlich nicht hingehört, haben sie nichts Verwertbares finden können. Kollege Sippacher und ich haben in der Zwischenzeit nochmals mit einigen Touristen im Ort gesprochen. Wir konnten allerdings auch nichts wirklich Brauchbares oder Neues erfahren. Bis auf die Aussage eines Holländers, der Sabrina am Donnerstagvormittag so gegen halb zehn auf dem Weg in Richtung Berndorf gesehen haben will. Allerdings passt die Beschreibung der Kleidung, die das Mädchen anhatte, nicht mit dem zusammen, was Sabrinas Eltern ausgesagt hatten. Und dass sich Sabrina irgendwo noch umgezogen hat, scheint wohl eher unwahrscheinlich. Ach ja, Kollegin Schönwald ist auch vor rund zwei Stunden zurückgekommen. Auch ihre Gespräche mit einigen weiteren Gästen des Stiftskellers haben offensichtlich nichts Neues zutage gebracht. Sie hat sich etwas hingelegt und wollte eigentlich um Mitternacht geweckt werden. Das war's dann, für den Moment", schloss Oberbrandacher leicht frustriert seinen Bericht ab.

Naderer bedankte sich kurz und ging los in Richtung Ruheraum, klopfte vorsichtig und öffnete die Tür einen Spalt breit, als er auf sein Klopfen keine Reaktion wahrnahm. Inspektorin Schönwald lag mit dem Gesicht zur Wand gedreht auf der einfachen Stahlpritsche, eine der grauen Wolldecken bis zu den Schultern hochgezogen. Sie schlief. Naderer fasste seine Kollegin an der Schulter und drückte diese behutsam. Schönwald war augenblicklich hellwach, fuhr herum und richtete sich spontan auf. Dann wischte sie sich mit beiden Händen den Schlaf aus dem Gesicht.

„Okay“, sagte sie noch etwas verschlafen, „was steht an? Wie geht’s weiter? Gibt es Neuigkeiten?“

„Jetzt werd’ erst mal richtig wach. Ich hol’ dir inzwischen einen Kaffee, okay? Wir sehen uns dann in meinem Büro.“

Drei Minuten später saßen sich die beiden in Naderers Büro gegenüber. Beide nippten an ihrem Kaffee, der wie immer viel zu heiß aus dem Automaten kam.

„Irgendjemand muss sich jetzt endlich mal darum kümmern, dass das umgestellt wird, sonst passiert wirklich noch ein Unglück“, brummte Naderer leise, während er seinen Becher wieder zurückstellte. Er wollte später weitertrinken.

Schönwald schien da etwas weniger empfindlich zu sein. Jedenfalls trank sie nippend weiter. „Also, was steht an?“, wiederholte sie ihre Frage von vorhin. „Was wollen wir als Nächstes unternehmen?“ Doch sie bekam wieder keine Antwort, denn in dem Moment schepperte Naderers Handy los.

„Naderer, Polizeiinspektion Obertrum“, meldete er sich knapp, ohne zuvor auf das Display zu sehen. „Ach, du bist’s“, sagte er dann und ergänzte, „ich hab’ nicht aufs Display geschaut, sorry“, als ob er sich für die förmliche Begrüßung entschuldigen wollte.

Am anderen Ende der Leitung war Frau Dr. Andrea Frey, Leiterin der Gerichtsmedizin in Salzburg. Eine zierliche, kleine Person, hoch intelligent und mit enormem Durchsetzungsvermögen, was Naderer seit jeher an der Frau Doktor faszinierte. Naderer und Frey kannten sich gut. Seit Jahren arbeiteten sie zusammen. Vor allem immer dann, wenn Naderer wieder einen Kriminalfall von seinem Vorgesetzten Major Steinecker übertragen bekam.

Und sie kannten sich auch privat. Noch bevor Naderer beruflich mit der Frey zu tun bekam, gab es mal eine gemeinsame Zeit. Ein paar wunderschöne Wochen mit einem gemeinsamen Urlaub, den Naderer wohl nie vergessen würde. Frau Dr. Frey vermutlich auch nicht. Jedenfalls kamen die beiden immer mal wieder darauf zu sprechen, wenn sie sich zu einem der inzwischen selten gewordenen Abendessen trafen.

„Der Grund, weshalb ich dich mitten in der Nacht anrufe, Max, ist, dass ich vor ein paar Stunden diesen Rucksack von der Hartl von der KTU überstellt bekommen habe. Sie konnten nicht wirklich Verwertbares finden und baten mich, das Fundstück in unserem Labor zu untersuchen. Nun, um es kurz zu machen: Ich habe ein Stück eines abgerissenen Fingernagels gefunden, der in jedem Fall von einem Mann stammt und glücklicherweise so tief eingerissen ist, dass Blutreste daran haften. Gefunden habe ich das Teil im Inneren des Rucksacks, in einer kleinen Naht, wo er sich wohl verheddert hat. Allerdings lässt sich unmöglich feststellen, wann das Nagelstück dorthin gekommen ist. Aber es sind eindeutige DNA-Spuren, die uns vielleicht irgendwann weiterhelfen können."

„Sehr gut", lobte Naderer erfreut, „wenigstens mal eine gute Nachricht. Auch wenn wir zurzeit nicht wirklich viel damit anfangen können. Aber danke jedenfalls und gute Nacht. Ich hoffe, du kannst jetzt Feierabend machen."

„Ja, den gönn' ich mir jetzt. Gute Nacht auch", schloss Frey und legte auf.

Naderer drückte ebenfalls die Verbindung-Trennen-Taste auf seinem Handy und wollte gerade die neuesten

Infos an Schönwald weitergeben, als diese abwinkte und meinte, sie habe eh alles mitbekommen. Naderers Handy war offenbar recht laut eingestellt. Er ersparte sich also den Bericht und kam stattdessen endlich auf Schönwalds Frage von vorhin zurück.

„Ehrlich gesagt, habe ich momentan überhaupt keine Idee, wo wir noch ansetzen könnten“, gestand Naderer etwas frustriert und fuhr sich ratlos mit beiden Händen durchs Haar. „Haben wir irgendetwas übersehen? Haben wir vielleicht irgendeinen Hinweis aus der Bevölkerung nicht richtig gedeutet? Sind wir wirklich allen Hinweisen nachgegangen?“

„Aber sicher doch“, versuchte Schönwald Naderers Zweifel zu beschwichtigen. „Seit Freitagmorgen arbeiten fast 20 Kolleginnen und Kollegen an der Sache. Die meisten praktisch rund um die Uhr. Als ich heute Abend ins Büro kam, waren die Kollegen gerade dabei, sämtliche eingegangenen Hinweise nochmals durchzugehen. Alle relevanten Daten waren bereits in unserem Raster eingetragen. Nein, da wurde nichts übersehen. Bestimmt nicht.“

Naderer startete einen neuen Versuch und nippte vorsichtig an seinem Kaffee. „Ja, jetzt kann man die Brühe trinken“, dachte Naderer bei sich und nahm einen größeren Schluck. Dann gleich noch einen und noch einen, bis der Becher leer war.

„Okay, Karin“, nahm Naderer – etwas frischer wirkend - das Gespräch wieder auf. „Hast du einen Vorschlag, wo wir jetzt noch ansetzen könnten?“

„Nicht für heute Nacht. Aber morgen Vormittag sollten wir uns wirklich noch mal um diesen Dr. Seibold kümmern. Ich habe noch mal über dein Gespräch mit den Seibolds nachgedacht und bin ganz deiner Meinung. Irgendetwas liegt da im Argen.“

Schönwald hatte kaum ausgeredet, als die Tür ohne ein Anklopfen aufgestoßen wurde. Revierinspektor Oberbrandacher begann grußlos und ziemlich aufgeregt mit seinen Neuigkeiten:

„Gerade kam ein Anruf rein“, berichtete er hastig. „Anonym leider. Aber jedenfalls meinte der Anrufer, wir sollten uns doch mal mit dem Franzl vom Steiner-Hof unterhalten. Der habe doch schon immer ein komisches Verhältnis zur Damenwelt. Fertig. Mehr sagte die männliche Stimme nicht.“

„Hat jemand eine Vermutung um wen es sich bei dem Anrufer gehandelt haben könnte?“, wollte Naderer wissen.

„Nein, also von den Kollegen, die mitgehört hatten, kann keiner eine Vermutung dazu äußern. Und irgendwie klang die Stimme ohnehin verzerrt“, schilderte Oberbrandacher und verließ das Büro. Erneut grußlos.

„Was hältst du davon?“, wandte sich Schönwald an ihren Boss.

„Keine Ahnung! Ich kenn’ den Franzl schon seit ich hier Dienst mache. Und er kennt Sabrina wohl schon seit ihrer Kindheit. Ich kann mir nicht vorstellen, dass er ihr irgendetwas angetan haben könnte. Aber gut, wir werden der Sache nachgehen, auch weil der Anrufer unbedingt anonym bleiben wollte.“

„Wollen wir gleich morgen früh beim Steiner- Hof vorbeifahren, oder möchtest du jemand anderen hinschicken?“

„Nein, das machen wir selbst, morgen früh.“

Naderer schaute auf sein Handy. Es war kurz nach zwei Uhr nachts. „Was hältst du davon, wenn wir für heute Schluss machen?“, wandte er sich müde an seine Kollegin. „Ich denke, heute können wir ohnehin nichts mehr ausrichten. Also, Feierabend!“ Naderer gab noch ein paar Anweisungen an die Kollegen, die Nachtdienst schoben und verabschiedete sich gemeinsam mit Schönwald.

Wenig später schloss Naderer die Tür zu seiner Eigentumswohnung auf. Er trat in den geräumigen Flur, zog seine Uniformjacke aus und hängte sie über einen Kleiderbügel in der Garderobe. Nachdem er sich auch seiner Schuhe entledigt hatte, steuerte er auf den Wohnzimmerschrank zu. Im dort eingebauten kleinen Safe schloss er seine Waffe weg.

Auch wenn Naderer alleine lebte und zu Hause selten Besuch empfing. Die weggeschlossene Waffe war für ihn oberstes Gebot. Er mochte es nicht, wenn sie unverschlossen herumlag. Entweder am Mann oder eben im Safe, war sein Motto, was die Waffe anging.

Eigentlich ging Naderer selten direkt nach Dienstschluss nach Hause. Selbst wenn es zehn, elf oder auch Mitternacht wurde, bis er Feierabend machen konnte. Was sollte er auch zu Hause? Naderer lebte allein, niemand wartete auf ihn. Dass dem so ist, war aber noch nie ein Problem für den knapp Fünfzigjährigen. Naderer lebte gern allein. Nur hin und wieder kam es vor, dass er mit einer Frau länger als zwei, drei Monate zusammen war. Was aber nicht bedeutete, dass Naderer beziehungsunfähig war. Nein, er fand einfach, dass er die Freiräume, die ein Leben als Single mit sich bringt, ganz einfach brauchte. Aus dieser Tatsache machte Naderer auch nie ein Hehl. Dies gehörte meist zu den ersten Themen, die er mit einer neuen Bekanntschaft besprochen haben wollte. Klare Worte, unmissverständliche Definitionen für ein ungetrübtes Zusammensein für ein paar Wochen oder Monate und für ein stressfreies Ende, wenn es dann soweit war. Aber so war der sympathische Chefinspektor eben, immer sehr geradlinig, immer korrekt, immer für saubere Verhältnisse – im Privaten wie im Beruf.

Obwohl es inzwischen bereits halb drei war, schenkte sich Naderer noch ein schönes Glas Rotwein ein. Einen Zweigelt aus dem Burgenland, einer seiner Lieblingsweine. Genussvoll nahm er den ersten Schluck, legte sich halb auf das große Sofa und genoss die Ruhe um ihn herum. Nach dem zweiten Schluck kreisten seine Gedanken bereits wieder um den Vermisstenfall Sabrina Hartl. Doch noch bevor Naderer wirklich einen ersten klaren Gedanken fassen konnte, schlief er ein. Sein Handy würde ihn – wie jeden Morgen – pünktlich um halb sieben wecken.

8

Dr. Helmut Seibold konnte in dieser Nacht keinen Schlaf finden. Trotz der beachtlichen Menge Cognacs, die er inzwischen intus hatte, war an einschlafen nicht zu denken. Seine Gedanken kursierten wieder um das Gespräch mit Inspektor Naderer. Noch immer war Seibold etwas enttäuscht von sich selbst. Wie konnte er sich nur zu solchen Äußerungen hinreißen lassen? Noch dazu, ohne wirklichen Grund, ohne dass Naderer ihn dazu provoziert hatte. Aber was soll's. Er konnte es nicht mehr ändern, konnte seine Bemerkungen nicht mehr rückgängig machen. Seibold beschloss, sich endlich damit abzufinden und nicht weiter darüber zu grübeln. Auch weil er davon überzeugt war, dass die Polizei nun ohnehin anderen Spuren nachzugehen hatte.

Schließlich – davon war Seibold überzeugt – war sein Anruf von gerade eben und der anonyme Hinweis auf den Steinerbauer ein optimaler Schachzug. Er war sehr zuversichtlich, dass er es nicht so bald wieder mit dem Naderer zu tun bekommen würde. Seibold, der schon oft in dem einen oder anderen Wirtshaus im Ort, meist im Stiftskeller, mit dem Franzl an einem Tisch gesessen hatte, wusste von der etwas unsicheren, nervösen Art, die dem Franzl eigen war. Er selbst hatte sich oft gefragt, wie es jemand mit derart unsicherem Auftreten überhaupt zu irgendetwas bringen könnte. Mehr als einen Job als Landwirt traute Seibold dem knapp Dreißigjährigen jedenfalls nicht zu. Fachhochschule hin, gute Ausbildung her: Für Seibold war der Franzl ein Looser.

Einer, den er mehr missachtete als schätzte. Je mehr Seibold in dieser Nacht über den Bauernsohn nachdachte, desto überzeugter war er, dass sich der Franzl bald in Widersprüche verstricken oder sich in seiner nervösen Art schnell in die Enge treiben lassen würde.

Und wenn es sein musste, würde er halt noch ein Schäuferl nachlegen müssen. Das eine oder andere dazu würde ihm schon einfallen. Nun etwas zufriedener mit der allgemeinen Situation und mit sich selbst, versuchte es Seibold nochmals mit Schlafen. Fast augenblicklich schlief er ein.

9

Sonntag, 17. Juli 2011, sieben Uhr morgens. Das kurze Gewitter der vergangenen Nacht hatte sich längst verzogen. Ein nahezu wolkenloser Himmel über dem Salzburger Seenland ließ einen heißen Sommertag erwarten. Heiß sollte er auch werden, was den Vermisstenfall Sabrina Hartl anging. Doch davon ahnte am frühen Morgen noch niemand etwas.

Inspektorin Karin Schönwald betrat mit einem lauten, fröhlichen „Guten Morgen, zusammen“ die Polizeiinspektion. Ihre roten Haare leuchteten geradezu und untermalten den Tatendrang, den die junge Polizistin in ihrer makellos gebügelten Uniform mit jeder Faser ihres schlanken Körpers zum Ausdruck brachte.

„Guten Morgen“, grüßten die Kollegen, die noch vom Nachtdienst anwesend waren, fast unisono zurück. Ihre Frage, ob denn der Chef schon da wäre, hätte Schönwald sich schenken können, denn in dem Moment ging die Tür der Polizeiinspektion auf und Chefinspektor Naderer trat ein. Auch ihm war anzusehen, dass er an diesem Sonntag einiges anpacken wollte. Seine Unternehmungslust stand ihm förmlich ins Gesicht geschrieben.

„Schönen guten Morgen, Kollegen“, grüßte er und erkundigte sich gleich über eventuelle interessante Vorkommnisse während der Nachtschicht. Die Antwort der Kollegen fiel kurz aus: „Nein, nichts Neues. Lediglich Major Steinecker hat heute Morgen schon angerufen“, meldete sich Kollege Oberbrandacher schnell zu Wort. „Er bat um deinen Rückruf.“

Naderer ging weiter in sein Büro, winkte Kollegin Schönwald heran und forderte sie auf, sich zu setzen. Er selbst setzte sich auf den Schreibtisch, zog sein Handy aus der Handytasche und suchte am Nummernspeicher nach Peter Steinecker. Nachdem dieser sich meldete, erstattete Naderer kurz aber vollständig Bericht über die Geschehnisse seit ihrem letzten Gespräch. Über den anonymen Anruf zeigte sich Naderers Vorgesetzter überrascht.

„Vielleicht steckt etwas dahinter“, meinte er hoffnungsvoll.

„Vielleicht eine erste wirklich interessante Spur. Oder wie siehst du es?“

„Ich kenn' den Franzl gut", erwiderte Naderer, „und kann mir nicht wirklich vorstellen, dass er etwas mit der Sache zu tun hat. Aber klar, wir werden dem Hinweis nachgehen. Karin und ich sind praktisch schon unterwegs."

Mit einem kurzen „Servus" verabschiedete Naderer sich von seinem Vorgesetzten, Kollegen und Freund.

Der Chefinspektor steckte sein Handy weg und wandte sich zu seiner Assistentin, die ungefragt meinte: „Ja, klar. Fahren wir los!" Obwohl die junge Kollegin erst seit einem halben Jahr mit Naderer zusammenarbeitete, schienen sich die beiden schon wortlos zu verstehen.

Mit ihrem neuen Dienstwagen, einem Skoda Octavia Kombi, machten sie sich auf den Weg, der sie durch das Ortszentrum auf die Umfahrungsstraße und dort in Richtung Mattighofen, einer kleinen Stadt im angrenzenden Oberösterreich, führte. Kurz vor der Landesgrenze nahmen sie die Abzweigung auf eine kleine Seitenstraße, die sie praktisch direkt zum Steiner- Hof führte. Während der Fahrt sprach keiner der beiden auch nur ein Wort. Jeder für sich bereitete sich in Gedanken auf das bevorstehende Gespräch mit dem Steiner Franz vor. Naderer führte sich in Gedanken den Franzl, wie er von allen genannt wurde, vor das geistige Auge.

Franzl wurde er genannt, um ihn bei einer Ansprache von seinem Vater Franz zu unterscheiden. Franz, der Vater, knapp über 70 und Franzl, der Sohn, gerade 28 Jahre alt. Frau Steiner, die vor einigen Jahren einem schlimmen Krebsleiden erlag, war schon fast vierzig, als sie dann endlich doch einen Hoferben zur Welt brachte. Dass dann drei Jahre später auch noch eine Tochter geboren wurde, war mehr als überraschend. Im Dorf gab es einiges an Gerede darüber.

Als seine Mutter starb, war Franzl gerade mit der Fachschule für Landwirtschaft und Ökologie fertig. Obwohl der Franzl eigentlich nie Bauer werden oder sein wollte, besuchte er seinem Vater zuliebe die Fachschule und schloss diese mit Auszeichnung ab. Sehr zur Freude seines Vaters, der schon damals auf eine junge Kraft und auf das Wissen des Sohnes angewiesen war. Im Bekanntenkreis war man damals ausnahmslos überrascht, dass der Franzl die Schule positiv abschließen konnte, noch mehr natürlich über die Auszeichnung. Es lag an dieser fahrigen, leicht nervösen und fast immer unsicheren Art, mit welcher der Jungbauer schon immer seinen Mitmenschen gegenübertrat. Dabei spielte es auch keine Rolle, worum es ging oder wer gerade mit ihm sprach. Egal ob Freund oder Feind, der Franzl wirkte immer etwas hilflos, schutzbedürftig, schüchtern.

Naderer erinnerte sich daran, wie Franzls Stammtischkollegen kürzlich über ihn spotteten, natürlich ohne dass der Franzl selbst anwesend war. „Eine Bäuerin find' der doch nie“, lachte einer. „Der hat bestimmt noch nie ein Mädchen im Bett gehabt“, posaunte ein anderer heraus. Tatsächlich zweifelte auch Naderer daran, dass der Franzl jemals eine Frau finden würde, denn speziell Frauen gegenüber, verstärkten sich seine Probleme deutlich. Manchmal kam Franzl sogar ins Stottern, wenn er sich mit einem Mädchen oder eben mit einer Frau unterhielt. Wenn überhaupt, so der abschließende Gedanke von Naderer, bevor Schönwald den Dienstwagen vor dem Steiner-Hof zum Stehen brachte, konnte sich der Franzl fast nur mit jüngeren Frauen, mit jungen Mädchen, halbwegs stressfrei unterhalten.

Als die beiden, fast synchron aus dem Wagen stiegen, kam ihnen bereits der Steinerbauer aus dem Stalltrakt entgegen.

„Guten Morgen“, grüßte er nicht übertrieben freundlich, „Servus Max, was führt dich denn zu uns? Hat die Kleine was ausgefressen?“

Die Kleine, wie Steiner sie nannte, war seine Tochter, die 25-jährige Anna, die früher, während ihrer Schulzeit schon mal wegen des einen oder anderen kleinen Vergehens aufgefallen war. Inzwischen allerdings, seit sie bei einem großen Getränkehersteller in der Stadt Salzburg beschäftigt war, gab es nichts mehr, was Anna mit der Polizei in Verbindung brachte. Eine tüchtige junge Frau, die es in ihrem Job durchaus noch weit bringen konnte. Aber für den Steinerbauer war sie noch immer die kleine, freche Göre, was dieser aber nicht wirklich abwertend meinte.

„Nein Franz“, erwiderte Naderer, „alles okay mit Anna. Keine Probleme in Sicht. Aber mit dem Franzl sollten wir kurz mal sprechen. Ist er denn da?“

Ohne zu antworten rief der Bauer nach seinem Sohn. „Er ist im Stall und wird gleich da sein.“ Er tippte sich zum Gruß mit einem Finger an die Stirn, drehte um und zog wieder in Richtung Stall ab.

Keine halbe Minute später stand der Franzl vor ihnen. Grußlos und nervös – wie es eben seine Art war – fragte er kurz:

„Was gibt’s denn?“ In seiner typischen Arbeitskleidung, einem blauen Arbeitsoverall, wirkte er noch unsicherer, irgendwie wie ein junger Bursch. Unaufhörlich fuhr er sich durch das wirre Haar.

Betont freundlich und ruhig wandte sich Schönwald an den Jungbauern. „Erst mal einen schönen guten Morgen, Franzl“, lächelte sie ihm entgegen. „Mach’ dir keine Sorgen, wir haben nur kurz ein paar Fragen an dich. Wegen der Sabrina, du weißt schon.“

Als Schönwald den Namen Sabrina erwähnte, sah sie, wie der Franzl für einen kurzen Moment mit seinen fahrigen Bewegungen innehielt. Sie registrierte es, ohne ihn darauf anzusprechen. Auch Naderer hatte es bemerkt.

„Du kennst die Sabrina recht gut, oder?", stellte er seine erste Frage. „Wann hast du dich denn zuletzt mit ihr unterhalten?"

„Keine Ahnung", erwiderte der junge Mann genervt. „Ist wohl schon eine Zeit lang her. Vielleicht vergangene Woche, ich weiß nicht."

„Denk doch mal nach", forderte Naderer ihn auf.

„Ja, doch. Es muss letzte Woche gewesen sein." Wieder fuhr sich Franzl unaufhörlich durch seine Haare. „Ich hab sie im Café Neuhofer getroffen. Wir haben aber nur ganz kurz miteinander gesprochen. Nur übers Wochenende davor, wo wir uns bei der Stadlparty getroffen hatten. Da war sonst nix."

„Hast du dir die letzten Tage, seit Sabrina verschwunden ist, mal Gedanken darüber gemacht, wo sie abgeblieben sein könnte? Hast du irgendeine Vermutung?", schaltete sich Schönwald wieder ein.

„Sollte ich?", gab der Franzl aufgeregt zurück. „Ich denke, das ist euer Job! Außerdem habe ich wirklich überhaupt keine Idee dazu. Und so gut, wie ihr glaubt, kenn ich die Sabrina auch wieder nicht."

„Du hast recht. Es ist wirklich unser Job, Sabrina wiederzufinden", versuchte Naderer den Jungbauern zu beruhigen.

„Aber wir brauchen jede mögliche Hilfe aus der Bevölkerung und vor allem von Leuten, welche die Sabrina besser kennen und eventuell wissen oder vermuten, wo sich das Mädchen aufhalten könnte. Hat sie dir vielleicht irgendwann einmal von einem Ort, einem Platz erzählt, wo sie gerne hingeht, wo sie vielleicht gerne mal alleine ist?“

Ohne nachzudenken meinte Franzl: „Nein, bestimmt nicht. Über so was hat sie mit mir nicht gesprochen. Und außerdem möchte ich mal wissen, warum ihr mit euren Fragen ausgerechnet zu mir kommt. Stellt ihr so blöde Fragen allen Einheimischen, oder nur mir?“, kam es plötzlich fast wütend aus Franzls Mund.

„Ehrlich gesagt“, gab Schönwald nun recht streng zurück, „gibt es da einen Hinweis, dem wir nachgehen müssen. Und ja, dieser Hinweis bezieht sich auf dich. So leid es mir tut. Und ob wir wollen oder nicht, wir müssen uns deshalb mit dir unterhalten. Also, Franzl, du bleibst dabei, du hast Sabrina seit vergangener Woche nicht mehr gesehen oder gesprochen?“

„Nein, verdammt, das sagte ich doch schon. Ich habe keine Ahnung wo sie ist oder was sie gerade macht. Außerdem gibt es da eine ganze Menge andere Jungs, die ihr nachstellen. Ich hatte nie irgendetwas mit Sabrina im Sinn. Die ist doch viel zu jung für mich und …“, unterbrach Franzl sich kurz, um sich ein Stück Fingernagel nervös abzubeißen. „Und eben, da sind ganz andere hinter ihr her. So wie die sich manchmal stylt, ist das ja auch kein Wunder. Manchmal echt übertrieben. Nur auf Anmache aus. Das gefällt mir nicht, aber es geht mich ja auch nichts an. Soll sie machen, was sie will! Außerdem muss ich jetzt wieder zu meinen Kühen. Die mögen es nicht, wenn sie warten müssen!“

„Ja, ist okay“, entließ Naderer den Jungbauern. „Du meldest dich bei uns, sollte dir noch etwas einfallen, okay?“

Diesen Nachsatz hörte Franzl nur noch von hinten nachhallen. Sofort hatte er sich abgewendet und ging eilig auf den Stall zu.

„Auch wenn ich nicht wirklich weiß warum“, wandte Naderer sich mit einem Seufzen an seine Kollegin, „geht mir der Franzl immer wieder ordentlich auf die Nerven.“

„Ja, das kannst du laut sagen“, bestätigte Schönwald mit Nachdruck Naderers Meinung und startete den Dienstwagen.

„Was wollten die denn von dir?“, fragte der Steinerbauer nach, kaum dass der Franzl wieder im Stall war.

„Ach leck' mich“, gab dieser sehr unwirsch in scharfem Ton zurück. „Das geht dich nix an.“

Diese kurze Unterhaltung spiegelte eindrucksvoll wider, wie es zwischen den beiden – eigentlich schon seit dem Tod von Franzls Mutter – stand. Dass Franzl diese Fachschule besuchen musste, hatte er seinem Vater nie verziehen. Auch dass er nun wirklich als Bauer sein Leben bestreiten musste, lastete er seinem Vater an. Eigentlich wartete Franzl nur darauf, dass der Alte – wie er ihn bezeichnete – endlich das Zeitliche segnet. Schließlich war der Steinerbauer kein armer Mann, was Franzl inzwischen aus zuverlässigen Quellen wusste. Am Bankkonto nicht und schon gar nicht im Grundbuch. Im Laufe der Jahrzehnte hatte sein Vater etliche Grundstücke angekauft. Und nicht nur landwirtschaftliche Flächen. Da waren schon auch richtig wertvolle Flecken dabei, die man in kürzester Zeit zu Geld machen könnte.

Doch solange der Alte noch lebt, hatte der Franzl keine Chance auch nur an einen Cent heranzukommen. Er musste im Wesentlichen damit auskommen, was sein alter Herr ihm zugestand. Auch wenn dieser nicht besonders kleinlich war, glücklich war der Franzl mit dieser Art der Entlohnung nicht. Schon gar nicht, seit er wusste, wie vermögend sein Vater war.

„Du machst hier noch fertig“, hörte er seinen Vater von der Stalltüre aus befehlen. „Ich muss jetzt in die Stadt.

Hab da ein paar Dinge zu erledigen. Ich werde gegen Abend zurück sein." Der alte Mann knallte die Stalltüre zu und verschwand.

„Leck' mich doch", wiederholte Franzl seine Ansage von vorhin, wohl wissend, dass der Alte in ohnehin nicht mehr hören konnte. Als der Jungbauer mit der Stallarbeit fertig war, verzog er sich hinter das Stallgebäude, wo die Sonne an einem wolkenlosen Himmel zu sehen war.

Er setzte sich auf die kleine Holzbank, die dort immer stand und fischte mit fahrigen Bewegungen eine Packung Zigaretten aus der Brusttasche. Franzl rauchte nicht viel, nur gelegentlich.

Er tastete alle Taschen seines Overalls nach einem Feuerzeug ab, fand es endlich und zündete sich den Glimmstängel, den er schon nervös im Mund hin und her schob, an. Tief atmete er den ersten Zug ein, behielt den Rauch sekundenlang in seinen Lungen, bevor er ihn endlich kraftvoll auspustete. Je mehr er währenddessen darüber nachdachte, desto weniger verstand er selbst, warum er den beiden Polizisten nichts davon erzählt hatte, dass er Sabrina am Donnerstagmorgen, also am Tag ihres Verschwindens, getroffen hatte. Aber das war mal wieder typisch für ihn. Weil er halt immer so nervös und aufgebracht war. Da passierten ihm dann solche Dinge.

Wieder nahm Franzl einen tiefen Zug, vielleicht auch um sich damit über seinen Fehler hinwegzutrösten. „So dramatisch kann's ja nicht sein", dachte er bei sich, „schließlich habe ich ja nichts mit dem Verschwinden der Kleinen zu schaffen." Noch ein tiefer Zug und Franzl wurde zusehends ruhiger.

Dass er direkt neben dem Misthaufen saß, störte den Jungbauern nicht. Schließlich war er den Gestank von

Kuhmist seit Kindertagen gewohnt und außerdem war der Platz hier um diese Tageszeit der sonnigste am ganzen Hof. Er zündete sich noch eine Zigarette an, lehnte sich an die Stallwand und nahm erneut einen ungewöhnlich tiefen Zug. Er schloss dabei die Augen und fühlte sich für den Augenblick sonderbar ruhig.

Als er diese wieder öffnete, fiel sein Blick auf einen blauen Stofffetzen, der am äußeren Rand aus dem Misthaufen ragte. Im ersten Augenblick dachte er sich nichts dabei. Schloss wieder die Augen, nahm noch einen tiefen Zug. Diesmal musste er husten, als er den Rauch weit in seine Lungen einzog. Plötzlich wurde ihm klar, dass er den Stofffetzen spätestens vorgestern schon hätte bemerken müssen, als er den Misthaufen umschaufelte.

Jetzt saß Franzl aufrecht auf der Holzbank, rauchte seine bereits dritte Zigarette und betrachtete den blauen Fetzen. Kurzerhand entschloss er sich nun doch, genauer nachzusehen.

Sofort erkannte er, dass es sich um ein Stück Jeansstoff handelte. Er versuchte, den Fetzen aus dem Kuhmist zu ziehen und merkte schnell, dass es sich um ein größeres Stück Stoff handeln musste, das fest im Mist verklemmt war. So kraftvoll er auch zog, wirklich bewegen ließ sich der Fetzen nicht. Franzl merkte, wie er langsam wieder nervös und unruhig wurde. „Was soll das werden? Was ist das denn? Was steckt da in meinem Misthaufen?“, überschlugen sich seine Gedanken.

Er eilte in den Stall zurück, schnappte sich die Mistgabel und rannte aufgeregt wieder zurück. Der Stofffetzen war von etwa 50 Zentimeter Mist überlagert. Aber Kuhmist ist nass, ist verdammt schwer. Zunächst versuchte Franzl das Ding mit Hilfe der Gabel herauszuziehen, blieb aber erfolglos. Er wusste, wenn er das Geheimnis um diesen Fetzen lüften wollte, musste er die Kuhscheiße zentimeterweise abtragen. Schon ziemlich aufgewühlt machte er sich daran, den Mist Gabel für Gabel abzugraben. Kraftvoll warf er eine Gabel voll nach der anderen irgendwo auf einen anderen Platz auf dem großen Haufen Scheiße. Der Schweiß rann ihm bereits in Strömen über Stirn und Schläfen. Immer wieder wischte er sich mit einer fahrigen Bewegung übers Gesicht. Nur etwa einen halben Quadratmeter wollte er freischaufeln. Selbst jemand, der täglich damit zu schaffen hatte, kommt dabei ins Schwitzen. Auch, weil die Sonne, die er kurz zuvor noch genoss, jetzt lästig vom Himmel brannte. Noch hatte er vielleicht zehn, fünfzehn Zentimeter abzutragen, doch statt weiter zu schaufeln, versuchte Franzl nochmals an dem Fetzen zu zerren. Doch er blieb weiter erfolglos. Es gelang ihm lediglich, ein Stück mehr Stoff zu Gesicht zu bekommen. Da wurde ihm klar, was er da sah: In jedem Fall ein Kleidungsstück. Jeanshose, Jeansrock oder eine Jacke. Wie ein Verrückter schaufelte Franzl nun weiter. Die Angst vor dem, was er da finden könnte, auch wenn er es nur vermutete, schnürte ihm die Kehle zu. Mit dem nächsten Gabelstich blieb er hängen. Vermutlich hatte eine Zinke der Gabel das Kleidungsstück aufgespießt. Jetzt zog er mit aller Kraft daran. Ja, es war ein Jeansrock, ein Stück eines Jeansrockes, das er da an der Gabel herauszog. Franzl warf die Gabel weg, begann nun mit bloßen Händen weiterzugraben. Da sah er, was er eigentlich nicht sehen wollte: Haut, nackte Haut. So vorsichtig wie es ihm in all seiner Aufregung nur möglich war, schob er noch etwas Mist zur Seite. Er erblickte einen Oberschenkel, schlank. Dann ein Knie. Ihm war sofort klar, was er da gefunden hatte. Einen menschlichen Körper. Eine Leiche. Sabrina. Franzl war sich sicher. Schließlich gab es bestimmt nicht viele Mädchen, die an der Innenseite des rechten Schenkels ein Tattoo in Form eines Kussmundes trugen. Er wusste, er hatte die Leiche von Sabrina Hartl gefunden. Die Leiche des Mädchens, das seit nunmehr vier Tagen vermisst wurde und über das er eben erst mit der Polizei gesprochen hatte. Der junge Mann war fertig. Das war zu viel für ihn. Zu viel für einen Menschen, der ohnehin zu den eher Schwächeren zählte. Nicht, was die physische Kraft anging, in jedem Fall aber, was die Psyche betraf.

Seine Gedanken überschlugen sich. Was sollte er tun? Was würde die Polizei annehmen, wenn sie die Leiche hier auf seinem Hof, auf dem Hof seines Vaters fand? Plötzlich bekam seine Aussage von heute Vormittag wieder viel mehr Bedeutung. Wieder ärgerte er sich über seine Dummheit, nichts von dem kurzen Zusammentreffen mit Sabrina am Donnerstagmorgen gesagt zu haben. Nervös fingerte er nach der Zigarettenpackung. Die Sonne brannte nach wie vor vom Himmel. Er zog sich in eine schattige Ecke zurück und rauchte. Völlig aufgelöst, unbeholfen, kurz vor dem Durchdrehen, wie er selbst es empfand. Sein Entschluss stand fest, plötzlich fest: Sabrinas Leiche durfte hier nicht gefunden werden. Er schmiss die Zigarette weg, eilte an den Fundort zurück und begann, den Leichnam wieder zuzuschaufeln. Mit letzter Kraft warf er Gabel voll Gabel über den leblosen Körper. Er schaufelte viel schneller als zuvor. Wollte diese grausame Entdeckung wieder verschwinden lassen. Am liebsten auch gleich aus seinem Gedächtnis. Aber er wusste bereits: Er wird diesen Augenblick niemals wieder vergessen können.

Zwanzig Minuten später war er fertig. Nichts war mehr zu sehen. Auch das Stück Stoff, das vorhin noch aus dem Misthaufen ragte und ihn erst zu der unheilvollen Grabung veranlasste, war verschwunden. Wenn man sich den Menschen, der da nervös und schweißüberströmt am Misthaufen stand, wegdachte, käme niemand auch nur im Leisesten auf den Gedanken, welch grauenvolles Geheimnis dieser unscheinbare, stinkende Misthaufen gerade hütete.

10

Naderer und Schönwald gönnten sich nach dem eher unergiebigen Gespräch mit dem Franzl vom Steiner-Hof eine kurze Kaffeepause. Im Café Balance am Dorfplatz fanden die beiden einen schattigen Platz auf der Terrasse. „Due Cappuccini", bestellte Naderer und grinste der Kellnerin gut gelaunt entgegen. Er nahm seine Sonnenbrille ab und richtete seinen Blick auf seine junge Kollegin.

„Sag' mal, Karin", eröffnete er das Gespräch, „wo hast du denn deinen Bernd versteckt? Ist doch sicher schon zwei Monate her, dass ich deinen Freund zuletzt gesehen habe?"

„Habe ich das nicht erzählt?", gab sie sich erstaunt. „Bernd ist seit sechs Wochen auf einem Lehrgang in Deutschland. Er will unbedingt und möglichst schnell den Werkstattmeister machen und in Deutschland gibt es da einen Schnelllehrgang. Der findet allerdings in Köln statt. Da lohnt es sich nicht mal übers Wochenende heimzufahren. Meint zumindest Bernd."

„Das seh' ich auch so", bekräftigte Naderer Bernds Ansicht.

„Zumal er ja vermutlich auch einiges zu lernen hat, oder?"

„Sicher", tat Schönwald die Sache ab. „Mein Vater jedenfalls ist glücklich. Er sieht sich in seiner Einschätzung von Bernd bestätigt und hofft jetzt noch mehr als zuvor, dass wir bald heiraten."

„Und?", grub Naderer tiefer.

„Ja, es wird wohl bald soweit sein. Irgendwann im Spätherbst, denke ich. Aber momentan habe ich weder Zeit noch Ruhe um darüber nachzudenken. Ich will derzeit eigentlich nichts anderes, als endlich diesen Fall abschließen. Endlich Sabrina gesund und munter wiederfinden. Vorher habe ich keine Ruhe."

Ohne große weitere Unterhaltung tranken die beiden ihren Cappuccino, zahlten und machten sich auf den Weg nach Mattsee, wo sie hofften, im Parkhotel weitere Informationen über die Familie Seibold zu bekommen.

„Ist denn Frau oder Herr Monger zu sprechen", erkundigte sich Naderer an der Rezeption des noblen Hotels.

„Wen darf ich melden?", erkundigte sich die junge, durchaus ansehnliche Rezeptionistin.

„Naderer, Chefinspektor Naderer und Frau Gruppeninspektorin Schönwald", antwortete Naderer in sauberem Hochdeutsch.

Das Parkhotel Mattsee war nicht nur eines der exklusivsten und teuersten Etablissements in der ganzen Seenland-Region. Es war auch eines der wenigen Gastlokale weitum, in dem man sich als Normalsterblicher nicht wirklich willkommen fühlte, war zumindest Naderers Eindruck, der aber auch täuschen konnte.

„Wenn Sie bitte ein paar Minuten warten wollen", riss die Dame an der Rezeption den Inspektor aus seinen Gedanken.

„Herr Monger steht Ihnen dann gleich zur Verfügung", sprach's und drehte ab. Vermutlich um sich in ihren Augen wichtigeren Dingen als der Polizei zuzuwenden.

Tatsächlich stand der Hotelier nur wenige Augenblicke später bei ihnen.

„Bitte, Herr Inspektor, was kann ich für Sie tun?", erkundigte er sich knapp aber freundlich.

„Guten Tag, Herr Monger", erwiderte Naderer und hielt ihm die Hand zum Gruß hin. „Ein fester Händedruck", dachte sich Naderer, während Monger nun auch Schönwald begrüßte.

„Wir hätten da ein paar Fragen zu einem Ihrer Stammgäste", begann Schönwald. „Können wir uns irgendwo ungestört unterhalten?"

„Aber sicher, setzen wir uns an die Bar. Da ist um diese Zeit meist kein Mensch." Galant wies er den beiden Polizeibeamten den Weg zur Bar.

„Darf ich Ihnen etwas bringen lassen. Kaffee vielleicht?"

„Sehr gerne", antwortete Naderer und blickte fragend zu seiner Kollegin.

„Ja, ein Cappuccino wäre nett", setzte sie Naderers Antwort fort.

„Bitte, nehmen Sie Platz. Worum geht es denn?", erkundigte sich Monger, der von der Statur her mit Naderer zu vergleichen war. Groß, schlank, recht kräftig, nur seine Haarpracht zeigte bereits deutliche Auflösungstendenzen. Nur noch ein relativ schmaler Haarkranz war zu sehen. Vermutlich lag es genau daran, dass der Hotelier recht streng wirkte.

„Bestimmt wissen Sie ja, dass wir noch immer mit Hochdruck nach der Sabrina Hartl suchen, der Tochter Ihres Kollegen vom Stiftskeller", eröffnete Naderer die Befragung. „Dass wir nun ein paar Auskünfte zu einem Ihrer Gäste möchten, hat nicht unmittelbar damit zu tun, könnte uns aber unter Umständen weiterhelfen. Außerdem möchte ich Sie bitten, unser Gespräch vertraulich zu behandeln."

„Gewiss doch. Sie können sich darauf verlassen."

Eine der Kellnerinnen trat an den Tisch und servierte die zwei Cappuccini. Naderer erblickte erfreut den festen Milchschaum, der für ihn das Wichtigste an einem schönen Cappuccino ist.

„Wie wir in Erfahrung bringen konnten, ist die Familie Seibold schon seit vielen Jahren Gast in Ihrem noblen Haus“, nahm Schönwald das Gespräch wieder auf. „Können Sie uns etwas zum Verhältnis der beiden Eheleute sagen? Ist ihre Ehe intakt? Wie verbringen sie die gemeinsame Ferienzeit in Ihrem Haus?“

„Ich wundere mich, ganz offen gesagt, dass Sie mich gerade zu den Seibolds befragen. An die beiden hätte ich zuletzt gedacht. Aber gut, Sie werden Ihre Gründe dafür haben. Also, wenn man nur ganz oberflächlich mit Herrn und Frau Seibold zu tun hat, würde man wohl meinen, dass sie eine intakte Beziehung führen. Hier im Haus weiß man aber, dass dem nicht ganz so ist. Nach außen hin lassen sie sich nichts anmerken, sind immer freundlich und aufmerksam zu einander. Bis vielleicht auf die üblichen kleinen Reibereien oder Meinungsverschiedenheiten, die es aber wohl bei allen gibt. Aber die Tatsache, dass Herr Seibold oft mehrere Tage in seinem Jagdhaus verbringt und auch wenn er im Hause ist, kaum Zeit für seine Frau findet, deutet schon eher darauf hin, dass die beiden sich nicht mehr allzu viel zu sagen haben. Wenn er da ist, sieht man sie höchstens gemeinsam beim Mittag- und Abendessen.“

„War das schon immer so?“, unterbrach ihn Schönwald.

„Sagen wir mal, ich kann mich kaum an etwas anderes erinnern.“

„Würden Sie sagen, dass es da auch außereheliche Beziehungen gibt? Wissen Sie etwas darüber?“, hakte Naderer nach.

„Bitte, Herr Inspektor, das geht jetzt doch etwas zu weit. Immerhin reden wir hier über besonders treue, langjährige und sehr solvente Gäste unseres Hauses."

„Sie können davon ausgehen, dass wir das Gespräch ausgesprochen vertraulich behandeln. Von uns erfährt niemand, worüber wir hier sprechen", versicherte Naderer.

„Nun gut, ich verlass' mich auf Sie", antwortete Monger nach kurzem Überlegen und ging nun auf Naderers Frage von vorhin ein.

„Sagen wir mal so: Frau Seibold, die sich ja während der drei Wochen fast ununterbrochen in unserem Haus aufhält, würde sich diese Blöße wohl nicht geben, hier im Hotel oder in ihrer Suite einen Liebhaber zu empfangen. So etwas bleibt nie lange geheim. Was Herrn Seibold angeht, prahlt dieser schon mal mit der einen oder anderen Damenbekanntschaft. Ich kann mich nicht erinnern, ihn hier im Hause mal mit einer entsprechenden Dame in – wenn Sie so wollen – verdächtiger Situation gesehen zu haben, aber auf Geschäftsreisen oder anderen Wochenendtrips soll er diesbezüglich recht aktiv sein, wenn man ihm selbst Glauben schenken will."

„Konnten Sie aus seinen Erzählungen heraushören, um welche Art Frauen es sich dabei handelte? Ich meine geht es um Prostituierte oder um einen besonderen Typ Frau?", fasste Schönwald nach.

„Herr Seibold wird sicher recht großzügig sein", antwortete Monger mit einem süfisanten Grinsen, „aber ich glaube nicht, dass er die Dienste von Prostituierten in Anspruch nimmt. Ich denke, das bekommt er noch anders hin. Ob er einen bestimmten Frauentyp bevorzugt, kann ich nicht wirklich sagen. Ich kann mich jedenfalls nicht daran erinnern, dergleichen herausgehört zu haben."

„Kann es sein, dass Herr Seibold den Kontakt zu besonders jungen Mädchen sucht?“, fragte Naderer jetzt ganz unverblümt nach.

„Also geht es doch um die junge Hartl“, entgegnete der Hotelier etwas brüskiert. „Nein, da kann ich Ihnen nichts dazu sagen. Etwas in der Art ist mir nie aufgefallen. Oder, warten Sie, eines vielleicht“, Monger fuhr sich mit einer Handfläche über seinen kahlen Kopf, als müsste er erst überlegen, was er nun sagen wollte.

„Ja, einmal gab es da was. So vor drei, vier Jahren, würde ich sagen. Eines unserer Zimmermädchen stand eines Morgens vor meinem Schreibtisch und zeigte sich restlos empört über Herrn Seibold. Sie verlangte sogar, dass wir die Familie Seibold des Hauses verweisen“, Monger unterbrach kurz. „Sie behauptete, in Seibolds Suite das geöffnete Notebook vorgefunden zu haben und am Bildschirm sollen eindeutige, perverse Bilder mit ganz, ganz jungen Mädchen zu sehen gewesen sein. Keine Kinder, da war sich das Mädchen sicher, aber blutjunge Girlies in jedem Fall. Und – wie gesagt – in eindeutigen Szenen.“

„Was haben Sie unternommen?“, wollte Schönwald wissen.

„Was denken Sie, was wir in einem solchen Fall tun können? Nichts. Gar nichts. Die Zimmer sind absoluter Privatbereich der Gäste. Was wir da finden, sehen oder entdecken hat hundertprozentig diskret behandelt zu werden. Unsere Mitarbeiterinnen und Mitarbeiter dürfen über derlei nicht einmal reden, schon gar nicht außer Haus. Also solange nicht etwas eindeutig illegal ist, werden solche Dinge als nicht gesehen, nicht gehört oder nicht geschehen behandelt.“

„Wissen Sie etwas über Seibolds Geschäfte?“, wechselte Naderer das Thema. „Ich meine, gibt es da irgendetwas Auffälliges?“

„Ich denke nicht. Soviel ich weiß, laufen seine Firmen bestens. Jedenfalls hört und liest man nichts anderes. Und ich kann mich auch nicht erinnern, dass er oder eines seiner Unternehmen jemals in den Schlagzeilen war. Außer vielleicht damals, als er seinen Geschäftspartner – angeblich mit nicht so ganz durchschaubaren Mitteln – aus dem Unternehmen gedrängt haben soll. Was da genau abging, kann ich nicht sagen. Ich habe die Sache nur am Rande verfolgt. Aber Sie können sich ja sicher bei Ihren Kollegen in Frankfurt ein paar Informationen besorgen, oder?"

„Gehen Sie zur Jagd, Herr Monger?", wechselte nun auch Schönwald spontan das Thema. „Ich meine, gehen Sie ab und an mit Herrn Seibold zur Jagd?"

„Nein, ich kann diesem Freizeitvergnügen nichts abgewinnen. Das war und ist nichts, was mich reizen könnte."

„Waren Sie schon mal Gast in Seibolds Jagdhaus?"

„Ja, allerdings. Vor allem früher, als er das Jagdhaus noch nicht im Alleinbesitz hatte. Da war ich das eine oder andere Mal zu einem Herrenabend eingeladen. Meist ein ziemliches Besäufnis. Nichts, auf das ich großen Wert lege. Aber manchmal kommt man solchen Dingen eben nicht aus. Wenn Sie verstehen, was ich meine." Schönwald und Naderer verstanden.

„Ich denke, das war's, Herr Monger", beendete Naderer die Unterhaltung. „Wir bedanken uns für Ihre Hilfe und Ihre Zeit. Vielen Dank und noch einen schönen Tag."

„Bitte, die Herrschaften, keine Ursache. Ich hoffe, ich konnte Ihnen behilflich sein", erwiderte der Hotelier während er beide mit einem Händedruck verabschiedete.

„Und vielen Dank auch für den Cappuccino", rief Schönwald im Weggehen.

„Und, was meinst du? Können wir mit dem eben Gehörten irgendetwas anfangen?", fragte Schönwald bei ihrem Vorgesetzten nach, während sie zum Dienstwagen gingen.

„Frag' mich was Leichteres. Im Moment weiß ich nicht, ob uns das irgendwie weiterbringen kann. Aber warten wir ab. Du weißt ja, manchmal passt das irgendwann plötzlich perfekt in unser Puzzle. Auch wenn wir jetzt nichts damit anfangen können."

„Ja, und Seibolds Bemerkungen bezüglich ‚Eh nicht mehr aktuell' und dass er Sabrina ‚kannte' – also schon in der Vergangenheit sprach, werden wir im Kopf behalten, oder?"

„Natürlich", dachte Naderer ohne zu antworten.

Als sie die Polizeiinspektion betraten, herrschte dort recht hektisches Treiben. Obwohl Sonntag, waren mindestens viermal so viele Beamte bei der Arbeit, wie sonst in der Polizeiinspektion Obertrum beschäftigt waren. Offensichtlich wollte keiner einen freien Tag genießen bevor Sabrina gefunden wurde.

„Nun, wer erstattet mir Bericht?", wandte sich Naderer an seine Kolleginnen und Kollegen.

„Bin gleich soweit", kam es von einem jener Schreibtische her, die erst am Freitag wegen des erhöhten Personalstandes in die Inspektion gebracht wurden. „Ich muss nur noch etwas ausdrucken", ergänzte Inspektor Angerer, ein Kollege von der Polizeiinspektion Neumarkt am Wallersee, den Naderer schon seit vielen Jahren kannte.

„Wir sind in meinem Büro, wenn du soweit bist", gab er zurück und bat Schönwald ihn ins Büro zu begleiten.

„Wir sind ein gutes Team, wir alle hier", meinte Schönwald, während sie auf einem der Drehsessel Platz nahm. „Jeder kniet sich da voll rein. Jeder will Sabrina finden oder zumindest irgendeinen wichtigen Beitrag dazu leisten. Ich bin stolz auf unsere Mannschaft."

„Keine Frage, aber andererseits doch auch selbst- verständlich, nicht? So etwas lässt keinen hier kalt und ich glaube, dass wenn jemand freimachen würde, würde er oder sie dabei auch an nichts anderes denken. Das kriegst du eh nicht aus dem Kopf."

„Ja, stimmt. Da geht nur arbeiten oder, wenn es denn mal sein muss, ein paar Stunden schlafen."

Ein kräftiges Klopfen unterbrach die beiden. Inspektor Angerer trat ins Büro und begann mit seinem Bericht.

„Offen gesagt, gibt es nichts wirklich Neues. Die meisten Kollegen waren heute Vormittag wieder unterwegs um noch weitere Touristen zu befragen. Ergebnis gleich null. Leider. Dann hat Frau Dr. Frey von der Gerichtsmedizin angerufen und mitgeteilt, dass sie an dem Stück Fingernagel winzige Speichelreste gefunden hat. Ihrer Meinung nach dürfte der Nagel also abgebissen worden sein, bevor er in Sabrinas Rucksack verschwand. Ja und dann hat Herr Direktor Neuwirth von der Handelsakademie in Neumarkt angerufen, wo Sabrina zur Schule geht. Er hat – auf Eigeninitiative wohlgemerkt – für heute fünfzehn Uhr alle Schülerinnen und Schüler seiner Schule zu einem Informationsgespräch in die Schule eingeladen. Zumindest all jene, die trotz Ferienzeit erreichbar waren. Und er meinte, es wäre für uns sicher hilfreich, wenn wir uns dabei ganz direkt an alle Schulkameraden von Sabrina wenden könnten. Mit einigen haben wir ja schon gesprochen, aber natürlich längst nicht mit allen. Immerhin gehen dort rund 800 Kinder und Jugendliche zur Schule. Ich denke, das ist das Erfreulichste des bisherigen Tages. Mehr gab es nicht."

„Das ist wirklich toll von Herrn Neuwirth", freute sich Naderer. „Bereitet jemand die Infos und Fragen an die Schüler vor?"

„Ja, Oberbrandacher will sich darum kümmern, sobald er wieder im Dienst ist. Er braucht nur mal kurz eine Mütze Schlaf und ein frisches Hemd."

„Ich denke, wir sollten mit fünf, sechs Mann dahin", empfahl Naderer. „Karin und ich sind sowieso dabei. Stellst du die restliche Truppe zusammen?"

„Klar, mach ich. Abfahrt von hier um vierzehn dreißig." Als Angerer das Büro verlassen hatte, wandte sich Naderer an Schönwald. „Nun, was denkst du? Wo machen wir weiter?"

„Wie denkst du eigentlich über unser Gespräch mit dem Franzl?"

„Ein komischer Kauz ist der schon. Aber ich trau dem irgendwie nichts Unrechtes zu. Und wenn, warum soll es denn gerade jetzt irgendeinen Vorfall geben. Der Franzl lebt schon immer hier. Ist schon immer so, wie er ist, wie wir ihn kennen. Warum also gerade jetzt?"

„Weiß man eigentlich irgendetwas über Frauenbekanntschaften?"

„Nicht, dass ich wüsste. Aber einen Strick kann man ihm daraus wohl auch nicht drehen."

„Denkst du, er ist schwul?"

„Nein, also das hätte sich doch sicher bereits herumgesprochen. Nein, sicher nicht."

„Es ist gleich Mittag", wechselte Naderer das Thema. „Hast du Lust, etwas zu Mittag zu essen?"

„Sorry, aber wenn es dir nichts ausmacht, fahre ich lieber mal kurz nach Hause. Bernd hat vorhin angerufen. Der ist schon seit sechs Uhr früh unterwegs und wird bald zu Hause sein. Also, wenn du kein Problem damit hast, möchte ich die knapp zwei Stunden mit ihm verbringen. Er ist eh schon sauer, dass ich keine Zeit habe."

„Warum sagst du denn nichts? Du musst in der Schule ja nicht unbedingt dabei sein."

„Doch, doch, das möchte ich unbedingt. Bernd ist ja bald fertig mit seinem Lehrgang. Also, dann hau ich jetzt ab und bin pünktlich um vierzehn Uhr dreißig zurück."

„Brauchst du einen Dienstwagen?" „Nein, ich nehm den Bus. Fährt eh gleich los. Also, Tschüss!"

Naderer beschloss, die Mittagszeit zu nutzen und sich mal wieder im Pokos – seinem Lieblingslokal im Obertrumer Gewerbepark – sehen zu lassen. Ihm knurrte der Magen und er hatte mal wieder Lust auf einen ‚Grillteller Tradition', den er dort so gern genießt.

11

„Schön, dass du dich mal wieder anschauen lässt", begrüßte ihn sein Freund Harald Gruber, Chef des Pokos, als er Naderer auf der Terrasse entdeckte.

„Deine Kollegin hast nicht mitgebracht?"

„Nein, die hat sich für zwei Stunden frei genommen. Muss zu Hause etwas erledigen", erwiderte Naderer und bestellte gleich mal seinen Grillteller. „Bist du im Stress", fragte er nach, „oder kannst du dich auf ein Bierchen zu mir setzen?"

„Wir sind gut besetzt. Unsere Mädchen schaukeln den Laden schon", lachte Gruber und gab Naderers Bestellung und den Auftrag für zwei Seidel Bier an eine seiner Angestellten weiter. „Sorry, Harald, aber ich bin im Dienst. Also bitte einen Apfel-Leitung für mich."

„Ihr sucht immer noch nach der Sabrina, oder?", fragte Gruber offensichtlich besorgt nach. „Eine Scheißsache ist das. Wie kann denn ein Mädchen einfach so verschwinden. Ich mein die Sabrina, wieso verschwindet die einfach. Die ist doch die Zuverlässigkeit in Person."

„Ja, da hast du recht. Aber es kommt vor. Überall auf der Welt und jetzt passiert so was auch bei uns. Aber es ist wirklich kaum zu verstehen. Und jetzt sind es schon vier Tage. Ehrlich gesagt: Ich persönlich rechne mittlerweile wirklich mit dem Schlimmsten."

„Meinst du wirklich, der Sabrina ist etwas zugestoßen? Du glaubst nicht mehr daran, dass sie vielleicht doch einfach von zu Hause abgehauen ist?"

„Glaubst du das? Du kennst ihre Eltern. Du kennst sie. Glaubst du wirklich, dass Sabrina so etwas tun würde?"

„Eigentlich nicht. Nein, eigentlich nicht."

„Und wie läuft's bei dir so?", wechselte der Polizeibeamte das Thema.

„Alles paletti. Ich kann mich nicht beklagen. Sogar der Sommer zeigt sich heuer mal von seiner schönen Seite. Also, kein Grund zur Klage."

„Mahlzeit, die Herren. Habt ihr eh noch ein Platzerl für mich?", erkundigte sich Martin Koller, der – natürlich in Begleitung seines Hundes Ikarus – an den Tisch trat.

„Ja, hallo Martin", freute sich Naderer, „schön, dich zu sehen. Komm' setz dich her da."

„Ja, klar nimm Platz", machte auch Gruber eine einladende Handbewegung.

Die drei waren – wenn man so will – dicke Freunde. Jedenfalls saßen sie gern beisammen und diskutierten. Manchmal plauderten sie auch nur. Und besonders gern tranken sie zusammen das eine oder andere Glas Wein. Aber nicht zu Mittag und nicht, wenn Naderer im Dienst war.

„Was darf ich dir bringen?“, erkundigte sich bereits eine der charmanten Kellnerinnen des Pokos, noch bevor Koller richtig Platz nehmen konnte.

„Bring mir doch auch so ein Seidel. Ein oder zwei vertrage ich schon, auch um diese Zeit“, meinte Koller und warf – sicherheitshalber – noch einen Blick auf seine Armbanduhr.

Als er dann bequem saß, nahm Koller eine Tüte mit Leckerli für seinen Hund heraus, schüttete einige davon auf den Tisch und hielt Ikarus gleich mal ein erstes Stück hin, was der sich natürlich nicht entgehen ließ. Als sein Seidel gebracht wurde, bat er die Kellnerin noch um etwas Wasser für seinen Begleiter und wandte sich dann an Naderer.

„Nun, wie sieht's aus, Max? Konntet ihr mit dem Rucksack etwas anfangen. Es war doch Sabrinas, oder?“

„Ja, aber weißt eh, viel kann ich euch dazu nicht sagen. Nur so viel vielleicht: Ich hab' kein gutes Gefühl in der ganzen Sache. Nicht mehr, jedenfalls.“

„Du glaubst also, ihr ist etwas zugestoßen?“, schaltete sich Gruber ein.

„Ja, zumindest wenn ich nach meinem Bauchgefühl gehe.“

„Dass keiner das Mädchen gesehen haben will, leuchtet mir einfach nicht ein. Ein Mädchen wie Sabrina haut doch nicht einfach ab. Zumindest nach außen hin wirkt die Familie doch immer völlig intakt. Oder gibt es da inzwischen andere Erkenntnisse?“, wollte Koller wissen.

„Nein, überhaupt nicht. Von der Seite passt alles, was mein Unbehagen aber keineswegs reduziert. Und wisst ihr, was mich inzwischen überhaupt am allermeisten beunruhigt?“

„Was denn?“, schossen seine Freunde fast zeitgleich heraus.

„Es ist die Sache von damals. So vor acht Jahren, als ich hierher kam."

„Ich erinnere mich dumpf daran, dass du mal von deinem ersten Fall hier erzählt hast. Was war denn da genau passiert?", fragte Gruber nach.

„Was passiert ist? Genau das, was jetzt gerade hier passiert. Ein Mädchen war verschwunden. Kathrin Hochreiter aus Elixhausen. 17 Jahre alt. Schülerin an der Handelsakademie in Neumarkt. Verschwand am helllichten Tag und tauchte nie wieder auf. Bis heute nicht. Man hat niemals mehr irgendwas von ihr gehört. Spurlos verschwunden. Einfach weg. Ich bin damals, es war übrigens auch zur Sommersaison, eigens deswegen – vorübergehend – hierher versetzt worden. Der Peter hat mir damals die Leitung der Ermittlungen übertragen, als er und sein Team nicht mehr weitergekommen waren. Eigentlich war's zu dem Zeitpunkt eh schon hoffnungslos. Aber, wie heißt es so schön: Die Hoffnung stirbt zuletzt. Irgendwann im November haben wir dann die ‚SOKO Kathrin' aufgelöst. Ohne das Mädchen zu finden. Ohne auch nur einen halbwegs Verdächtigen im Visier zu haben und eigentlich auch ohne jeden brauchbaren Hinweis. Jedenfalls keiner, der es Wert gewesen wäre, in der Zeit danach noch verfolgt zu werden. Aus. Schluss. Ende. Das Mädchen blieb und bleibt vermisst."

„Schrecklich", sagte Koller, sichtlich besorgt, „wie gehen bloß die Eltern damit um? Wie wird man damit fertig, über all die Jahre nicht zu wissen, was mit der Tochter passiert ist. Immer im Zweifel, ob sie vielleicht noch lebt. Immer in der Hoffnung, dass sie noch lebt und doch bei aller Vernunft annehmen zu müssen, dass sie längst tot ist. Nein, echt grausam. Wie hält man das aus?"

„Wir Menschen halten oft mehr aus, als wir von uns selbst annehmen", antwortete Gruber. „Das wissen wir ja aus vielen, vielen Beispielen heraus. Aber das Leben wird wohl ein ganz anderes sein, wenn dir so etwas widerfährt."

„Glaubst du denn, dass es da irgendeinen Zusammenhang gibt?", wandte Koller sich an seinen Freund Max. „Denkst du, dass Sabrinas Verschwinden irgendwie mit den damaligen Geschehnissen zusammenhängt?"

„Nicht wirklich. Jedenfalls sehe ich keinen, bis auf die Kleinigkeit", Naderer deutete dabei mit zwei Fingern zwei Anführungszeichen an, „dass beide Mädchen gleich alt waren, dieselbe Schule besuchten und ... wirklich spurlos verschwanden. Also ohne, dass auch nur irgendjemand etwas Brauchbares dazu sagen konnte oder kann, wie eben derzeit. Aber wie die Fälle zusammenhängen könnten, wüsste ich beim besten Willen nicht. Sooft ich auch darüber nachdenke, es fällt mir nichts ein. Darum spielt der Fall von damals auch keinerlei Rolle bei den laufenden Ermittlungen. Ich denke, das wäre nur irritierend."

„Was glaubst du denn, ist mit dieser Kathrin geschehen? Hast du eine Vermutung?", fragte Gruber nach.

„Das ist es ja eben, was mich im aktuellen Fall so beunruhigt. Ich bin fast hundertprozentig sicher, Kathrin wurde ermordet und liegt irgendwo vergraben, wurde verbrannt ... keine Ahnung. Jedenfalls denke ich, sie ist tot."

„Aber Sabrina ist ja doch erst vier Tag weg", unterbrach ihn Koller. „Ich denke, wir sollten da schon noch etwas hoffnungsvoller sein. Sie muss doch nicht gleich ermordet worden sein."

„Ja, du hast recht. Ich versuch ja eh, derlei Gedanken immer gleich wieder aus meinem Kopf zu verdrängen und optimistisch aufzutreten. Auch den Kolleginnen und Kollegen gegenüber, das ist wichtig für ihre Motivation. Ich hab' die alte Sache auch noch nie angesprochen. Ich denke, das bringt nix." Inzwischen bekamen Koller und Gruber ihr zweites Seidel Bier und Naderer seinen geliebten Grillteller ‚Tradition'.

„Mahlzeit", grinste Gruber, der sich ab und an über den schier grenzenlosen Appetit seines Freundes lustig machte.

„Lass' es dir schmecken", sagte Koller. „Wir wechseln einstweilen das Thema, oder?"

Naderer machte sich über sein Mittagessen her. Feine Scheiben von Rindshuft, Putenfilet und Schweinskarre, dazu ein gegrilltes Frankfurter Würstel, leckere Patato-Chips, ein paar Zwiebelringe und eine mächtig scharfe Chilisauce. Alles genau so, wie Naderer das mochte. Ach ja, ein Bund Bohnen im Speckmantel lag auch noch am Teller.

Ikarus, der eigentlich nie am Tisch bettelte und während des bisherigen Gesprächs ein kleines Nickerchen gemacht hatte, bekam wohl auch Appetit. Jedenfalls war er sofort hellwach und schaute hungrig über die Tischkante.

„Nein, Ikarus", ermahnte ihn sein Herrchen. „Erstens macht man das nicht und zweitens ist das nichts für dich. Komm' her. Papa hat noch ein feines Leckerli für dich." Koller fiel nicht auf, dass er – eigentlich wie fast immer - wieder in ganzen Sätzen mit seinem Hund sprach. Aber Ikarus gehorchte. Wer wusste denn schon, was der kleine King-Charles wirklich verstand?

„Wann machst du eigentlich Urlaub, Max?", erkundigte sich Koller, um nun wirklich das Thema zu wechseln.

„Geplant waren die ersten beiden Augustwochen. Aber ich denke, daraus wird vorerst mal nichts. Bevor der Fall nicht abgeschlossen ist, kann und will ich nicht weg." Womit man wieder beim Thema war.

„Kann ich mir gut vorstellen, dass du da keine Ruhe hast“, meinte Gruber verständnisvoll.

„Dann sollten wir uns aber diese Woche mal auf ein gutes Glas Wein treffen. Ich weiß, ich weiß“, winkte Koller ab, bevor Naderer etwas sagen konnte. „Du kannst im Moment nicht sagen, wann du Zeit hast. Aber wir machen’s einfach so, dass du kurz anrufst, wenn du mal ein, zwei Stunden zum Abschalten brauchst und findest. Ich bin diese Woche eh immer verfügbar.“

„Und ich werd’ es mir einteilen“, bestätigte Gruber.

„Okay, es wird schon mal passen“, schloss Naderer das Thema ab.

Naderer wischte sich den Mund ab, legte Serviette und Besteck auf den Teller und schob diesen zur Seite.

„Ausgezeichnet“, lobte er noch einmal und winkte die Kellnerin an den Tisch.

„Wie sieht’s mit einem Kaffee aus?“, fragte er in die Runde.

„Jetzt, wo du mit Essen fertig bist“, nahm Koller das Gespräch wieder auf nachdem der Kaffee bestellt war, „möchte ich noch mal kurz auf Sabrina zurückkommen. Ich will mich nicht in deinen Job einmischen“, fuhr er zögerlich fort. „Aber mir ist da gerade etwas eingefallen. Hast du eigentlich mal überprüft, ob – und wenn ja – wer vor acht Jahren, also zu der Zeit als Kathrin verschwand, ebenfalls hier in der Gegend Urlaub gemacht hatte? Vielleicht gibt es ja Übereinstimmungen mit derzeitigen Gästen. Ich denke, mit den Einheimischen habt ihr euch ja sicher ausführlich befasst. Damals und heute, oder? Und ich weiß ja auch, dass ihr hunderte von Urlaubern befragt habt. Aber, vielleicht gibt es ja den einen oder anderen Touristen, der zu beiden Zeiten vor Ort war und ist. Ich mein ja nur ... vor allem, weil sich im Fall Kathrin über so viele Jahre hinweg gar nichts ergeben hat. Wenn einer irgendwas damit zu tun hatte und dann einfach wieder abreist, ohne vorher so richtig in Verdacht zu geraten, dann ist es doch wahrscheinlicher, dass sich in der Sache nichts mehr tut, als wenn ein Einheimischer, der tagein, tagaus in der Gegend verkehrt, damit zu tun hätte."

„Du hast recht. Ich bin ganz deiner Meinung", gab Naderer gleich zu. „Und nein, der Gedanke ist mir ehrlich gesagt noch nicht gekommen. Aber ich werde das gleich nachprüfen lassen. Das kann ja eigentlich kein großes Problem sein."

Naderer warf einen Blick auf sein Handy. „Es wird Zeit. Ich muss weiter. Also, Freunde, ich melde mich, sobald ich mal einen Abend Zeit habe. Ich hoffe, es klappt. Und danke fürs Mitdenken, Martin."

„Lass' dich nicht stressen, Max und viel Erfolg. Ich drück' euch und Sabrina die Daumen", sagte Gruber.

Naderer stand auf und ging ins Lokal um zu bezahlen. Als er zurückkam, rief er im Vorbeigehen seinen Freunden zu:

„Hab' euch gerne eingeladen. Dann bis bald", und verschwand in Richtung Dienstwagen.

„Na, und was machen wir beide jetzt?", fragte Koller bei Ikarus nach, den er dabei liebevoll am Hals kraulte. „Ich denke, es wird Zeit für unseren Spaziergang. Aber nur die mittelgroße Runde, gell." Der King-Charles reagierte sofort und wedelte freudvoll mit seinem buschigen Schwanz.

„Schaust du heute nochmals vorbei?", fragte Gruber.

„Ja, nach unserer Runde komm' ich noch auf ein Pfiff vorbei."

„Also, dann bis später", verabschiedeten sich die Freunde und guten Nachbarn. Ikarus war schon eine Leine lang voraus. Offensichtlich hatte er es eilig.

12

„Spinnst du jetzt ganz? Bist du denn total bescheuert? Was erzählst du da für eine Scheiße?“, schrie Anna Steiner ihren Bruder Franzl an. „Mit so etwas macht man keine Scherze!“, ärgerte sie sich, obwohl sie eigentlich wusste, dass Franzl der Letzte war, der den Nerv hatte, mit so etwas zu scherzen.

Franzl saß neben ihr am Küchentisch, seine Hände gefaltet und fest zwischen die Knie geklemmt. Wie ein ängstlicher, kleiner Junge, der gerade etwas angestellt hatte.

„Erklär' mir mal, wieso du so einen Scheiß erzählst. Willst du mich erschrecken? Willst du mich ärgern? Oder was soll das?“, putzte Anna ihren Bruder unablässig zusammen. Sie war kurz vorm Durchdrehen.

Als sie vor ein paar Minuten aus Obertrum zurückkam, wo sie sich mit einer Freundin zum sonntäglichen Frühstück im La Vida getroffen hatte, rannte ihr Bruder ihr schon aufgeregt und nervös entgegen, was an sich nicht so besonders ungewöhnlich war. Doch als er sie vor lauter Aufregung beinahe aus dem Auto zerrte, wusste sie, dass irgendwas passiert sein musste.

Jetzt saß der Franzl ihr gegenüber und hatte gebeichtet.

„Ach was! Blödsinn!“, ging es durch Annas Kopf. „So ein ausgemachter Schmarr'n.“

„Also Franzl“, jetzt noch mal ganz in Ruhe, versuchte sie beruhigend auf ihren Bruder einzuwirken. „Was hast du gefunden oder gesehen?“

„Sabrina“, schrie Franzl ihr aufgeregt entgegen und sprang dabei von seinem Stuhl auf. „Sabrinas Leiche, habe ich gefunden.“

„Im Misthaufen?“, fragte Anna mit einem spöttischen Unterton nach.

„Ja, im Misthaufen. Vergraben. In unserem Misthaufen vergraben!“

„Und du weißt, dass es Sabrina ist? Du hast sie ausgegraben und dann wieder vergraben? Seh ich das richtig?“

„Nein, ich habe nur ihren Schenkel gesehen, verdammt!“, brüllte Franzl. „Nur ihren Schenkel. Und ihr Tattoo. Es ist Sabrina, die da liegt. Ganz sicher.“ Franzl irrte verwirrt und aufgeregt in der Küche herum.

Nervös. Hypernervös, wie Anna meinte. „Jetzt setz dich wieder hin“, befahl sie ihrem Bruder. „Wenn das stimmt, was du da sagst, und auch wenn es gar nicht Sabrina ist, müssen wir die Polizei anrufen“, stellte sie fest.

„Spinnst du“, schrie Franzl überschäumend vor Empörung.

„Die Polizei? Wenn die Sabrina hier finden, was denkst du, wer dann verdächtigt wird? Wo die heute eh schon bei mir waren.“

„Bei dir? Was um Himmels willen, wollten die Bullen von dir?“

„Keine Ahnung“, stotterte Franzl jetzt. „Keine Ahnung, Anna. Die wollten nur wissen, ob ich denn etwas zu Sabrinas Verschwinden sagen kann.“

„Und? Konntest du? Hattest du irgendetwas zu sagen?“

„Nein, was auch?“

„Also, dann rufen wir jetzt die Bullen an und die sollen den ganzen Misthaufen umgraben. Wenn du nicht total vertrottelt bist, werden sie Sabrina finden. Na und? Wir haben nichts damit zu schaffen.“

„Nein, nicht anrufen! Irgendwann im Frühjahr muss der Mist ohnehin wieder ausgefahren werden. Dann wird man Sabrina finden. Zufällig. Wenn schon über alles Gras gewachsen ist. Aber nicht jetzt, wo alle heiß darauf sind, irgendwas zu finden.“

„Warum hast du so eine Heidenangst davor, die Polizei anzurufen“, wunderte sich Anna. „Du hast doch nichts damit zu schaffen, oder?“

„Nein, verdammt, was denn auch“, konterte Franzl. „Ich hab’ sie zufällig gefunden, weil da plötzlich ein Stück Stoff aus dem Misthaufen hervorlugte.“

„Also, das sagst du den Bullen so und damit basta.“

„Anna, hör zu“, stammelte Franzl. „Ich hab’ dem Naderer heute nicht die ganze Wahrheit gesagt. Ich habe Sabrina am Donnerstag noch gesehen. Das hab’ ich nicht gesagt, weil ich Angst hatte, dass die da gleich etwas hineininterpretieren.“

„Du bist ein Depp, Franzl. Ein solcher Depp! Was hätte das schon bedeuten können. Du hast sie halt als Letzter gesehen. Na und?“

„So oder so, Anna“, Franzl klopfte dabei energisch auf den Tisch, wie man es von ihm eigentlich nicht kannte. „So oder so. Kein Wort zur Polizei. Kein Wort zu überhaupt jemandem. Das bleibt unter uns. Bis zum Frühjahr. Dann sehen wir weiter. Aus. Schluss. Und basta.“

„Denkst du denn wirklich, die können dir was anhaben, nur weil du sie zuletzt gesehen hast?“

„Und weil sie unter unserem Misthaufen liegt“, gab Franzl schnippisch zurück. „Wer da eins und eins zusammenzählt kann auf keinen anderen Gedanken kommen, als dass ich was damit zu tun habe.“

„Aber was ist, wenn man Sabrina vorher findet, hier bei uns? Was machen wir dann? Dann bist du erst recht verdächtig.“

„Wer wird schon unter unserem Misthaufen nachsehen, wer denn?“

„Ich hab’ kein gutes Gefühl dabei, Franzl. Sag’ mir ganz ehrlich, hast du irgendwas damit zu schaffen?“

„Nein. Nein und nochmals nein“, brüllte der jetzt wieder.

„Ich hab sie gefunden. Zufällig. Weil ich gemütlich eine rauchen wollte. Verdammt, hätte ich bloß nicht hingeschaut.“

„Ich hab’ kein gutes Gefühl“, wiederholte sich Anna.

13

„Oberbrandacher, kommst du bitte mal“, rief Naderer, in seiner Bürotür stehend und winkte seinen Kollegen heran.

„Die Vorbereitungen für das Zusammentreffen in der Schule hast du erledigt?“, fragte Naderer, nachdem Revierinspektor Oberbrandacher auf einem der Bürostühle Platz genommen hatte.

„Ja, liegt alles schon auf deinem Schreibtisch.“

„Okay, danke. Ich hätte da noch einen Spezialauftrag für dich. Also, du kannst es natürlich auch delegieren. Aber du bist dafür verantwortlich. Kannst du versuchen, eine Liste der anwesenden Touristen vom Sommer 2003 – also Juli und August – mit den derzeit hier urlaubenden Gästen abzugleichen. Ich meine, wer hat schon im Sommer 2003 hier Urlaub gemacht und verbringt auch derzeit, also seit Sabrinas Verschwinden, seine Ferien wieder hier bei uns. Du verstehst?“

„Nicht so ganz, Max“, erwiderte Oberbrandacher. „Vor allem versteh ich nicht, was es damit auf sich hat.“

„Um es kurz zu machen: Es gab im Sommer 2003 einen ähnlichen Vorfall. Genaueres dazu erzähle ich euch sobald etwas Zeit dazu bleibt. Jedenfalls müssen wir wissen, ob es Touristen gibt, die im Sommer 2003 hier waren und eben jetzt auch hier Urlaub machen. Viele werden es nicht sein. Aber ich denke, ein paar von den ganz treuen Seenland-Urlaubern könnten schon darunter sein."

„Verstanden, ich kümmere mich darum", bestätigte Oberbrandacher und verließ Naderers Büro.

Oberbrandacher und Schönwald gaben sich quasi die Tür in die Hand.

„Na, bist du fertig? Können wir los?", fragte Schönwald.

„Ja, ich bin soweit", antwortete Naderer und schnappte sich noch rasch die Unterlagen, die Oberbrandacher vorbereitet hatte. Im VW-Touran, dem mehrplätzigen Dienstwagen, fuhren Naderer, Schönwald und vier weitere Kollegen nach Neumarkt am Wallersee.

Es war kurz vor drei, als sie dort eintrafen. Vor der Schule tummelten sich zahlreiche Schüler. Als die Polizisten ausstiegen, schepperte die Schulglocke. Wie auf Kommando marschierten die herumstehenden Jugendlichen los in Richtung Haupteingang und dann weiter zur Sporthalle. Die Polizisten folgten der Menge. Auch zahlreiche Damen und Herren vom Lehrkörper waren anwesend. Mit ihnen hatten Naderer und seine Mitarbeiter bereits gesprochen. Zuvor schon.

Dr. Neuwirth, der Direktor der Schule hieß die Polizeiabordnung willkommen. Dem Ermittlungsleiter Naderer schüttelte er kräftig die Hand. Seine Mitarbeiterinnen und Mitarbeiter sorgten in gewohnter Manier für Ruhe. Die Schülerinnen und Schüler setzten sich auf den Boden oder lehnten lässig an der Turnhallenwand oder an dem einen oder anderen Sportgerät.

„Zunächst einmal vielen Dank an euch alle", eröffnete der Direktor seine kurze Ansprache, „dass ihr so zahlreich dieser außergewöhnlichen und auch außerschulischen Einladung gefolgt seid. Ich habe schon beim Herkommen Gesprächsbrocken aufgeschnappt, die mir eindeutig zeigen, dass auch euch dieses unerklärliche Verschwinden eurer Mitschülerin Sabrina ganz schön an die Nieren geht. Ja, wir alle sind besorgt, zutiefst betroffen und voller Angst. Mit diesem Zusammentreffen heute, möchten wir gemeinsam einen Beitrag leisten und der Polizei behilflich sein. Was auch immer es bringen mag. Ich darf nun den Leiter der Ermittlungen, Herrn Chefinspektor Naderer, bitten, sich direkt an euch zu wenden. Bitte, Herr Inspektor."

„Grüß Gott zusammen und vielen Dank für euer Dasein. Ist es okay, wenn wir euch generell per du anreden?"

Aus der Halle kam ihm ein zustimmendes Raunen entgegen.

„Nun, ihr wisst, dass wir seit Donnerstagmorgen nichts mehr von Sabrina gehört haben. Niemand hat sie seither gesehen. Aus der Bevölkerung haben wir nur sehr, sehr wenige Hinweise erhalten. Die Gespräche mit den Touristen waren auch nicht wirklich hilfreich. Auch wenn ich davon ausgehe, dass sich jeder von euch bereits bei uns gemeldet hätte, wenn er etwas zu Sabrinas Verschwinden sagen könnte, möchte ich euch heute einfach nochmals ersuchen, genau nachzudenken. Egal was es ist und egal, für wie unbedeutend ihr eure Information haltet: Bitte kommt nachher zu uns, zu den Kolleginnen und Kollegen, die nachher in den Klassenzimmern 4a bis 4c und 5a bis 5c zu eurer Verfügung stehen. Mein Kollege Oberbrandacher wird euch nun kurz mitteilen, worum es uns in erste Linie geht. Bitte Kollege!"

„Also, uns geht es vor allem um folgende Fragen", begann Revierinspektor Oberbrandacher.

„Wer hat Sabrina nach dem Donnerstagmorgen, also nach neun Uhr noch gesehen, mit ihr telefoniert oder sonst irgendwie Kontakt mit ihr gehabt? Hat sich Sabrina irgendjemandem gegenüber dahin gehend anvertraut, was sie an diesem Tag vorgehabt hatte? Kann jemand von euch etwas dazu sagen, ob Sabrina sich in den letzten Tagen davor – sagen wir mal – komisch oder irgendwie anders verhalten hat? Gab es irgendetwas Ungewöhnliches? Und zu guter Letzt: Kann jemand etwas darüber sagen, mit wem Sabrina in den letzten Tagen oder auch Wochen vor ihrem Verschwinden verkehrte? Gab es ungewöhnliche Männerbekanntschaften? Egal was, bitte teilt euch uns mit, wenn euch etwas aufgefallen ist. Dankeschön!"

„Übrigens", schaltete sich Naderer nochmals ein, „ihr wisst ja sicher, dass wir inzwischen Sabrinas Rucksack gefunden haben. Drüben beim Strandbad, am alten Fußweg nach Obertrum. Weiß jemand, ob Sabrina sich dort manchmal aufgehalten hatte oder wie der Rucksack dorthin gekommen sein könnte? Okay, das war's! All jene, die überzeugt sind, keine Information für uns zu haben, sind von unserer Seite her auch schon wieder entlassen. Danke für euer Kommen und für eure Mithilfe."

Wie auf Kommando verließen die Schüler zügig die Sporthalle. Schnell leerte sich der Saal. Zu schnell für Naderers Geschmack. Nur ganz, ganz Wenige blieben, schienen etwas aussagen zu wollen oder zu können. Eine Handvoll vielleicht. Ja, tatsächlich, gerade mal vier Schülerinnen und zwei Schüler blieben zurück.

„Das ist bescheiden, sehr bescheiden", dachte Naderer.

„Also", wandte sich Schönwald sichtlich enttäuscht an die Verbliebenen, „bitte geht jetzt einfach einzeln in einen der genannten Klassenräume. Meine Kolleginnen und Kollegen warten dort auf euch."

Da offensichtlich nur Wenige etwas auszusagen hatten, überließen Schönwald und Naderer die Gespräche ihren Kollegen.

Vor der Schule brannte die Sonne nach wie vor von einem wolkenlosen Himmel. Es war kurz nach halb vier.

„Was denkst du?“, wollte Naderer von seiner Kollegin wissen.

„Da wird nicht viel bei rauskommen“, meinte sie skeptisch.

„Aber wir konnten uns doch auch nicht wirklich viel erwarten, oder? Wer etwas zu sagen gehabt hat, hat dies sicher bereits getan. Aber warten wir's ab. Vielleicht ist ja genau der Hinweis, die Information dabei, die uns bis jetzt fehlt.“

„Du hast recht“, teilte Naderer, der lässig am Treppengeländer lehnte und sein Gesicht in Richtung Sonne reckte, Schönwalds Ansicht. Schönwald saß auf der Steintreppe, nahm die Uniformmütze ab und wischte sich mit dem Ärmel den Schweiß von der Stirn.

„Heiß, heute!“ Naderer nickte nur.

Eine Dreiviertelstunde später waren sie zusammen mit ihren Kolleginnen und Kollegen wieder in der Polizeiinspektion. Naderer und Schönwald warteten in seinem Büro auf den Bericht von Revierinspektor Oberbrandacher, der auch schon zur Tür hereinstürzte, bezüglich der Aussagen der Jugendlichen.

„Was wollt ihr zuerst hören?“, begann er seinen Bericht mit einer Frage. „Die gute oder die schlechte Nachricht?“

„Die Schlechte zuerst“, entschied Schönwald.

„Die Aussagen von fünf Jugendlichen haben uns null und gar nicht weitergebracht. Da gibt es nichts Interessantes oder Neues. Aber, wie gesagt, es gibt auch eine gute Nachricht. Eine gewisse Elisabeth Schinagl, eine Mitschülerin und eigentlich recht gute Freundin von Sabrina, ist überzeugt, Sabrina am Donnerstag, so gegen halb zehn bei der Brücke, unten, wo sich die beiden Wege kreuzen, gesehen zu haben. Okay, das ist noch nicht der ganz große Burner", gestand Oberbrandacher. „Aber jetzt kommt's: Die Kleine schwört Stein und Bein, dass sie den Franzl vom Steiner-Hof mit Sabrina hat sprechen sehen. Und, wie sie meinte, war der Franzl sehr aufgeregt. Aber gut, wann ist der das nicht. Also, was meint ihr?"

„Warum hat sich Elisabeth mit ihrer Aussage denn nicht schon früher bei uns gemeldet?", wollte Schönwald wissen.

„Die war übers Wochenende mit ihren Eltern auf Verwandtenbesuch in Wiesbaden und ist erst gestern Nacht zurückgekommen", klärte Oberbrandacher den Sachverhalt.

„Uns gegenüber hat der Bauer davon jedenfalls nichts erwähnt", antwortete Schönwald mit einem verschmitzten Lächeln. So als ob sie darin schon so etwas wie die Lösung des Falles vermutete. Zumindest aber war sie überzeugt, dass der Franzl etwas mit der Sache zu tun hatte. Nun also doch!

„Ja, du hast recht", meinte auch Naderer. „Das ist nicht gut für den Franzl. Und g'scheit war das schon gar nicht. Der blöde Kerl", schien sich Naderer fast ein wenig zu ärgern. „Okay, Oberbrandacher, vielen Dank. Weitermachen", entließ Naderer seinen jungen Kollegen.

„Und wir beide", schaute Naderer seine Kollegin an, „wir gehen jetzt auf einen Sprung ins Balance hinüber. Ich hab' Durst und brauch etwas Ruhe."

Ohne eine Antwort zu geben, folgte Schönwald ihrem Vorgesetzten. Wenige Minuten später saßen sie im Schatten eines großen Sonnenschirms auf der Terrasse des Cafés. Für ein paar Minuten blieb es still am Tisch der Polizisten. Beide grübelten über die Erkenntnisse dieses Sonntags nach. Als der Kellner die bestellten Getränke serviert hatte, begann Naderer mit einer Art Zusammenfassung des Tages: „Die Sache mit dem Fingernagel, den Andrea gefunden hat, geht mir nicht aus dem Sinn. Dann diese blöde – vermeintlich falsche – Aussage vom Franzl. Was ist das für ein Scheiß. Entschuldige! Und was sollen wir von diesem Seibold halten, von seinen Pornos mit diesen blutjungen Mädels, die er sich offensichtlich gern mal ansieht. Also, Karin, wie denkst du über all das?"

„Zum Fingernagel ist mir ein Gedanke gekommen", schilderte sie ihre Überlegungen. „Der Steiner, der beißt sich doch in seiner Nervosität auch immer wieder die Nägel ab. Ist dir das nicht aufgefallen, heute Morgen? Wir brauchen die DNA oder zumindest ein Vergleichsstück von einem seiner Nägel. Eine Vernehmung steht ja wohl ohnehin außer Frage, oder?"

„Ja klar. Das wäre eigentlich mein nächster Schritt gewesen. Fahren wir raus zum Steiner-Hof und holen uns den Franzl zum Verhör."

„Was Seibold angeht, denke ich nicht, dass wir aus dieser Porno-Sache etwas herauslesen oder weiterführen können", warf Schönwald ein und nahm einen kräftigen Schluck aus ihrem Glas.

„Eigentlich müssen wir mit den Fortschritten dieses Tages ganz zufrieden sein", gestand sich Naderer ein. „Mal abgesehen vom Fund des Rucksackes sind wir heute gewiss weiter gekommen als die Tage zuvor. Bin mal gespannt, was der Tag noch bringen wird."

„Und ich bin gespannt, was du uns zu dieser alten Sache zu sagen hast", unterbrach ihn Karin. „Und wie kommst du überhaupt darauf, dass die beiden Fälle zusammenhängen könnten?"

„Du hast recht, wir müssen zurück. Ich muss euch jetzt wirklich über meine Überlegungen dazu – und natürlich über den Fall von damals – informieren. Zahlen bitte", winkte Naderer den Kellner heran.

Nur ein paar Minuten später saß das gesamte Ermittlerteam im großen Besprechungszimmer beieinander. Es wurde heftig über die bisherigen Ermittlungsergebnisse diskutiert, bis der Chef um Ruhe bat.

„Ich denke", begann dieser seinen Bericht, „ich bin euch noch eine Erklärung dafür schuldig, was diesen Abgleich der anwesenden Urlauber vom Sommer 2003 und heute angeht. Übrigens", unterbrach er sich selbst, „gibt es dazu schon etwas zu sagen?"

„Sorry", antwortete Kollege Mayreder von der Polizeiinspektion Neumarkt. „Ich habe das übernommen, aber es ist Hochsaison und auch noch Sonntag. Die Tourismusleute haben alle Hände voll zu tun. Vor morgen Vormittag dürfen wir nicht mit einem Ergebnis rechnen."

„Kann ich verstehen", sagte Naderer und setzte fort. „Also, einige unter euch erinnern sich vielleicht noch an den Fall der ‚Kathrin Hochreiter' im Sommer vor acht Jahren. Ein Mädchen, 17 Jahre jung, ebenfalls Schülerin an der HAK in Neumarkt, verschwand spurlos. Von einem Tag auf den anderen. Und um es gleich vorweg zu nehmen: Das Mädchen ist bis heute nicht wieder aufgetaucht, weder lebendig noch tot. Keine Spur seit diesem Tag im Juli 2003. Nichts. Alle Hinweise und Spuren führten damals ins Leere. Was auch immer unternommen wurde, es hat nichts gebracht. Im November desselben Jahres wurden dann die Ermittlungen – zumindest offziell – eingestellt. Ich bin damals hierhergekommen, nachdem die SOKO nach vier Wochen nichts erreicht hatte. Major Steinecker bat mich, die Leitung der Ermittlungen zu übernehmen. Na ja, dass ich nicht mehr von hier los gekommen bin, ist offensichtlich. Nun aber zurück zu Kathrin. Ich habe natürlich sofort an diese Sache vor acht Jahren gedacht, als Sabrina am Donnerstag verschwand. Aber keine meiner Überlegungen führte zu dem Schluss, dass es auch nur irgendeine Verbindung zwischen den Fällen geben könnte. Eigentlich bin ich auch jetzt noch überzeugt, dass es da nichts gibt. Oder sieht jemand von euch einen Zusammenhang. Vor allem die Kollegen, die damals auch dabei waren oder zumindest schon hier Dienst machten?"

„Bis auf die Tatsachen", ergriff Oberbrandacher das Wort für seine Kollegen, obwohl er damals noch nicht mal im Polizeidienst stand, „dass beide Mädchen siebzehn waren oder sind, beide in dieselbe Schule gingen oder gehen und auf ähnlich unerklärliche Weise von heut' auf morgen verschwanden, sehe ich spontan keinen Zusammenhang. Auch die acht Jahre, die dazwischen liegen, machen es schwierig, überhaupt über Gemeinsamkeiten nachzudenken, finde ich." Manche Kolleginnen und Kollegen bestätigten seine Meinung mit einem Nicken.

„Allerdings", warf der Ermittlungsleiter ein, „brachte mich heute Vormittag ein Bekannter auf einen interessanten Gedanken. Wenn wir damals so überhaupt nichts Brauchbares ermitteln konnten, scheint es zumindest gut möglich, dass – wenn Kathrin nicht wirklich einfach abgehauen ist, einer der tausenden Touristen etwas damit zu tun gehabt haben könnte, der dann – mir nichts, dir nichts – einfach abgereist ist. Keiner der einvernommenen Touristen gab uns damals Anlass, eine Abreise zu verbieten. Auch nicht im Entferntesten. Was einerseits eine Verbindung zwischen den Fällen in Bezug auf unsere Feriengäste fast von vornherein ausschließt, andererseits aber, besteht ja die Möglichkeit, dass es sich damals um einen Urlauber handelte, der gar nicht in unserer Ermittlungsarbeit auftauchte. Also wäre es vielleicht möglich, dass einer der

Gäste dieses Sommers schon mit uns zu tun hatte und sich vielleicht hier eine Tür – ein Türchen – für uns auftut."

„Ein Versuch oder eben der Abgleich der Gästelisten ist es auf jeden Fall wert", bestätigte Schönwald ihren Chef.

„Gut, Kollegen", schloss Naderer die Besprechung, „mehr gibt es aktuell von meiner Seite dazu nicht zu sagen. Wenn euch diesbezüglich noch die eine oder andere Idee kommt: Bitte. Haltet euch ran. Und abschließend vielleicht noch eines ohne euch damit die Motivation nehmen zu wollen: Ich habe verdammt noch mal kein gutes Gefühl mehr, was Sabrina angeht. Sorry!"

Außer Schönwald verließen alle Polizisten das Besprechungszimmer. „Ich hol' uns einen Kaffee, okay. Sehen wir uns in deinem Büro?"

„Ja gerne", antwortete Naderer und machte sich auf den Weg.

Es war kurz nach sechs Uhr abends als sich die beiden in Naderers Büro gegenübersaßen.

„Solltest du nicht langsam mal wieder deinem Freund Steinecker Bericht erstatten?", meinte Schönwald, mehr als Hinweis, denn als Frage gemeint.

„Hab' ich mir auch gerade gedacht. Ich werde ihn gleich mal anrufen."

Da schepperte Naderers Handy. Er grabschte nach seinem Telefon und meldete sich – knapp wie immer – „Naderer, Polizeiinspektion Obertrum."

„Wenn man vom Teufel spricht …", hörte Schönwald ihren Chef sagen und wusste somit, wer der Anrufer war.

„Wir haben eben von dir gesprochen, Karin und ich. Also", wollte Naderer beginnen als sein Vorgesetzter ihn unterbrach.

„Warte, das ist nicht der Grund meines Anrufes. Ich habe ein anderes Anliegen. Du hast doch kürzlich berichtet, dass du ein Gespräch mit einem gewissen Seibold, Dr. Helmut Seibold aus Frankfurt, geführt hattest. Richtig?"

„Ja, korrekt! Ich habe mit dem Ehepaar Seibold gesprochen und dir dann berichtet. Warum fragst du?"

„Ich hatte eben unseren Chef am Telefon und der meinte, ob es denn wirklich nötig wäre, diesem deutschen Urlauber dermaßen auf die Füße zu steigen. Der Herr Bezirkshauptmann Mayrling habe sich gerade ein wenig erbost bei ihm beschwert. Man könne doch mit derart kapitalstarken und treuen Gästen nicht so umspringen. Gab' es da denn noch etwas, was ich nicht weiß?"

„Was du aber eben jetzt ohnehin erfahren hättest", antwortete Naderer. „Wir haben uns heute Morgen mit dem Hotelier Monger vom Parkhotel unterhalten, um etwas mehr über die Familie Seibold zu erfahren. Immerhin macht diese schon seit fast zwanzig Jahren Urlaub im Parkhotel. Mehr gab's nicht. Aber offensichtlich hat der Monger, entgegen unserer Bitte, doch mit dem Seibold darüber gesprochen. Sonst hätte sich der ja wohl nicht beim Bezirkshauptmann beschwert. Und warum denn ausgerechnet bei dem? Weißt du da was, Peter?"

„Offensichtlich gehen Mayrling und Seibold immer wieder mal gemeinsam zur Jagd. Und das schweißt ja zusammen, wie wir von anderen Jagdkameraden wissen."

„Ergeben hat sich aus dem Gespräch mit dem Hotelier übrigens nicht allzu viel, bis auf den Verdacht, dass sich der Seibold gerne mal einen Porno anschaut. Allerdings – mindestens einmal – einen Internetfilm mit sehr, sehr jungen Mädchen. Könnte irgendwann mal wichtig werden, bringt uns aber im Moment nicht weiter. Also, Finger weg von Seibold, oder wie verstehe ich deine Info?"

„Nein, ganz und gar nicht. Ihr macht, was ihr für richtig haltet. Da könnte ja jeder kommen und versuchen, sich über die eine oder andere prominente Bekanntschaft die Polizei vom Hals zu halten. Nein, ich denke, das war nicht besonders schlau von Seibold. Bleibt dran. Und sonst, wie geht es voran?"

„Heute in der Früh waren wir beim Franzl am Steinerhof. Du weißt ja, wegen des anonymen Anrufs. Na ja, viel war nicht von ihm zu erfahren und sein Auftreten war eigentlich wie immer: nervös und unsicher. Inwieweit das nun ein Indiz dafür ist, dass er irgendwas mit Sabrinas Verschwinden zu tun haben könnte, ist in seinem Fall besonders schwierig zu sagen. Aber inzwischen haben wir eine Aussage vorliegen, wonach eine Schulkameradin von Sabrina den Franzl noch am Donnerstagvormittag, gegen zehn Uhr zusammen mit Sabrina gesehen haben will. Das Mädchen ist sich da hundertprozentig sicher. Der Jungbauer sagte allerdings aus, Sabrina Anfang letzter Woche das letzte Mal gesehen und gesprochen zu haben. Wir werden ihn heute zum Verhör herholen."

„Gut. Und sonst? Gibt es neue Hinweise, irgendetwas, das euch weiterbringen kann?"

„Nein, leider nicht. Aber du erinnerst dich ja gewiss noch an den Fall der Kathrin Hochreiter vor fast genau acht Jahren. Du hast mich damals gebeten, den Fall zu übernehmen und mich kurzerhand nach Obertrum versetzt."

„Ja, sicher doch."

„Obwohl ich bisher keinen Zusammenhang sehe, lassen wir im Moment gerade die Gästemeldungen der beiden Sommersaisonen – also 2003 und dieses Jahr – miteinander abgleichen. Ein Ergebnis bekommen wir aber erst morgen, vermutlich bis gegen Mittag. Was es damit auf sich hat, berichte ich dir, wenn etwas Brauchbares dabei herauskommt. Ansonsten denke ich, war's das, für den Moment."

„Na, dann hoffen wir weiter, dass wir Sabrina sehr bald gesund und munter wiederfinden."

Naderer legte auf.

„Du hast alles mitbekommen?", erkundigte er sich bei Schönwald.

„Ja, alles. Diese Beschwerde von Seibold ist ja schon der Hammer, oder? Was meint denn der Typ, was jetzt passiert? Denkt der, wir lassen ihn deswegen in Ruhe?"

„Ich hab' ja gleich gesagt, dass mir der Deutsche irgendwie unsympathisch ist. Die Sache macht ihn jedenfalls nicht sympathischer."

„Was meinst du, holen wir selbst den Steinerbauer zum Verhör oder willst du jemanden hin schicken?", fragte Schönwald nach.

„Schick' mal zwei Mann los. Die sollen ihn freundlich zu einer weiteren Befragung in der Polizeiinspektion einladen."

Gerade als Schönwald die Bürotür öffnen wollte, wurde diese auch von der anderen Seite her aufgestoßen. Beinahe hätte es eine Kollision gegeben zwischen Schönwald und Oberbrandacher der etwas aufgeregt wirkte und meldete:

„Bei mir sitzt Anna, die Schwester vom Franzl. Sie möchte unbedingt mit dir sprechen, Max und zwar sofort, wie sie sich ausdrückte."

Naderer und Schönwald schauten sich fragend an. Damit hatten die beiden nicht gerechnet. Gerade jetzt, wo sie doch Annas Bruder abholen lassen wollten. „Was will die jetzt hier?", fragte Karin ohne wirklich eine Antwort zu erwarten.

„Na gut, bring' sie herein", befahl Naderer kurz. „Dann werden wir ja bald wissen, was das Mädchen zu uns führt." Anna war eine sehr aufgeweckte junge Dame. Selbstsicher, verantwortungsbewusst, energiegeladen. Jedenfalls hatte Naderer sie so in Erinnerung. Nicht so ganz den Eindruck vermittelte Anna, als sie ein paar Sekunden später Naderers Büro betrat.

„Hallo Anna", begrüßte der Polizist sie mit Händedruck.

„Bitte, nimm doch Platz." Auch Schönwald hielt Anna die Hand zum Gruß hin.

„Darf ich dir etwas holen, Kaffee, ein Wasser?"

„Ein Glas Leitungswasser, vielleicht. Ja gerne."

„Nun, Anna, was führt dich zu uns? Geht es um unser Gespräch mit deinem Bruder von heute Morgen", ermunterte Naderer das Mädchen ihr Anliegen nun vorzutragen.

„Es fällt mir nicht leicht, darüber zu sprechen", begann sie mit zittriger Stimme. „Schließlich habe ich meinem Bruder versprochen, mit niemandem darüber zu reden. Schon gar nicht mit der Polizei. Aber ich bin ganz sicher, dass der Franzl nichts damit zu schaffen hat. Außerdem bin ich mir selbst noch gar nicht im Klaren darüber, ob er die Wahrheit sagt oder sich – warum auch immer – irgendwas zusammen spinnt. Ich weiß es nicht, verdammt."

„Bleib ganz ruhig Anna", bemühte sich Schönwald, das Mädchen zu beruhigen und legte vorsichtig eine Hand auf die ihre, die sie etwas nervös an ihren Oberschenkeln rieb. „Du erzählst uns, was geschehen ist und wir werden versuchen, Klarheit in die Angelegenheit zu bringen."

„Ob es nun stimmt, was der Franzl mir erzählt hat oder ob er jetzt wirklich total spinnt, ich muss das in jedem Fall bei euch anzeigen. Schließlich geht's um Sabrina. Da kann ich damit nicht hinterm Berg halten."

„Also, bitte Anna, was ist passiert“, begann Naderer etwas zu drängeln. Jetzt, wo er wusste, dass es um Sabrina gehen sollte.

„Der Franzl behauptet, Sabrina“, sie unterbrach sich kurz und räusperte sich. Offensichtlich fiel es ihr schwer, den Satz fertig zu sprechen, „also Sabrinas Leiche gefunden zu haben. Der spinnt doch, oder!“

„Sabrinas Leiche?“, fragte Schönwald total entsetzt nach.

„Wo?“

„Eben, ich sag’ ja der spinnt. Ausgerechnet auf unserem Misthaufen soll sie liegen, eingegraben unter einem Haufen Scheiße!“

„Wie kommt der Franzl dazu, so etwas zu behaupten?“, regte sich Naderer nun auf. „Mit so etwas macht man doch keine Scherze und er sowieso nicht! Also, du glaubst ihm nicht?“

„Das ist doch verrückt. Was soll Sabrinas Leiche bei uns am Hof und überhaupt, warum Leiche. Muss man denn schon davon ausgehen, dass Sabrina tot ist? Wer behauptet das?“

„Bis jetzt nur dein Bruder“, erwiderte Schönwald. „Was hat er dir erzählt. Wie hat er Sabrina gefunden?“

„Er hat sich – bald nachdem ihr weggefahren seid – hinterm Stall in die Sonne gesetzt um eine Zigarette zu rauchen. Und dabei sei ihm ein Stofffetzen aufgefallen, der aus dem Misthaufen lugte. Und weil er sich nicht erklären konnte, was das sein konnte oder wie das Ding dorthin gekommen sein kann, ging er nachschauen. Da er den Fetzen nicht einfach rausziehen konnte, habe er angefangen den Mist wegzuschaufeln bis er schließlich in dem Fetzen ein Stück einer Short oder jedenfalls ein Kleidungsstück erkannt haben will. Er habe weiter gegraben bis er schließlich Haut, oder besser einen Oberschenkel habe erkennen können. Und darauf will er ein Tattoo erkannt haben, wie es auch Sabrina trägt." Anna unterbrach kurz und nahm einen Schluck vom Wasser. „Ja und dann habe er die Leiche wieder eingegraben und habe gewartet, bis ich nach Hause kam. Das war's!"

„Und er wollte nicht, dass du mit uns darüber sprichst?", fasste Naderer nach.

„Nein, auf keinem Fall. Er glaubt, sich damit ernsthaft in Verdacht zu bringen."

Von dem Zusammentreffen von Sabrina und Franzl am Donnerstag erwähnte Anna vorsichtshalber nichts.

„Das hat er jetzt prima hinbekommen", meinte Schönwald etwas schnippisch, fast spöttisch.

„Jedenfalls müssen wir sofort zum Steiner-Hof", wandte sie sich an ihren Vorgesetzten.

„Ja, auf jedem Fall und zwar sofort und mit großem Aufgebot."

14

Jetzt ging alles blitzschnell. Schönwald stellte ein Einsatzkommando von acht Polizisten zusammen, während Naderer bei Major Steinecker anrief, ihm knapp berichtete und nach einer Abordnung der KTU – der kriminaltechnischen Untersuchung – und einer Einsatzgruppe von vier bis sechs Kriminalbeamten verlangte. „Geht in Ordnung", bestätigte Steinecker ebenso kurz, „in zwanzig Minuten sind alle vor Ort."

Keine zehn Minuten später fuhren insgesamt vier Polizeieinsatzwagen mit Blaulicht und Sirenen auf den Vorplatz beim Steiner-Hof. Es war kurz vor halb acht. Die Sonne verschwand gerade hinter dem Wohnhaus des Hofes. Der alte Steinerbauer war der Erste, den die Polizisten zu Gesicht bekamen. Wild um sich fuchtelnd stürzte er den Einsatzkräften entgegen.

„Was um Himmels willen ist denn jetzt los?“, rief er so laut er konnte. „Seid ihr denn verrückt? Was soll der Affenzirkus auf meinem Hof?“

Schönwald traf zuerst auf ihn. Streckte beide Arme von sich um dem tobenden Bauer Einhalt zu gebieten.

„Halt, Herr Steiner, bitte, bleiben Sie stehen. Ich erklär Ihnen die Situation.“

Etwas verwundert sah Schönwald, dass der Bauer tatsächlich stehen blieb und sie völlig verwirrt mit fragenden Augen anstarrte.

„Bleiben Sie ganz ruhig, Herr Steiner, wir müssen noch einmal mit Ihrem Sohn sprechen. Es gibt da neue Erkenntnisse.“

Der Steiner schien kein Wort zu verstehen.

Dann sah er seine Tochter Anna aus einem der Wagen steigen und auf ihn zukommen. Nervös schweifte sein Blick zwischen Schönwald und seiner Tochter hin und her.

Er verstand nicht, was sich da gerade abspielte.

„Vater“, begann Anna zu erklären, als sie vor diesem stand, „der Franzl behauptet, Sabrinas Leiche gefunden zu haben. Hier bei uns am Hof. Vergraben im Misthaufen. Verstehst du, darum sind die alle hier. Die wollen nur nachsehen, ob mein Bruder recht hat damit.“

Der Steinerbauer schien noch immer nicht zu begreifen. Anna griff ihrem Vater um die Hüften und führte ihn zum Haus, wo sie ihn behutsam auf die kleine Gartenbank setzte.

„Was soll das heißen, Anna?“, schien ihm die Situation langsam bewusster zu werden. „Was soll das heißen, der

Franzl hat Sabrina gefunden? Wieso denn der Franzl? Hat der was damit zu schaffen?"

„Nein, Vater, ganz bestimmt nicht", tröstete Anna ihn.

„Aber er hat sie halt gefunden, zufällig, verstehst du? Wenn es überhaupt wahr ist, was er mir da aufgetischt hat. Ich bin immer noch nicht sicher, ob es wirklich stimmt. Andererseits weiß ich nicht, weshalb er mir sonst so etwas Grausames erzählen sollte. Deshalb schaut die Polizei jetzt nach, damit wir alle Gewissheit haben."

„Weißt du wo dein Sohn ist?", erkundigte sich Naderer, der inzwischen herangekommen war, beim Steinerbauern.

„Nein, ich habe ihn noch nicht gesehen, seit ich zurück bin."

„Und, wann bist du nach Hause gekommen?"

Der Bauer blickte auf seine Armbanduhr. „Noch keine halbe Stunde her", sagte er knapp.

„Im Haus ist er nicht", schaltete sich Schönwald ein. „Wir haben alles durchsucht. Jetzt sind sie im Stall auf der Suche."

Und kaum, dass Schönwald ausgesprochen hatte, meldete Oberbrandacher aus der Entfernung: „Im Stall ist er auch nicht zu finden. Wir suchen nun das Gelände um den Hof ab."

Ohne ein Okay abzuwarten, gab er entsprechende Befehle an seine Kollegen weiter.

„Anna, hast du eine Ahnung, wo dein Bruder jetzt sein könnte?", fragte Naderer etwas gereizt.

„Nein, überhaupt nicht. Als ich losgefahren bin, war er in der Stube."

„War er sehr außer sich", wollte Schönwald gerade fragen, als sie von Oberbrandacher unterbrochen wurde, der vom Stallgebäude her laut verkündete: „Wir haben ihn gefunden. Er ist dahinten. Hinterm Stall.“

Naderer und Schönwald liefen los. Die Steiners hinterher. Um das große Stallgebäude herum. Da sahen sie ihn. Den Franzl, tief über einen Körper, einen schmutzigen, stinkenden Körper gebeugt, schluchzend, mit seinen Kräften am Ende. Um ihn herum das gesamte Einsatzkommando. Aber keiner hatte eine Wffe auf den Franzl gerichtet.

Das fiel Naderer gleich auf, als er näher kam. Einer der Beamten kniete neben Franzl und hatte eine Hand auf dessen Schulter liegen.

„Komm’ Franzl, komm’ weg hier“, versuchte er den Jungbauern zum Aufstehen zu bewegen. Der Beamte griff mit beiden Händen unter seine Achseln und zog ihn hoch. Als er stand, packte er ihn um die Hüften und verließ mit ihm langsam und vorsichtig den grausigen Schauplatz.

Naderer und Schönwald traten statt derer an die Leiche heran, die da auf dem Rücken vor ihnen lag. Stinkend, weil noch viel Mist an ihr haftete. Und schrecklich entstellt, weil der Mist ihr offensichtlich furchtbar zugesetzt hatte. Naderer zog sich seine Plastikhandschuhe über und versuchte, zumindest das Gesicht soweit sauber zu bekommen, dass es zu erkennen war. Er zuckte zusammen, als er sich sicher war: Es war Sabrina Hartl, die da vor ihnen lag. Kein Zweifel. Nur ein kurzes Nicken und seine Kollegen wussten Bescheid.

Der Fall Sabrina Hartl hatte eine dramatische Wende genommen. Eine Wende, wie sie der leitende Ermittler leider bereits erwartet, oder viel mehr befürchtet hatte.

„Karin, nimm dir einen Kollegen und bring den Franzl auf die Polizeiinspektion“, befahl Naderer. „Du, Oberbrandacher, schnappst dir eine Kollegin und kümmerst dich mit ihr zusammen um die beiden Steiners. Okay! Und die Übrigen warten auf die Kollegen aus Salzburg, die jeden Augenblick da sein müssten. Ich fahre zu den Hartls, bevor sie etwas von anderer Seite erfahren."

Kaum hatte Naderer den Satz beendet, trafen auch schon die Kollegen der Kripo und der KTU am Steinerhof ein. Der Ranghöchste trat an Naderer heran und ließ sich kurz Bericht erstatten.

„Okay", bestätigte dieser, alles verstanden zu haben. „Wir kümmern uns um das Opfer und den Tatort. Wie viele von deiner Truppe kannst du uns zur Unterstützung dalassen?"

„Zwei kümmern sich gerade um die Familie", antwortete Naderer. „Wenn die fertig sind, können sie auch mithelfen. Die anderen sowieso. Ich muss zur Familie des Mädchens. Sorry!"

Naderer setzte sich in seinen Dienstwagen und fuhr los. Er hatte es eilig. Ganz offensichtlich. Wenig später parkte er seinen Wagen vor dem Stiftskeller. Als er den Gastgarten betrat, der bis auf den letzten Platz besetzt war, spürte er die fragenden Blicke, die ihn vor allem vom Stammtisch her trafen. Er grüßte kurz mit einem erzwungenen Lächeln auf den Lippen und erkundigte sich beim Kellner, der gerade an ihm vorbei eilte, nach dem Chef.

„In der Küche", antwortete dieser kurz.

„Wie ich diese Momente hasse", fuhr es ihm durch den Kopf während er Richtung Wirtshausküche ging. Er klopfte nicht an, sondern öffnete einfach vorsichtig die Türe. Bei dem Trubel, der in der Küche um diese Zeit herrschte, hätte ihn ohnehin niemand gehört. Er sah den Chef des Hauses, Hannes Hartl am Herd stehen und ging zu ihm hin.

„Sorry, Hannes", sagt er so leise es nur möglich war. „Kannst du dir einen Moment Zeit nehmen. Es ist wichtig."

Hartl fuhr zusammen. „Was bedeutet das: Es ist wichtig", schoss ihm eine erste Frage durch den Kopf. Er sagte nichts. Wandte sich an seinen Zweitkoch, delegierte kurz und knapp die wichtigsten Aufgaben und ging Naderer voran in Richtung seines Büros.

Noch immer wortlos und nur mit Handzeichen bot er Naderer einen Platz an. Der versuchte ein Lächeln. Es misslang.

„Wie geht es deiner Frau?", fragte er, um das Schreckliche noch um einen oder zwei Augenblicke hinauszuzögern.

„Sie hat heute den ganzen Tag gearbeitet. Es geht schon. Sie ist stark im Nehmen. Eigentlich stärker, als ich vermutet hatte. Warum fragst du?"

Es muss raus, beschloss Naderer endgültig und antwortete:

„Hannes, wir haben Sabrina gefunden! Leider muss ich dir sagen, dass wir sie tot aufgefunden haben."

Hartl sagte nichts. Sein Kopf sank in seine Hände, die er am Bürotisch aufgestützt hatte. Sekundenlang herrschte eine grausige Stille in dem kleinen, immer unaufgeräumt wirkenden Büro.

„Es tut mir so leid", fuhr Naderer fort, als Hartl noch immer kein Wort von sich gab. „Ich hätte euch so gern bessere Nachrichten gebracht. Das kannst du mir glauben, Hannes. Ich bin sehr traurig darüber, dass wir es nicht geschafft haben, Sabrina lebend wiederzufinden. Mein herzliches und aufrichtiges Beileid. Von uns allen!"

Langsam, wie ein kranker, alter Mann hob Hartl den Kopf, schaute Naderer aus ausdruckslosen Augen an und meinte nur:

„Sag' mir, wie ich das meiner Frau beibringen soll? Erklär' mir das bitte. Wie?"

„Was willst du mir beibringen?“, tönte es von der Türe her. Hartl und Naderer zuckten zusammen. Frau Hartl sah in das Gesicht ihres Mannes und wusste in diesem Augenblick: Sabrina ist tot!

„Nein, nein, bitte nicht. Max, sag’ dass es nicht wahr ist“, schrie sie lauthals ihren Schmerz heraus. „Das ist nicht fair. Das haben wir nicht verdient. Das nicht auch noch. Nein!“

Naderer trat zu ihr, griff nach ihrem rechten Arm und führte sie zu einem Sessel.

„Komm’ setz dich bitte“, sagte er leise. „Setz dich und versuche ganz ruhig zu atmen. Bitte!“

Er blieb bei ihr stehen. Trat hinter sie und legte seine Hände auf ihre Schultern. Behutsam drückte er zu. Vorsichtig.

„Wir sind alle bestürzt“, versuchte Naderer weiter Trost zu spenden. „Und wir trauern mit euch, das könnt ihr mir glauben. Es ist eine Tragödie.“

„Wisst ihr denn schon, wer’s war?“, schoss es völlig unerwartet und viel zu laut aus Hartl hervor. „Habt ihr das Schwein schon?“

„Nein, Hannes, noch nicht. Wir arbeiten natürlich alle mit Hochdruck. Aber der Fall liegt nicht einfach. Wir tun, was wir können und sind praktisch rund um die Uhr im Einsatz. Ihr erfahrt es zuerst, wenn sich Entscheidendes tut, worüber ich sprechen darf.“

„Ich weiß, Max“, drang Frau Hartls Stimme leise und zaghaft an Naderers Ohr. „Ihr könnt nichts dafür, dass es so gekommen ist. Wir geben euch keine Schuld. Nein. Aber bitte, Max, findet dieses Scheusal, das unserer Tochter das angetan hat. Finde es und sorge dafür, dass es seine gerechte Strafe bekommt.“

Naderer versprach es. Bekundete noch einmal sein tiefes Mitgefühl und verließ die beiden. „Ich muss weitermachen“, entschuldigte er sich. „Ihr versteht das doch sicher, oder?“ Beide nickten nur stumm.

„Max, wisst ihr denn schon, wie Sabrina umgekommen ist? Ich meine, hat sie sehr leiden müssen? Wurde sie …“ Hannes Hartl sprach den Satz nicht zu Ende.

„Nein, das heißt wir wissen leider noch so gut wie gar nichts. Leider, aber ich melde mich bei euch, sobald ich etwas erfahre.“

Diesmal ging der Inspektor durch die Küche und den hinteren Ausgang. Er wollte nicht noch einmal an den Stammtischlern vorbei. Vermutlich war in seinem Gesicht zu lesen, was geschehen war.

Kurz vor neun betrat der Chef die Polizeiinspektion Obertrum. Schönwald und drei weitere Kollegen saßen an ihren Computern. Die anderen waren noch am Steiner-Hof beschäftigt.

„Der Franzl ist im Besprechungszimmer. Ich habe ihm Kaffee bringen lassen. Jetzt wartet er auf uns“, berichtete sie knapp. „Kommst du noch kurz in mein Büro?“, bat Naderer seine junge Kollegin.

„Wir sollten noch absprechen, wie wir das Verhör anlegen wollen.“ Die beiden verschwanden im Büro des Chefs.

Es war noch keine zwei Stunden her, seit die Polizei die Leiche beim Steiner-Hof gefunden hatte und feststellte, dass es sich dabei um Sabrina Hartl handelte, schon verbreitete sich diese grauenvolle Tatsache wie ein Lauffeuer in der ganzen Seenregion. Zumindest die Einheimischen schienen es schon alle zu wissen: Sabrina Hartl, die 17 Jahre alte Tochter vom Stiftskeller war tot. Ermordet. Unterm Misthaufen vom Steiner- Hof vergraben.

15

Als Dr. Seibold mit seiner Gattin an diesem Sonntagabend das vornehme Restaurant des Nobelhotels betrat, herrschte dort eine sonderbare Stimmung. Seibold spürte es, ohne auch nur einen Gedanken daran zu verschwenden, woran es liegen mochte.

Eine der zahlreichen Service-Damen führte das Ehepaar Seibold an ihren Tisch, rückte den Sessel für Frau Seibold etwas nach hinten, um diesen gleich darauf unter ihr Gesäß zu schieben. Eine weitere Mitarbeiterin reichte den beiden die Speisenkarte und legte die Weinkarte so auf den Tisch, dass diese leichter für Herrn Seibold zu erreichen war.

„Was ist denn hier los?“, fragte Frau Seibold ihren Gatten.

„Die flüstern doch alle, oder macht es nur den Anschein? Reden die über uns?“, flüsterte sie jetzt selbst.

„Um Gottes willen, was denkst du denn? Was sollen die über uns reden. Und außerdem, ich finde es ist heute mal angenehm ruhig hier.“

Der Chef de Rang trat an den Tisch heran: „Einen wunderschönen guten Abend, die Herrschaften“, begrüßte er seine Stammgäste. „Haben Sie denn schon gewählt? Außerhalb der Karte haben wir heute noch ein besonderes Gustostückerl zu bieten. Ein ganz frisches Fasanenbrüstchen, an feiner Kräuter-Balsamico Sauce, dazu Polentascheiben mit frischen Pfifferlingen begleitet von einer feinen Mischung verschiedener Gemüsestreifen. Die Vor- und Nachspeise natürlich nach Wahl aus unserer Tageskarte“, beendete der erfahrene Servicemann seine Aufzählung und grinste, als hätte er gerade das Leibgericht des Kaisers von China vorgetragen.

„Hört sich gut an", antwortete Seibold bestimmt. „Bitte, bringen Sie uns die Tagesempfehlung, zwei Mal, versteht sich. Davor nehmen wir dieses Wildreisrisotto und über die Nachspeise reden wir später."

Der Chef de Rang bedankte sich mit einer leichten Verbeugung und zog ab.

Während die Kellnerin, die sie an diesem Abend zu ihrem Tisch geleitete, den Gruß der Küche kredenzte und dazu ein Körberl mit frischem Gebäck servierte, trat der Weinkellner heran und erkundigte sich nach dem Begehr seiner Gäste.

„Ist der Chef im Hause?", fragte Seibold. „Er hat mir da kürzlich von einem besonderen Tropfen erzählt. Würden Sie ihn bitten, für uns heute eine Flasche davon aus dem Keller zu holen", grinste Seibold, sich im Klaren darüber, dass er eben einen Wein bestellt hatte, den sich hier und heute Abend – trotz der erlesenen Gästeschar – nur wenige leisten wollten oder konnten.

„Aber gewiss doch, Herr Seibold", erwiderte der Weinkellner.

„Herr Monger wird sich freuen, dass Sie seiner Empfehlung folgen."

„Einen schönen guten Abend", hörte Seibold jemanden in seinem Rücken sagen. Er musste sich nicht umdrehen. An der Stimme erkannte er, dass der Chef persönlich ihrem Tisch einen Besuch abstattete.

„Frau Seibold", sagte er charmant, ergriff ihre rechte Hand und beglückte diese mit einem angedeuteten Handkuss.

„Herr Seibold", sagte er nun, etwas weniger süß, „ich habe schon gehört, dass Sie sich heute etwas ganz Außergewöhnliches gönnen wollen. Ich beglückwünsche Sie zu dieser Entscheidung und freue mich, dass Sie meiner Empfehlung folgen wollen“, bewies Monger die Wertschätzung für seinen Gast.

„Glauben Sie mir“, fuhr der Hotelier fort, „es liegt mir fern, Ihnen einen Ihrer gemeinsamen Urlaubsabende auch nur ein klein wenig vermiesen zu wollen. Natürlich lasse ich Ihnen gerne und sofort diesen großartigen Wein servieren. Aber irgendwie fühle ich mich verpflichtet, Sie zu informieren“, kam es aus des Hoteliers Mund, als hätte er diesen Text perfekt einstudiert. So gehobelt und vornehm drückte er sich aus.

Weniger nobel fuhr Seibold dazwischen: „Was ist denn passiert, das uns den Appetit verderben könnte?“, lachte Seibold. Einige Köpfe im Restaurant drehten sich in ihre Richtung. Man hatte den Eindruck, es wäre noch ruhiger geworden.

„Man hat die Leiche der kleinen Hartl gefunden“, ließ Monger nun die Katze aus dem Sack. „Verstehen Sie, die Sabrina ist tot. Sie ist jetzt nicht mehr vermisst. Sie ist tot.“

Eine besondere Traurigkeit oder Befindlichkeit war der Stimme des Hotelchefs nicht anzuhören. „Ich dachte, Sie sollten das wissen“, beschloss dieser etwas plötzlich das Gespräch und verabschiedete sich, recht formlos im Vergleich zu seiner Begrüßung.

Der Weinkellner, der nur ein paar Schritte entfernt darauf gewartet hatte, dass er nochmals bezüglich der Weinauswahl nachfragen konnte, kam heran: „Herr Seibold, wie sieht es aus. Bleiben Sie bei Ihrer vortrefflichen Wahl?“, fragte er freundlich.

„Was denken Sie denn“, maulte Seibold ihn an. „Mir ist der Appetit vergangen. Lassen Sie uns einen Krabben-Cocktail und etwas Gebäck in die Suite servieren. Und streichen Sie den Rest.“

„Sehr wohl, Herr Seibold, ganz wie Sie es wünschen“, bestätigte der junge Mann, dass er den Auftrag verstanden hatte.

„Dass dich diese Nachricht so irritiert“, wunderte sich seine Gattin.

„Was meinst du denn damit?“, antwortete Seibold, ohne wirklich zu fragen. „Findest du es lustig oder appetitanregend oder witzig, wenn da, quasi vor unseren Augen, ein junges Mädchen ermordet wird? Ich jedenfalls nicht.“ Seibold wischte sich mit der edlen Stoffserviette über den Mund, obwohl er noch überhaupt nichts gegessen oder getrunken hatte, und stand auf.

„Entschuldige bitte, aber mir ist jeder Sinn für irgendwas vergangen. Ich bin in der Suite. Und“, ergänzte er ohne jede Spur von Rücksichtnahme, „ich würde gern allein sein.“

16

„Wie siehst du den Fall, nach dieser neuen Entwicklung?“, wollte Naderer von seiner engsten Mitarbeiterin wissen.

„So sehr wir uns auch – noch vor wenigen Stunden – nicht vorstellen konnten, dass der Bauer etwas mit der Sache zu tun hat“, argumentierte Schönwald, „so offensichtlich ist er nun mit der Sache verstrickt. Oder täusche ich mich da?“

„Natürlich nicht. Die Frage ist, wie wollen wir an das Verhör herangehen? Wollen wir Rücksicht nehmen? Ich meine, Rücksicht auf die speziellen Schwächen unseres Kandidaten, oder lassen wir ihn gleich die ganze Härte eines solchen Verhörs spüren? Immerhin, und das ist nun wohl klar, steht der Franzl unter Mordverdacht."

„Ich glaube, Max, wenn wir den zu hart anfassen, wird er sehr bald auf stur schalten und aus seiner Angst heraus gar nichts mehr sagen. Lass' es uns ruhig angehen."

„Übrigens, wir brauchen jetzt ganz dringend einen Vergleich mit dem Fingernagel aus Sabrinas Rucksack."

„Habe ich schon veranlasst", grinste Schönwald. „Kaum habe ich ihm im Besprechungszimmer Platz angeboten, begann er auch schon damit, an seinen Nägeln herumzukauen. Vom Ringfinger riss er sich ein Stück regelrecht ab und blutete daraufhin auch. Und er hat das Stück, wenig anständig, einfach auf den Boden gespuckt. Als er dann kurz zur Toilette musste, habe ich den Moment genutzt. Das gute Stück ist schon bei Dr. Frey. Sie wird sich umgehend melden."

„Sehr gut, Karin. Also, gehen wir's an!"

17

Seibold war nicht irritiert, wie seine Frau ihm unterstellt hatte. Er war außer sich. Seit einer Viertelstunde ging er in seiner Suite auf und ab. Nur ab und an blieb er stehen, um einen Schluck von seinem Cognac zu nehmen. Seine Pfeife schob er unablässig von einem Mundwinkel zum anderen. Er musste nachdenken. Er war nervös. Aufgebracht. Ziemlich aus der Fassung, wie er sich selber eingestand. Seibold bemühte sich, wieder ruhig zu werden. Seine Frau war noch nicht nach oben gekommen. Vielleicht hatte sie ja auch den hinteren Eingang genommen.

Seibold beruhigte sich zusehends. Er war es gewohnt, schnell mit unangenehmen Nachrichten oder Erkenntnissen fertig zu werden. Er, der erfahrene und so erfolgreiche Geschäftsmann. Er, der in seinem Leben schon viele heikle Situationen gemeistert hatte. Er schaute aus dem großen Fenster seiner Suite auf das kleine, malerische Mattsee hinunter. Er öffnete die Terrassentür, spürte, wie ihm ein warmer Sommerwind entgegen blies und beschloss, sich noch ein paar gute Schlucke auf der Terrasse zu gönnen.

Mit der Flasche und einem neuen Glas bewaffnet betrat er die Terrasse und machte es sich in der Liege bequem. Großzügig schenkte er ein.

Tatsächlich war die Luft über Mattsee an diesem Sommerabend noch sehr warm. Seibold schwitzte leicht, wofür er allerdings die Schwüle verantwortlich machte. An seiner Erregung konnte es nicht liegen. Schließlich war er jetzt wieder ganz ruhig und entspannt, wie er glaubte. Eigentlich konnte er doch mit der Situation recht zufrieden sein.

Den anonymen Anruf vom Vorabend mit dem Hinweis auf den jungen Steinerbauer hielt er mehr denn je für einen genialen Schachzug. Und wenn jetzt Sabrinas Leiche gefunden wurde, dann bedeutete das ja nichts anderes, als dass die Polizei seiner Empfehlung nachgegangen war. Der Bauerndepp würde sich vermutlich recht schnell in ein Chaos hineinreden. Jedenfalls, wenn er sich so verhielt, wie er, Seibold, ihn kannte.

„Und“, spielte er seine Gedanken weiter, „früher oder später kommt sicher auch noch der Herr Bademeister ins Spiel.“

Eigentlich verwunderlich, fiel ihm gerade ein, dass sich diesbezüglich noch nichts getan hatte. Schließlich hatte man doch den Rucksack schon gestern gefunden. Na egal, beruhigte er sich. Alle Erkenntnisse werden wohl selbst hier am Lande nicht am Stammtisch kursieren. Vielleicht sind die Polizisten eh schon an der Sache dran. Seibold nahm einen tiefen Schluck und versuchte, seine Pfeife neu zu entfachen. Der Wind machte sein Vorhaben nicht einfacher. Es gelang ihm dennoch.

Seibold nahm noch einen Schluck. Das edle Getränk rann warm und samtig seine Kehle hinunter. Dabei fiel ihm das Gespräch mit seinem Jagdfreund, dem Mayrling von heute Vormittag ein. Keine Ahnung, überlegte er, welche Bedeutung so ein Bezirkshauptmann hier in Österreich hatte oder wie gewichtig seine Position ist, aber er hielt es nach wie vor für eine tolle Idee, sich an seinen Kameraden gewandt zu haben.

Die – nach seinem Geschmack – völlig überteuerte Flasche Wein, die er heute Abend bestellen wollte, war ja auch nichts anderes, als ein kleines Dankeschön an den Herrn Hotelier. Ein Dankeschön dafür, dass dieser ihm sofort Bericht erstattet hatte, nachdem die Polizei wieder aus dem Haus war. Seibold entschied, die Flasche Wein in jedem Fall noch in diesem Urlaub zu kaufen, schließlich war es immer gut zu wissen, auf wen man sich verlassen konnte. Und Monger hatte immerhin Loyalität bewiesen. Auch wenn er in all den Jahren keine wirkliche Sympathie für den Hausherren empfinden konnte, für sein Handeln von heute war er ihm dankbar.

Erneut gönnte sich Seibold einen kräftigen Schluck und merkte, dass ihm der Alkohol langsam zu Kopf stieg. Wenig später kam er zu dem Schluss: „Guat is g'angen, nix is g'schehn", wie man hier zu sagen pflegte. Seibold legte seine Pfeife zur Seite und genoss den nächsten Schluck. Seine Gedanken hatten jetzt eine Wende gemacht. Um 180 Grad, könnte man sagen. Auch ganz ohne Internet gelang es Seibold, sich seine Fantasien lebhaft und aufregend vor Augen zu führen.

18

Inspektor Naderer und Frau Inspektorin Schönwald saßen im Besprechungszimmer dem Steiner gegenüber, der nervös und unsicher wirkte und dabei den Kaffeebecher fest mit beiden Händen umschloss. Die beiden Polizisten waren gerade eben eingetreten. Es vergingen zwei, vielleicht drei Minuten, in denen kein Wort fiel. Der Franzl traute sich ohnehin nichts zu sagen und die Beamten wollten sehen, wie sich ihr Gegenüber in dieser Situation verhielt. Bis auf das ständige Herumgedrücke an seinem Kaffeebecher war der Franzl außergewöhnlich ruhig. Er wirkte geradezu gefasst, was die beiden Polizisten einigermaßen erstaunte.

„Meine Kollegen haben dir sicherlich gesagt", eröffnete Naderer das Verhör, „dass du vorläufig festgenommen bist. Im Klartext bedeutet das, dass wir dich zumindest bis morgen Abend hier behalten und einvernehmen können. Mehr bedeutet es nicht. Wenn wir bis dahin nichts Handfestes gegen dich ermitteln können oder der Richter keinen Haftbefehl erlässt, spazierst du spätestens in vierundzwanzig Stunden als freier Mann hier raus. Verstehst du das?"

Der Jungbauer nickte nur.

„Nun, du weißt aber auch", schaltete sich Schönwald ruhig und behutsam in das Gespräch ein, „dass es immerhin einige Fragen unsererseits gibt und dass du dich durchaus verdächtig gemacht hast. Bitte, überlege dir genau, was du antwortest. Und uns anzulügen, Franzl, bringt überhaupt nichts. Im Gegenteil, wie du gleich erfahren wirst."

„Du hast uns erzählt", übernahm Naderer wieder, „Sabrina Anfang vergangener Woche zuletzt getroffen zu haben. Im Café Neuhofer, wenn ich mich richtig erinnere. Wenn du jetzt nochmals genau darüber nachdenkst, bleibst du bei dieser Aussage?"

Erneut nickte Franzl nur, zaghaft und unsicher, ohne etwas zu sagen.

„Franzl, du hast meine Frage verstanden? Kann es denn sein, dass du Sabrina vielleicht doch am Donnerstag nochmals gesehen hast? Denk nach", versuchte Naderer ihm auf die Sprünge zu helfen.

„Vielleicht unten an der Holzbrücke, wo die beiden Wanderwege sich kreuzen?"

Die Benennung des genauen Ortes schien den Franzl jetzt zu verunsichern. Seine Hände ließen den Pappbecher los. Völlig synchron fuhren diese jetzt durch Franzls zerzaustes Haar. Deutlich konnte man sehen, wie es in seinem Kopf arbeitete.

„Ja", kam es in dem Moment leise und zaghaft aus seinem Mund. „Ja, ja, verdammt", schrie er jetzt. „Ich habe sie gesehen. Sogar mit ihr gesprochen. Ja. Und zwar genau da unten an der Brücke." Seine Hände umklammerten jetzt wieder den inzwischen leicht lädierten Becher.

„Und warum dachtest du", wollte Schönwald wissen, „dass du uns das verschweigen musst, als wir heute Morgen bei dir waren?"

„Keine Ahnung, einfach so", gab Franzl trotzig zurück.

„Worüber habt ihr gesprochen?", kam die nächste Frage von Naderer. „Eine Zeugin meinte, du hast ziemlich aufgeregt gewirkt und ihr habt mindestens eine Viertelstunde zusammen verbracht. Also, was habt ihr da geredet?"

„Nichts Wichtiges", gab Franzl wortkarg zurück. „Hat sie dir erzählt, wohin sie wollte oder was sie an diesem Tag vor hatte?", fasste Schönwald nach.

„Sie hat gesagt, sie regelt heute ihre Zukunft. Das war zumindest das, was ich an unserer Unterhaltung nicht verstanden habe. Sonst haben wir uns nur über Belangloses unterhalten", erzählte der Jungbauer. „Ach ja, und sie fragte noch, ob ich Frankfurt kenne. Was sollte ich in Frankfurt, habe ich sie gefragt. Mehr war nicht. Ganz ehrlich nicht. Ich würde es euch sagen."

„Okay, Franzl", übernahm nun wieder Schönwald die Gesprächsführung, „was hast du uns nun zu der seit unserem Besuch bei dir zu sagen. Was ist da wirklich geschehen oder besser gefragt, wie hat sich das abgespielt? Erzähl uns das bitte ganz genau. Wir müssen wissen, was da ablief. Verstehst du?"

Der Jungbauer schien zu verstehen.

„Kann ich noch ein Glas Wasser haben", bat er zögerlich. „Ja, natürlich", antwortete Schönwald und holte ihm ein Glas mit kaltem, frischem Leitungswasser. Franzl nahm einen kräftigen Schluck und begann zu erzählen. Wort für Wort so, wie es seine Schwester Anna schon zuvor den beiden Polizisten erzählt hatte. Als er zu der Auseinandersetzung mit seiner Schwester kam, unterbrach ihn Schönwald:

„Gut, Franzl, das hat uns Anna bereits erzählt. Was war danach. Hast du gesehen, wie Anna weggefahren ist?"

„Verdammt, ja", geriet der Steiner-Hof-Erbe in Rage. „Ja, ich hab sie gesehen. Ich ahnte gleich, dass sie zu euch fährt. Obwohl sie mir versprochen hatte, mit keiner Menschenseele darüber zu reden." Franzl schnappte nach Luft. „In dem Moment wusste ich: Ich muss die Leiche woanders hinschaffen. Dann kann ich immer noch behaupten, ich wollte Anna nur einen üblen Streich spielen oder so was in der Art. Jedenfalls musste die Leiche weg. Sonst bin ich geliefert. Das war mir klar."

„Und, wo wolltest du mit dem Leichnam hin", hakte Naderer nach.

„Wenn man im Misthaufen nichts mehr findet, dachte ich mir, wird keiner auf die Idee kommen, nun auch noch in der Jauchegrube nachzusehen. Schon allein wegen des Gestanks. Jedenfalls erschien mir das logisch."

„Sind wir zu früh gekommen, oder hast du es dir anders überlegt?"

„Ich hatte einfach keine Kraft mehr. Weder körperlich noch im Kopf. Die Schauflerei, Kuhmist ist verdammt schwer und dann immer Sabrina vor Augen. Nein, es ging nicht mehr. Ich hätte keinen Meter mehr weitergekonnt. Egal, Polizei hin oder her. Es ging nicht mehr."

„Also hast du genau genommen auf uns gewartet?", wollte Schönwald weiter wissen. „Egal, was nun geschehen sollte, du wolltest nicht mehr weiter. Du hast aufgegeben. Ist das richtig?"

„Ich konnte einfach nicht mehr", antwortete der Jungbauer kleinlaut.

„Mal angenommen, Franzl, du hättest es bis zur Jauchegrube geschafft. Du hättest den Leichnam verschwinden lassen können. Was hättest du uns dann erzählt? Mal abgesehen davon, dass du deiner Schwester einen Streich – einen saudummen Streich – hast spielen wollen?

„Keine Ahnung, ich hab' nicht weiter darüber nachgedacht. Ich wollte bloß, dass man die Leiche nicht im Misthaufen findet. Fertig."

„Was glaubst du, wie wir darüber denken?“, setzte Naderer nach. „Kannst du dir vorstellen, dass wir da ganz andere Ideen haben?“

Der Jungbauer schüttelte zögerlich den Kopf. „Was weiß ich, was ihr darüber denkt.“

„Klar ist, dass es am naheliegendsten ist, dass du die Leiche im Misthaufen eingebuddelt hast. Das wirst du wohl auch so sehen müssen. Wer sonst kommt auf die Idee, die Leiche ausgerechnet auf eurem Hof zu entsorgen, wenn ich das mal so unverblümt sagen darf“, setzte Schönwald etwas gereizt fort. „Du vergräbst die Leiche im Misthaufen. Wenig später überkommen dich erste Zweifel. Du bist unsicher wegen des Verstecks und erfindest diese Geschichte für deine Schwester. So kannst du herausfinden, für wie gut sie dein Versteck hält.

Ohne, dass du ihr gleich das ganze Verbrechen gestehen musst. Und als sie dir doch nicht so ganz vertraut und zu uns fährt, ist dir klar: Die Leiche muss erneut verschwinden. Diesmal für immer.“

„Ich hab' doch nichts mit Sabrinas Tod zu tun“, warf Franzl vehement ein. „Verdammt, ich habe sie doch nur gefunden. Ihr wollt mir doch nicht einen Mord anhängen. Ich hab' Sabrina doch gemocht.“

„Selbst unter Liebenden sind Verbrechen alles andere als selten. Liebende schlagen sich häufig die Schädel ein“, konterte Schönwald.

Franzl verstand nicht, was Schönwald damit sagen wollte Offensichtlich am Rande seiner Kräfte fuhr er sich wieder und wieder nervös durch sein Haar.

In dem Moment meldete sich Naderers Handy. In Griffweite lag es vor ihm. Naderer schnappte danach, drückte die Taste mit dem grünen Hörer und meldete sich wie gewohnt: „Naderer, Polizeiinspektion Obertrum.“

Nachdem sich sein Gesprächspartner zu erkennen gegeben hatte, fragte er ohne Umschweife: „Hast du Neuigkeiten für uns?"

Dr. Andrea Frey am anderen Ende der Leitung berichtete. Naderer nickte hin und wieder und legte nach weniger als einer Minute auf. Er überlegte, wie er mit der neuesten Info umgehen sollte und kam zu dem Schluss, mit seinem Wissen nicht hinter dem Berg zu halten, sondern den Franzl direkt damit zu konfrontieren.

„Was weißt du eigentlich über den Rucksack, Sabrinas Rucksack, den wir in der Nähe des Strandbades gefunden haben?"

Der Jungbauer vom Steiner-Hof schaute ihn verdutzt an, verstand kein Wort. „Du kennst doch Sabrinas Rucksack. Den hatte sie doch überall dabei, oder? Kannst du ihn beschreiben?"

Franzl war beunruhigt. Er verstand nicht, was Naderer jetzt von ihm wollte. Was sollte das mit diesem Rucksack. Er dachte nach. Was soll schon mit dem Rucksack sein?

„Also, was ist jetzt", drang es auffordernd an Franzls Ohren und riss ihn aus seinen sorgenvollen Gedanken.

„Was weißt du über den Rucksack?" Naderer wirkte ärgerlich oder wollte er den Franzl nur herausfordern?

„Natürlich habe ich Sabrina ab und an mit ihrem Rucksack gesehen", antwortete Franzl kleinlaut. „Sie hatte ihn ja immer und überall dabei. Aber was soll schon sein damit. Ich habe ihn sicher nicht beim Strandbad versteckt."

„Habt ihr, also Sabrina und du, vielleicht mal zusammen gepicknickt, oder mal einen Badeausflug zusammen gemacht?", schaltete sich Schönwald wieder ein. „Erinnerst du dich, jemals in Sabrinas Rucksack etwas gesucht oder aus dem Rucksack herausgeholt zu haben. Mensch,

Franzl, denk' nach. Es ist wichtig", wollte Schönwald ihm helfen.

„Ich hab' keine Ahnung", antwortete der Jungbauer resigniert. „An so was erinnert man sich doch nicht. Es ist schon möglich. Ich weiß nicht. Wir haben ab und an mal etwas zusammen unternommen. Aber warum wollt ihr das so genau wissen?"

„Wir haben in Sabrinas Rucksack einen Fingernagel – also ein Stück davon gefunden. Seit ein paar Minuten wissen wir, dass es dein Fingernagel ist. Was sagst du dazu?"

„Ihr spinnt", schoss Franzl aufgebracht hervor. „Ich weiß nicht, wie mein Fingernagel dorthin geraten konnte. Aber ich denke, dass es da doch genügend Möglichkeiten gegeben hat. Mann, vielleicht im Herbst letzten Jahres. Da waren wir zusammen unterwegs. Mit dem Rad. Und Sabrina hatte ihren Rucksack dabei, das weiß ich genau. Aber ob ich damals mal da rein gefasst habe oder wie mein Fingernagel dort hingelangt war, weiß ich wirklich nicht."

Der Jungbauer war außer sich. Fühlte sich angeklagt. Überfordert. In die Ecke gedrängt.

„Ganz ruhig Franzl", bemühte sich Naderer um ein möglichst sachliches Gespräch. „Fassen wir mal zusammen: Du verschweigst uns dein letztes Zusammentreffen mit Sabrina, als wir dich ganz gezielt danach fragen. Wir finden dich, tief über Sabrinas Leichnam gebeugt auf eurem Hof. Und wir finden ein Stück deiner Fingernägel in Sabrinas Rucksack. Alles in allem spricht da doch einiges gegen dich. Im Moment jedenfalls."

„Auch wenn ich deiner Geschichte rund um das Auffinden der Leiche gerne Glauben schenken möchte, weil ich denke, dass man sich so etwas kaum ausdenken kann, glaube ich, dass wir noch einiges zu klären haben. Jedenfalls wirst du heute wohl bei uns übernachten", schloss Naderer das Verhör.

„Hol' den Oberbrandacher rein", befahl er seiner Kollegin.

„Er soll ihm sein Quartier zeigen." Der Jungbauer ließ sich widerstandslos abführen. Er war definitiv am Ende seiner Kräfte.

19

Die Digitaluhr über dem Eingang zur Polizeiinspektion zeigte 23:33. Naderer merkte, wie ihn die Müdigkeit überkam, schaute zu Schönwald und ertappte seine Kollegin bei einem tiefen Gähnen.

„Also, meine Damen und Herren", wandte sich Naderer an die Dienst habenden Kolleginnen und Kollegen. „Die Suche nach Sabrina hat sich nun leider Gottes erledigt. Die Suche nach deren Mörder verlangt unsere volle Konzentration und unsere geistige und körperliche Fitness. Aber ich denke, es ist okay, wenn wir morgen weitermachen. Bis auf die zwei, drei Kollegen des Nachtdienstes sollten sich alle ein Mütze Schlaf gönnen. Also, wir sehen uns morgen in alter Frische."

„Kann ich einen der Dienstwagen nehmen", fragte Schönwald bei ihrem Chef nach. „Ich komm' sonst um diese Zeit nicht mehr nach Mattighofen."

„Klar, es stehen momentan ja mehr denn je vor der Tür. Klär es mit dem Nachtdienst ab. Und komm' gut heim."

Naderer verabschiedete sich von seinen Mitarbeitern und machte sich auf den Weg nach Hause. Er war müde. Zuhause angekommen, zelebrierte er das fast schon obligatorische Procedere. Uniformjacke sauber auf den Bügel. Schuhe aus. Ordentlich nebeneinander auf die Fußmatte vor der Garderobe gestellt. Dann das Halfter mit der Dienstwaffe abgeschnallt und im kleinen Tresor versperrt. Erst jetzt war Naderer wirklich zu Hause.

Er entledigte sich seiner Hose, legte sie locker über die Sofalehne, knöpfte sein Hemd auf und verstaute es im Wäschekorb im Badezimmer. Nur mehr mit seinen Boxershorts bekleidet, ging Naderer am Garderobenspiegel vorbei, warf einen Blick hinein und lächelte seinem Spiegelbild entgegen.

„Der Herr Inspektor kann sich schon noch sehen lassen", dachte er bei sich. Er schmunzelte über seine Einbildung und ging ins Wohnzimmer.

Plötzlich spürte er die unbehagliche Wärme im Raum und riss die Terrassentür auf. In solchen Momenten wusste Naderer, warum er seine Wohnung, die er sich vor rund sieben Jahren angeschafft hatte, so sehr mochte. Die große Dachterrasse war für ihn jedes Mal aufs Neue ein Erlebnis. Knapp 70 Quadratmeter. Mit tollen Pflanzen, Sträuchern, Blumen ... ein kleiner Paradiesgarten eben. Im letzten Jahr hatte er sich auch ganz neue Gartenmöbel angeschafft. Mit dabei eine urgemütliche Relax-Liege, die ihm jetzt ins Auge fiel. Obwohl ihm die Müdigkeit im Nacken saß, spürte er unbändiges Verlangen, sich – gemeinsam mit einem guten Glas Wein – in seiner Relax-Liege niederzulassen.

Wenig später lag der Polizist in seiner Liege. In tiefen Zügen atmete er die erfrischende Nachtluft ein. Er genoss den ersten Schluck des roten Burgenländers, spülte ihn zunächst in seinem Mund hin und her und schluckte ihn dann hinunter. Seine Müdigkeit war beinahe verflogen.

Wann hatte er zuletzt etwas gegessen? Ein leichtes Hungergefühl machte sich breit. Naderer war leidenschaftlicher Hobbykoch. Nicht übertrieben. Nicht so, dass er Kochkurse besuchte, aber schon so, dass das Kochen zu einer seiner liebsten Freizeitbeschäftigungen gehörte.

Der Inspektor schnappte sein Glas und nahm es mit in die Küche. Auf dem Weg dorthin, kam ihm auch schon die Idee, was er denn an diesem Abend noch für sich zubereiten wollte: Spaghetti Aglio e Olio sollten es sein. Spaghetti mit ordentlich Knoblauch, leicht angeröstet in feinstem Olivenöl.

Zwei Zehen Knoblauch waren rasch geschält und in feine kleine Stücke gehackt. Ein Topf mit leicht gesalzenem Wasser wurde aufgestellt und zum Kochen gebracht. Bei Nudeln im Allgemeinen und bei Spaghetti im Besonderen war es häufig so, dass man zu viel zubereitete. Das ging auch Naderer so. Deshalb hatte er sich vor einiger Zeit einen Maßhalter zugelegt, speziell für Spaghetti. Öffnungen in verschiedenen Durchmessern, gaben an, wie viele Spaghetti man für eine, zwei, drei oder bis zu sechs Personen benötigt. Naderer wusste bereits, dass dieses Maß perfekt war und von der Menge her eigentlich immer passte. So brachte er auch an diesem Abend die perfekte Portion Spaghetti für eine Person zum Kochen. In der Zwischenzeit hatte er schon eine Pfanne erhitzt. Jetzt kam das Olivenöl in die Pfanne, dazu – Naderer mochte es scharf – ein paar Peperoni und etwas Chiliöl. Inzwischen waren die Spaghetti fertig. Fein al dente, so wie Naderer es mochte. Das Öl mit dem Knoblauch, den Peperoni und dem Chili war heiß. Naderer leerte die Spaghetti dazu. Jetzt ordentlich durchmischen. Fertig.

Keine fünfzehn Minuten später saß der Hobbykoch mit einer appetitlichen Portion Spaghetti Aglio e Olio am Esstisch auf seiner Dachterrasse. Er schenkte sein Glas nach und ließ es sich schmecken.

Angenehm satt und zufrieden legte er sich etwas später wieder in seine Relaxliege. Er fühlte sich gut. Nicht froh. Nicht glücklich. Aber fit. Fit für die Aufgaben, die da morgen wieder auf ihn warteten. Dass er – kaum hatte er zweimal an seinem Wein genippt – auf seiner Liege einschlief, würde der Herr Inspektor erst am nächsten Morgen merken. Gute Nacht.

20

Es war das Handy, welches Naderer um kurz vor sieben Uhr morgens aus dem Schlaf riss. Es dauerte einen Augenblick, bis er seine Sinne beisammen hatte und begriff, weshalb er auf seiner Dachterrasse aufwachte.

Sein Handy schepperte unablässig. Diesmal schaute er auf das Display. Den Schlaf noch in den Augen erkannte er unscharf was da stand: PETER.

Er hob ab: „Guten Morgen, was kann ich so früh schon für dich tun?", brummte er mit noch rauher Stimme.

„Ich habe gehört, ihr habt Sabrinas Leiche gefunden! Schrecklich! Habt ihr schon mit den Eltern gesprochen?"

„Ja, ich war selbst dort."

„Wie haben sie's aufgenommen?"

„Na, wie schon. Aber die beiden schaffen das schon, da bin ich sicher."

„Und ihr habt den Jungen vom Steiner-Hof festgenommen?"

„Wir haben ihn einvernommen und ihn zunächst mal hier behalten. Es spricht ja Einiges gegen ihn."

„Was habt ihr in der Hand?"

„Nun, wie schon berichtet, hatte er uns zunächst mal verschwiegen, dass er Sabrina als Letzter gesehen und gesprochen hatte. Dann wissen wir inzwischen, dass der Fingernagel, den Dr. Frey in Sabrinas Rucksack gefunden hatte, definitiv vom Franzl stammt. Wie er dahin gekommen ist, wissen wir derzeit noch nicht. Und, das Wichtigste überhaupt: Wir haben ihn bei der Leiche gefunden. Nach seiner Aussage wollte er den Leichnam woanders hinschaffen, weil er befürchtete, dass wir ihn sofort verdächtigen, wenn die Leiche auf dem Hof gefunden werden würde."

„Das sieht in der Tat nicht gut aus für den jungen Mann.

Und was denkst du?"

„Ich wollte mir eigentlich letzte Nacht, als ich nach Hause kam, nochmals alles durch den Kopf gehen lassen. Dabei bin ich wohl eingeschlafen, noch bevor ich mit dem Nachdenken beginnen konnte. Du hast mich eben geweckt. Ich muss erst noch mal in Ruhe über alles nachdenken."

„Kein Problem, mein Lieber. Was ich dir noch berichten wollte: Der Leiter der KTU war heute schon bei mir. Sie haben am Fundort deutliche Schleifspuren gefunden. Schleifspuren, die vom nächstgelegenen Fahrweg direkt zum Stall beim Steiner-Hof führen. Also, wenn die Leiche auf diesem Weg zum Misthaufen gebracht wurde, spricht das wohl weniger für den Steinerbauer als Täter, oder? Sonst gibt's noch nicht viel Neues. Außer der Tatzeit. Sorry, hätte ich beinahe übersehen. Dr. Frey hat diese bereits mit irgendwann am frühen Donnerstagabend bestätigt. Sie will gegen Mittag ihren Abschlussbericht vorlegen. Vielleicht kannst du es einrichten und wir treffen uns dazu bei uns in der Kantine. Was meinst du?"

„Ich versuch es auf jeden Fall. Also, dann bis Mittag, so oder so."

Der Inspektor duschte, zog sich an. Das Hemd frisch aus dem Kleiderschrank, die Socken aus der Sockenlade, die Hose vom Sofa, wo er sie gestern abgelegt hatte, die Jacke von der Garderobe. Zwanzig Minuten nach dem Gespräch mit seinem Vorgesetzten, Peter Steinecker, verließ Naderer seine Wohnung. Er marschierte zu Fuß eiligen Schrittes zum Café Neuhofer, wo er bei einem kleinen Frühstück über die gestrigen Vorkommnisse nachdenken wollte.

Eine gute halbe Stunde, zwei Cappuccino und eine Buttersemmel später fasste Naderer seine Überlegungen zusammen:

„Wenn der Franzl nichts mit der Ermordung von Sabrina zu tun hätte, warum sollte er uns das Zusammentreffen verheimlichen. Er musste doch wissen, wenn das herauskommt, ist er verdächtiger denn je.

Der Fingernagelsache messe ich keine große Bedeutung zu. Vor allem, weil man wohl nie feststellen wird können, wann und bei welcher Gelegenheit dieser dort hingekommen war.

Gar nicht erklären kann ich mir die Sache mit dem angeblich neuen Versteck für die Leiche. Das machte so und so keinen Sinn. Wenn Franzl der Mörder war, warum hätte er dann die Leiche überhaupt bei sich zu Hause verstecken sollen. Und wenn Franzl nicht der Mörder war, machte die Sache erst recht keinen Sinn. Sehr riskant einerseits, jede Menge Stress andererseits. Wer weiß, ob wir die Leiche überhaupt irgendwann gefunden hätten, da in dem Misthaufen. Dann die Tatzeit. Die spricht momentan genauso sehr für, wie gegen Franzl. Wir müssen klären was er nach dem Zusammentreffen mit Sabrina gemacht hat. Die gefundenen Schleifspuren sprechen, wenn sie wirklich mit dem Fall Sabrina zusammenhängen, wohl eher für den Franzl, also gegen ihn als Täter."

Naderer bezahlte und machte sich auf den Weg zur Polizeiinspektion. „Es gibt viel zu tun“, dachte er während der kurzen Fahrt nach Obertrum. Auch seine Assistentin und Kollegin, Gruppeninspektorin Karin Schönwald, war offensichtlich gerade eben eingetroffen. Sie wartete vor der Türe auf ihren Vorgesetzten.

„Na, wie geht es dir?“, wollte Schönwald wissen, noch bevor sie die Inspektion betraten.

„Danke. Ziemlich ausgeschlafen. Frisch geduscht. Gut gefrühstückt. Alles bestens, also.“

Wenig später saßen die beiden in Naderers Büro und dem Kollegen Oberbrandacher gegenüber, der Bericht erstattete.

„Also die KTU hat uns eben ihren vorläufigen Bericht gemailt. Darin wird bestätigt, dass die entdeckten Schleifspuren gut und gern vom Ziehen eines leblosen Körpers herrühren können. Die Schleifspuren führen von einer nahe gelegenen Nebenstraße praktisch direkt zum Misthaufen. Und sie haben dazu gehörende Fußabdrücke gefunden. Größe 44. Den Schuhabdruck haben sie gleich mitgeschickt. Die Kollegen haben – im wahrsten Sinn des Wortes – ziemlich tief in der Scheiße gewühlt. Dabei wurde ein Knopf gefunden. Viel können sie dazu noch nicht sagen. Vielleicht finden wir ja das dazu gehörende Kleidungsstück. Das war’s von Seiten der KTU – vorläufig jedenfalls. Sie melden sich, wenn es Neues gibt.“

„Okay. Danke“, entließ Naderer den Kollegen. „Übrigens, den Bericht der Gerichtsmedizin sollten wir bis Mittag bekommen. Die Tatzeit kennen wir auch bereits. Vorläufig können wir davon ausgehen, dass Sabrina bereits am frühen Donnerstagabend ermordet wurde. Ach, noch was, Oberbrandacher“, rief Naderer seinem Kollegen nach. „Wie geht es unserem Gast?“

„Alles gut. Laut Nachtdienst gab es keinerlei Vorkommnisse während der Nacht. Er hat bereits gefrühstückt und wirkt eigentlich recht ruhig." Ohne eine Rückmeldung seines Vorgesetzten abzuwarten, verließ der junge Kollege das Büro.

„Ich fahr' mittags in die Stadt", erklärte Naderer. „Steinecker meint, wir sollten uns mal kurz sehen. Zusammen mit Dr. Frey, die bis dahin mit ihrem Bericht fertig sein will. Ich denke, du solltest mich begleiten. Ich möchte, dass Steinecker dich mal persönlich kennenlernt. Und die Dr. Frey kennst du ja auch noch nicht, oder?"

„Nein. Und ja, ich komme gerne mit. Wann willst du losfahren?"

„Um viertel nach elf. Und jetzt nehmen wir uns den Franzl noch mal vor. Ich will vor allem wissen, was er am Donnerstag nach dem Zusammentreffen mit Sabrina gemacht hat."

21

Seibold war an diesem Montagmorgen schon früh aufgestanden. Er konnte keinen Schlaf mehr finden. Beim Frühstück, das er im eleganten Frühstücksraum des Parkhotels einnahm, wurde ihm schlagartig klar: Er musste weg. Er musste wieder in sein Jagdhaus. Er brauchte Ruhe. Seit Freitagabend war er jetzt fast dauernd mit seiner Frau zusammen. Das waren ein paar Stunden zu viel. Tief in Gedanken versunken rührte Seibold in seinem Kaffee. Er überlegte, was er noch alles zu besorgen hatte, was noch vorrätig war im Jagdhaus. Immer wenn er dort oben war, wollte er es sich an nichts fehlen lassen. Natürlich waren die Möglichkeiten an Luxus beschränkt, aber was möglich war, wollte er sich gönnen. Und vor allem die himmlische Ruhe, den Seelenfrieden und die Stunden an seinem Laptop.

Wenn er gegen Mittag oben sein wollte, dann musste er los. Seibold wollte noch in das große Einkaufszentrum in Salzburg Stadt. Dort konnte er alles finden, was er für einen angenehmen Aufenthalt im Jagdhaus brauchen würde.

Ja, die nächsten drei, vier Tage sollten ihm allein gehören. Danach würde er sich wieder seiner Frau und allfälligen gesellschaftlichen Verpflichtungen widmen.

Seibold spürte gute Laune in sich hochkommen. Ja, er freute sich auf sein Jagdhaus. In weniger als zwei Stunden konnte er dort sein.

Auch in der Polizeiinspektion Obertrum ging es gerade um den Herrn Seibold. Der Abgleich der Gästemeldungen aus 2003 mit den aktuellen Meldungen ging doch schneller voran, als angekündigt. Jedenfalls hatten die Computer in den Tourismusbüros ganze Arbeit geleistet. In der gesamten Region, die immerhin knapp zwanzig Tourismusorte einschließt, gab es nur fünf Personen oder Familien, die sowohl im Juli 2003 als auch gerade eben hier ihren Urlaub verbrachten.

Revierinspektor Oberbrandachers Blick fiel natürlich sofort auf diesen einen Namen. Bei nur fünf Gelisteten auch nicht sonderlich erstaunlich. Sofort schnappte Oberbrandacher das A4-Blatt und stürmte regelrecht in Naderers Büro, wo dieser gerade mit Karin Schönwald mit dem Abfassen des Berichtes zum gestrigen Sonntag beschäftigt war.

„Wir haben eben den Abgleich der Urlauberdaten hereinbekommen. Nur fünf Namen! Und einer davon lautet.

Na? Was meint ihr“, wollte Oberbrandacher es spannend machen.

Als keiner der beiden etwas sagte, lüftete er das Geheimnis.

„Seibold. Familie Helena und Dr. Helmut Seibold. Die waren auch 2003 exakt zu dieser Zeit in Mattsee. Auch damals im Parkhotel eingemietet.“

Inspektor Naderer schnippte mit Mittel- und Zeigefinger der rechten Hand. „Das passt. Das passt wie die Faust aufs Auge“, freute er sich über diese Meldung. „Jetzt haben wir Grund genug, um uns den Seibold nochmals so richtig vorzuknöpfen. Kannst du mal den Fall von 2003 danach durchforsten, ob der Name Seibold dort auftaucht?“

„Klar, mach’ ich“, wusste Oberbrandacher, dass dieser Auftrag an ihn gerichtet war und verließ das Büro.

„Und lass’ bitte den Franzl ins Besprechungszimmer bringen“, rief Schönwald ihm noch nach.

„Guten Morgen“, grüßten Schönwald und Naderer fast gleichzeitig, als sie das Besprechungszimmer betraten. Franzl grüßte leise zurück.

„Ich hoffe, du konntest halbwegs gut schlafen?“, erkundigte sich Naderer.

„Ging schon“, kam die kurze Antwort, wieder leise.

„Wir müssen da noch ein paar Dinge klären, Franzl. Da wir jetzt wissen, dass Sabrina bereits am Donnerstag, so zwischen neunzehn und einundzwanzig Uhr zu Tode kam, stellt sich natürlich die Frage, was du in dieser Zeit gemacht hast. Überhaupt, was hast du am Donnerstag gemacht? Kannst du uns das sagen?“, eröffnete Naderer damit das Verhör.

„Nachdem ich Sabrina getroffen habe …“, wollte Franzl gerade anfangen, als ihn Schönwald unterbrach.

„Was hast du eigentlich überhaupt da unten bei der Brücke gemacht. Was machst du da um diese Zeit?"

„Ich jogge dort", antwortete der Jungbauer, wie aus der Pistole geschossen.

„Du joggst?", wunderte sich Naderer.

„Ja, noch nicht sehr lange, aber fast jeden morgen, gleich nachdem die wichtigste Stallarbeit erledigt ist."

Naderer fiel auf, dass der Franzl heute ruhiger, gefasster wirkte als jemals zuvor. Er konnte sich keinen Reim darauf machen.

„Also, du warst beim Joggen, hast Sabrina getroffen und dann …", bat Schönwald den Franzl fortzufahren.

„Ich bin direkt nach Hause gelaufen. Habe kurz geduscht und dann gefrühstückt. Ja und dann hatte ich allerhand zu tun, wie immer. Schließlich machen unsere 40 Rindviecher ganz schön Arbeit."

„Du warst also den ganzen Tag am Hof?", vergewisserte sich Schönwald.

„Ja, wie gesagt, es gab viel zu tun."

„War dein Vater auch da?"

„Ich hab' ihn nicht gesehen. Mag sein, dass er da war, ich weiß es nicht. Aber sein Auto war da. Ja, genau. Als ich gegen Mittag mal Pause machte, war sein Auto plötzlich weg. Aber ich habe ihn nicht wegfahren gesehen. Also keine Ahnung, wann er weg ist."

„Weißt du, ob dein Vater dich gesehen hat?", wollte Naderer wissen.

„Keine Ahnung."

Naderer verließ kurz das Verhör. Draußen beauftragte er einen Kollegen, bei dem Steinerbauer nachzufragen, was er zu Franzls Alibi sagen könne.

„Entschuldige", sagte Naderer knapp, als er das Sitzungszimmer wieder betrat. „Hast du eine Idee, ob sonst irgendjemand bezeugen kann, dass du am Donnerstag am Hof beschäftigt warst? Was ist mit Anna, deiner Schwester?“, setzte Naderer das Verhör fort.

„Die war bei der Arbeit und ist erst gegen neun heimgekommen. Da haben wir uns dann kurz gesprochen. Sonst wüsste ich nicht, wer mich am Hof gesehen haben könnte. Kann mich jedenfalls nicht an einen Besuch oder so erinnern.“ Franzl überlegte kurz: „Vielleicht hat der Briefträger bemerkt, dass mein Auto vor der Tür stand. Die Post lag auf alle Fälle vor der Haustüre, als ich mittags Pause machte.“

Jetzt verließ Schönwald den Raum um die Rückfrage bei Anna und beim Postbeamten zu veranlassen. Auch sie kehrte umgehend wieder zurück. Während sie wieder Platz nahm, fiel auch ihr auf, dass der Franzl heute weniger nervös, irgendwie gefasst auf sie wirkte. Auch sie konnte nicht sagen, woran das liegen mochte.

„Was hast du eigentlich für eine Schuhgröße?“, fragte Naderer plötzlich und wechselte damit das Thema.

Franzl schaute ziemlich verwundert und brauchte offensichtlich etwas Zeit um die Frage zu verstehen oder um sich einen Reim darauf machen zu können. Dann antwortete er: „46, warum?“

„Einfach so. Wir müssen das wissen.“

„Du hast ein eigenes Auto, oder“, setzte nun Schönwald fort. „Der blaue Golf gehört dir?“

„Ja, genau. Vater und Anna haben ihre eigenen Autos.“

„Warst du am Donnerstag mal mit dem Auto unterwegs?

Vielleicht mal schnell Zigaretten holen oder sonst …?“, stellte Schönwald eine etwas verfängliche Frage.

„Nein! Ich sagte doch schon, ich war den ganzen Tag – und auch den ganzen Abend zu Hause.“

„Kann es denn nicht sein, dass Sabrina dir am Morgen erzählt hatte, wohin sie an diesem Nachmittag wollte? Und sobald dein Vater weg war, hast du dich in dein Auto gesetzt und bist Sabrina nachgefahren. Könnte doch so gewesen sein, oder?", versuchte Naderer den Franzl etwas zu provozieren.

Prompt zeigte dieser erste Anzeichen von Nervosität und fuhr sich mit beiden Händen durchs Haar. „Verdammt", fluchte er, „ich war am Hof. Den ganzen Tag. Ich war keine Sekunde weg und schon gar nicht hinter Sabrina her. Wir haben kein Wort darüber gesprochen, was sie an dem Tag machen wollte. Überhaupt nicht", schoss es, jetzt doch ziemlich aufgebracht, aus ihm heraus.

„Okay, wir werden jetzt versuchen, deine Angaben bestätigt zu bekommen. Bis Mittag werden wir die näheren Umstände zu Sabrinas Tod erfahren. Solange musst du in jedem Fall noch hier bleiben. Der Haftrichter wird demnächst entscheiden, ob du wieder frei kommst", klärte Naderer sein Gegenüber auf. Gleichzeitig ging er zur Tür und rief hinaus: „Abführen!", was sich strenger anhörte, als Naderer eigentlich beabsichtigte.

22

Kurz nach elf machte sich Naderer in Begleitung seiner Assistentin auf den Weg zu seinem Termin in Salzburg. Zuvor hatte er sich diesbezüglich nochmals mit seinem Vorgesetzten abgesprochen. Zwölf Uhr in der Kantine der Polizeidirektion.

Während der rund zwanzigminütigen Fahrt hingen beide ihren Gedanken nach. Naderer sprach nicht gerne, während er fuhr. Karin spöttelte darüber ab und an und meinte, dass Männer einfach nicht multitaskingfähig wären. Heute aber lag es mehr daran, dass sich beide auf das folgende Gespräch vorbereiten wollten.

Um viertel vor zwölf parkte Naderer das Dienstfahrzeug in der Tiefgarage des Direktionsgebäudes. Mit dem Lift fuhren sie ins Erdgeschoss, wo sich die Kantine befand. Sie waren die ersten, die am Treffpunkt eintrafen. Naderer wählte einen Tisch an der Fensterwand, ganz am oberen Ende, sodass sie nur auf zwei Tischseiten Nachbarn zu erwarten hatten. Er führte derlei Gespräche nicht gerne, wenn es um ihn herum zuging, wie in einem Taubenschlag. Naderer erkundigte sich bei seiner Kollegin, was sie trinken wollte, ging zur Getränke- und Essensausgabe und kam kaum eine Minute später mit den Getränken an den Tisch zurück. Naderer setzte sich neben Schönwald um einen Augenblick später auch schon wieder aufzustehen.

Er sah die Gerichtsmedizinerin Dr. Andrea Frey die Kantine betreten, machte mit einer kurzen Armbewegung auf sich aufmerksam und lächelte der hübschen Ärztin entgegen. Die beiden begrüßten sich mit einem beidseitigen Wangenküsschen.

„Schön, dich wieder einmal persönlich zu treffen“, sagte Naderer und man merkte, dass er es ernst meinte.

„Ja, höchste Zeit. Wir haben uns ja ewig nicht gesehen“, strahlte sie ebenso unaufgesetzt.

„Andrea, darf ich dir meine Kollegin und rechte Hand vorstellen? Frau Inspektorin Karin Schönwald.“

„Wie schön, dass er Sie mitgebracht hat“, lächelt Dr. Frey, während sie der jungen Polizistin die Hand reichte. „Es ist immer besser, wenn man ein Gesicht zu jenen Personen vor Augen hat, mit denen man immer wieder telefoniert oder mailt.“

„Ja, Frau Doktor, ich freu' mich auch, Sie kennenzulernen", erwiderte Schönwald die freundliche Begrüßung.

„Ach, lassen Sie den Doktor, bitte. Ich bin Andrea."
Schönwald war etwas verwundert. „Danke, sehr freundlich.

Ich bin Karin."

„Aber setzen wir uns doch", schlug Naderer vor und rückte Andrea den Stuhl zurecht. „Darf ich dir schon etwas holen", erkundigte sich Naderer bei Frey.

„Ein Cappuccino wäre jetzt prima", meinte die Ärztin und strahlte dabei, als hätte sie eben den Nobelpreis für Medizin eingeheimst.

Während Naderer mit dem Cappuccino beschäftigt war, traf auch sein Vorgesetzter, Major Peter Steinecker ein. Er sah die Gerichtsmedizinerin und trat an den Tisch heran.

„Hallo Andrea, schön, dass du's einrichten konntest", begrüßte er die Ärztin mit einem Händedruck.

„Und Sie sind sicher Naderers neue Assistentin. Frau Schönwald, richtig?"

Schönwald salutierte und sagte bestimmt: „Korrekt, Herr Major. Gruppeninspektorin Schönwald."

„Wissen Sie was, Frau Schönwald", fuhr der Vorgesetzte fort. „Ich weiß, dass der Max nicht viel von Titeln und dem Salutieren hält. Mir geht's da genauso. Also, den Major können Sie getrost weglassen."

„Danke, Herr Major", antwortete Schönwald und korrigierte sich gleich, „Herr Steinecker."

Naderer kam zurück an den Tisch. Am Tablett standen diesmal ein Cappuccino, den er Dr. Frey hinstellte und ein großes Glas Soda Zitrone.

„Hallo, Peter, servus", begrüßte Naderer seinen Freund und Vorgesetzten. „Ich hoffe, du trinkst immer noch am liebsten dieses Sodawasser?"

„Servus Max, ja, das passt bestens. Danke!"

„Ich nehme mal an, ihr brennt alle auf meinen Bericht“, nahm Frey den Faden auf.

„Natürlich“, antwortete Steinecker. „Leg los!“

„Also, die Tatzeit“, begann Dr. Frey, „können wir noch etwas einschränken. Sabrina wurde am Donnerstag zwischen zwanzig und spätestens zweiundzwanzig Uhr getötet. Todesursache? Sabrina wurde erstickt. Meines Dafürhaltens nach mit der bloßen Hand. Einer rechten Hand. Der Täter hat ihr also schlicht und einfach den Mund zugehalten, bis sie kläglich erstickt ist. Das dauert leider. Manchmal zwei, drei Minuten bis das Opfer das Bewusstsein verliert.“

„Sonstige Anzeichen von Gewalt?“, fragte Schönwald nach.

„Blutergüsse an beiden Oberarmen. Ich denke, dass der Mörder auf ihren Oberarmen kniete, während er ihr den Mund zuhielt. Ansonsten, nein. Offensichtlich hatte sie keine Chance, keine Möglichkeit sich wirklich zu wehren. Abwehrspuren haben wir jedenfalls nicht gefunden.“

„Wurde sie vergewaltigt?“, wollte Steinecker wissen.

„Nein, mit Sicherheit nicht. Sabrina war noch Jungfrau, mit siebzehn. Was wohl eher selten ist, heutzutage.“

„Das wundert mich nun wirklich. Zumal Sabrina ein sehr attraktives und leutseliges Mädel war. Und, was man so hört, dem männlichen Geschlecht gegenüber nicht versperrt“, meinte Naderer.

„Wie auch immer. Die Jungfräulichkeit ist zuverlässig festgestellt worden. Allerdings hat sie die Pille genommen. Vielleicht hatte sie ja einen neuen Freund. Darüber kannst du, Max, mal mit ihren Eltern sprechen. Was wir jedoch gefunden haben, sind Spuren im Genitalbereich, die darauf hindeuten könnten, dass sie dort ziemlich grob angefasst wurde. Könnten, sage ich, weil solche Rötungen oder

Druckstellen beispielsweise auch nach einer längeren Radtour auftreten können. Besonders dann, wenn man ohne ordentliche Radlerhose unterwegs ist. Oder bei einer extrem engen Jeans wenn man kein oder nur ein ganz billiges Höschen trägt. Das mit der Radtour lässt sich ja bestimmt erfragen. Enge Jeans hatte sie getragen, einen schlechten Slip allerdings sicher nicht."

„Gibt's andere Spuren an der Leiche. Stofffasern, Fingerabdrücke, irgendwas, das uns weiterhelfen könnte?", schaltete sich Schönwald wieder ein.

„Das Mädchen hat seit Donnerstagnacht – sorry – zentimetertief unter Scheiße gelegen. Mist ist ausgesprochen ätzend. Wir müssen froh sein, dass der Körper selbst so gut erhalten blieb. Mit Spuren an der Kleidung jedenfalls sieht es schlecht aus."

„Also nichts, das uns weiterbringt? Kein Hinweis auf den möglichen Täter", fasste Naderer zusammen und konnte dabei seine Enttäuschung nicht verbergen.

„Sei nicht so ungeduldig, Max", ermahnte Frey den Inspektor mit einem Lächeln. „Es gibt zwei interessante Erkenntnisse für euch. Erstens: Das Mädchen hatte einen Sonnenbrand. Ganz frisch. Stammt also zu neunzig Prozent vom Donnerstagnachmittag. Sie muss ziemlich ausgiebig in der Sonne gelegen haben. Sie dürfte dabei übrigens dasselbe angehabt haben, wie zur Tatzeit, was die Hautrötungen uns zeigen. Wo sie sich gesonnt hatte, müsst allerdings ihr herausfinden."

„Na ja, der Hammer ist dieser Hinweis nicht. Das kann letztlich überall gewesen sein und als Beweis taugt das gegebenenfalls wohl auch nicht", meckerte Naderer erneut.

„Aber vielleicht irgendwann als Ausschließungsgrund oder als Bestätigung einer Möglichkeit, Max", versuchte Schönwald ihn aufzumuntern.

„Und zweitens?“, setzte Naderer dennoch ungeduldig nach.

„Zweitens sind ihre Fersen – und zwar beide – stark aufgekratzt, so also wurde sie über eine größere Strecke geschleift. Und das hundertprozentig post mortem. Soviel ich gehört habe gibt es ähnliche Hinweise von der KTU?“

„Ja, stimmt“, antwortete Schönwald kurz.

„Und wenn die Fersen nach ihrem Tod so zerschrammt wurden, bedeutet das, dass sie entweder von vornherein barfuß unterwegs war oder aber, dass irgendwo noch ein Paar Schuhe zu finden sein müsste. Vielleicht hat der Täter die übersehen. Wisst ihr, ob Sabrina barfuß unterwegs war?“

„Nein, ich kann mich jedenfalls nicht an eine Aussage diesbezüglich erinnern. Wir werden mit den Eltern reden“, sagte Naderer, der jetzt etwas motivierter klang.

„Und wir werden den Franzl nochmals fragen“, fügte Schönwald hinzu. „Vielleicht erinnert er sich, ob und wenn ja, welche Schuhe Sabrina getragen hatte.“

„Können wir eigentlich fix von einem männlichen Täter ausgehen?“, wollte Steinecker plötzlich wissen.

„Von Seiten der Gerichtsmedizin haben wir dazu keine zuverlässigen Hinweise“, erklärte Dr. Frey, „aber bei allem, was ich über den Fall weiß, würde ich sagen: Ja.“

„Davon bin ich auch überzeugt“, schloss sich Schönwald Freys Meinung an.

„Übrigens, um meinen Bericht vollständig und ordentlich abzuliefern“, fuhr Dr. Frey fort, „die letzte Mahlzeit, die Sabrina zu sich genommen hatte, zeigte sich mehr als genussreicher Happen, denn als Mittag- oder Abendessen. Sie hatte feinsten Räucherlachs gespeist. Und sie hatte – passend dazu – einiges an Alkohol konsumiert. Vermutlich etwas ziemlich kohlensäurehaltiges, also Sekt, Frizzante, Champagner ... jedenfalls etwas in der Art.“

„Räucherlachs und Champagner", klopfte sich Naderer mit flacher Hand auf beide Oberschenkel, „da fällt mir doch gleich der Herr Seibold ein. Oder was meinst du, Karin?"

„Vielleicht ja, aber sie kann doch überall Räucherlachs gegessen und Champagner getrunken haben. Wissen wir denn, ob Sabrina vielleicht etwas zu feiern hatte?"

„Auch wenn sie etwas zu feiern hatte, man feiert nicht allein mit Räucherlachs und Champagner. Oder liege ich da falsch?", konterte Naderer.

„Ich denke, ihr solltet dem Seibold jedenfalls nochmals kräftig auf die Füße treten", versuchte Steinecker die Diskussion zu beenden.

„Das werden wir", versicherte Naderer mit einem plötzlichen Anflug von Wut. Wobei er selbst gerade nicht einschätzen konnte, woher das in diesem Moment kam.

„Übrigens, Peter, was ich ja noch nicht berichtet habe", freute sich Naderer, dass er noch etwas gegen Seibold vorzubringen hatte. „Seibold war einer von nur fünf Namen, die auf der Gästeliste von 2003 auftauchte – also zu der Zeit, als Kathrin Hochreiter spurlos verschwand. Wir haben ja bereits darüber gesprochen."

„Ich erinnere mich", schaltete sich Dr. Frey ein. „Ich hatte nur am Rande damit zu tun. Aber ja, der Name ist mir geläufig. Und da gibt es jetzt einen Zusammenhang?"

„Das wäre momentan wohl zu viel gesagt", antwortete Schönwald. „Aber immerhin, Seibold war zu den Zeiten beider Fälle im Lande."

„Habt ihr auch die anderen Namen schon überprüft?", hinterfragte der Major.

„Wir sind dabei", schwindelte Naderer, der sich eingestehen musste, dass er dies vor lauter Konzentration auf Herrn Seibold nicht veranlasst hatte.

„Also, zusammen mit seinen Äußerungen, seiner Beschwerde beim Herrn Bezirkshauptmann, glaube ich, können wir eine Einvernahme – oder sagen wir mal – ein Gespräch mit dem Herrn Dr. Seibold schon rechtfertigen. Bleibt also bitte dran“, befahl der – offziell leitende – Ermittler.

„Wenn wir also wirklich davon ausgehen, dass Sabrinas Leiche zum Misthaufen geschleppt wurde, können wir doch den Franzl praktisch als Täter vergessen, oder?“, wollte Schönwald wissen.

„Nicht wirklich“, meinte Steinecker, „immerhin könnte der Franzl versucht haben, damit eine falsche Spur zu legen.“

„Solange wir nicht wissen, wo Sabrina umgekommen ist, bringt uns das überhaupt nichts“, gab Naderer zu bedenken. Theoretisch könnte der Franzl Sabrina genau an diesem Weg getroffen haben. Dann wäre es naheliegend, die Leiche quer übers Feld zum Misthaufen zu ziehen.“

„Allerdings müssen wir den heute Abend ohnehin laufen lassen“, erwiderte Schönwald, „wenn wir bis dahin keinen Haftbefehl haben.“

„Ich kümmere mich darum“, antwortete Steinecker.

„Von meiner Seite kann ich leider nichts mehr weiter beitragen. Im Moment zumindest. Wir sind nochmals am Rucksack dran. Da könnte sich noch etwas ergeben. Aber ich kann noch nichts Konkretes dazu sagen“, beendete Dr. Frey ihren Bericht.

„Na gut, dann danke ich euch allen für euer Kommen und eure Mitarbeit. Wir werden den Mörder fassen. Ich bin sicher. Macht weiter so“, beschloss Major Steinecker die Besprechung.

23

Seibold war damit beschäftigt, die letzten Einkäufe vom Wagen zum Jagdhaus zu tragen. Es war kurz nach dreizehn Uhr an diesem sonnigen Montag. Er war froh, endlich wieder in seinem Jagdhaus zu sein. Endlich wieder allein. Endlich wieder Ruhe. Nachdem er alle Besorgungen verräumt hatte, zog er sich um. Nur mit einer bunten Short bekleidet, rückte er sich auf der Terrasse eine der Liegen zurecht. Er ging nochmals ins Haus, holte sich ein kühles Bier. Er genoss es, wie das kühle Getränk seine Kehle hinunterlief. „Welch eine Wohltat", dachte Seibold und leerte mit einem zweiten Schluck den Rest des Glases. Schnell holte er sich eine neue Flasche aus dem Kühlschrank und schenkte wieder ein. Dann richtete Seibold sich seine Pfeife her, zündete sie an und lehnte sich gemütlich zurück. Nur zum Trinken nahm er die Pfeife ab und an aus seinem Mund.

Seine Gedanken kreisten derweil um die Geschehnisse der letzten Tage. Doch Seibold hatte schnell genug davon. Er wollte gar nicht erst damit anfangen, sich wieder damit zu befassen. Das konnte warten, denn für heute Nachmittag hatte der Frankfurter Geschäftsmann anderes geplant. Deshalb war er heute auch so gut gelaunt. Endlich fand er mal wieder Zeit für sein Hobby. Für seine große Leidenschaft. Für seine Lust. Längst war die Jagd in den Hintergrund getreten. Ehrlich gesagt, gestand sich Seibold immer öfter ein, ging ihm das Jagen längst mehr auf die Nerven, als dass es ihn freute. Deshalb hatte er damals, als sich die Gelegenheit auftat, das Jagdhaus zu kaufen, die Immobilie erworben, aber das dazu gehörende Jagdgebiet gleich auf lange zwanzig Jahre an seine früheren Jagdkameraden verpachtet. Seine Jagdleidenschaft hatte sich in den letzten

Jahren eben deutlich abgekühlt. Nur ab und an, wenn es Einladungen von wichtigen Persönlichkeiten gab, nahm er die Reise ins Seenland auf sich. Dabei stand die Kontaktpflege im Vordergrund, nicht die Jagd. Und ab und an lud er Geschäftsfreunde, Politiker und andere Herren, die hier in der Region das Sagen hatten, zu einem exklusiven Jagdabend in sein Haus ein. Dabei ging es dann ordentlich zur Sache, was Speis und Trank anging. Da wurde an nichts gespart. Auch nicht an netten Servierdamen und solchen, die den wichtigen Herren etwas Gesellschaft leisteten. „Ist auch schon wieder drei Jahre her", fiel Seibold dabei ein, „dass ich zuletzt zu einem solchen Abend geladen habe." Dennoch, in diesem Urlaub wird es wieder keine Feier in seinem Haus geben. Das stand fest.

Seibold holte sich die dritte Flasche Bier aus dem Haus und setzte sich damit nun an den großen Holztisch, der links der Haustüre auf der Terrasse stand. Er schenkte sich sein Glas voll, nahm einen Schluck, stellte es ab und rückte sich sein Notebook, das er am Tisch abgelegt hatte, zurecht. Während er den Rechner hochfuhr, nagte er aufgeregt am Mundstück seiner Pfeife.

Seibold hatte sich seinerzeit einen sehr leistungsfähigen Internet-Zugang installieren lassen. Er brauchte eine richtig schnelle Downloadrate. Nicht für seine Geschäfte, denen er hier oben ohnehin nur selten nachging. Nein, den Highspeed- Zugang benötigte Seibold für seine große Leidenschaft.

Schnell war Seibold online und ebenso schnell auf seinem Lieblingsportal. Er loggte sich mit seinen Benutzerdaten ein. Rasch überprüfte er sein Konto. Ihm wurde ein Guthaben von knapp viertausend Coins angezeigt. Umgerechnet rund zweitausend Euro. Das sollte für seine Ansprüche am heutigen Nachmittag reichen.

„Mal sehen, was wir heute im Angebot finden“, überlegte Seibold und spürte dabei die gewohnte angenehme Erregung in sich aufkommen. Lustvoll leckte er sich mit der Zunge über seine Lippen. In Sekundenschnelle wurde ihm eine Liste mit Fotos zahlreicher Mädchen, sehr junger Mädchen, angezeigt.

Zwei Fotos von jedem Mädchen, dazu der Name – sicher reine Fantasienamen. Die Bilder zeigten die Mädchen nackt, in aufregenden Posen. Die Liste zeigte Mädchen aller Rassen, aller Nationalitäten und alle waren sie jung. Blutjung. Wenn es nach dem Portalbetreiber geht, waren die Mädchen garantiert achtzehn Jahre oder älter. Die Fotos jedoch erweckten den Eindruck, keines der Mädchen wäre schon über sechzehn. Wie alt die Mädchen wirklich waren, wusste höchstens der Anbieter und vermutlich nicht mal der. Seibold jedenfalls war das völlig egal. Wichtig war, dass die Mädchen jung aussahen. Sie sollten etwas Jungfräuliches an sich haben. Eine gewisse Unschuld wollte er gezeigt bekommen.

Seibold war bereits ziemlich erregt. Immer wieder griff er mit der Hand zwischen seine Schenkel. Er liebte dieses Spiel. Diese Art, Lust und Leidenschaft auszuleben. Dafür brauchte Seibold Zeit. Da ging's nicht um die schnelle Nummer, wie es bei wirklichen Sexspielen mit realen Personen häufig der Fall war. Daran hatte Seibold in den letzten Jahren zusehends den Spaß verloren. Er hatte schon öfter überlegt, woran das liegen konnte. Wirklich erklären konnte er sich das nicht. Bis heute nicht. Aber das spielte ja auch keine Rolle. Seibold wusste, dass er zusehends mehr Spaß am virtuellen Sex fand. Wie es dazu kam, war doch tatsächlich völlig unerheblich. Wichtig war, dass er hier seine Befriedigung, die Erfüllung all seiner sexuellen Wünsche fand. Und das wann er wollte, wo er wollte, sooft er wollte. Hier im Internet warteten stets zahllose Mädchen auf ihn. Warteten darauf, ihm seine ausgefallensten, seine intimsten Wünsche zu erfüllen und ihm seine perversen Fantasien zu verwirklichen. Wozu sollte er dann viel Zeit und vermutlich noch mehr Geld als im Internet aufwenden um sich die Dienste einer Dame – ob Prostituierte oder ‚nur' eine vom Begleitservice – zu sichern, die dann, was schon häufig der Fall war, seinen Vorstellungen und Ansprüchen ohnehin nicht gerecht werden konnte.

Auf diesem Portal hatte Seibold unter seinem Pseudonym ‚Jagdherr' all seine Wünsche, seine Perversionen, seine Leidenschaften manifestiert. Wenn er sich hier auf die Suche nach einem Mädchen machte, werden ihm automatisch nur jene angezeigt, die auch bereit waren, seine Fantasien Realität werden zu lassen. Da gab es keine Fehlerquote. Das hatte bis zum heutigen Tag immer funktioniert. Seibold war Stammgast und ein zufriedener obendrein. Er durfte gar nicht daran denken, was er auf diesem Portal schon alles erlebte. Er hätte ja nie geglaubt, dass es Frauen gibt, die auf solche Wünsche eingehen. Dass die Damen auf dieser Online-Seite auch noch blutjung waren oder zumindest so aussahen, war quasi eine Draufgabe. Seit er – damals wirklich zufällig – erstmals auf dieses Online-Angebot gestoßen war, gab es für Seibold praktisch keinen anderen Sex mehr. Hier fand er alles, was er suchte, was er brauchte und was er wollte. Alles, wirklich alles. Noch nie war es vorgekommen, dass einer seiner Wünsche nicht erfüllt, dass seine Lust nicht befriedigt wurde.

Seibold, der Erektions- oder Orgasmusprobleme höchstens von Erzählungen Bekannter kannte, griff einmal mehr an sein Glied und spürte es schon stark erigiert. Doch noch konnte er sich nicht für eine Gespielin für den heutigen Nachmittag entscheiden. Das Angebot stimmte ihn freudig. Hob seine Stimmung. Ließ die Lust in ihm von Minute zu Minute anwachsen. Seibold hatte es nicht eilig. Erstens hatte er an diesem Tag stundenlang Zeit und zweitens liebte er es, wenn sich schon das Vorspiel über viele Minuten hinauszog. Seibold war keiner, dem es um den schnellen Genuss ging. Jedenfalls nicht beim Sex.

Eine knappe Stunde und noch zwei Glas Pils später hatte sich Seibold entschieden: An diesem Nachmittag wollte er sich mit er achtzehnjährigen Suzanna aus Weißrussland vergnügen.

Warum er sich für dieses Mädchen entschieden hatte, wusste Seibold selbst nicht. Aber das war auch völlig egal. Seibold freute sich jetzt auf die Stunden mit Suzanna.

24

Während der Rückfahrt von Salzburg nach Obertrum redeten die beiden Polizeibeamten kein Wort. Beide hingen wieder ihren Gedanken nach. Schönwald ließ die Besprechung von soeben nochmals Revue passieren. Markierte sich im Geiste die wesentlichsten Erkenntnisse und die sich daraus ergebenden Aufgaben. Sie wusste, dass sie auf diese Weise kaum etwas vergaß oder übersah.

Naderer hing derweil anderen Gedanken nach. Schönen Erinnerungen. Er dachte kurz an das letzte gemeinsame Abendessen mit Dr. Frey. Kaum zu glauben, aber dieser großartige Abend lag tatsächlich schon wieder neun Monate zurück. Manchmal verstand Naderer selbst nicht, weshalb er so selten Zeit für die schönen Dinge des Lebens fand. Er beschloss in Gedanken, daran schnellst möglich etwas zu ändern.

Dann blickte er noch etwas weiter zurück. Auf den Sommer 2007. Diesen unvergesslichen Sommer, den er zusammen mit Dr. Andrea Frey verbringen durfte. Eine tolle Zeit. Eine unglaubliche Frau, wurde ihm in diesem Moment wieder bewusst.

Andrea war 39 Jahre alt. Mit ihren ein Meter sechzig und ihrer schlanken Figur wirkte die intelligente, selbstsichere Frau sehr zierlich. Sie vermochte schon damals immer Naderers Beschützerinstinkt zu wecken. In vielen Situationen hatte er das Gefühl seine smarte Freundin beschützen zu müssen. Einen wirklichen Grund dafür gab es allerdings nicht. Dr. Frey war in jeder Situation Frau der Lage. Sie war imstande jederzeit ihren ‚Mann' zu stehen. Dass sie schon mit fünfunddreißig zur Leiterin der Gerichtsmedizin Salzburg bestellt wurde, zeugte nicht nur von großem Ehrgeiz. Dr. Frey war ausgesprochen intelligent, in ihrer Arbeit überaus genau und gewissenhaft und hatte Mumm genug, auch mal gegen Anordnungen oder Vorgaben von Oben – auch von ganz oben – zu handeln oder sich gegen Mächtigere durchzusetzen. Das schätzte Naderer seit jeher an dieser kleinen, immer freundlichen und fast immer gut gelaunten Person.

Auch die tolle Bikinifigur der Ärztin imponierte dem Inspektor seit dem ersten Zusammentreffen. Frey trug gerne figurbetonende Kleidung, häufig schmal geschnittene Röcke, die schon mal recht kurz ausfielen. Die Gerichtsmedizinerin konnte ihre Figur und ihre Beine, selbst wenn die nicht unbedingt Modellänge hatten, durchaus herzeigen. Ihre dunkelblonden, mittellangen Haare trug sie häufig hochgesteckt. Diese Frisur verlieh der zierlichen Person eine gewisse Strenge, was manchmal hilfreich sein konnte und was Naderers Empfinden nach verdammt sexy aussah.

Naderer kannte die Gerichtsmedizinerin bereits, als er damals im Mai 2007 an einem Seminar zum Thema „Die Forensik in der Gerichtsmedizin“ teilnahm. Teilnehmen musste, genau gesagt, weil Major Steinecker in dazu verdonnert hatte. Das zweitägige Seminar, das im Parkhotel im oberösterreichischen Gmunden am Traunsee stattgefunden hatte, gestaltete sich interessanter und lehrreicher als Naderer damals erwartet hatte. Schon nach ein, zwei Stunden wusste der Inspektor, dass es an der Vortragenden lag, dass diese Fortbildung für die Teilnehmer nicht nur erträglich sondern geradezu spannend war. Naderer jedenfalls war begeistert.

Naderer erinnerte sich:

Er kämpfte damals darum, zum Mittagessen einen Platz bei Dr. Frey zu bekommen. Er war offensichtlich nicht der Einzige, den die Ärztin zu begeistern vermochte. Der Umstand, dass er Dr. Frey schon kannte, war dabei sicher von Vorteil. Jedenfalls bot sie ihm neben sich Platz an.

In der nachmittäglichen Seminarpause wagte sich der sonst nicht so draufgängerische Naderer noch einen Schritt weiter.

„Entschuldigen Sie“, sprach er die Vortragende damals an, „fahren Sie abends zurück nach Salzburg oder bleiben Sie in Gmunden?“

„Obwohl ich nicht weiß“, antwortete sie durchaus charmant und freundlich, „was genau Sie das angeht: Ja, ich übernachte hier im Parkhotel.“

„Sagen Sie, wäre es sehr vermessen, wenn ich Sie frage, ob ich Sie heute zum Abendessen einladen darf.“

„Vermessen nicht, aber schon ziemlich mutig“, scherzte die Angesprochene. „Aber ich werde ihren Mut belohnen.“ Wieder lachte sie. „Gerne!“

„Vielen Dank. Ich freu' mich!", strahlte Naderer. „Haben Sie auf etwas Bestimmtes Lust? Italienisch? Asiatisch? Wollen Sie im Hotel essen?"

„Wissen Sie was, Herr Inspektor", lächelte Dr. Frey, „lassen Sie sich etwas einfallen. Ich bin mit allem einverstanden."

„Okay, ich hoffe, ich finde etwas Passendes."

„Sie haben ja noch ein paar Stunden Zeit", zwinkerte sie ihm frech zu.

„Eben nicht, ich muss doch meine Aufmerksamkeit ganz und gar ihren Ausführungen widmen", antwortete Naderer mit einem neckischen Unterton.

„Also in den nächsten beiden Stunden fassen wir vor allem das bisher Gehörte zusammen. Wenn Sie zuvor aufmerksam zugehört haben, könnten Sie – wegen dringender privater Angelegenheiten – auch schwänzen", lachte Dr. Frey, meinte es aber offensichtlich ernst, denn sie fügte an: „Ich glaub' wirklich, Sie haben jetzt Wichtigeres zu tun."

Naderer strahlte von einem Ohr zum anderen als er sich auf den Weg machte, die kleine Stadt am Traunsee zu erkunden, um die ideale Location für den Abend auszumachen. Das hatte er sich nicht erwartet, als er allen Mut zusammennahm und beschloss, die Seminarleiterin kurzerhand zum Abendessen einzuladen. Ein Ja hatte er sich erhofft. Natürlich. Aber dass sie sich ganz offensichtlich wirklich darüber freute und ihm auch noch so quasi die Gestaltung des Abendprogrammes überlassen wollte, das übertraf seine kühnsten Erwartungen.

Das Wetter war großartig. Schon seit zwei Wochen lachte die Sonne nahezu ununterbrochen vom Himmel. Entsprechend frühsommerlich angenehm waren auch die Temperaturen. Tagsüber sowieso. Aber auch abends war es im Freien bereits durchaus auszuhalten.

Gut gelaunt kam Dr. Frey dem Inspektor entgegen. Punkt neunzehn Uhr, wie vereinbart, entstieg sie dem Lift, der sie vom 6. Stock herunterführte. Naderer ging ihr ein paar Schritte entgegen, begrüßte sie mit einem kräftigen Händedruck und fragte: „Na, alles okay bei Ihnen? Können wir starten?"

„Bitte, gerne. Ich freu' mich schon darauf!", hakte sie sich bei Naderer unter.

Statt wie erwartet in Richtung Türe zu gehen, wendete der Polizist und geleitete seine Begleiterin zurück zum Lift. An der Lifttüre überließ Naderer der Dame den Vortritt, stieg ebenfalls ein und drückte auf die Nummer 7 an der Anzeige- und Wahltafel des Lifts. „Wenn es recht ist", lächelte Naderer, „entführe ich Sie zunächst auf die Dachterrasse. Bei dem prachtvollen Wetter sicher der ideale Ort für unseren Aperitif."

„Großartig", sagte sie nur.

Oben angekommen geleitete sie einer der Kellner an einen offensichtlich reservierten Tisch. Ganz am Terrassengeländer mit einem unverstellten Blick über den Traunsee. Auf dem Tisch stand bereits ein Eiskübel mit einer Flasche Sekt. Zwei elegante Gläser dabei und eine brennende Kerze, die allerdings, angesichts des noch kräftigen Sonnenlichts nur spärlich zur Geltung kam. Daneben, auf einem kleinen Beistelltisch ein großer Blumenstrauß. Geübt führte der Kellner die beiden an den Tisch, rückte der Dame den Stuhl zurecht, öffnete gekonnt die Sektflasche und schenkte ein. Mit einem „Bitte, die Herrschaften" zog er sich zurück.

„Kompliment, mein Lieber", war Dr. Frey es, die das Wort ergriff. „Sie wissen, wie man Frauen beeindruckt. Ich darf doch annehmen, dass dieser herrliche Strauß für mich bestimmt ist?"

„Natürlich, Frau Doktor“, lachte Naderer, nahm den Strauß aus der Vase und überreichte diesen – offiziell, sozusagen. Die Frau Doktor bedankte sich mit einem zarten Kuss auf seine Wange und meinte: „Ich bin übrigens Andrea. Und du?“

„Ich bin der Max“, antwortete Naderer.

„Ich weiß doch“, lachte sie neckisch, „hab doch nur gefragt, um das ‚Du‘ klarzumachen.“

Der Inspektor griff nach dem Glas und deutete seiner Begleitung an, dass er anstoßen wollte. „Na dann, Andrea, trinken wir auf einen schönen Abend. Ich hoffe, es wird dir gefallen.“

„Ganz bestimmt.“

Sie unterhielten sich prächtig, bis Naderer meinte: „Wir sollten langsam aufbrechen, sonst versäumen wir noch das Highlight des Abends.“

Wieder in der Hotelhalle angekommen, hakte Dr. Frey sich bei ihm unter. In ihrem kurzen Sommerkleid, den recht hohen Schuhen und dem hochgesteckten Haar verstand sie es ihrerseits, Naderer zu begeistern. Stolz führte er die schöne Frau an seiner Seite zum Hafen. Nach wenigen Minuten waren die beiden dort angekommen, wo die ‚MS Traunsee‘ zum Auslaufen bereit lag. Naderer hielt dem Kontrolleur am Anlegesteg die Tickets hin, die er sich nachmittags besorgt hatte und geleitete Dr. Frey über den Steg an Board, wo sie von einem Steward in weißer Uniform empfangen wurden.

„Das ist ja traumhaft“, geriet Dr. Frey ins Schwärmen, als sie an Deck Platz genommen hatten und mit einem Glas Chardonnay anstießen. Die MS Traunsee hatte bereits abgelegt. „Wie bist du denn auf die Idee gekommen?“

„Bei diesem herrlichen Wetter hat so ein Dinner an Bord eines Schiffes doch immer ein bisschen was Romantisches, oder?“

„Auf jeden Fall. Und es hat Stil. Toll“, dabei erhob sie sich ein wenig, beugte sich über den Tisch und küsste den Herrn Inspektor. Diesmal auf den Mund. Nur kurz und ganz leicht, aber immerhin. Naderer war überrascht und überwältigt.

Die Rundfahrt über den Traunsee dauerte zwei Stunden, fünf Minuten. Zeit genug, das viergängige Menü in vollen Zügen zu genießen. Dr. Frey war beeindruckt und Naderer ausgesprochen zufrieden mit sich. Dann mussten sie, wie alle anderen Gäste, von Bord.

„Was nun“, fragte Dr. Frey mit einem breiten Grinsen im Gesicht, „ist das Programm damit zu Ende?“

„Wo denkst du hin. Lass dich überraschen.“ Mehr verriet Naderer nicht.

Sie schlenderten durch die romantisch beleuchteten Gassen in der Kleinstadt bis sie nach etwa einer Viertelstunde vor einer kleinen Bar ankamen.

„Bitteschön“, hielt Naderer seiner Begleitung die Tür auf und trat nach ihr ein. „Wo möchtest du sitzen?“, erkundigte er sich.

„Da vielleicht“, meinte sie und zeigte mit dem Zeigefinger auf einen kleinen Tisch in einer Ecke.

Die Bar, die Naderer sich am Nachmittag für den Schlummertrunk mit Frau Frey ausgesucht hatte, war erst kürzlich eröffnet worden. Sehr stylisch eingerichtet. Insgesamt vielleicht etwas kühl, aber die kleinen, kuscheligen Sitzecken machten Lust zum Relaxen. Das Licht vermittelte eine sehr einladende Atmosphäre, durchaus mit einem Hauch von Romantik.

„Gefällt dir das Lokal?“, wollte Naderer wissen, nachdem er für sie beide je einen Aperol-Spritz bestellt hatte.

„Ja, ich mag diese kleinen Bars. Die haben so viel Persönlichkeit und immer auch ein bisschen was Intimes.“

„Du hast ja eine ziemlich steile Karriere hinter dir“, wandte sich Naderer erstmals an diesem Abend einem Thema zu, das zumindest ein wenig nach Arbeit und Beruf roch. „Als wir uns kennenlernten warst du doch noch Assistentin in Linz, oder? Wann war das eigentlich?“

„Ist sicher schon drei, vier Jahre her. Ja, du hast recht. Es ging dann plötzlich ziemlich schnell. Die suchten eine neue Leiterin in Salzburg. Ich habe mich beworben. Und ich hatte Glück. Das war’s.“

„Wir werden ja jetzt sicher öfter mal miteinander zu tun bekommen“, begann Naderer ein wenig über sich zu erzählen. Über seinen Job. Seine etwas ungewöhnliche Zusammenarbeit mit seinem Vorgesetzten Major Steinecker, den Andrea auch bereits kannte und über die zwei, drei Dinge, die ihm wichtig waren oder die er besonders mochte.

„Bekommen wir noch zwei Aperol-Spritz?“, wandte er sich an das nette Mädel vom Service. Es war ziemlich ruhig in der Bar. Angenehm, wie Naderer fand.

„Es ist schon kurz nach elf “, sagte Dr. Frey nach einem Blick auf ihr Handy. „Ich muss morgen ziemlich früh raus, da ich noch eine Kleinigkeit vorbereiten muss. Ist es okay, wenn du mich jetzt zum Hotel bringst.“

„Aber gewiss doch!“

Als sie die Bar verlassen hatten legte Andrea den Arm um seine Hüften, zog ihn etwas zu sich heran und küsste ihn. Wieder kurz, wieder ganz leicht. Wieder auf den Mund.

Es waren nur wenige Schritte bis zum Hotel. In der Hotelhalle steuerte Naderer den Lift an und fragte: „Na, hat es dir gefallen?“

„Ja Max, mir gefällt es und ja, ich genieße den Abend und ich bin noch mittendrin. Ich habe nicht vor, dich einfach so entkommen zu lassen.“

Eine solche oder ähnliche Ansage hatte Naderer zwar erhofft. Damit gerechnet hatte er allerdings nicht. Dementsprechend überrascht stand er nun mit offenem Mund vor ihr. Sie drückte ihm vorsichtig den Zeigefinger auf seinen Mund als ob sie ihn damit schließen wollte und zog ihn an seiner Krawatte mit gespielter Lässigkeit in den Lift.

Kaum hatten sich die Lifttüren geschlossen, zog sie ihn – immer noch an der Krawatte – ganz an sich heran. Legte einen Arm um ihn und küsste ihn. Von leicht und kurz konnte diesmal keine Rede mehr sein.

Eine verrückte Nacht, erinnerte sich Naderer jetzt, während der Fahrt zurück nach Obertrum. Eine außergewöhnliche Frau. Er wird weder sie noch diese Nacht je vergessen.

Zwei Wochen später übernachtete Andrea erstmals in Naderers Wohnung. Sie war auf Anhieb von der Wohnung begeistert. Sooft sie es nur einrichten konnte, war Dr. Frey in den folgenden Wochen bei Naderer zu Gast. Die gemeinsamen Abende auf seiner Dachterrasse zählten zu den schönsten und entspanntesten seines ganzen bisherigen Lebens.

Und dann gab es da noch diesen gemeinsamen Griechenlandurlaub. Auf Rhodos, wo auch sonst. Während dieser zwei Wochen lernte Naderer vor allem zwei Dinge: Zum ersten, was es heißt, wenn eine Frau in einer Beziehung das absolute Kommando in Sachen Sex übernahm. Und zweitens, was es bedeutete, in jeder Situation in jeder Minute, an jedem Ort damit rechnen zu müssen, dass sie Lust auf Sexspielchen – in welcher Art auch immer – hatte. Es war verrückt. Total ausgeflippt. Manchmal hatte er das Gefühl, noch keine zwanzig zu sein.

Einen Monat später beendeten die beiden ihre Beziehung. Warum genau es damals dazu kam, wusste Naderer nicht mehr. Aber irgendwie schien es an der Zeit. Er war nicht wirklich für längere Beziehungen geschaffen. Und, wenn er sich richtig erinnerte, Andrea auch nicht. Aber sie blieben Freunde. Gute Freunde, die sich leider viel zu selten sahen.

„Es gibt noch einiges zu tun“, riss Schönwald ihn aus seinen Gedanken, als sie das Dienstauto vor der Inspektion abstellte.

„Wir sind da. Sag' mal, wo warst du denn jetzt mit deinen Gedanken?“

„Weit in der Vergangenheit“, sagte er nur und stieg aus.

25

Gegen halb drei betraten sie die Polizeiinspektion in Obertrum, wo ziemliche Betriebsamkeit herrschte. Naderer bat seine Kolleginnen und Kollegen um kurze Aufmerksamkeit: „Wir sehen uns in einer Viertelstunde im großen Besprechungszimmer zum Update. Okay?“ Und an seine Assistentin gerichtet: „Ich brauch' mal ein paar Minuten zum Nachdenken.“

„Okay, Boss“, gab Schönwald knapp und etwas kess zurück. Als Naderer wenig später den Besprechungsraum betrat, war das Ermittlungsteam bereits vollständig versammelt. An der oberen schmalen Tischseite war ein Platz für den Chef frei. Rechts daneben saß bereits Karin Schönwald.

Naderer eröffnete das gegenseitige Update indem er ausführlich über den Ermittlungsstand seitens der KTU und der Gerichtsmedizin berichtete. Abschließend fasste er noch einmal zusammen: „Dass es keine Vergewaltigung gab, könnte bedeuten, dass der Täter eventuell gestört wurde oder aber, dass wir es nicht mit einem Sexualverbrechen zu tun haben und dass Sabrina aus einem ganz anderen Grund ermordet wurde. Sabrinas Sonnenbrand hilft uns im Moment nicht weiter, denke ich. Was den Räucherlachs und den Champagner angeht, dürfen wir uns nicht zu sehr auf meinen spontanen Verdacht in Richtung Seibold konzentrieren. Trotzdem möchte ich wissen, wie Seibold den Donnerstag verbracht hat. Karin und ich werden ihn dazu noch heute befragen. Die Schleifspuren, welche die KTU gefunden hat, gehören definitiv zu unserem Fall Sabrina Hartl. Das gilt als gesichert. Dort wo die Schleifspuren beginnen, also direkt neben der Straße, gibt es keinerlei Anzeichen dafür, dass Sabrina getötet worden sein könnte. Wir können davon ausgehen, dass Sabrinas Leiche mit einem Auto dorthin gebracht wurde und dann zum Misthaufen geschleppt wurde. Für mich ein Indiz, das eindeutig den Franzl entlastet, oder? Hätte er den Leichnam mit dem Auto befördert, wäre er wohl direkt zum Misthaufen gefahren. Irgendwann im Laufe der Nacht hätte er gewiss die Möglichkeit gehabt, die Leiche unentdeckt auszuladen und zu vergraben. Übrigens werden wir in Kürze ohnehin erfahren, wie der Haftrichter entschieden hat. Ich glaube nicht, dass wir den Franzl weiter festhalten können."

„Wenn ich kurz unterbrechen darf ", schaltete sich Revierinspektor Oberbrandacher ein. „Das Fax ist kurz vor unserem Zusammentreffen eingetroffen. Es gibt keinen Haftbefehl. Laut Haftrichter reichen die Beweise gegen Franzl nicht aus. Er ist umgehend auf freien Fuß zu setzen."

„Also, wie erwartet", setzte Naderer nun seine Zusammenfassung fort. „Karin und ich werden uns gleich anschließend nochmals kurz mit ihm unterhalten. Dann kann er gehen. Übrigens: Dr. Frey hat noch avisiert, dass sie Sabrinas Rucksack nochmals untersucht haben. Eventuell könnte es da noch interessante Spuren oder Hinweise geben. Womit sie konkret rechnet, konnte sie noch nicht sagen. Sie meldet sich. Dann noch eine wichtige Sache, die ich vor lauter Seibold beinahe übersehen hätte. Wir sollten unbedingt mit jenen vier Urlaubern oder Familien sprechen, die neben Seibold sowohl 2003 als auch heute hier ihren Urlaub verbrachten beziehungsweise verbringen."

Oberbrandacher unterbrach ihn: „Chef, du musst nicht allein an alles denken. Wir haben ja auch einen Kopf und – wenn nicht alles schief gelaufen ist – auch ein Hirn zum Denken. Wir haben das bereits erledigt. Heute Vormittag schon."

„Und, was kam dabei raus?", fragte Naderer nach.

„Also, da gibt es ein älteres Paar, Holländer, die sind heute 84 und 82 Jahre alt, waren also damals schon in einem Alter, das mich dazu veranlasst, die beiden konkret auszuschließen.

Die Familie Herford aus München verbrachte 2003 ihren ersten Urlaub hier. Damals mit ihren zwei- beziehungsweise vierjährigen Kindern. Derzeit verbringen sie ihren neunten Urlaub in Obertrum am See. Natürlich immer mit ihren Kids. Ich denke, auch die Herfords können wir ausschließen. Dann gibt's da noch die Familie Hochfellner aus Wien. Die kommen nicht jedes Jahr her, aber immer wieder mal. Ein Ärztepaar, das, wenn sie hier urlauben, immer im Romantik-Hotel Gmachl in Elixhausen wohnt. Also, für mich tun sich da keinerlei Verdachtsmomente auf. Und zu guter Letzt haben wir mit einem Herrn Hainbach gesprochen. Der war 2003 im Gmachl in Anthering gemeldet. Damals urlaubte er hier noch mit seiner

Gattin. Hainbach ist 48 Jahre alt, stammt aus der Gegend von Mainz und verbringt derzeit seinen Urlaub hier. Allerdings nicht mehr im Gmachl sondern im Gasthof Neumayr in Obertrum. Und auch nicht mehr mit seiner Gattin, sondern allein. Er will offenbar die zahlreichen Bikerouten hier im Salzburger Seenland abfahren. Im Neumayr haben wir erfahren, dass Hainbach offenbar verwitwet ist. Wir haben auch im Gmachl nachgefragt, ob man sich zufällig noch an das Paar Hainbach erinnern kann. Tatsächlich konnte uns die Seniorchefin einiges über die Familie Hainbach erzählen. Also vor allem darüber, dass sie sich erinnert, dass es zwei, drei Jahre nach ihrem Urlaub im Gmachl ziemlichen Medienrummel um die Familie gab. Angeblich ist Frau Hainbach damals unter ungeklärten Umständen von heute auf morgen spurlos verschwunden."

„Das hört sich ja spannend an", platzte Schönwald dazwischen.

„Ja, in der Tat. Wir haben natürlich sofort mit den Kollegen dort Kontakt aufgenommen. Wir bekommen im Laufe des Tages Akteneinsicht über Internet. Vorab das Wichtigste: Frau Hainbach ist bis heute nicht aufgetaucht. Herr Hainbach stand zwei, drei Wochen lang ziemlich unter Verdacht, etwas mit dem Verschwinden seiner Frau zu tun zu haben. Dann tauchte ein Zeuge auf, der überzeugt davon war, Frau Hainbach wenige Tage zuvor auf Mallorca gesehen zu haben. Nachforschungen dort ergaben, dass tatsächlich eine Frau dort ihren Urlaub verbrachte, die wie Frau Hainbach ausgesehen hatte. Aber auch diese Dame war plötzlich untergetaucht. Ohne ihre Hotelrechnung zu bezahlen. Wer sie wirklich war, konnte nie ermittelt werden. Dennoch wurde Hainbach dadurch entscheidend entlastet und kam kurz darauf frei. Zu einer Anklage oder einem Prozess kam es dann nicht mehr. Man hatte in jedem

Fall zu wenig in der Hand, um Hainbach anzuklagen. Das war's. Mehr wissen wir für den Moment jedenfalls nicht."

„Wie lange wird Hainbach noch im Neumayr wohnen?", fragte Naderer.

„Gebucht hat er bis 31. Juli."

„Gute Arbeit", lobte Naderer seine Mitarbeiter. „Ich danke euch fürs Mitdenken. Und bleibt mir bitte an der Sache dran. Ich will möglichst viel über den Herrn wissen."

„Habt ihr eigentlich schon mehr über Seibold herausfinden können?", wollte Schönwald wissen.

„Da sind wir noch dran. Ist wegen der anderen Befragungen etwas ins Hintertreffen geraten. Aber ich melde mich gleich, wenn es Konkretes oder Interessantes gibt", antwortete Oberbrandacher.

„Gut, ich denke, wir sind durch, oder? Karin kannst du mit Oberbrandacher nochmals kurz mit dem Franzl sprechen? Mir ist gerade eingefallen, dass ich ja unbedingt noch zu den Hartls wollte. Wenn ich zurück bin, kümmern wir uns um den Seibold. Kann jemand in der Zwischenzeit ausfindig machen, wo der Herr sich gerade aufhält. Im Hotel oder in seinem Jagdhaus?"

„Ich kümmere mich darum", übernahm eine junge Kollegin die Aufgabe.

„Okay, dann weiß jeder, was er zu tun hat", schloss Naderer die Besprechung.

26

Es war kurz nach sechzehn Uhr als Naderer im Stiftskeller eintraf. Der Gastgarten war gut besucht. Kaffee, Kuchen und verschiedenste Eisbecher fanden offenbar reißenden Absatz. Am Stammtisch saß lediglich ein älterer Herr, den Naderer nur vom Sehen kannte. Er winkte kurz hinüber und ging weiter Richtung Küche, wo ein Beikoch mit der Vorbereitung von Salaten und Gemüse beschäftigt war. „Weißt du, wo ich den Chef finde?“, erkundigte sich der Inspektor.

„Ich denke, er sitzt im Stüberl.“

„Danke.“

Die Hartls saßen am großen Tisch. Auf Naderer machten sie einen sehr erschöpften Eindruck. Der Beamte trat an ihren Tisch.

„Grüß’ euch, habt ihr kurz Zeit für mich?“

„Hast du Neuigkeiten für uns?“, erkundigte sich Herr Hartl in der Hoffnung endlich etwas mehr zu erfahren.

„Ich denke, das vorerst Wichtigste für euch ist wohl die Tatsache, dass Sabrina schnell gestorben ist. Sie hatte nicht lange zu leiden. Und: Sabrina wurde nicht vergewaltigt.“

„Ein kleiner Trost“, sagte Frau Hartl.

„Auch die gerichtsmedizinischen Untersuchungen sind bereits abgeschlossen. Ihr könnt Sabrina also jederzeit beerdigen.“

„Und, was ist mit dem Täter? Seid ihr da schon weitergekommen?“, setzte Herr Hartl nach.

„Wir arbeiten wirklich mit Hochdruck daran, Hannes. Und wir machen auch erste Fortschritte. Konkretes allerdings gibt es noch nicht. Aber, wie gesagt, sobald ich etwas sagen kann, melde ich mich bei euch.“

„Uns ist da noch etwas eingefallen, Max“, begann Frau Hartl zu erzählen. „Sabrina hat sich vor zwei, drei Wochen mal ganz furchtbar über den Bademeister in unserem Strandbad, den Herrn Bartl aufgeregt. Offensichtlich weiß der sich gegenüber den jungen Mädchen nicht immer zu benehmen. Sabrina meinte nur, dass der richtig lästig wird, manchmal. Aufdringlich sogar. Sie überlegte sogar, in Zukunft nach Obertrum oder Seeham zu gehen, wenn sie baden wollte. Und ihren Freundinnen ging es offenbar nicht anders. Meinst du, das kann etwas zu bedeuten haben? Kennst du den Bartl?"

„Nicht wirklich", gestand Naderer. „Aber in jedem Fall werde ich mich mit dem Herrn Bademeister einmal unterhalten."

„Wohin müssen wir uns denn wenden, wenn wir Sabrina abholen wollen?", wollte Herr Hartl noch wissen.

„Habt ihr einen Bestatter?"

„Ja, natürlich."

„Sagt ihm doch einfach, dass Sabrina in der Gerichtsmedizin liegt. Er kümmert sich dann um alles andere. Das müsst ihr nicht machen."

„Danke", sagte Frau Hartl.

„Kann ich sonst noch etwas für euch tun?", bot Naderer seine Hilfe an.

„Nein, nein, Max, wir schaffen's schon. Aber danke!"

„Meldet euch, wenn ihr etwas braucht. Ansonsten hört ihr wieder von mir. Tschüss", verabschiedete sich der Inspektor.

27

Wieder in der Polizeiinspektion ging Naderer direkt auf Oberbrandacher zu. „Sag' mal, kennst du den Bademeister von unserem Strandbad. Einen Herrn Bartl?"

„Kennen ist vielleicht zu viel gesagt. Aber man begegnet sich halt mal, da oder dort, bei einem Bier, oder so. Warum fragst du?"

„Was ist das für ein Typ?“

„Ich schätze mal er ist so Mitte bis Ende dreißig. Sportlich. Ja und Bademeister dürfte so ziemlich der richtige Job für ihn sein. So ein bisschen Macho, ein bisschen Frauenversteher, das trifft die Sache, glaube ich, nicht schlecht.“

„Fällt dir spontan etwas zu Bartl und jungen Mädchen ein?“

„Als Bademeister ... also bitte?“, wunderte sich Oberbrandacher über die Frage seines Vorgesetzten.

„Ich meinte eigentlich schon ein wenig Konkreteres, Auffälligeres.“

„Nein, da kann ich nichts zu sagen. Nicht, dass ich wüsste. Aber warum fragst du?“

„Offenbar hatte Sabrina sich kürzlich ziemlich über die Anmache des Typs brüskiert. So richtig lästig soll der sein. Könntest du mal überprüfen, ob es irgendetwas zu diesem Bartl gibt?“

„Wird erledigt.“

„Weißt du, wo Karin steckt?“

„Die müsste gleich wieder kommen. Sie wollte den Franzl raus zum Hof fahren.“

„Sie soll gleich in mein Büro kommen, wenn sie zurück ist!“

Naderer hatte kaum die Tür hinter sich geschlossen, als jemand an dieselbe klopfte.

„Herein!“

„Entschuldigung, Herr Inspektor“, es ist die junge Kollegin, die sich um Seibolds momentanen Aufenthaltsort kümmern wollte. „Herr Seibold ist nach einer Auskunft seiner Frau seit heute Mittag in seinem Jagdhaus anzutreffen.“

Noch bevor die junge Polizistin die Türe schließen konnte, stand Inspektorin Schönwald hinter ihr und hielt die Türe offen. „Max, ich bin dann soweit. Wenn du willst, können wir fahren“, rief sie in Richtung Naderer.

„Bin schon unterwegs.“

Kurz darauf saßen die beiden im Dienstwagen unterwegs in Richtung Jagdhaus.

„Hat das Gespräch mit dem Franzl noch was ergeben?“, erkundigte sich Naderer.

„Nein, überhaupt nicht. Er war wieder ziemlich nervös und unruhig wie meistens. Manchmal tut mir der fast leid. Aber ich komme immer mehr zu der Überzeugung, dass er tatsächlich nichts mit der Sache zu tun hat. So wie wir den kennen, traue ich dem nicht mal zu, selbst wenn er Sabrina ermordet hätte, so cool und abgebrüht die Leiche im Misthaufen zu vergraben. Und wenn doch, dann wiederum wäre er wohl nicht so dumm, dafür ausgerechnet den eigenen Misthaufen zu benutzen, oder?“

„Ich sehe das ähnlich. Obgleich ja die Situation an sich schon andere Schlüsse zulassen würde. Dann noch die Sache mit den Schleifspuren. Nein, ich denke auch, der Franzl ist aus dem Spiel.“

„Übrigens habe ich den Franzl heimgefahren, weil ich mal sehen wollte, wie der eigentlich wohnt. Ich habe das vorher schon mit ihm abgeklärt. Er hatte nichts dagegen.“

„Und?“

„Nichts Auffälliges. Er bewohnt zwei Zimmer im ersten Stock des Bauernhauses. Das eine ist so eine Art Wohn- und Arbeitszimmer, das andere sein Schlafzimmer. Es gibt ein Foto seiner verstorbenen Mutter am Schreibtisch. Sonst glaube ich, fänden wir dort nicht viel Weibliches. Ich habe fast den Eindruck, der Franzl macht sich nicht wirklich viel aus dem anderen Geschlecht.“

„Dann sehen wir mal, was uns der Herr Seibold zu erzählen hat“, beschloss Naderer das kurze Gespräch, während Schönwald den Wagen gekonnt neben dem schweren Mercedes Geländewagen von Dr. Seibold parkte.

Schönwald hatte Seibold bereits entdeckt. Er saß – fast nackt – auf seiner Terrasse. Alleine. Vom Parkplatz waren es rund 100 Schritte bis zum Haus. Seibold bemerkte die beiden Beamten erst im letzten Augenblick. Überrascht klappte er schnell sein Notebook zu, wischte sich mit der bloßen Hand über die Stirn und erhob sich. Dann lief er schnell ins Haus und zog sich ein Hemd über. Seibold fasste sich schnell wieder, ging zurück auf die Terrasse und scherzte: „Welch' hoher Besuch in meiner bescheidenen Hütte. Aber kommen Sie doch näher, bitte", winkte er die beiden scheinbar erfreut heran und reichte ihnen der Reihe nach die Hand zum Gruß.

„Schönen Nachmittag", grüßte Naderer fast noch freundlicher zurück. „Guten Tag, Herr Doktor", beschloss Schönwald das Willkommenszeremoniell.

„Was führt Sie denn zu mir?", erkundigte sich Seibold, während er seinen Gästen Platz anbot. Ganz am oberen Ende des Terrassentisches, möglichst weit entfernt von seinem Laptop.

„Sie wissen ja sicher, dass sich in der Zwischenzeit einiges ereignet hat. Unsere Ermittlungen haben neue Fragen aufgeworfen, die wir nun gerne mit Ihnen durchgegangen wären, Herr Seibold", begann Naderer mit der Befragung.

„Fragen ausgerechnet an mich?", tat Seibold völlig erstaunt.

„Ich bin doch nur Tourist hier. Wie soll ich Ihnen weiterhelfen können?"

„Vielleicht damit, dass Sie uns erzählen, wo Sie am Donnerstag der letzten Woche waren und wie Sie die Zeit zwischen fünfzehn und zweiundzwanzig Uhr an diesem

Tag verbracht haben“, schaltete sich nun Schönwald in die Befragung ein.

„Sagen Sie mal“, schoss es jetzt etwas erbost aus Seibolds Mund. „Bin ich denn irgendwie verdächtig? Glauben Sie, ich habe was mit der Sache zu tun?“

„Herr Seibold, bei unserem momentanen Ermittlungsstand ist noch fast jeder mehr oder weniger verdächtig, der in letzter Zeit mit Sabrina zu tun hatte. Diese Personen werden alle nochmals befragt. Schließlich geht es ja auch darum, Verdächtige auszuschließen, Verdachtsmomente zu widerlegen, wenn Sie verstehen, was ich meine“, versuchte Schönwald Seibold wieder zu beruhigen.

„Also gut“, ergab sich Seibold eher unwillig. „Am Donnerstag letzter Woche …“ Seibold fuhr sich durchs Haar als müsse er kurz nachdenken. „Ja, ja klar, ich war den ganzen Tag hier heroben. Ich bin schon früh morgens los, was Ihnen meine Frau sicher bestätigen wird, und habe mir hier quasi eine kleine Auszeit von der Auszeit gegönnt.“

„Sie sagen den ganzen Tag. Wo waren Sie denn abends?“, hakte Schönwald nach.

„Natürlich auch hier. Ich meine, ich war bis zum darauf folgenden Samstag hier im Haus. Samstagmittag bin ich dann wieder zurück ins Parkhotel gefahren.“

„Hatten Sie Besuch in dieser Zeit?“, fragte Naderer nach.

„Nein. Ich wollte alleine sein. Da lade ich mir keinen Besuch ein.“

„Ist vielleicht sonst jemand hier vorbeigekommen? Haben Sie mit jemandem gesprochen? Ein Wanderer vielleicht, oder ein Biker? Irgendjemand, der bezeugen könnte, dass Sie in der Zeit hier waren?“

Seibold fuhr sich wieder, diesmal nur mit einer Hand, durchs Haar und überlegte. „Der Wanderweg und die

Bikeroute führen etliche Meter unter dem Haus vorbei. Jedenfalls zu weit weg, als dass man auf die Entfernung ein Gespräch mit jemandem anfängt. Es kann ja sein, dass mich jemand hier gesehen hat. Dann fahren sicher jeden Tag ein paar Autos vorne an der Straße vorbei, dort, wo mein Wagen steht. Sicher hat da der eine oder andere mein Auto dort stehen gesehen. Aber das müssten dann wohl eher Sie herausfinden, oder?"

„Sie haben also zwischen Donnerstagmorgen und Samstagmittag mit keiner Menschenseele gesprochen. Ist das korrekt so?"

„Ja, sage ich doch."

„Schön haben Sie's hier", lenkte Naderer das Gespräch in eine andere Richtung. „Da kann man es schon mal ein paar Tage alleine aushalten." Naderer stand auf, drehte sich so, dass sein Blick Richtung Tal ging und fuhr fort: „Und diese Aussicht! Herrlich! Ich kann mir gut vorstellen, dass man hier richtig toll entspannen kann. Das herrliche Wetter, zwei, drei kühle Bierchen und diese Ruhe hier oben."

„Entschuldigen Sie", unterbrach Seibold den Chefinspektor, „ich habe Ihnen ja noch gar nichts zu trinken angeboten. Was möchten Sie?"

Naderer war inzwischen den Tisch entlanggegangen und stand jetzt nahe bei Seibolds Laptop. Er blickte seine Kollegin an. Sie schien zu verstehen, was ihr Vorgesetzter vorhatte.

„Ein Sodawasser mit Zitrone wäre genau das Richtige", nahm sie Seibolds Einladung an. „Haben Sie denn Zitronen hier?"

„Aber natürlich", lächelte Seibold aufgesetzt.

„Ich helfe Ihnen, wenn's recht ist", drängte sich die junge Polizistin auf, so dass Seibold kaum widersprechen konnte. Sie folgte dem Urlauber in das Jagdhaus.

Schnell trat Naderer ganz an Seibolds Laptop heran und öffnete diesen vorsichtig. Der Bildschirm war schwarz. „Wohl schon im Energiespar-Modus", dachte sich Naderer und betätigte rasch die Eingabetaste. Der Bildschirm erhellte sich und zeigte ein zunehmend deutliches Bild.

Ein attraktives Mädchen, blutjung, räkelte sich auf einem Badezimmerboden. Splitternackt. Nass. Von Kopf bis Fuß. Das Mädchen spreizte die Beine und gab freien Einblick auf ihren Schoß. Sie drehte sich. Zog die Beine an. Kniete vorn über und zeigte dem Betrachter nun ihren straffen, schönen Po. Dabei fasste sie sich durch die Beine an ihre Vagina. Mit zwei Fingern spreizte sie ihre Schamlippen auseinander.

Etwa ein Drittel des Bildschirms schien für eine Art Chat reserviert zu sein. Offensichtlich hatten Seibold und das Mädchen sich während ihrer Sexspiele über diesen Chat unterhalten. Naderer hörte, wie Schönwald ihm zurief: „Wir sind gleich fertig. Bald hat der Durst ein Ende." Naderer begriff und schloss das Notebook wieder, nachdem er noch einen kurzen Blick auf die letzte Nachricht im Chat warf.

„Yes Baby, come on, give me a blowjob", war da zu lesen. Schönwald, die das Tablett mit den zwei Gläsern und der noblen Glaskaraffe mit dem Sodawasser herausgetragen hatte, stellte das Tablett direkt neben den Laptop.

Seibold hatte sich eine Flasche Bier mitgebracht. Hastig räumte er das Notebook beiseite. Legte es auf die Fensterbank dahinter und meinte: „Bitte, setzen wir uns doch."

„Sie sind offensichtlich gut ausgestattet", nahm Naderer das unterbrochene Gespräch wieder auf. „Sie lassen es sich hier ganz gut gehen, oder? Kochen Sie denn selbst, wenn Sie alleine sind?"

„Ja, aber nichts Aufwendiges. Ich mag sehr gerne Steaks mit einer würzigen Kräuterbutter und dazu eine Scheibe Weißbrot. Das ist schnell zubereitet und schmeckt eigentlich immer."

„Mögen Sie denn auch Lachs?", fragte Naderer, ohne dass man dahinter eine Fangfrage vermuten konnte.

„Aber ja. Sehr gerne. Hier in der Gegend gibt's so ein kleines Fischlokal. Der führt ausgezeichneten Räucherlachs. Ein Genuss, sage ich Ihnen!" Seibold hatte die Falle offensichtlich nicht bemerkt.

„Und dazu ein Glas Schampus", lachte Naderer etwas süfisant. Noch immer kam Seibold nichts in den Sinn.

„Und Toast", ergänzte dieser. „Ja, das ist an so heißen Tagen immer eine nette Abwechslung. Leicht und sehr bekömmlich."

„Also ich gönne mir derlei Köstlichkeiten höchstens wenn ich etwas zu feiern habe", warf Schönwald ein. „Und sicher nicht für mich allein. So was genießt man doch eher in Gesellschaft."

„Sie haben recht. Aber manchmal darf man sich ja auch selbst eine Freude machen. Oder meinen Sie nicht?"

„Wann hatten Sie denn zuletzt Räucherlachs mit Toast und Champagner dazu, Herr Seibold?", wollte der Inspektor jetzt wissen.

„Was interessieren Sie sich für meine Essgewohnheiten?", schien Seibold jetzt endlich ein Licht über den Sinn der letzten Fragen aufzugehen. „Das geht dann doch zu weit."

„Wann also, Herr Seibold? Ich mein, die Frage ist doch leicht zu verstehen", setzte Schönwald nach.

„Keine Ahnung!", wetterte der Urlauber. „Meinen Sie denn ich führe Buch darüber, wann ich was esse. Keine Ahnung. Ist wohl schon eine Zeit lang her."

„Wie verbringen Sie eigentlich Ihre Zeit, wenn Sie hier in Ihrem Jagdhaus sind. Ich glaube über die Sommermonate ist es mit der Jagd ja nicht weit her."

Seibold schien erleichtert über den Themenwechsel und antwortete bereitwillig: „Herr Inspektor, ich mache zum einen Urlaub. Also versuche ich möglichst nichts zu tun. Ich lese ein wenig. Studiere die Aktienkurse. Genieße die Ruhe hier. Zum anderen leite ich eine Unternehmensgruppe mit rund 500 Mitarbeitern. Da gibt es selbst im Urlaub einiges zu tun. Deshalb habe ich ja auch immer mein Notebook mit dabei. Ich bin permanent Online und für die Geschäftsleitung zu Hause erreichbar. Ich kann nicht wie ein Polizeibeamter einfach in Urlaub gehen und die anderen machen halt derweil meinen Job", versuchte Seibold eine kleine Spitze zu setzen.

„Das kann ich gut verstehen", gab Schönwald offen zu. „Als namhafter Unternehmer kann man sich nicht so einfach mal ausklinken. Das ist schon klar."

„Stimmt es eigentlich", kam jetzt plötzlich Seibold mit einer Frage daher, „dass man das Mädchen am Misthaufen bei diesem Steiner-Hof gefunden hat?"

„Ja, das stimmt", antwortete Schönwald knapp.

„Und wäre es dann nicht naheliegend, sich mit dem Bauern dort oder seinem etwas kauzigen Sohn zu unterhalten, statt mir hier ein Loch in den Bauch zu fragen?"

„Was denken Sie, was wir den ganzen Tag machen?", gab Naderer jetzt in einem etwas harten Tonfall zurück. „Der Franzl wurde längst einvernommen. Und um es Ihnen gleich zu sagen – und Sie sind der Erste der es erfährt – der Franzl ist wieder frei. Es gibt keine stichhaltigen Beweise gegen ihn."

Seibold schien von dieser Nachricht mehr als überrascht. Fast ein wenig geschockt und meinte nur: „Wenn das mal keine Fehleinschätzung war. Aber ich bin ja nicht die Polizei."

„Nochmals kurz zurück zum Donnerstag letzter Woche", fuhr Naderer fort. „Könnte es sein, dass Sie abends doch noch mal mit Ihrem Wagen unterwegs waren? Ist Ihnen vielleicht der Pfeifentabak ausgegangen? Oder das Bier?"

„Nein, bestimmt nicht. Ich habe das Auto am Donnerstagmorgen abgestellt und erst wieder am Samstag zur Rückfahrt in Betrieb genommen."

„Wie kommt es dann, dass jemand behauptet, Ihren Wagen am Donnerstagabend im Dorf gesehen zu haben?", log Naderer jetzt, ohne auch nur im Ansatz rot zu werden.

„Woher soll ich das wissen? Ihr Zeuge muss sich wohl irren", brauste Seibold auf. „Ich kann mich jedenfalls nicht erinnern, das Haus verlassen zu haben. Und basta!"

„Noch eine ganz andere Frage, Herr Dr. Seibold, wenn Sie erlauben", wandte sich Schönwald wieder an den leicht Entnervten. „Sie machen schon seit vielen Jahren hier Urlaub. Waren Sie auch 2003 hier im Seenland zu Gast?"

„Aber natürlich. Im nächsten Jahr sind wir – mit nur einer Unterbrechung – zum zwanzigsten Mal hier im Parkhotel auf Urlaub", erwiderte Seibold mit einem Anflug von Angeberei.

„Also auch 2003", wollte Schönwald bestätigt wissen.

„Ja auch 2003", erwiderte Seibold ziemlich genervt.

„Erinnern Sie sich an diesen Urlaub? Gab es irgendwelche besonderen Vorkommnisse?", wollte die Frau Inspektorin wissen.

„Ja, allerdings", antworte Seibold ohne nachzudenken, was die beiden Polizisten etwas erstaunte.

„Es war der einzige Urlaub, der nur vier Tage dauerte. Schon am vierten Tag kam ein quasi Notruf aus der Firmenzentrale und ich musste Hals über Kopf abreisen."

„Was gab es denn so Dringliches?“, bohrte nun Naderer wieder nach.

„Das fällt mir jetzt auf die Schnelle nicht mehr ein. Aber ich glaube, es ging um einen Firmenzukauf, der in letzter Sekunde zu platzen drohte. Ja, stimmt! Das war damals, die Sache mit Hongkong. Ich erinnere mich“, tat Seibold, als hätte er wirklich darüber nachdenken müssen.

„Ist Ihre Frau damals auch abgereist?“, fragte Naderer.

„Nein, wieso denn auch. Meine Frau hat mit meinen Geschäften, meinen Unternehmungen nichts zu schaffen. Die konnte ganz entspannt ihr Wellness-Programm runterspulen.“

„Noch eine allerletzte Frage“, warb Schönwald um Verständnis für die lästige Fragerei. „Wie steht es denn so um Ihre Ehe?“

„Was erlauben Sie sich“, brauste Seibold wieder auf. „Also ich denke, das geht Sie gar nichts an. Außerdem: Ja, unsere Ehe ist völlig intakt. Da gibt es nichts zu verheimlichen und somit auch keinen Grund für derlei geschmacklose Fragen. Ich denke wirklich, das reicht jetzt, meine Herrschaften.“

„Sie haben recht, Herr Seibold, wir haben Sie schon viel zu lange aufgehalten. Entschuldigen Sie bitte. Wir wünschen Ihnen noch einen schönen Abend“, schloss Naderer die Befragung.

Als die beiden Beamten gerade auf der letzten Stufe des Terrassenaufganges ankamen, rief Seibold ihnen nach:

„Ach sagen Sie, was ich noch fragen wollte“, begann er etwas zögerlich. „Man hat doch diesen Rucksack von dem Mädchen gefunden. Gibt's denn da keine Spuren? Ich meine, Spuren, die zu einem möglichen Täter führen, so dass Sie mich nicht weiter belästigen müssen?“

„Bisher leider nicht“, antwortete Naderer knapp.

„Aber wenn man so ein Teil in der Nähe des Strandbades findet“, gab Seibold noch zu bedenken, „sollte man dann nicht auch denken, dass das Strandbad oder die Menschen dort etwas wissen oder sogar damit zu tun haben könnten?“

„Möchten Sie noch etwas aussagen, Herr Seibold?“, fragte Schönwald nach.

„Nein, ganz und gar nicht. Aber ich als Polizist würde da schon auch das nähere Umfeld in Betracht ziehen. Aber wie gesagt: Ich bin ja nicht die Polizei. Gott sei Dank nicht. Also, auf Wiedersehen.“

„Was war denn das jetzt eben?“, wollte Schönwald von ihrem Vorgesetzten wissen, während sie zum Wagen gingen.

„Keine Ahnung! Aber irgendwie hörte es sich so an, als wollte er uns auf eine Spur ansetzen oder uns einen Hinweis geben. Jedenfalls etwas sonderbar.“

„Bist du so lieb und setzt du mich bei mir zu Hause ab“, bat Naderer seine Kollegin, während sie das Dienstauto zurück nach Obertrum steuerte. „Ich bin müde. Ich brauch' jetzt mal eine kurze Auszeit, wenn's recht ist.“

„Aber sicher, doch“, antwortete Schönwald und Naderer nahm an, die Antwort bezog sich auf seine beiden Fragen.

„Ich denke, du solltest dann auch Feierabend machen. Fährst du zuvor noch rasch zur Inspektion und meldest uns ab? Auch die Kollegen dort sollten, bis auf den Nachtdienst, langsam Schluss machen. Ich möchte morgen wieder ausgeruhte und energiegeladene Kolleginnen und Kollegen vorfinden. Okay?“

„Ich veranlasse das“, bestätigte Schönwald, den Befehl verstanden zu haben, „kann ich mit dem Dienstwagen nach Hause fahren.“

„Aber gewiss doch.“

28

„Servus, Martin, Max hier!“, sagte Inspektor Naderer, nachdem sein Freund Martin Koller sich an seinem Handy meldete. „Na, alles gut bei dir? Bist gerade mit Ikarus unterwegs?“

„Ja, genau. Wir sind am Seespitz und ich denke, so in einer halben Stunde dann im Pokos. Warum fragst du?“

„Offen gestanden, ich muss mal ein wenig abschalten. Also ich hätte heute Abend Zeit für ein schönes Glas Wein im Barcovino. Wie sieht’s bei dir aus?“

„Passt mir gut. Wann kannst du denn hier sein?“

„Ich werde noch irgendwo ein bisschen etwas essen. Vielleicht so gegen neun.“

„Ich bin dort. Wenn ich Harald noch treffe, sag’ ich ihm Bescheid. Also, dann bis um neun. Ciao, Max.“

„Ja, servus. Bis gleich!“

Es war kurz nach neun, als Naderer gut gelaunt das Barcovino, die klassische Bar im Obertrumer Gewerbepark betrat.

„Hallo Max“, wurde der vom jungen Barchef begrüßt. „Dass man dich mal wieder sieht. Falls du Martin suchst, der sitzt mit Ikarus auf der Terrasse.“

In der Bar selbst saßen um diese Zeit nur wenige Gäste. Die Sonnenterrasse des Barcovinos war dagegen bereits bis auf den letzten Platz besetzt.

„Hi Max“, winkte Koller seinen Freund zu sich an den Tisch.

„Servus Martin“, begrüßte Naderer ihn mit Handshake. Ikarus, der schon ein angenehmes schattiges Plätzchen gefunden hatte, stand auf, wedelte freudig mit seinem Schwanz und hieß auf seine Art Naderer willkommen. Als der Inspektor Platz nahm, legte sich Ikarus, ohne den Martin Koller kaum mal anzutreffen war, wieder auf seinen Schattenplatz und drückte seine Schnauze zwischen seine beiden Vorderpfoten.

„Hast du Harald noch getroffen?“, erkundigte sich Naderer.

„Kann er auch kommen?“

„Ja, kann allerdings etwas später werden. Aber er wird auf jeden Fall noch vorbeischauen. Und nun, Max. Wie läuft's bei euch? Kommt ihr voran?“

„Sei mir nicht böse, Martin, aber ich hab null Bock, heute Abend darüber zu sprechen. Ich will heut nicht darüber nachdenken oder diskutieren, okay?“

„Kein Problem. Das kann ich gut verstehen. Nur eines vielleicht: Wie geht's Sabrinas Eltern?“

„Ich sage mal, den Umständen entsprechend. Die sind sehr tapfer. Und sie halten zusammen, die stehen das gemeinsam durch.“

„Gibt es schon einen Termin für die Beerdigung?“

„Nein, aber ich denke es wird Mittwoch oder Donnerstag werden.“

Barchef Max servierte die bestellten Getränke.

„Sag' mal, Max“, erkundigte sich Naderer, „ist Werner gar nicht im Haus.“

„Doch, doch, aber er hat noch im Büro zu tun. Er weiß eh schon, dass ihr da seid.“

„Prima, danke dir.“

„Und, was tut sich so im Gewerbepark“, wandte Naderer sich wieder an seinen Freund und wechselte damit endgültig zum Small Talk.

„Momentan gibt's nicht viel Neues. Aber was ich so von unseren Kunden höre, läuft alles recht passabel. Haus Nummer 1, du weißt, ganz vorne das Haus, das so lange leer stand, scheint jetzt auch wieder vermietet. Jedenfalls standen kürzlich die LKW einer Spedition vor der Türe."

„Einen wunderschönen Abend, die Herren", begrüßte Barcovino-Chef Werner Jung seine Gäste. „Was für ein herrlicher Sommerabend. Schön, dass ihr beiden den bei mir verbringen wollt. Wie geht's denn so?"

„Alles im grünen Bereich", antwortete Koller, während der Chef des Hauses gekonnt an einer Flasche Cuvée aus dem Burgenland hantierte. „Und wenn ich sehe, was du da gerade entkorkst, geht's gleich noch ein bisschen besser."

„Ich hab' mir erlaubt, ein besonders Fläschchen zu kredenzen. Habe ich gestern erst rein bekommen. Ich hoffe, ich bin nicht zu früh dran damit?"

„Nein, passt punktgenau, danke Werner", freute sich auch Naderer auf ein gutes Glas Wein. „Ist schon ewig her, seit ich den letzten guten Schluck außer Haus genossen habe. Und heute bin ich sowieso auf Abschalt- und Relax-Tour unterwegs. Ohne das eine oder andere Glas bei dir wäre ich heute ohnehin nicht raus zu bringen."

„Kann ich verstehen", meinte Jung, „nach all dem Stress und den Vorkommnissen. Schlimme Sache. Gibt's denn etwas Neues?"

„Max will heute nicht darüber reden", schaltete sich Koller ein. „Hast's ja gehört: Er ist auf Abschalt- und Relax-Tour. Also nur quatschen und trinken, sonst nix."

„Mir soll's recht sein", lachte der Barchef. „Ich hab' jedenfalls noch zwei, drei Fläschchen davon auf Lager. Ihr könnt es genießen. Zum Wohl, ihr beiden."

Ikarus, dem Jung auch sein Schüsselchen mit frischem Wasser serviert hatte, schaute dem Wirt mit wedelndem Schwanz nach. Kaum außer Sichtweite, legte er sich wieder an die rechte Seite von Kollers Loungesessel und presste seine Schnauze zwischen die Vorderpfoten. Kurz darauf streckte der King Charles seine beiden Hinterpfoten rechts und links nach hinten. Ein Zeichen absoluten Wohlgefühls, wie Koller längst erkannt hatte. Sekunden später befand sich der kleine Racker im Land der Träume.

„Mit Urlaub wird es unter den gegebenen Umständen wohl erst recht nichts mehr werden, oder?", nahm Koller den Small Talk wieder auf. „Wo wolltest du denn eigentlich hin?"

„Keine Ahnung. Ich hab' noch nicht darüber nachgedacht. Du weißt ja, ich bin da eher der Kurzentschlossene. Aber wie du richtig erkannt hast, wird's zumindest in diesem Sommer wohl nichts mehr werden. Selbst wenn wir die Sache zeitnah abschließen könnten, zieht so ein Fall jede Menge Nacharbeit mit sich. Ich hab' den Sommerurlaub 2011 jedenfalls schon abgeschrieben. Allerdings ohne, dass mich das jetzt sonderlich wurmt. Irgendwie bin ich ohnehin nicht in Urlaubsstimmung."

„Kann es sein", warf Koller ein, „dass es langsam mal wieder Zeit für eine Frau wird?"

„Das kann sein. Das kann sehr gut sein", gab Naderer mit einem Grinsen zurück. „Ich habe mich gerade heute an einen Urlaub mit einer einzigartigen, tollen Frau erinnert. Ich glaub', allein möchte ich gar nicht auf Urlaub fahren. Im Moment zumindest nicht."

„Vergiss nicht, dass man im Urlaub – je nachdem wo du Ferien machst – die tollsten Bekanntschaften machen kann."

„Da hast du recht. Aber vielleicht war ich doch zu lange Single. Irgendwie habe ich das Gefühl, es wird wirklich mal wieder Zeit für eine Beziehung."

„Na dann, Max, das Barcovino ist ja für einen kleinen Aufriss nicht die schlechteste Adresse", erwiderte Koller, der dieses Attribut der populären Bar nur vom Hörensagen kannte. Schließlich war Koller seit fast dreißig Jahren glücklich verheiratet.

„Apropos Frauen“, begann Naderer mit einem glückseligen Lächeln auf den Lippen, „wie geht es denn deiner Frau? Wir haben uns ja schon ewig nicht gesehen. Vielleicht solltest du demnächst mal deine Daniela mitbringen, statt dem Ikarus.“

„Wir waren zuletzt gar nicht so selten gemeinsam unterwegs. Das liegt wohl eher an deiner spärlichen Freizeit. Erst gestern Abend haben wir hier einen guten Wein getrunken.“

Naderer griff zur Flasche und schenkte beiden nach. Dass die Flasche jetzt leer war, schien per Sensor an die Bar gemeldet worden zu sein. Jedenfalls stand just in dem Augenblick Barbetreiber Jung mit einer neuen Flasche beim Tisch.

„Heute kann man’s gut aushalten auf der Terrasse, oder? Richtig angenehm warm. Solche Sommerabende sollte es öfter geben“, small talkte Jung, während er die Flasche öffnete und nachschenkte.

„Ich hoffe, der Tropfen mundet euch?“

„Sensationell“, bestätigte Naderer.

„Ganz fein. Danke, Werner“, gab Koller zurück.

„Wo bleibt denn Harald heute“, wollte Jung wissen. „Ich nehme doch an, der wird eure Altherrenrunde wie üblich komplettieren.“

„Du hast recht. Eigentlich wollte er schon längst hier sein. Na ja, du kennst das ja als Wirt. Da kommt man nicht immer so leicht weg, oder?“

„Vielleicht sollten wir ihm eine SMS schicken und ihm mitteilen, welch köstlichen Saft wir hier trinken“, schlug Naderer vor.

„Vergiss’ es“, warf Koller ein. „Sobald er Zeit findet, kommt er sowieso. Da bin ich sicher.“

Koller hatte noch nicht ausgesprochen, betrat Gruber die Terrasse. „Hallo zusammen. Sorry, aber es ging nicht früher. Schaut mal hinüber, dann wisst ihr warum. Die Terrasse bei uns ist voll. Keine Ahnung, wie viele Essen wir heute ausgegeben haben. Aber jetzt passt's. Und ich seh' schon, ihr seid bereits beim Rebensaft. Entschuldigt, aber ich brauche jetzt zuerst mal etwas gegen den Durst. Bringst du mir ein Seidel, Werner?"

„Aber klar doch. Und keine Angst. Ich habe noch genügend von dem guten Tropfen da. Du wirst nicht zu kurz kommen."

Ikarus war wieder hellwach, seit der Pokos-Chef sich zur Männerrunde gesellt hatte. Freudig begrüßte auch er den Gruber. Streckte und reckte sich dem Gastronomen entgegen. Die beiden kannten sich ja bestens. Iki mochte den Mann, der oft so herrliche Küchendüfte an sich trug. Vor allem an der Hose, wo jeder Koch sich wohl tausendmal pro Abend die Hände abwischte.

„Wohl bekomm's, Harald", wünschte Barkeeper Max, der gerade das Seidel servierte.

„Heut' ist wieder richtig Betrieb im Gewerbepark", stellte Koller fest.

„Ja, irre. Heute geht's voll ab. Für einen Montagabend ist das sensationell. Aber bei dem Wetter ja kein Wunder. Da wollen die Menschen raus, oder?"

„Ja klar", bestätigte Naderer. „Wir haben hier ja auch einen der schönsten Plätze weitum für uns eingenommen. Also, meine Freunde: Zum Wohl. Auf einen schönen Abend."

„Zum Wohl!"

„Prost!"

Während die Herren einen genussreichen Schluck aus ihren Gläsern nahmen, trat eine attraktive, gepflegte Dame, vermutlich so um die fünfunddreißig an ihren Tisch. Die Herren stellten überrascht ihre Gläser ab und in dem Moment auch fest, dass das Interesse der reizenden Person nicht ihnen galt.

„Na, Ikarus“, begann die Dame ihre Unterhaltung mit dem kleinen Tier ein ‚Stockwerk‘ tiefer, „hab' dich ja ewig nicht gesehen. Wo steckst du denn die ganze Zeit? Geht dein Herrchen nicht mehr aus mit dir?“ Während sie sprach, hatte Ikarus längst erkannt, dass es bei der Dame wieder ein paar Kuscheleinheiten abzuholen gab. Mit beiden Händen kraulte sie das Tierchen hinter den Ohren. Er schmiegte sich an ihre Beine.

„Hund sollte man sein“, ertappte sich Naderer bei einem leichten Eifersuchtsanfall.

„Entschuldigung, die Herren“, wandte sich die Unbekannte nun der Herrenrunde zu. „Aber ich habe Ikarus lange nicht gesehen. Die letzten Wochen blieb mir nur seine Kolumne im Magazin. Wo steckt er denn immer?“

„Wir sind wie immer unterwegs“, antwortete Koller mit einem Ton, als müsste er sich entschuldigen. „Aber Sie haben recht, wir haben uns ewig nicht mehr getroffen.“

„Susanne“, stellte sich die dunkelhaarige Schönheit vor.

„Einfach Susi, wenn Sie wollen.“ Dabei streckte sie zunächst Koller die Hand zum Gruß hin. Auch Naderer und Gruber wurden per Handschlag begrüßt.

„Magst dich zu uns setzen?“, fragte Gruber.

„Ich warte zwar noch auf Caro, meine Freundin, aber ich denke, die hat nichts dagegen, wenn ich schon mal die Männer für den Abend besorgt habe“, lachte Susi und setzte sich in den Loungesessel, den Naderer zwischenzeitlich für sie herangeholt hatte. Und natürlich neben seinem abstellte.

„Ikarus, mein Süßer, du passt derweil auf mich auf, bis Caro da ist, gell“, sprach Susi nun wieder mit dem King-Charles, während sie ihn zärtlich hinter den Ohren kraulte. Der sprang nun hoch und presste seine Schnauze an Susis Schoß. Die kraulte ihn weiter. Zärtlich und nachhaltig.

„Was für ein Hundeleben“, sinnierte Naderer. Jetzt wieder eifersüchtig.

„Wir sind uns ja schon ein paar Mal begegnet“, sprach Koller nun Susi an. „Aber ich weiß nichts über dich. Was machst du hier?“

„Ich arbeite in Seeham, bei der Alumero. Mittags fahre ich mit dem Rad manchmal den See entlang. Da komm' ich dann oft auch zum Seespitz in Obertrum. Da haben Ikarus und ich uns kennengelernt. Und wir uns ja auch ...“, erklärte sich Susi und stockte, da sie die Vornamen der Herren noch nicht kannte.

„Entschuldige“, reagierte Naderer am schnellsten. „Ich bin Max. Freut mich besonders. Das ist Harald und das ist Martin. Eine Altmännerrunde, die es genießt, ab und an hier ein gutes Glas Wein zu trinken. Wie steht's, darf ich Ihnen ein Glas dieses exzellenten Tropfens anbieten?“

Naderer hatte noch nicht ausgesprochen, stand Jung schon hinter Ihnen. Mit einem sauberen Glas. Griff zur Flasche und schenkte der Dame ein Glas ein. „Bitteschön, die Dame“, servierte Jung ihr den Roten.

„Das ist übrigens Werner, der Chef des Hauses.“

„Wir kennen uns schon“, entgegnete Susi. „Ich bin nicht zum ersten Mal hier“, lachte sie.

Weil ja Ikarus auf Susis Schoß lag, traute sich Naderer hin zu greifen. Nicht auf Susis Schoß, aber auf Ikarus. Jetzt wurde der Tri-Colour gleich von zwei Händen gestreichelt. Dass sich Susis Hand dabei ab und an mit Naderers Hand traf, passierte ungewollt. Wobei Naderer sich in der Sache nicht so ganz sicher war.

„Zum Wohl, die Runde", brachte sich Gruber nun ein, der inzwischen auch auf den guten Roten gewechselt hatte. Alle am Tisch führten ihr Weinglas zur Tischmitte. Die Gläser klirrten. Mit „Zum Wohl" oder „Prost" oder „G'sundheit" bezeugten alle, dass sie die üblichen Trinkzeremonien der Region beherrschten.

„Also, von dir weiß ich, dass du der Herausgeber dieses Magazins bist", führte Susi den Small Talk fort. „Und du bist der Mister Pokos, oder? Aber von dir, Max, weiß ich nichts. Wer bist du? Was machst du?"

Naderer, etwas überrascht von der direkten Frage, antwortete zögerlich: „Ich bin der Bulle. Also ich bin der Leiter der Polizeiinspektion in Obertrum."

„Oh Gott!", unterbrach ihn Susi. „Dann hast du ja sicher mit dieser schrecklichen Sache jetzt zu tun."

„Max ist auf Abschalt- und Relaxtour heute Abend", ging Martin dazwischen. „Kein Wort über den Fall, über seine Arbeit, über seine Probleme."

„Hab's verstanden, sorry, Max", reagierte Susi augenblicklich.

„Entschuldige. Kein Wort mehr dazu von meiner Seite. Versprochen!"

Ikarus wurde unruhig. Sprang von Susi runter zu seinem Herrchen.

„Meine Lieben, ich denke, für Ikarus wird es Zeit. Und – um ehrlich zu sein – ich bin auch hundemüde. Seid ihr böse, wenn ich heute etwas früher als sonst dahin bin?"

„Deine Entscheidung, Martin", entgegnete Naderer.

„Ihr wisst ja, ich bin kurz vor Druckschluss der nächsten Ausgabe. Da bin ich nicht so ganz entspannt. Und ich muss morgen früh raus. Also, noch einmal zum Wohl und euch allen noch einen schönen Abend."

„Zum Wohl, Martin", erwiderte Susi und hob das Glas. „Schade zwar, aber ich denke auch, dass zumindest Ikarus wortwörtlich die Schnauze voll hat."

„Dann bis morgen", schaltete sich Gruber ein. „Wir sehen uns zum Frühstückskaffee?"

„Gewiss doch und liebe Grüße zu Hause."

Ikarus wurde noch einmal kurz von allen Anwesenden gekrault. Dann verabschiedete sich Koller endgültig.

„Entschuldige Harald", trat Barchef Jung an den Tisch, an dem es sich derzeit nur noch Susi, Naderer und Gruber gemütlich machten. „Hättest du kurz Zeit. Ich möchte gerne über eine geschäftliche Sache mit dir plaudern."

„Wenn euch beiden nicht langweilig wird", scherzte Gruber, „dann hör' ich mir mal an, was Werner wieder im Schilde führt."

„Bitte, lass' dich nicht aufhalten", schien Susi gar nicht so entsetzt über den Abgang von Gruber. „Und, Werner, bringst du uns noch eines dieser köstlichen Fläschchen? Oder musst du auch schon gehen", schaute sie Naderer erwartungsvoll an.

„Ja, bitte, Werner. Noch so eine Flasche." Und an Susi gewandt: „Heute habe ich Zeit, so viel du willst."

Es ist einer dieser lauen Sommerabende, die dazu angetan waren, sich zu verlieben. Auf der Terrasse des Barcovino ist dies keine Seltenheit. Besonders nicht an solchen Sommerabenden.

„Was ist denn nun mit Caro?", wollte Naderer wissen. „Wollte sie denn nicht schon längst da sein?"

„Du hast recht. Ich werde sie mal anrufen."

„Wo bleibst du denn?", tat Susi überrascht, als sich Caro an ihrem Handy meldete. „Nein, kein Problem, kann ja mal vorkommen. Es ist gut. Nein, mach' dir keine Sorgen, alles bestens. Wir hören uns morgen", soweit der kurze Dialog zwischen den Freundinnen.

„Etwas dazwischen gekommen?", fragte Naderer.

„Offensichtlich hat sie jemanden getroffen, den sie schon lange nicht mehr gesehen hatte. Ist okay."

„Vielleicht ein Wink des Schicksals", schoss es aus Naderer heraus, der sogleich wegen des Satzes erschrak. „Ich mein' wir werden uns schon zu unterhalten wissen, oder?"

„Max", begann Susi jetzt nun endgültig zu flirten, „ich bin eine Frau, du ein Mann. Ich fühl mich wohl in deiner Gesellschaft und du dich offensichtlich auch in meiner. Jedenfalls hat Ikarus das so gesehen, als er sich über die doppelten Streicheleinheiten freuen konnte." Susi lächelte, dass es Naderer die Schamesröte ins Gesicht trieb. „Oder glaubst du, nur Ikarus hat deine Zärtlichkeiten gespürt?"

„Entschuldige, wenn ich dir zu nahe getreten bin", gab sich Naderer bewusst schüchtern.

„Depp! Ich habe es genossen."

In dem Moment räkelte sich Susi über ihre Sessellehne herüber und küsste den Polizisten zärtlich auf die Wange.

„Du entschuldigst mich einen Moment? Ich muss mal für kleine Mädchen."

„Aber natürlich. Nur lass' mich nicht zulange alleine."

„Was für eine Frau", schoss es dem Polizisten durch den Kopf, während er sich, das Glas in der Hand, in seinem Loungesessel zurücklehnte und dem inzwischen sternenerhellten Sommernachtshimmel entgegenschaute.

„Wie alt sie wohl ist? Ich kann sie nicht schätzen", überlegte er weiter. „Ob das wirklich noch was wird mit uns beiden heute Abend?"

Jedenfalls war Susi schon mal eine kleine Sünde wert, wenn man das so sagen wollte. Sie war nur wenig kleiner als Naderer. Schlank, mit einem recht kessen Busen ausgestattet, der an diesem Abend offenbar nur von ihrem Kleid gehalten wurde. Jedenfalls war kein BH zu erkennen unter ihrem eng anliegenden weißen Sommerkleid. Aber okay, ein Höschen war auch nicht zu erkennen. Zumindest zeichnete sich keines ab, wie Naderer feststellen konnte, als Susi gerade eben zur Toilette ging. Vermutlich waren Höschen und BH genauso luftig und weiß wie das Kleid.

Ihr dunkelbraunes, dichtes Haar fiel mit einer leichten Welle auf ihre Schultern. Ihr Gesicht war gepflegt, geradlinig und ausdrucksstark. Ihre Augen schienen hellwach. Große, grüne Augen, die keine Scheu vorm Hinsehen hatten. Ihre Hände waren ebenso gepflegt, ließen aber doch vermuten, dass Susi keine fünfundzwanzig mehr war. Die Nägel waren mit einem dunklen, fast weinroten Lack lackiert. Auch die Fußnägel, die Naderer schon vom ersten Augenblick an bewundert hatte. Derart gerade Zehen und gepflegte Fußnägel hatte er selten gesehen.

„Hat Susi dich verlassen?“, scherzte Jung, als er mit der bestellten Flasche vom Cuvée an den Tisch kam. „Mit einem Polizisten will halt Keine was zu schaffen haben.“

„Du wirst schon sehen. Wenn Susi heute mit mir das Lokal verlässt, geht die letzte Flasche auf dich, okay?“

„Passt“, schlug Jung in die Wette ein, während er nachschenkte. „Den Harald braucht ihr momentan ohnehin nicht, oder?“

„Ich denke, du hast sicher Wichtigeres mit ihm zu besprechen, als wir.“

„Dann lasst euch den Wein schmecken und genießt diesen herrlichen Abend, hier im Barcovino.“

„Danke, Werner!“

Naderer lehnte sich wieder zurück und sah in dem Moment Susi auf den Tisch zukommen. Mit elegantem Schritt kam sie auf ihn zu. Naderer stand auf um ihr – ganz gentlemanlike – den Loungesessel zurechtzurücken.

„Und?“, fragte sie.

„Was und? Was meinst du?“

„Na, hast du mich wenigstens ein kleines Bisschen vermisst?“

„Nein, überhaupt nicht“, lachte Naderer, während sie auf beleidigt machte. „Ich war in Gedanken ganz bei dir. Waren schließlich die ersten Minuten heute, die ich über dich nachdenken konnte.“

„Und? Bist du zu einem Schluss gekommen?“

„Zu einem Schluss? Nein, zu einem spannenden und interessanten Anfang, wohl eher.“

„Was hältst du davon, wenn wir uns an den Tisch dort setzen? Die Loungebank dort sieht für zwei wie uns doch viel kuscheliger aus.“

„Gute Idee. Dann ist nichts mehr zwischen uns. Zumindest keine Sessellehnen“, lächelte Naderer, stand auf und begann mit dem Umzug.

„Max, lass stehen!“, rief der andere Max. „Ich mach' das schon.“

Barkeeper Max brachte den Wein, die Weingläser, die Wassergläser, die Wasserkaraffe und das Schüsselchen mit den Erd- und Wasabinüssen an den anderen Tisch. Bevor er ging, schenkte er nochmals nach. Mehr der Form halber, denn seit Jung nachgeschenkt hatte, fanden die beiden noch keine Zeit zum Trinken.

„Ist dir kalt?“, fragte Naderer und legte, ohne eine Antwort abzuwarten, seinen Arm um Susis Schultern.

„Kalt ist mir nicht. Ganz im Gegenteil“, meinte sie mit einem anregenden Lächeln. „Aber deine Hand auf meiner Schulter ist dennoch ausgesprochen angenehm.“

„Was machst du eigentlich in deinem Job“, wollte Naderer eine eher typisch oberflächliche Unterhaltung beginnen.

„Max, ich habe eigentlich auch keine Lust, an einem solchen Abend über meinen Beruf zu reden. Können wir ein anderes Thema wählen?“

„Worüber möchtest du reden?“

„Wie wär's mit Sex?“

Naderer erschrak beinahe ob solcher Offenheit aus einem weiblichen Mund. Dennoch fragte er ziemlich ruhig: „Über deinen oder meinen?“

„Über unseren!“

Inzwischen hatte Susi ihre Hand auf seinen Schenkel, der in einer engen Jeanshose steckte, gelegt und kratzte mit ihren langen Nägeln zärtlich und verspielt herum. „Oder willst du nicht mit mir schlafen?“, hakte sie nach.

„Bist du immer so direkt?“

„Eigentlich schon. Zumindest was dieses Thema angeht. Dürfen Frauen denn nicht zeigen, was sie wollen. Wenn sie wollen?“

„Doch, doch, ich hab' kein Problem damit. Aber ich habe es bisher doch eher selten erlebt, verstehst du. Aber ich glaube, mir gefällt es.“

„Das ist gut, denn ich glaube, ich habe noch viel mehr, was dir gefallen könnte.“ Dass sie dabei mit ihrer Hand schon ziemlich weit oben an seinem Schenkel angekommen war, ließ ihn spüren, was sie damit meinen könnte.

„Da bin ich sicher!“ Er drückte sie nun an sich und küsste sie. Zuerst nur ein Kuss. Auf den Mund. Auf ihren wunderschönen Mund. Sie war es, die den ihren zuerst öffnete und mit ihrer Zunge an Naderers Lippen anklopfte. Sie ist es dann auch, die den Kuss abbrach.

„Ich glaub' wir fallen auf", tat sie, als ob sie sich daran stören würde.

„Na ja", lächelte er sie an, „denkst du, wir sind zu alt zum Knutschen? Also, mir ist das egal."

„Mir doch auch", hauchte sie und führte ihre Lippen wieder an die seinen.

„Wir sollten uns kurz mal unserem Wein widmen", wies er darauf hin, dass sie praktisch noch eine ganze Flasche vor sich hatten.

Sie prosteten sich zu.

„Auf dich", flüsterte sie.

„Auf uns beide", sagte er und schaute ihr dabei tief in die grün funkelnden Augen. Beide nahmen einen kräftigen Schluck.

Plötzlich wurde der Himmel von einem Blitz hell erleuchtet. Und von noch einem. Und dann zwei lange, grollende Donner.

„Hast du gemerkt, dass ein Gewitter aufzieht?", fragte Naderer seine aufreizende Begleiterin.

„Nein, denkst du wirklich es kommt da was?"

„Ganz sicher. So dunkel wie es jetzt gerade wird, kommt da sicher ein ordentliches Gewitter auf uns zu. Und das kann hier verdammt schnell gehen."

„Sollen wir uns drinnen irgendwo hinsetzen?"

„Ich würde da ein gemütlicheres Plätzchen für uns beide kennen. Und Wein gibt's dort auch", riskierte Naderer jetzt einen ziemlich direkten Angriff. Obwohl er sich selber eingestehen musste: So mutig war das auch wieder nicht. Schließlich hatte Susi ja schon klare Andeutungen gemacht. Mehr als Andeutungen, eigentlich.

„Heißt das, du lädst mich zu dir ein?"

„Wenn dir das recht ist, würde ich mich freuen."
„Dann schauen wir mal, ob wir noch trocken nach Hause kommen."
Als die beiden auf dem Weg nach draußen an der Bar vorbeikamen, schickte Naderer einen deutlichen Blick in Richtung Jung. Okay, der wusste jetzt, dass er die Flasche Wein verloren hatte.
„Ich denke, es wird gleich ordentlich losgehen", wandte sich Naderer an seine Freunde. „Werner, kannst du uns die Flasche kalt stellen?"
„Keine Ursache. Mach' ich gerne."
„Dann schauen wir mal, wer schneller ist, das Gewitter oder wir beide. Also, wir sehen uns. Ciao zusammen."
„Einen schönen Abend noch", verabschiedete sich auch Susi. Und schon waren die beiden verschwunden.

29

Als Naderer am nächsten Morgen seine Augen aufmachte, nachdem sein Handy unablässig schepperte, war es sechs Uhr dreißig. Dass sein erster Griff in Richtung zweite Betthälfte ging, bewies, dass er noch genau wusste, wer sich da nächtens neben ihn gelegt hatte. Betrunken, im strengen Sinne, war er also nicht. Sicher nicht.
„Was für eine Nacht", überlegte Naderer, noch bevor er richtig wach war. „Ein Wahnsinn, diese Frau." Dabei nestelte er sich näher zu ihr. Drückte sich gegen ihren warmen Körper. „Sie duftet immer noch", dachte er. „Was für eine Frau." Am liebsten hätte er die Augen wieder geschlossen und weitergeschlafen. Oder zumindest noch ein, zwei Stunden neben ihr gelegen.

Aber Naderer war ein pflichtbewusster Bulle. Er wusste dass er spätestens in ein, eineinhalb Stunden in der Inspektion sein sollte. Also entschloss er sich Susi zu wecken. Vorsichtig. Zärtlich. Mit einem kleinen Kuss auf die Wange. Langsam öffnete sie die Augen. Die funkelten ihm auch schon am frühen morgen strahlend entgegen. Sie drückte sich gegen ihn. Umschlang ihn mit ihren Armen und küsste ihn.

„Na, wie geht es dir?“, fragte sie.

„Bestens. Ausgezeichnet. Du bist ein kleines Wunder, Susi.“

„Übertreib’s nicht, Max.“

Sie küssten sich. Erst vorsichtig, zärtlich. Dann wilder. Leidenschaftlicher. Beide dachten an den Sex der letzten Nacht.

Es war halb acht, als Naderer endlich unter der Dusche stand. Eigentlich wollte er ja Frühstück machen und auf seiner Dachterrasse gemütlich mit Susi frühstücken. Eigentlich.

„Möchtest du frühstücken“, fragte er sie, als er aus der Dusche stieg. Sie stand am Waschtisch und schminkte sich.

Noch immer nur mit ihrem Höschen bekleidet. Also doch, fiel Naderer gerade ein. Sie trug ja doch die ganze Zeit ein Höschen. Auch wenn es nicht zu sehen war. Raffinierte Weibsbilder. Wo war das Ding eigentlich letzte Nacht hingekommen?

„Nein, Max, ich denke, wir nehmen noch einen Kaffee zusammen. Ich sollte ja auch langsam ins Büro.“

„Wenn das okay ist für dich?“

„Ja, absolut. Die Sonne scheint und ich hab’ schon einen Blick auf deine Dachterrasse geworfen. Lass’ uns den Kaffee draußen trinken.“

„Magst du Cappuccino?“

„Ja, gerne.“

Kurz vor acht genossen die beiden ihren Cappuccino auf der Sonne beschienen Terrasse. Beide schienen glücklich und zufrieden.

„Sehen wir uns wieder, Max?“, fragte sie mit einer gewissen Melancholie in der Stimme.

„Susi, bitte. Erstens würden wir uns hier wohl ohnehin wieder über den Weg laufen und zweitens: Ich will dich so bald wie möglich wieder sehen. Aber mein Job ist in dieser Hinsicht etwas hinderlich. Da lässt sich nicht so einfach sagen, wann ich wieder Zeit für dich habe. Verstehst du das?“

„Max, ich bin kein Kind mehr. Rufst du mich an?“

„So bald wie möglich. Es war wunderschön heute Nacht mit dir. Glaub mir das bitte.“

„Für mich auch.“

30

Es war schließlich halb neun als Naderer die Polizeiinspektion betrat. „Einen wunderschönen guten Morgen“, rief er laut. So laut, dass es auch der Kollege am hintersten Schreibtisch mitbekam. Offensichtlich war Naderer bestens gelaunt. Na ja, kein Wunder.

„Ist die Schönwald schon im Haus?“, erkundigte er sich.

„Ja, ich glaub’ du findest sie am Kaffeeautomaten“, meldete sich Revierinspektor Oberbrandacher zu Wort. „Und wenn du Zeit hast, hätte ich ein paar interessante Neuigkeiten für euch.“

„In fünf Minuten in meinem Büro."

„Guten Morgen, Karin", begrüßte Naderer seine Assistentin, als er sie tatsächlich am Kaffeeautomaten fand. „Na, ausgeschlafen. Können wir's anpacken?"

„Guten Morgen, Max! Ja, klar alles bestens. Ich bin fit für den Tag. Was auch immer der bringen mag."

„Oberbrandacher hat ein paar Neuigkeiten. Kommst du mit in mein Büro?"

„Willst du einen Cappuccino dazu?"

„Nein, danke! Oder vielleicht doch? Ja, bitte, bring' mir einen mit."

„Zunächst zu Seibold", begann Oberbrandacher als er seinen beiden Vorgesetzten in Naderers Büro gegenübersaß.

„Der ist 2003 am Tag nach Kathrins Verschwinden abgereist. Aus geschäftlichen Gründen, wie er damals angab. Wirklich verhört oder verdächtigt hatte man ihn damals nicht. Zumindest lässt sich aus den Akten von damals nicht darauf schließen. Allerdings wollte Major Steinecker offensichtlich der Sache etwas tiefer auf den Grund gehen. Jedenfalls gibt es eine Notiz in den Akten, etwa wie folgt: „Warum ist Seibold abgereist. Gründe in Frankfurt bestätigen lassen." Allerdings dürfte das irgendwie untergegangen sein. Jedenfalls gibt es keine Info, über eine Bestätigung aus Frankfurt."

„Okay. Vielleicht kannst du ja heute noch irgendjemanden ausfindig machen, der sich daran erinnert und vielleicht bestätigen kann, weshalb Seibold damals unbedingt abreisen musste. Uns hat er irgendwas von einer Fusion oder Firmenübernahme erzählt, die offensichtlich zu platzen drohte. Schau' mal, was du dazu noch herausfinden kannst", übertrug Naderer damit eine weitere Aufgabe an seinen Mitarbeiter.

„Was gibt es zu Bartl?“, wollte Schönwald nun wissen.

„Nichts. Also nichts in unseren Akten. Der ist noch nie auffällig geworden. Allerdings habe ich erfahren, dass er seinen Job als Bademeister angeblich schon dazu ausnutzt, den Frauen näherzukommen. Er soll ein ziemlicher Gigolo sein. Also kein Kostverächter. Er zeigt sich auch gern in möglichst häufig wechselnder Begleitung. Allerdings sieht man ihn nur mit Damen in entsprechendem Alter. Nichts, worum wir uns kümmern müssten.“

„Wie kommt es dann zu solchen Aussagen, wie sie Sabrina gegenüber ihren Eltern gemacht hat? Ist da nix dran? Hat das Mädchen überreagiert oder übertrieben?“

„Geduld, Max“, wandte Oberbrandacher ein. „Ich komm' ja schon dazu. Wie gesagt, grundsätzlich zeigt sich Bartl nur mit Damen seines Alters oder zumindest sind sie alt genug, um auf sich selbst aufzupassen. Allerdings gibt es einige Mädchen, so die Aussagen einiger Kameradinnen von Sabrina, die kein gutes Haar an Bartl lassen. Er kann angeblich ziemlich lästig werden. Vor allem seine Sprüche sollen nicht wirklich jungendfrei sein. Und ab und an taucht er schon mal in den Mädchen-Umkleiden auf. Na ja, als Bademeister nicht so ganz unlegitim, aber …“

„Gibt es irgendeinen Vorfall, mit dem wir ihn zumindest hierher beordern können? Der eine Einvernahme rechtfertigt?“, fragte Schönwald.

„Vergiss es. Soweit geht das nicht, was wir da erfahren haben. Wenn der Bademeister von der Bevölkerung gewählt werden würde, würde ich ihn zumindest nicht mehr wählen. Aber mehr gibt's da nicht.“

„Was meinst du, Karin“, wandte sich Naderer an seine Kollegin, „wollen wir dennoch mal mit Bartl reden?“

„Ich denke, das kann nicht schaden. Ich möchte den Herrn Bademeister ohnehin kennenlernen.“

„In unserem Fall von 2003 taucht Bartl gar nicht auf?“, wollte Naderer noch wissen.

„Doch, aber nur insoweit, dass er befragt wurde, so wie fast jeder Einheimische. Er konnte jedenfalls nichts dazu aussagen. Aber er kannte Kathrin. Vom Bad her. Sonst nichts.“

Naderers Handy klingelte. Noch immer gut gelaunt meldete er sich, ohne aufs Display zu schauen. „Inspektor Naderer, bei der Arbeit.“

„Ach, du bist’s. Bitte Andrea, was gibt’s denn?“

„Es geht um die Spuren an Sabrinas Rucksack, die wir noch analysieren wollten. Jetzt wissen wir, worum es sich handelt.“

„Großartig. Können die Spuren uns weiterhelfen?“

„Das wird sich zeigen. Jedenfalls handelt sich um eine Chemikalie, die – fast ausschließlich – dazu verwendet wird, um die Wasserqualität an Badeseen zu bestimmen. Also nicht etwa in Schwimmbädern, sondern ausschließlich an natürlichen Seen, deren Wasser nicht mit Chlor oder ähnlichen Chemikalien aufbereitet wird. So wie der Mattsee, beispielsweise.“

„Wenn du wüsstest, worüber wir hier gerade sprechen. Egal, jedenfalls kann uns das wirklich weiterhelfen. Wir werden sehen. Könnte man gegebenenfalls Vergleichsproben ziehen?“

„Die Chemikalie ist recht empfindlich, das heißt, sie reagiert auf zahlreiche Einflüsse wie etwa Feuchtigkeit, Sonneneinstrahlung und ähnliches. Also wenn eine eventuelle Vergleichsprobe dem entspricht, was wir gefunden haben, könnten wir – zumindest mit hoher Wahrscheinlichkeit – nachweisen, ob die Probe von derselben Charge stammt.“

„Gut, Andrea, du hörst gegebenenfalls von mir. Vielen Dank jedenfalls. Und Ciao!“

„Ihr habt mitgehört?“, erkundigte sich Naderer bei seinen Kollegen nachdem er aufgelegt hatte.

„Ja“, schien sich Schönwald über die neue Spur zu freuen.

„Ich denke, unser Besuch bei Bartl ist jetzt erst recht sinnvoll, oder?“

„Also, Oberbrandacher, Karin und ich fahren jetzt zum Strandbad und interviewen mal den Herrn Bademeister“, wollte Naderer die Besprechung beenden, als eine junge Kollegin ins Büro stürzte. Ohne anzuklopfen. Mit dicken Schweißperlen auf der Stirn. Naderer kam nicht dazu, nachzufragen was es denn so Eiliges gäbe. Die Kollegin brüllte die Nachricht förmlich in den Raum: „Es gibt wieder eine Tote. Wieder ein junges Mädchen!“

31

Keine zwanzig Minuten später waren Naderer, Schönwald, Oberbrandacher und noch ein paar Kollegen am Unglücksort. Oder am Tatort? Noch wusste man nichts Genaues. Die Kollegen von der Kripo in Salzburg und jene von der KTU waren noch nicht vor Ort. Haderer sah sich einer Gruppe von Mountainbikern gegenüber – allesamt Touristen – die offensichtlich vor weniger als einer Stunde bei ihrer Tour auf die Tote gestoßen waren.

„Sie können jetzt alle weiterfahren oder -gehen“, wandte sich der Chefinspektor an die Gruppe. „Mein Kollege, Revierinspektor Oberbrandacher, nimmt nur noch kurz Ihre Daten auf. Wir melden uns bei Ihnen, wenn wir noch Fragen haben. Danke. Und fahren Sie vorsichtig.“

Kollegin Schönwald beugte sich über die Tote. Naderer ging neben ihr in die Knie. Vorsichtig suchten sie mit ihren Blicken die unmittelbare Umgebung ab.

Fast synchron standen sie wieder auf. „Was meinst du? Ist sie abgestürzt? Wurde sie da runtergestoßen?“, wollte Naderer wissen, wie seine junge Kollegin darüber dachte.

„Keine Ahnung. Aber so steil ist das Gelände hier nicht, dass man bei einem Absturz zwingend zu Tode kommen muss. Da gehört schon eine Menge Unglück dazu.“

„Kennen tun wir das Mädchen nicht, oder?“

„Nein, ich kenne sie nicht. Noch nie gesehen.“

„Ist es eine Touristin?“

„Keine Ahnung, Max. Woher soll ich das wissen? Warten wir, bis die KTU da ist. Dann wissen wir bald mehr.“

Schönwald hatte noch nicht ausgesprochen, als zehn, zwölf Mann der KTU die Anhöhe heraufstapften. Mit dem Auto war die Fundstelle nicht zu erreichen.

„Hallo Max“, begrüßte der Einsatzleiter den Inspektor. „Was ist los hier bei euch? Was läuft da ab?“

„Tut eure Arbeit. Dann wissen wir vielleicht bald mehr.“ „Könnt ihr euch bitte zuerst um ihren Rucksack kümmern“, warf Schönwald ein. „Wir müssen wissen, wer sie ist.“

„Geht klar“, gab der Einsatzleiter kurz zurück.

„Komm, Karin“, forderte Naderer seine Kollegin auf, „wir klettern mal da rauf und schauen uns an, ob man da überhaupt abstürzen kann. Irgendwie eher unwahrscheinlich, oder?“

Sie brauchten keine Viertelstunde um an der Bike-Route anzukommen, die oberhalb des Fundorts entlangführt. Ein wenig ins Schwitzen kamen die beiden dennoch. Schließlich brannte die Sonne wieder ordentlich von einem wolkenlosen Himmel über dem Salzburger Seenland.

„Also, selbst wenn ich hier mit meinem Bike vom Weg abkomme, ist das Gelände nicht so steil, dass ich nicht irgendwie bremsen, abspringen oder sonst was kann."

„Du hast recht, Max. Außer natürlich, man stößt sich an einem der Felsbrocken, die da herumliegen und überschlägt sich. Ganz auszuschließen ist das nicht."

„Ist dir aufgefallen, wo ihr Bike liegt? Ich meine, das ist gut und gern zwanzig Meter von der Leiche entfernt. Wenn das Mädchen also – warum auch immer – diesen nicht sehr steilen – Abhang hinunterfährt oder -stürzt, wie ist es zu erklären, dass ihr Bike so weit weg von ihr liegt. Noch dazu weiter hangwärts. Also kam zunächst das Bike zum Stehen und das Mädchen ging, fiel oder schleppte sich noch weiter? Ist das denkbar? Was meinst du?"

„Ich weiß es nicht. Ich kann mir im Moment kein Bild vom möglichen Geschehen machen."

„Was hältst du davon, Karin?", stellte Naderer eine erste Theorie auf. „Das Mädchen war schon tot, als man sie hier hinunterstürzte und das Bike warf der Täter einfach hinterher?"

„Spinnst du jetzt, Max", wunderte sich Schönwald. „Du kannst doch jetzt noch nicht von einem Verbrechen ausgehen. Wir haben doch noch gar nichts, das auch nur im Leisesten darauf hindeutet."

„Männliche Intuition", antwortete Naderer kurz, „wenn es so etwas überhaupt gibt."

„Wir wissen jetzt, wer sie ist", trat der KTU-Einsatzleiter an Naderer und Schönwald heran, die eben wieder am Fundort eingetroffen waren. „Sie heißt Nadine Hellweg, ist 17 Jahre alt und dem Schülerausweis nach, Schülerin an der BHAK in Neumarkt am Wallersee."

„Verdammt“, regte sich Naderer sichtlich auf, „schon wieder so jung und schon wieder Neumarkt. Was soll das alles?“

„Könnt ihr schon irgendetwas sagen?“, fuhr Schönwald dazwischen.

„Das Mädchen liegt seit etwa zweiundzwanzig oder vierundzwanzig Uhr gestern Nacht hier. Und was ich jetzt schon sagen kann: An ihren Kopfverletzungen ist das Mädchen nicht gestorben. Genaueres nach der Obduktion. Frau Dr. Frey meldet sich bei euch.“

„Das heißt, das Mädchen wurde ermordet? Warum sonst sollte sie jetzt hier liegen, wenn es kein Absturz mit Todesfolge war?“, hinterfragte Naderer die erste Analyse des Einsatzleiters.

„Bleib ruhig, Max, noch wissen wir zu wenig, um von einem Verbrechen auszugehen. Du musst noch etwas Geduld haben. Aber ehrlich gesagt, kann ich mir die Sachlage hier auch nicht erklären. Würde mich wundern, wenn wir es hier mit einem Unfall zu tun hätten.“

„Kann das Unwetter der letzten Nacht etwas damit zu tun haben? Könnte sie deshalb vom Weg abgekommen sein?“, fragte Schönwald.

„Wann war denn das Gewitter gestern? Hab’ ich ja gar nicht mitbekommen“, fragte der Einsatzleiter zurück.

„Was war’s“, stimmten sich Naderer und Schönwald ab, „so gegen 22 Uhr 30 oder etwas später?“

„Zumindest hat es um 23 Uhr noch geregnet. Da bin ich gerade aus dem Auto gestiegen und zu meiner Haustür gesprintet, um nicht tropfnass zu werden“, ergänzte Schönwald Naderers Einschätzung.

„Okay, das Mädchen hat den nächtlichen Regen auf jeden Fall nicht mitbekommen. Weder lebend noch tot. Sonst wäre ihre Kleidung richtig nass. Die ist aber nur leicht feucht. Einfach nur vom Morgentau.“

„Das bedeutet, sie war bis nach dem Gewitter im Trockenen? Sie ist also erst nach 23 Uhr hierhergekommen oder -gebracht worden?“

„Ja, das können wir als bestätigt ansehen.“

„Bis wann ist von Seiten der KTU mit einem vorläufigen Bericht zu rechnen?“, wollte der Inspektor wissen.

„In jedem Fall noch heute Nachmittag.“

32

Im Strandbad Mattsee herrschte an diesem Dienstagvormittag schon ordentlich Betrieb. Einheimische wie Touristen suchten in Scharen ein bisschen Abkühlung vor der hochsommerlichen Hitze.

An der Badekasse saß Bartl und bemühte sich, die Einlassbegehrenden schnellstmöglich abzufertigen. Er war routiniert genug, um sich von dem Andrang nicht stressen zu lassen. Nein, Hektik machte sich in dem kleinen Kassenraum nicht breit. Zumindest nicht bis zu jenem Moment, als Bartls rechte Hand, der Hilfsbademeister Peter Danner, den Raum betrat.

„Udo, mach' mal kurz die Klappe zu“, forderte Danner seinen Chef auf und meinte damit die Sprechklappe durch welche sich der Kassier mit seinen Kunden verständigt. „Los, mach' schon.“

Bartl gehorchte und wollte natürlich wissen, was es denn mit Danners Hektik auf sich hatte.

„Du hattest doch gestern Nachmittag noch deinen Spaß mit dieser Nadine und ihren Freundinnen, oder? Du warst den halben Nachmittag an deren Liegeplatz, nicht wahr?“

„Ja und. Seit wann ist das verboten und vor allem, Peter, was geht dich das an?“

„Die Hellweg ist tot“, schrie Danner heraus.

„Was erzählst du für eine Scheiße, Mann. Warum soll die tot sein?“

„Touristen haben sie heute Morgen bei ihrer Bike-Tour gefunden. Mausetot.“

„Scheiße! Das gibt’s doch gar nicht!“

„Ja, jetzt sind schon zwei Mädchen tot.“

„Jedenfalls brauchst du ja keinem auf die Nase zu binden, dass ich gestern so lange mit den Mädchen zusammen war. Verstanden?“

„Udo, sei kein Depp. Das werden die Mädchen in jedem Fall erzählen, wenn die Polizei mit ihnen spricht. Also, aus der Kiste kommst du so nicht raus.“

„Hast recht. Aber was geht’s mich an?“

„Wo warst du denn eigentlich später gestern Nachmittag? Ich hab’ dich überall gesucht.“

„Schluss jetzt, Mann. Ich war noch eine Runde mit dem Bike unterwegs. Ich hab’ mich bei Judith abgemeldet. Hättest halt sie fragen müssen. Und fertig jetzt. Ich muss hier weitermachen!“

Jetzt wirkte Bartl doch etwas gestresst. Zumindest schien er mit seinen Gedanken nicht mehr bei der Sache zu sein.

„Verdammt, was ist das für eine Scheiße“, dachte er und drückte die Sprechen-Taste an seinem Funkgerät. „Sarah, kommen bitte. Sarah, kannst du mich an der Kassa ablösen?“

„Ja, bin gleich bei dir“, kam es krächzend aus dem Gerät. Das Strandbad Mattsee war ein altes, aber mit viel Liebe und Wertschätzung immer wieder renoviertes und somit gut erhaltenes Bad mit einem ganz speziellen Charme.

Mittlerweile gab es auch die komplette Infrastruktur mit Beach-Vollyeballplatz, moderner Wasserrutsche und natürlich mit entsprechender Gastronomie. Als Bademeister und Pächter des Strandbades trug Bartl die Hauptverantwortung, auch was die kaufmännische Seite anging. Dieser Sommer könnte ein guter werden. Könnte, denn noch hatte man ja maximal die Hälfte der Badesaison hinter sich. Aber Bartl hatte sich diesbezüglich ohnehin abgesichert. Allfällige Verluste hatte nämlich die Gemeinde zu tragen, zumindest was den Badebetrieb betraf.

Aber darüber dachte Bartl an diesem Vormittag nicht nach. Das war im Moment völlig egal. Seine Gedanken kreisten einzig und allein um den gestrigen Nachmittag, um Nadine Hellweg. Um die tote Nadine Hellweg.

Bartl saß jetzt in seinem winzigen Büro, das gleich hinter dem Kassenraum lag. Mit beiden Füßen auf der Tischkante seines Schreibtischs abgestützt, schaukelte er nervös in seinem Bürolehnsessel hin und her. Er rauchte Kette, zündete sich mit dem Stummel der eben fertig Gerauchten gleich die Nächste an. Bartl war nervös. Er musste nachdenken. Er musste überlegen, was er denn über den gestrigen Nachmittag sagen könnte, wenn die Polizei ihn befragen würde. Und die werden fragen. Da war sich Bartl ganz sicher. Schließlich wurde Nadine hier relativ kurz vor ihrem Tod noch gesehen.

Also, fasste Bartl für sich zusammen: Dass ich mit Nadine und ihren Freundinnen etwa eine Stunde lang herumgealbert habe, lässt sich nicht verheimlichen. Da hat der Peter recht. Dass er die Mädels ziemlich scharf angegangen war, würde er abstreiten oder zumindest beschwichtigen. „Das ist doch alles nur Spaß. Das kommt schon mal vor. Aber die Mädchen verstehen und mögen das“, war wohl die beste Erklärung dazu.

Dass er Nadine dann auf dem Bike gefolgt war, als die sich nicht weiter von ihm anmachen ließ, und deshalb das Bad verlassen hatte, war ohnehin unbedeutend. Schließlich hatte ihn, bis vielleicht auf ein, zwei Touristen, die ihn nicht kennen, niemand gesehen.

Nein, er war einfach so mit dem Bike unterwegs. Das war nichts Ungewöhnliches. Auch an Tagen, wo im Bad Hochbetrieb herrschte. Aber als Chef wollte und konnte er sich die Freiheit schon rausnehmen. Das wird die Polizei so akzeptieren müssen.

Das einzige Problem daran war, dass er dann nicht aussagen konnte, dass er Nadine gesehen hatte, wie sie zu dieser Jagdhütte gegangen war. Wie sie mit dem Mann auf der Terrasse gesprochen hatte und – als es kurz mal nach einem Gewitter ausgesehen hatte – mit diesem im Haus verschwand. Bartl wusste, er kannte diesen Mann. Nur der Name wollte ihm momentan nicht einfallen. Aber egal, er würde ohnehin nichts davon erzählen. Und irgendwann würde ihm der Name sicher wieder einfallen. Oder wahrscheinlich wusste Peter, sein Hilfsbademeister, ohnehin wem das Jagdhaus gehörte.

Und sollten doch irgendwelche Probleme auftreten, konnte er später immer noch mit der Sache herausrücken.

Bartl drückte inzwischen die sechste oder schon siebte Zigarette im Ascher aus. Eigentlich sah er dem, was da kommen mochte, ziemlich entspannt entgegen. Und von der Sache mit dem Rucksack der ersten Toten wusste ja niemand etwas. Wenn die Polizei diesbezüglich auch nur den Hauch einer Ahnung hätte, wäre sie längst hier gewesen.

Das, was ihn wirklich beunruhigte, war die Tatsache, dass er sich gestern im Bad nicht mehr hatte sehen lassen. Nur ein kurzer Anruf bei Peter, dass er Schlussdienst machen sollte. Für den Rest des Tages hatte er kein Alibi. Das nervte Bartl. Er würde sagen, dass es ihm nicht wirklich gut gegangen war und er den Abend alleine zu Hause verbracht hatte. Er lebte allein. Da kann man doch nicht verlangen, dass er dafür einen Zeugen beibringen konnte.

Bartl nahm noch einen tiefen Zug, tötete die Zigarette aus und beschloss, sich wieder an die Arbeit zu machen.

33

„Wie war's bei den Hellwegs", erkundigte sich Naderer bei seiner Kollegin Schönwald, die in diesem Fall die Verständigung der Eltern übernommen hatte. Übernehmen wollte, denn sie konnte niemanden erreichen.

„Eine Nachbarin sagte, die Hellwegs sind auf Urlaub. Irgendwo auf Mallorca", berichtete Schönwald. „Angeblich zum ersten Mal ohne Nadine, die sie jedenfalls die letzten Tage allein im Haus gesehen haben will."

„Wer kümmert sich darum?"

„Oberbrandacher wird sich der Sache annehmen und versuchen, die Eltern so schnell wie möglich ausfindig zu machen."

„Nadine hat doch sicher eine Handy-Nummer von Papa oder Mama auf ihrem Handy gespeichert", warf Naderer ein.

„Ja, aber das Handy ist noch in der KTU."

„Dennoch, sag' Oberbrandacher er soll dort nachfragen. Ich glaube, das wäre der schnellste Weg."

„Okay, mach' ich."

„Und dann treffen wir uns beim Wagen. Wir müssen jetzt endlich mit diesem Bartl sprechen."

„Passt. Bis gleich!“

Nur etwa zwanzig Minuten später parkte Schönwald den Dienstwagen ganz in der Nähe des Strandbad-Eingangs. An der Kassa fragten die beiden nach dem Bademeister, dem Herrn Bartl.

„Der macht gerade einen Rundgang durchs Bad“, strahlte ihnen eine junge Mitarbeiterin aus dem Kassenraum entgegen.

„Soll ich ihn anfunken?“

„Ja, bitte, machen Sie das“, gab Schönwald freundlich zurück. „Wo können wir denn auf ihn warten?“

„Setzen Sie sich doch auf unsere Restaurant-Terrasse. Ich lasse Ihnen gerne einen Kaffee bringen.“

„Ja gerne, zweimal“, bestellte Naderer.

Die beiden Polizisten fanden einen schattigen, etwas abgelegenen Platz. Ein paar neugierige Blicke folgten ihnen.

„Was die Polizei wohl hier will“, schienen sie zu fragen.

Sie hatten kaum Platz genommen, als Bartl schon an ihren Tisch trat.

„Hallo. Was kann ich für Sie tun?“, erkundigte sich Bartl, der nur mit einer kurzen Hose bekleidet vor ihnen stand und ihnen zum Gruß die Hand reichte.

„Bitte, Herr Bartl, setzen Sie sich einen Moment zu uns“, forderte Schönwald den Bademeister auf.

„Sie sind doch der Leiter in unserer Inspektion. Habe ich recht?“, eröffnet Bartl das Gespräch. „Schön, dass man sich mal persönlich kennenlernt. Und von Ihnen, Frau Schönwald habe ich auch schon gehört. Sie sind ja relativ neu hier, gell?“

„Ja“, gab Naderer zurück. „Ist eigentlich wirklich erstaunlich, dass wir uns in den acht Jahren seit ich hier bin, noch nie über den Weg gelaufen sind oder zumindest noch nicht miteinander gesprochen haben."

„Also, worum geht's?", tat Bartl lässig und so als ob er keine Ahnung hätte, was die Beamten von ihm wollen könnten.

„Sie wissen ja sicher, Herr Bartl", eröffnete Schönwald die Befragung, „dass wir derzeit im Mordfall Sabrina Hartl ermitteln."

Um Sabrina geht's also, dachte sich der Bademeister und wirkte darüber fast etwas erleichtert. „Ja, natürlich, das weiß jeder hier. Gibt es denn schon Erfolge?"

„Wir kommen voran. Nun aber zu unserer Frage", schaltete sich Naderer ein. „Sie kannten Sabrina recht gut, oder? Zumindest war sie häufig hier im Strandbad. Ist Ihnen in den letzten Tagen vor ihrem Verschwinden vielleicht irgendetwas aufgefallen? Etwas, was Ihnen erst jetzt, in den letzten Tagen, wieder eingefallen ist?"

„Nein, nicht dass ich wüsste. So gut kannte ich das Mädchen nicht. Man quatscht halt ab und an miteinander."

„Gab es irgendwelche Reibereien zwischen Ihnen und Sabrina?", setzte Naderer nach.

„Was meinen Sie denn mit Reibereien? Wie gesagt, so viel hatten wir nicht miteinander gesprochen. Ich hab' mich manchmal zu den Mädchen gesetzt, während die sich hier einen schönen Badetag gönnten. Und da plauderte man über dies und das. Eigentlich belangloses Zeugs. Da gibt's keine Basis für Reibereien oder Meinungsverschiedenheiten, wenn Sie das meinen."

„Sie leben allein?", wollte Schönwald wissen.

„Ja, aber was hat das damit zu tun?"

„Wie sehen Ihre Damenbekanntschaften aus? Verkehren Sie häufig mit Frauen oder Mädchen, die hier ein- und ausgehen? Vielleicht öfter mit Mädchen als mit Frauen, wenn Sie verstehen?"

„Also bitte", tat Bartl entsetzt. „Ich fang mir doch nichts mit diesen kleinen Gören an. Das ist nichts für mich. Und wenn man mich dann und wann im Ort mit einer Dame sieht, die ich hier im Strandbad kennengelernt habe, dann denke ich mal ist das legitim. Vielleicht kann man auch sagen, es ist ein Bonus, den mein Beruf so mit sich bringt", grinste er. „Aber die jungen Dinger interessieren mich nicht."

„Woran liegt es dann", mischte sich Naderer mit einer gewissen Schärfe im Ton ein, „dass sich beispielsweise Sabrina kürzlich bei ihren Eltern über Sie beschwert hatte und meinte, dass sie Ihre dummen Anmachen nicht mehr weiter ertragen würde und deshalb künftig in ein anderes Bad gehen wollte. Wie kam es dazu?"

„Was hat die gemacht?", empörte sich der Bademeister. „Also bitte, die Mädchen sind keine dreizehn mehr und unschuldig sind die auch nicht. Aber ich hab' doch niemanden belästigt."

„Vielleicht nur verbal", stieß Schönwald nach.

„Was soll das jetzt wieder heißen? Wie geht verbal belästigen? Was verstehen Sie darunter?"

„Wenn Sie den Mädchen vielleicht unsittliche Angebote machen oder über Dinge mit Ihnen sprechen, über die sie nicht reden wollen. Das verstehen wir darunter", erklärte Schönwald.

„Ich sagte doch, die Mädchen sind nicht mehr unschuldig. Die wissen schon, wie man uns Männern den Kopf verdreht. Und sie legen es immer wieder darauf an. Hinterher rennen sie dann zu Papa und Mama und beschweren sich. Also bitte. Sie können mir glauben, ich habe genug Erfahrung und würde niemals etwas mit so jungen Mädchen anfangen. Und was da so gesprochen wird, ist doch alles harmloses Zeugs."

„Dann erzählen Sie uns mal", forderte Naderer den Bademeister mit strengem Blick auf, „was denn bei so belanglosen Gesprächen gesprochen wurde oder wird."

„Mein Gott", begann Bartl jetzt ganz offensichtlich genervt, „wir leben im 21. Jahrhundert. Da sprechen auch junge Mädchen ziemlich offen über Dinge, die man vor fünfzig Jahren höchstens unter vorgehaltener Hand besprochen hätte. Die erzählen schon mal von einem Abenteuer. Auch von einer Enttäuschung oder einem Kerl, in den sie sich verschaut haben. Und manchmal protzen sie damit, wen und wie viele Männerbekanntschaften sie schon hatten. Ja, das tun heut auch die Mädels."

„Und das erregt Sie dann?", fuhr Schönwald dazwischen.

„Um Gottes willen, nein! Ich sagte doch schon, dass mich die jungen Dinger nicht interessieren. Auch nicht ihr naives Prahlen mit ihren großen Abenteuern."

„Sie sagten ja selbst", schaltete sich Naderer wieder ein, „dass die Mädchen keine dreizehn mehr sind. Sie sind sogar in einem Alter, in dem Sex völlig legal ablaufen würde. Sie sind ein attraktiver Mann im besten Alter, dann noch Ihr Job, bei dem Sie sich fast unbekleidet den Damen präsentieren können, da werden sich auch die jungen Mädchen das eine oder andere Date mit Ihnen erhoffen. Mit Ihrer Erfahrung, die Sie selbst eben angepriesen haben, spüren Sie das doch. Wäre es da nicht normal, wenn sich hie und da ein kleiner Flirt ergibt?"

„Nein, verdammt! Ich hab' mit den jungen Girlies nichts im Sinn. Das macht nur Ärger!"

„Woher wissen Sie denn das?", hakte Schönwald gleich ein.

„Von Kollegen, beispielsweise“, gab Bartl genervt zurück.

„Sie sagen also“, versuchte Schönwald eine Zusammenfassung, „dass Sie niemals eines der jungen Mädchen, die hier die Badesaison genießen, belästigt haben. Weder verbal noch tätlich?“

„Ja, ganz genau. Das sage ich und dabei bleibe ich auch.“

„Nun gut“, setzte Naderer fort, „kommen wir zu einer anderen Sache. Sie müssen ja regelmäßig die Wasserqualität hier im Strandbad überprüfen. Dafür gibt es spezielle Chemikalien, nicht wahr?“

„Ja, klar! Wieso fragen Sie danach?“ Der Bademeister konnte sich momentan wirklich keinen Reim auf die Frage machen.

„Wo bewahren Sie diese Chemikalien oder Gerätschaften auf?“, fragte Naderer weiter.

„Hinter meinem Büro gibt es einen kleinen Lagerraum. Da werden all die Dinge eingelagert. Aber ich versteh’ nicht.“

„Das müssen Sie auch nicht“, fuhr Schönwald fort. „Wer hat denn alles Zugang zu diesem Raum?“

„Eigentlich nur Beschäftigte. Manchmal verwahren wir dort auch Fundstücke oder liegen gebliebene Sachen. Und wenn sich jemand meldet, kann es schon mal sein, dass ich Den- oder Diejenige da reinlasse, um sich sein Zeugs selbst herauszuholen.“

„War Sabrina jemals in dem Raum?“, erkundigte sich Schönwald.

„Nein, nicht dass ich wüsste.“

Jetzt ahnte Bartl, worauf die Sache hinauslaufen würde. Dieser scheiß Rucksack. Er wusste doch gleich, dass ihm die Sache noch einmal auf den Kopf fallen würde.

Bartl ärgerte sich und fühlte sich langsam etwas in Bedrängnis. Noch wusste er nicht, was er auf die Frage, die gewiss gleich kommen würde, antworten sollte.

„Erinnern Sie sich daran, dass Sabrina irgendwann mal ihren Rucksack im Bad vergessen hatte und Sie oder einer Ihrer Mitarbeiter diesen vorübergehend in dem Raum untergestellt hat? Kann das sein?"

„Ich weiß es nicht. An so was erinnert man sich doch nicht."

„Kennen Sie Sabrinas Rucksack? Wissen Sie wie der aussieht?"

„Ich denke schon", geriet Bartl nun leicht ins Stottern. „So ein graurotes Teil. Den hatte sie ja jedes Mal dabei."

„Gegenüber unseren Kollegen hatten Sie vor ein paar Tagen ja schon ausgesagt, dass Sabrina Anfang letzter Woche zuletzt im Strandbad war oder zumindest, dass Sie sie zuletzt am Montag gesehen hatten. Haben Sie vielleicht ihren Rucksack später noch gesehen?", versuchte es Naderer mit einer Überraschungsfrage.

„Ich wusste gleich", begann Bartl, der sich nun offensichtlich für eine Antwortvariante entschieden hatte, „dass mir dieser blöde Rucksack noch Probleme bereitet. Also, die Sache war so: Als ich letzten Freitagmorgen als Erster zur Arbeit kam, nahm ich zu allererst ein kurzes Morgenbad im See. Es ist herrlich um diese Zeit, wenn noch keiner da ist. Jedenfalls sah ich, als ich zurück war und mich am Strand abtrocknete, dort hinten", Bartl zeigte mit dem Zeigefinger zu einem kleinen Badesteg, „irgendetwas liegen. Klar schaut man nach. Als ich näher kam, war mir gleich klar, das ist Sabrinas Rucksack. Ich wunderte mich darüber, da sie ja die Tage davor gar nicht hier zum Baden war. Aber große Gedanken habe ich mir nicht gemacht. Vor allem auch, weil es schon auch mal vorkommt, dass gerade Jugendliche sich ein heimliches Nachtbad genehmigen. Das haben wir zu unserer Zeit ja auch schon gemacht", versuchte der Bademeister seine Aussage etwas aufzulockern. „Jedenfalls habe ich den Rucksack geschnappt und ihn vorerst mal in unserer Asservatenkammer – wie wir den Raum nennen – deponiert. Sabrina wird ihn sicher bald abholen, dachte ich damals."

„Und dann", forderte Schönwald ihn zum Weitererzählen auf.

„Als sich am selben Tag die Nachricht von Sabrinas Verschwinden wie ein Lauffeuer überall verbreitete, wurde mir die Sache etwas zu heiß. Ich versteckte den Rucksack sofort hinter ein Paar Kartons mit Chemikalien – eben jene zur Wasserprüfung. Ich überlegte lange, was ich mit dem Teil anfangen sollte. Schließlich entschied ich mich, den Rucksack in der Nacht außerhalb des Bades – also dort wo man ihn dann schließlich auch gefunden hatte – zu entsorgen. Ich tat das noch in derselben Nacht und hoffte, damit sei die Sache aus der Welt. Als ihr den Rucksack dann so schnell gefunden hattet, war mir klar, dass ich einen Fehler gemacht hatte."

„Gut, Herr Bartl", attestierte Naderer, „wir nehmen das jetzt mal so zur Kenntnis. Ihnen ist aber hoffentlich klar, dass Sie sich damit verdächtig gemacht haben. Vor allem, weil Sie uns darüber nicht unterrichtet hatten. Als Sie von unseren Kollegen befragt wurden, wären Ihre Angaben von großer Wichtigkeit gewesen. Das wirft kein so gutes Licht auf Sie."

„Aber wer denkt denn gleich, dass das Mädchen ermordet wird. Davon konnte ich doch nicht ausgehen, sonst hätte ich gleich alles erzählt."

„Sie haben sicher schon gestern von Sabrinas Tod erfahren, oder", ging Schönwald der Sache auf den Grund.

„Warum sind Sie nicht gestern Früh zu uns gekommen und haben erzählt, was Sie wissen?"

Bartl zuckte nur mit den Schultern.

„Darf ich Ihnen noch etwas bringen", erkundigte sich ein anderes, ebenfalls sehr hübsches junges Mädchen, das hinter Naderer an den Tisch herangetreten war?

„Gerne. Ein Mineralwasser für mich", bestellte Schönwald. Naderer hob zwei Finger, worauf die Serviererin meinte:

„Also, zwei Mineral. Und für dich Udo?"

„Bring' mir einen Aperol-Spritz."

„Herr Bartl", setzte Schönwald die Befragung fort, „kennen Sie denn auch eine gewisse Nadine Hellweg?"

Jetzt also doch, dachte sich Bartl. Ließ sich aber nicht anmerken, dass er bereits wusste, was mit Nadine geschehen war.

„Nadine? Ja, ja, die kommt oft hierher. Meistens mit ein paar Freundinnen. Manchmal sind auch einige Jungs dabei. Warum fragen Sie?"

„Nadine Hellweg ist tot", antwortete Schönwald bewusst ohne jede Vorwarnung und bemerkte, dass Bartl wenig erstaunt reagierte.

„Was? Was ist denn passiert?", versuchte der Bademeister nun wenigstens überrascht zu wirken.

„Wir wissen noch nichts Genaueres. Aber da wir schon mal hier sind, möchten wir gerne wissen, wann Sie Nadine zuletzt gesehen haben", fragte Schönwald.

„Gestern Nachmittag. Sie war mit ihren Freundinnen hier."

„Wissen Sie denn, wie die Mädchen heißen?"

„Ja, das waren Caroline Reisegger, die kleine Mona Neumayr vom Gasthof in Obertrum, die Ariane Weiß und, ja genau, die Bettina Leimüller."

Schönwald, die sich die Namen gerade notiert hatte, setzte nach: „Wissen Sie auch, wann Nadine das Bad gestern verlassen hat?"

„Ich glaub' schon so gegen drei, halb vier vielleicht."

„Geht sie öfter so früh oder hatte sie noch was vor? Wissen Sie etwas darüber", bohrte Schönwald tiefer.

„Ich glaube, die war gestern einfach schlecht drauf. Jedenfalls zickte sie ganz schön rum."

„Haben Sie sich denn länger mit ihr und ihren Freundinnen unterhalten?"

„Kein Ahnung. Schon ein Weilchen. Bis es mir dann halt zu blöd wurde."

„Gab es Streit?"

„Nein, wieso denn. Ich sagte doch schon, das sind keine Unterhaltungen, bei denen es zum Streit kommen kann. Lauter harmloses Getratsche. Sonst nix."

„Wissen Sie, was Nadine nachher gemacht hat?", war es wieder Schönwald die weiterfragte.

„Nein", kam die Antwort, kurz angebunden.

„Die anderen Mädchen sind noch geblieben?"

„Ja. Ich sagte ja, Nadine war schlecht drauf gestern und ist dann einfach los. Keine Ahnung warum."

„Und Sie?"

„Was und Sie? Was meinen Sie?"

„Na ja, was haben Sie dann gemacht?"

„Wann denn?"

„Nachdem Nadine das Strandbad verlassen hatte. Sind Sie denn weiter bei den anderen Mädchen geblieben?", forschte jetzt Naderer nach, der nun auch etwas genervt wirkte, ob der zögerlichen Antworten von Bartl.

„Nein, ich hatte zu tun. Zunächst. Und etwas später habeich dann mein Bike genommen und bin ein wenig durch die Gegend geradelt."

„Haben Sie denn mitten in der Saison und bei dem derzeitigen Andrang Zeit, um am Nachmittag eine Bike-Tour zu unternehmen?“, wunderte sich Schönwald.

„Wenn ich dafür einen Antrag bei euch stellen muss“, erwiderte Bartl schnippisch, „dann lassen Sie es mich wissen.“

„Sie haben recht“, versuchte Naderer den Bademeister zu beruhigen, „das geht uns nichts an. Allerdings möchte ich schon wissen, wo Sie denn hingeradelt sind. Können Sie uns das sagen?“

„Nur kurz einmal um die Trumer Seen. Es war ja verdammt heiß gestern. Da will ich mich nicht so strapazieren. Ich hatte ohnehin ziemliche Kopfschmerzen. Doch ich hoffte, das Radeln würde helfen.“

„Und, hat es geholfen?“, wollte Schönwald wissen.

„Nein, deshalb bin ich auch direkt nach der Rundfahrt nach Hause, habe kurz geduscht und mich dann hingelegt. Mir war wirklich nicht gut. Passiert ab und an, wenn es gar so heiß ist.“

„Wann waren Sie denn zu Hause?“

„So gegen achtzehn Uhr, denke ich.“

„Hat Sie jemand gesehen? Bei der Rundfahrt oder beim nach Hause kommen, der Ihre Angaben bestätigen kann?“, war es wieder Schönwald die weiterfragte.

„Beim Biken sicher, aber heute erkennt man ja keinen mehr, der einem im Vorbeifahren begegnet. Mit diesen blöden Radhelmen sieht jeder aus wie ein Depp. Und zu Hause glaube ich, ist mir niemand begegnet. Kann mich jedenfalls nicht erinnern.“

„Sie haben also Nadine Hellweg so gegen halb vier zuletzt gesehen?“, fasste nun Naderer zusammen. „Und Sie wissen nicht, wohin sie von hier aus gegangen ist oder was sie danach unternommen hat?“

„Ja, so können Sie das in Ihr Protokoll schreiben."

„Hätte Nadine Hellweg eigentlich auch Grund gehabt, sich bei ihren Eltern über Sie zu beschweren?", stichelte Schönwald nach.

„Das ist doch alles Quatsch! Ich sagte schon, das ist haltloses Geplänkel, völlig belanglose Gespräche. Sonst nichts. Das trifft auch auf Nadine zu."

„Danke, Herr Bartl, das war's zunächst. Sie müssten allerdings heute noch kurz zu uns auf die Inspektion kommen und Ihre Aussage bezüglich des Rucksacks zu Protokoll geben. Fragen Sie einfach nach dem Kollegen Oberbrandacher. Der weiß Bescheid. Schönen Tag noch", verabschiedeten sich die beiden Ermittler.

34

Naderer und Schönwald trafen kurz darauf wieder in der Polizeiinspektion ein. „Na endlich", kam ihnen Major Peter Steinecker entgegen. „Das hat aber gedauert beim Herrn Bademeister. Habt ihr ihn gleich mitgebracht? Können wir ihn verhaften?"

„Nur langsam mit den scheuen Pferden", antwortete Naderer und begrüßte seinen Freund. „Gehen wir in mein Büro?"

Kaum hatte Steinecker die Tür hinter sich geschlossen, schoss er los: „Ich glaube, wir sollten eine SOKO gründen. Du brauchst Unterstützung. Wir müssen in den zwei Fällen vorankommen, bevor uns die Presse zerreißt und die Bevölkerung lyncht. Zwei tote Mädchen. Das passt nicht zu Sommer, Sonne und Urlaub. Das will hier keiner haben."

„Weißt du denn schon etwas Neues von der KTU?“, wollte Naderer wissen, ohne auf die Sache mit der SOKO einzugehen.

„Fest steht, dass auch Nadine erstickt wurde. Damit haben wir definitiv zwei ermordete Mädchen. Und das hier am Land. Also, was hältst du von einer SOKO. Ich stelle dir noch ein paar erfahrene Kollegen aus Salzburg zur Verfügung und weitere zehn oder zwanzig aus den umliegenden Inspektionen. Was meinst du?“

„Warten wir noch auf Frau Schönwald“, warf Naderer ein. Ich möchte das auch mit ihr abstimmen.

„Du bist sehr zufrieden mit ihr, oder?“, erkundigte sich der Vorgesetzte.

„Ja, sie ist eine tolle Beamtin. Denkt gut mit und verhält sich bei Verhören oder Einvernahmen sehr klug. Stellt die richtigen Fragen zum richtigen Zeitpunkt und im passenden Ton. Ich bin froh, dass sie bei uns ist.“

„Schön, dass sich das so toll entwickelt hat.“

„Was hat sich denn so toll entwickelt?“, fragte Schönwald, die gerade mit drei Cappuccini zur Tür herein kam. „Vorsicht, heiß“, warnte sie, als sie die drei Becher auf den Schreibtisch stellte.

„Eure Zusammenarbeit“, antwortete Steinecker, „hat sich, wie wir beide meinen, toll entwickelt. Sind Sie auch zufrieden hier?“

„Mit den Aufgaben hier, mit den Kollegen und mit meinem Vorgesetzten ja, alles bestens“, antwortete Schönwald. „Nur unsere aktuellen Fälle gehen mir ziemlich unter die Haut. Zwei so junge Mädchen, das hätte ich nicht gebraucht. Aber, das ist unser Job und ich werde tun, was ich tun kann, um bei der Aufklärung maßgeblich mitzuhelfen. Das können Sie mir glauben, Herr Steinecker.“

„Glaube ich Ihnen aufs Wort.“

„Also, Karin, unser Boss hat eben vorgeschlagen, wir sollten eine SOKO gründen. Er würde uns entsprechende Unterstützung und Verstärkung zuteilen. Was hältst du davon?“

„Ich denke, wir sollten jede nur angebotene Hilfe annehmen. Wir müssen in den Fällen vorankommen. Und du weißt ja, vier Augen sehen mehr als zwei. Ja, ich bin unbedingt dafür.“

„Können wir die SOKO in der Volks- oder Hauptschule einrichten? Was meinst du, Max?“, schlug Steinecker vor.

„Karin, ruf den Oberbrandacher rein, bitte.“ Und an Steinecker gewandt: „Er wird sich um alles kümmern. Das klappt sicher. Bis morgen früh ist alles bereit. Dann können deine Mannschaften anrücken.“

„Und wie geht's dir, Max?“

„Alles bestens. Habe gerade eine wundervolle Frau kennengelernt. Wenn da nicht unsere tragischen Fälle wären, hätte ich vermutlich heute sofort um Urlaub angesucht.“

„Schön für dich. Nur wirst du in den nächsten Tagen und Wochen wenig Zeit haben, deine neue Liebe zu genießen.“

„Ein Grund mehr, den Täter schnellstmöglich zu fassen und dafür zu sorgen, dass wieder Ruhe im Urlauberparadies einkehrt.“

„Du berichtest mir morgen kurz, wenn die SOKO steht? Ach ja, wie soll sie denn heißen, unsere SOKO?“

„Déjà-vu!“, schoss es aus Naderer heraus.

„Wie kommst du denn darauf?“

„Vielleicht, weil ich doch langsam einen Zusammenhang sehe zwischen dem was 2003 geschah und jetzt gerade passiert. Ich kann mir zwar noch immer keinen Reim darauf machen, aber irgendetwas gibt es da, das spür ich.“

„Meldet sich da mal wieder die weibliche Intuition im Manne?“, lachte der Vorgesetzte.

„Kann sein. Ich weiß es einfach noch nicht. Aber du bist der Erste, er es erfährt, wenn ich in der Sache endlich durchblicke.“

„Okay, dann bis morgen. Wir hören uns, Max“, verabschiedete sich Steinecker.

„Ja, ich melde mich.“

„Ich habe Oberbrandacher inzwischen bereits selbst instruiert“, informierte Schönwald ihren Vorgesetzten als sie ins Büro zurückkehrte. „Er wird alles Nötige veranlassen.“

„Prima, danke.“

„Und, was machen wir jetzt?“

Naderer blickte auf sein Handy. „Es ist Mittag. Wollen wir irgendwo eine Kleinigkeit essen?“

„Ja, gern. Wo willst du hin?“

„Wir könnten zum Gasthof Neumayr gehen. Vielleicht treffen wir Mona dort an, die Freundin von Nadine ist ja die Tochter des Hauses.“

„Ja, gerne. Aber sollten wir denn nicht versuchen, alle Mädchen gleichzeitig zu verständigen? Nicht, dass die eine die andere informieren muss?“

„Du hast recht. Haben wir denn im Moment drei Leute zur Verfügung.“

„Ich werde das gleich noch veranlassen. Und befragen sollen sie die Mädchen auch gleich, oder?“

„Ja klar. Aber behutsam. Die Mädchen werden sicher ziemlich erschrecken, bei der Nachricht und zu tun haben sie ja sicher nichts mit der Sache.“

„Geb’ ich so weiter. Wir sehen uns dann gleich draußen.“

„Ich komm’ gleich nach.“

„Hallo du“, flirtete der Inspektor in sein Handy, als sich Susi am anderen Ende meldete. „Na, wie geht es dir heute?“

„Alles gut, Max! Etwas viel rosa vielleicht“, lachte sie. „Schön, dass du anrufst. Und wie geht es dir?“

„Gut, wenn immer ich an dich denke. Aber sonst ist es beschissen. Wir haben heute Morgen leider die Leiche eines weiteren jungen Mädchens gefunden. Das ist so brutal. Ich versteh nicht, was im Moment hier los ist. Aber zwischendurch tut es gut, immer mal wieder an dich und an den gestrigen Abend denken zu können. Das gibt Kraft.“

„Mit unserem nächsten Date sieht es wohl schlecht aus, denke ich?“

„Keine Ahnung, Susi. Aber sobald ich auch nur eine Stunde freimachen kann, melde ich mich bei dir. Wenn du dann auch Zeit hast, wär's natürlich super.“

„Ich bin ziemlich flexibel, Max. Also, melde dich, wann immer du kannst. Ich freu mich schon.“

„Dann bis bald. Ciao, Liebes!“

„Max, warte: Ich hab' dich lieb. Pass auf dich auf.“

Damit hatte Naderer jetzt nicht gerechnet. Er ließ diesen Satz noch einmal in sich nachklingen, während er nach draußen ging, wo Schönwald schon auf ihn wartete. „Ich hab' dich lieb“, hatte schon lange keine Frau mehr zu ihm gesagt.

Als Naderer gerade die Türe ins Schloss fallen ließ, sah er Oberbrandacher und dabei fiel ihm spontan die Sache ‚Hainbach‘ ein, der derzeit ja im Gasthof Neumayr wohnte.

„Sag' mal, Oberbrandacher, gibt es schon weitere Informationen über den Hainbach und seinen Fall?“

„Nein, leider noch nicht. Aber wir sind dran. Warten eigentlich nur auf die Unterlagen aus Deutschland.“

„Karin und ich gehen zum Mittagessen ins Neumayr. Hainbach wohnt doch noch dort, oder?"

„Wir haben nichts anderes gehört."

„Gut, dann werden wir sehen, ob wir den auch gerade antreffen. Also, bis später. Und du kümmerst dich um die Einrichtung der SOKO?"

„Ja, klar. Ich bin schon dabei. In einer halben Stunde treff' ich mich mit dem Schulwart."

„Sehr gut. Also, ciao!"

35

Bartl war seit dem Besuch der beiden Polizisten ziemlich aufgebracht. Auch wenn er mit sich und seinen Antworten im Nachhinein betrachtet eigentlich doch zufrieden sein konnte, machte es ihn nervös, überhaupt zum Kreis der Verdächtigen zu zählen. Und eigentlich alles nur wegen dieses blöden Rucksacks. Sonst wäre kein Mensch irgendwie auf ihn gekommen. Nur wegen der blöden Ansage von Sabrina hätte man ihn ja wohl kaum einvernommen. Nein, sicher nicht.

Der Bademeister beschloss, sich auch an diesem Nachmittag frei zu nehmen. Dabei fiel ihm seine Bemerkung bezüglich

‚Antrag bei der Polizei' von heute Vormittag ein. Na, sehr schlau war das nicht. Aber gut, auch ein Späßchen muss mal erlaubt sein. Bartl musste nachdenken. In aller Ruhe. Er musste sich die Vorkommnisse des gestrigen Nachmittages noch einmal genau vor Augen führen, bevor er zur Polizei ging, wegen des blöden Protokolls. Wer wusste denn schon, ob die dann nicht noch weitere Fragen zum Montagnachmittag stellen würden. Er sollte darauf jedenfalls vorbereitet sein. Er sollte genau wissen, was er auf jede einzelne Frage antworten würde. Und da er nicht wusste, was er gefragt werden würde, musste er sich eine Vielzahl möglicher Antworten zurechtlegen.

Also meldete sich Bartl kurz nach Mittag bei seinen Mitarbeitern ab. Eine Begründung verlangte keiner. „Wäre ja noch schöner“, dachte sich der Bademeister.

Eigentlich wollte Bartl ja zu sich nach Hause, doch das herrliche Wetter war nicht dazu angetan, sich in seiner ‚Bude’, wie er es nennt, zu verkriechen. Er schwang sich auf sein Bike und radelte los. Ziellos, denn noch wusste er nicht, wo er hin wollte. Als er wenig später beim Mitterhof, kurz vor Obertrum am See, vorbeifuhr, entschloss er sich spontan, dort einzukehren. Im sonnigen Gastgarten waren nur zwei, nein drei, Tische besetzt. Da Bartl vor allem Ruhe suchte, setzte er sich an den äußersten freien Tisch. Der große Kastanienbaum am Rande des Gartens spendete ihm ein wenig Schatten. Er bestellte sich ein großes Bier. Essen wollte er nichts, zumindest noch nicht.

Nachdem die Kellnerin das Bier serviert hatte, nestelte er nach seiner Zigarettenpackung, holte sie aus der Rückentasche seines Radler-Shirts und suchte nun nach Feuer. Einmal mehr ärgerte er sich, dass er offensichtlich wieder kein Feuerzeug eingesteckt hatte. Er wollte nicht warten, bis die Serviererin wieder auftauchte und stand deshalb auf, um sich im Lokal eine Packung Streichhölzer zu holen.

Endlich konnte Bartl rauchen. Genussvoll und tief sog er den Rauch ein. Und für den ersten Schluck von seinem Bier fand er endlich auch Zeit. Seine Stimmung besserte sich wieder.

Die Kinder eines deutschen Urlauberpaares, drei Tische weiter, machten ziemlich Radau, was den Ruhesuchenden nicht wirklich freute.

„Wie soll man bei dem Krawall auch nur einen klaren Gedanken fassen“, ärgerte sich der Bademeister und verschickte bösartige Blicke. Erbost über die Ruhestörer zündete er sich die nächste Zigarette an. Die brauchte er jetzt. Er musste sich wieder beruhigen. Er zog hastig und genervt an dem Glimmstängel und schaute um sich, ob es denn vielleicht noch einen ruhigeren Platz für ihn gäbe. Fehlanzeige.

Dann allerdings: Die Erlösung! Die Urlauberfamilie wollte zahlen. Den nächsten Zug von seiner Zigarette kann Bartl wieder genießen. Noch bevor diese ausgeraucht war, kehrte tatsächlich Ruhe ein. „Bringen Sie mir noch eines“, rief er der Kellnerin zu, als diese gerade bei einem anderen Tisch mit dem Inkasso fertig war.

Kurz bevor er sein zweites Bier bekam, war er plötzlich allein im Gastgarten des Mitterhofs. Auch die anderen Gäste verließen gerade den Gastbetrieb.

Jetzt, da er endlich die nötige Ruhe zum Nachdenken fand, zündete er sich die nächste Zigarette an. Die brauchte er zum Denken. Sonst ging gar nix. Er lehnte sich zurück und versuchte, den gestrigen Nachmittag möglichst lückenlos Revue passieren zu lassen.

Es war etwa zwei Uhr nachmittags als er zu einem seiner recht häufigen Kontrollgänge durchs Strandbad aufbrach. Es herrschte ziemlich viel Betrieb. Die Badegäste reihten sich fast Badetuch an Badetuch, Liegebett an Liegebett. Nur Wenigen gelang es, zwei, drei Meter Freiraum zwischen sich und den Badenachbarn zu lassen. Dennoch verlief alles ruhig, wie der Bademeister mit all seiner Routine schnell feststellen konnte. Badeaufsicht hatte für die nächsten zwei Stunden ohnehin sein Hilfsbademeister. Also Zeit genug, sich für eine Zeit lang Unterhaltsamerem zuzuwenden. Geradewegs steuerte er deshalb auf den Liegeplatz zu, wo sich Nadine mit ihren Freundinnen niedergelassen hatte.

Die fünf jungen Mädchen saßen im Kreis auf ihren Badetüchern und diskutierten gerade heftig, als er neben sie trat.

„Na, debattiert ihr wieder darüber“, mischte er sich ungefragt ein, „wer von euch Kücken das aufregendste Date hatte?“

„Blödmann“, war Nadines schnelle Antwort auf seinen Spruch.

„Außerdem geht’s dich nichts an, was wir hier besprechen.“

„Jetzt hab’ dich doch nicht so“, fuhr Mona Neumayr dazwischen. Und zu Bartl gewandt: „Komm’ setz dich her da!“ Sie klatschte dabei mit der flachen Hand auf den Platz neben ihr. Bartl nahm die Einladung an und setzte sich hautnah neben das Mädchen, dem das offensichtlich nichts ausmachte.

„Nun, Mädels, was gibt’s Neues vom Wochenende zu berichten?“, nahm er das Gespräch wieder auf. „Waren die Jungs nett zu euch?“

„Ja, und wie“, versuchte Corinna Reisegger eine Antwort zu hauchen um möglichst erotisch zu wirken. „Wenn du wüsstest …“

„Na, schieß los. Erzähl uns von deinem Abenteuer. Wir sind ja unter uns“, wollte Bartl mehr wissen.

Corinna erzählte. Immer wieder unterbrochen vom lautstarken Gekicher ihrer Freundinnen und deren mahnende Einwände, wenn Corinna einmal zu sehr ins Detail ging.

So ging das eine ganze Zeit. Auch die übrigen Mädchen versuchten mit ihren Erfahrungen beim Bademeister zu punkten, Eindruck zu schinden. Nur Nadine hielt sich immer mehr zurück.

„Du hast wohl schon lange keinen Lover mehr gehabt, was? Oder warum so schweigsam heute?“, wollte Bartl von Nadine wissen. „Vielleicht brauchst du mal einen richtigen Mann, Nadine. Einen, von dem du noch Wochen danach viel zu erzählen weißt.“ Dabei grinste er von einem Ohr zum anderen.

„Ich stehe jedenfalls gerne zur Verfügung.“

Die Mädchen kicherten wieder. Corinna neben ihm griff an sein nacktes Knie und meinte schelmisch: „Du bist und bleibst ein Casanova. Und ein Macho.“

„Du bist und bleibst ein Blödmann, Udo“, ging Nadine dazwischen. „Einer, der nichts anderes kann, als junge Mädchen mit seinem blöden Gequatsche anzubaggern. Und über was anderes als übers Vögeln kann man mit dir ohnehin nicht reden.“

Ohne ein weiteres Wort stand sie auf, packte ihre sieben Sachen zusammen und verabschiedete sich: „Ich dreh noch eine Runde mit dem Bike. Ist mir lieber, als mir noch länger diesen Stuss anzuhören. Wir sehen uns.“

Er kam nicht mehr dazu, dem etwas entgegenzusetzen. Aber so wollte er die Sache auch nicht im Raum stehen lassen. „Was bildet sich die Göre eigentlich ein?“, dachte er bei sich. „Die tickt ja nicht mehr richtig. So nicht, mein Mädchen. Nicht mit mir.“

„Ich muss ohnehin weiter“, wandte er sich an die zurückgebliebenen Mädchen. „Vielleicht sehen wir uns morgen wieder.“

Bartl stand auf und ging in Richtung Eingangsbereich davon.

Als er beim Einlass eintraf, sah er Nadine gerade noch davonradeln. Er eilte zurück zur Essensausgabe, wo er einer seiner Mitarbeiterinnen zurief: „Ich bin jetzt mal kurz weg. Eine Stunde vielleicht. Ihr kommt klar, oder?“ Ohne eine Antwort abzuwarten spurtete er nach draußen und direkt zu seinem Bike.

Er wusste nicht, wo Nadine hingefahren sein konnte. Dennoch entschloss er sich spontan für einen bestimmten Weg. Am Dorf vorbei, runter zur alten Holzbrücke. Er hatte es ziemlich eilig, wenn er Nadine rasch einholen wollte.

Er kam gerade bei der Holzbrücke an, als er das Mädchen am ziemlich steil bergauf führenden Teil der Bikeroute entdeckte. In diesem Augenblick verschwand sie auch schon im Wald.

Er gönnte sich dennoch eine kurze Verschnaufpause. Schließlich kannte er die Strecke gut und wusste, dass es auf den nächsten Kilometern ohnehin keine Abzweigung oder Alternative gab. Er würde sie bald einholen.

Drei Biker, vermutlich Touristen, radelten an ihm vorbei, während er pausierte. Ein kurzes Hallo war alles, was sie ihm entgegenriefen. Schnell waren sie wieder verschwunden.

Etwa zwanzig Minuten und ein paar anstrengende Kilometer später hatte er das Mädchen praktisch eingeholt. Bewusst hielt er sich zurück. Noch war der Moment nicht gekommen um zu ihr aufzuschließen. Er wollte abwarten und ihr unbemerkt folgen. Eine ganze Weile ging das gut. Bis Nadine ziemlich abrupt anhielt und von ihrem Bike stieg.

„Was macht sie denn jetzt?“, überlegte Bartl, als er sah, wie Nadine ihr Bike querfeldein über eine Wiese schob. „Warum schiebt die denn das Teil?“, wunderte er sich.

„Und wo will sie hin?“ Er fuhr weiter bis zu jener Stelle, wo Nadine die Bikestrecke verlassen hatte. Jetzt hatte er sie wieder im Blick.

Inzwischen hatte sich Nadine das Bike über die Schulter gelegt und stapfte langsam die Wiese entlang. Querfeldein und wie es schien, geradewegs auf ein Haus zu, das da an einem leicht ansteigenden Hang zu erkennen war.

„Das ist doch dieses Jagdhaus von dem Deutschen“, wusste Bartl gleich. „Wie heißt denn der noch?“ Der Name des Hausbesitzers wollte ihm nicht einfallen. Aber egal. Das spielte wohl keine Rolle. Nur, dass er so gar keine Erklärung fand, was Nadine dort wollte, machte ihn nervös.

Nadine war beinahe schon beim Haus angekommen, als er einen Mann – nur mit Shorts bekleidet – vor dem Haus erkennen konnte. Er sah, dass er das Mädchen mit Handzeichen heranwinkte. Was die beiden sprachen, konnte er auf die Entfernung nicht hören. Wenn sie überhaupt sprachen. Bartl wurde klar, wenn er mitbekommen wollte, was Nadine da oben wollte und was sich da abspielte, musste er näher ran. Den gleichen Weg wie Nadine konnte er allerdings nicht nehmen, wenn er unerkannt bleiben wollte.

Er wusste, dass nur etwa ein Kilometer weiter die Bike-Route über eine kleine Bergstraße führte. Obwohl er diese noch nie befahren hatte, war er ziemlich sicher, dass diese am Jagdhaus des Deutschen vorbeiführen musste.

Er hatte recht und stand mit seinem Bike nur wenig später beim Wagen des Touristen auf dem Parkplatz des Jagdhauses. Er setzte sich, das Auto als Sichtschutz nutzend, auf einen Stein und grabschte nach seinen Zigaretten. Jetzt musste er erst mal eine rauchen und nachdenken.

Als er ausgeraucht hatte, schlich er entlang einer kleinen Stützmauer Richtung Treppenaufgang, der zum Haus führte, um vielleicht einen Blick auf die Terrasse zu erhaschen. Tatsächlich hatte er von dieser Position einen guten Blick auf die Holzterrasse. Sofort erkannte er Nadine, die es sich auf einer der Liegen gemütlich machte. Der Mann stand unweit von ihr und versuchte wohl gerade eine Flasche Sekt zu öffnen.

Er konnte sich das, was sich da vor seinen Augen abspielte, nicht wirklich erklären. Hatte Nadine einen Geliebten? Etwa diesen reichen Deutschen? Er wollte das nicht glauben. „Aber was sonst macht das Mädchen hier. Wieso fährt sie ausgerechnet hierher?“, ging es ihm durch den Kopf, während er die Szene auf der Terrasse nicht aus den Augen ließ.

Er sah, wie der Mann den Sekt servierte und das Mädchen mit irgendetwas Essbarem verwöhnte. Ab und an drang so etwas wie ein Lachen an sein Ohr. Offensichtlich amüsierten sich die beiden.

Es war nicht etwa Eifersucht, was ihn nervös machte, während er da saß und die beiden beobachtete. Nein, es war viel mehr der Ärger, der in ihm hochkam. „Dieser alte Sack“, dachte er sich, „fummelt da ungestraft an dem Mädchen rum und bei mir macht sie immer einen auf schüchtern und zugeknöpft.“ Ja, ja, musste er sich eingestehen, diese Nadine, die hätte er schon ganz gerne mal mit zu sich genommen. Keine Frage.

Bartl musste eine rauchen. Aber nicht hier, das war ihm klar. Also zog er sich zurück hinter das Auto. Während er da saß, fragte er sich plötzlich, was er eigentlich hier tat. Was wollte er hier und warum regte ihn auf, was er hier sah? Eigentlich wollte er Nadine doch nur nachfahren, um sich für die Aussage von vorhin zu revanchieren. Und wer weiß, vielleicht hätte sich dann doch etwas ergeben, wenn sie beide endlich mal ganz für sich gewesen wären. Stattdessen trank Nadine jetzt Sekt mit einem reichen Alten.

Bartl zündete sich eine weitere Zigarette an und kam überraschend für ihn selbst zu dem Schluss, dass er die beiden noch weiter beobachten wollte. Ärger und Neugier waren groß. So wollte er nicht mit sich umspringen lassen und wenn das Mädchen wirklich etwas mit dem Alten zu schaffen hatte, konnte es nicht schaden, darüber Bescheid zu wissen.

„Darf ich Ihnen noch ein Bier bringen", riss die Stimme der Serviererin den Bademeister aus seinen Gedanken. Er brauchte einen Moment, um zu realisieren, wo er sich gerade befand.

„Ja, bitte, gerne!"

Plötzlich trällerte sein Handy los. „Macho, Macho kannst net lernen. Macho, Macho muass ma sein" hatte er sich als Klingelton an seinem Handy eingerichtet. Ein Megahit von Reinhard Fendrich, einer Kultfigur des Austro-Pops. Bartl war so in Gedanken, dass er zusammenschreckte, als sein Handy schellte.

„Ja, was gibt's?", brüllte er laut und wütend in sein Mobiltelefon.

„Ich bin's", meldete sich sein Hilfsbademeister. „Die Polizei Obertrum hat eben angerufen und nachgefragt, bis wann denn etwa mit deinem Besuch zu rechnen sei."

„Glauben die eigentlich, ich hätte nichts Besseres zu tun? Mann, wie das nervt. Aber ja, ich bin eh schon so gut wie unterwegs." Bartl legte grußlos auf. Ein Blick auf sein Handydisplay zeigte ihm, dass es wirklich schon höchste Zeit wurde. Vor lauter Nachdenken hatte er offensichtlich völlig das Zeitgefühl verloren.

36

„Servus, Christa“, begrüßte Naderer die Wirtin vom Gasthof Neumayr, mit Handschlag, als er zusammen mit Schönwald den gemütlichen, erst vor wenigen Jahren renovierten Gasthof, betrat.

„Na, Max, dass man dich wieder einmal bei uns sieht?“, war Frau Neumayr sichtlich erfreut.

„Darf ich dir meine Kollegin und rechte Hand vorstellen?“, drückte sich der Inspektor ungewollt förmlich aus. „Karin Schönwald, meine Assistentin.“

„Freut mich“, sagte die Wirtin, während sie Schönwalds Hand schüttelte.

„Wollt ihr zu Mittag essen?“

„Ja, gerne“, erwiderte Naderer. „Hast du noch einen Platz im Garten?“

„Aber sicher doch. Für euch immer“, gab die Wirtin charmant zurück und begleitete die Polizisten in den schattig kühlen Gastgarten.

„Darf ich euch schon etwas zum Trinken bringen?“, erkundigte sich die Chefin des Hauses, während sie den beiden die Speisekarte vorlegte.

„Für mich einen Apfel-Leitung“, bestellte Schönwald. „Für mich auch, danke.“

Obwohl noch einige andere Damen mit dem Service beschäftigt waren, ließ es sich Frau Neumayr nicht nehmen, die beiden Inspektoren persönlich zu bedienen. Als sie die Getränke servierte, fragt Naderer: „Sag’ mal, Christa, ist Mona zu Hause?“

„Ich hab’s doch gewusst“, schoss es aus Frau Neumayr hervor.

„Du bist also doch dienstlich hier, oder? Wirklich schlimm, die Sache mit den beiden Mädchen.“

„Du weißt das schon. Das von der Nadine? Woher, wenn ich fragen darf?“

„Max, die Nachricht hat sich wie ein Lauffeuer verbreitet. Ich habe keine Ahnung wer da was durchsickern ließ. Mir jedenfalls hat ein Stammgast so vor einer Stunde berichtet.“

„Weiß Mona es auch schon?“, wollte Schönwald wissen.

„Ja, ich wollte, dass sie es von mir erfährt.“

„Und, wie geht es ihr jetzt?“

„Sie weint sich die Augen aus.“

„Weißt du, ob sie schon mit ihren Freundinnen telefoniert hat?“

„Ich denke nicht. Ich hab's ihr gerade erst gesagt.“

„Denkst du, wir könnten nach dem Essen mal kurz mit Mona sprechen?“

„Ich seh' gleich nach ihr. Aber ich denke schon, dass das geht. Vielleicht lieber in unseren Privaträumen, okay?“

„Ja, sicher. Sagst du uns einfach, wenn Mona so weit ist?“

„Ja, mach' ich. Und ihr schaut jetzt mal in die Karte. Ich hoffe, es ist etwas dabei, das euch gefällt.“

„Wir nehmen bitte zweimal die dreierlei Fischfilets auf Pfifferlingrisotto und Salatgarnitur“, bestellte Schönwald, als eine der Kellnerinnen nach ihren Wünschen fragte.

„Ach, entschuldige! Weißt du zufällig, ob einer der Gäste hier der Herr Hainbach ist, der zurzeit bei euch wohnt?“, erkundigte sich Naderer bei der Serviererin.

„Ja, das heißt, ja ich weiß, dass er nicht unter den Gästen ist. Aber ich weiß auch, dass er gerade vor ein paar Minuten von seiner Bike-Tour zurückgekommen ist. Vermutlich wird der Herr Hainbach noch duschen. Normalerweise isst er immer hier zu Mittag, wenn er nur eine Halbtagestour macht.“

„Würdest du uns denn informieren, wenn Herr Hainbach auftaucht?“, duzte auch Schönwald die Kellnerin, obwohl sie diese heute zum ersten Mal sah.

„Ja, mach ich gerne“, antwortete das Mädchen mit einem freundlichen Lächeln auf den Lippen.

„Auf den hätte ich jetzt doch glatt vergessen“, gestand Schönwald.

„Was hältst du eigentlich von diesem Bademeister?“

„Unsympathisch in jedem Fall. Glaubwürdig? Ich weiß es nicht. Die Sache mit dem Rucksack kann stimmen, muss aber nicht. Und sein Umgang mit diesen jungen Mädchen gefällt mir offen gestanden gar nicht. Ganz gleich, wie sehr er das verniedlicht oder klein redet. Wenn sich die Mädchen dadurch wirklich belästigt fühlen, geht das so nicht. Und wer weiß, was da wirklich abläuft?“

„Ich hoffe, Nadines Freundinnen werden uns dazu etwas sagen können.“

„Ja, das hoff' ich auch. Außerdem, dass der Bartl kein Alibi für den Nachmittag hat, spricht auch nicht unbedingt für ihn.“

„Nein, gewiss nicht. Ich glaub' auch nicht, dass so einer das so leicht wegsteckt, wenn ihn ein Mädchen in Nadines Alter quasi stehen lässt.“

„Was ist also, wenn er Nadine gefolgt ist? Und dann kommt es zu einer Auseinandersetzung. Vielleicht nur verbal. Dann ein Schubser. Das Mädchen fällt hin, schlägt sich den Kopf an.“

„Nadine wurde erstickt, wie wir inzwischen wissen.“

„Du hast ja recht! Aber denkst du, Bartl hat versucht, Nadine zu ersticken?“

„Wir müssen jedenfalls den Bericht der KTU und der Gerichtsmedizin abwarten. Vorher sind das alles nur haltlose Spekulationen.“

„Okay, Thema vertagt“, beschloss Naderer. Auch, weil er gerade sah, wie das Essen gebracht wurde.

„Einen guten Appetit euch beiden“, lächelte die Servierin, wieder sehr freundlich und ließ die Polizisten allein.

Während die beiden ihr Mittagessen genossen, sprachen sie wenig oder zumindest nur Belangloses.

„Also, der Herr, der eben dort am unteren Tisch Platz genommen hat, das ist Herr Hainbach“, flüsterte die Kellnerin, gerade so als ob sie da ein großes Geheimnis verraten würde.

„Vielen Dank, das ist sehr freundlich“, gab Naderer, ebenfalls flüsternd, zurück.

„Lassen wir den guten Mann noch in Ruhe zu Mittag essen“, schlug Naderer vor. „Sprechen wir zunächst mit Mona, oder?“

„Wenn das Mädchen schon so weit ist?“

Als die Beamten sich wenig später noch einen Espresso und einen Espresso Macciatto gönnten, trat die Wirtin an ihren Tisch.

„Wenn ihr wollt, Mona wäre jetzt so weit. Kommt einfach nach hinten ins Büro, wenn ihr mit eurem Kaffee fertig seid. Okay?“

„Ja, wir kommen gleich“, antwortete Schönwald für beide. Wenig später saßen Naderer und Schönwald in dem kleinen Rezeptionsbüro der zierlich gebauten Mona gegenüber. Ihre Mutter hielt sie fürsorglich bei der Hand. Monas Augen waren gerötet. Ihr Gesicht war bleich, um nicht zu sagen aschfahl. Sie trauerte um ihre Freundin.

„Mona, wir wollen dich jetzt nicht mit Fragen löchern. Aber vielleicht hast du uns ja einfach irgendetwas zu sagen. Irgendwas, wovon du denkst, es könnte mit Nadines Tod zu tun haben. Ganz egal was es ist. Gibt es da etwas?“, begann Naderer.

„Als Mama mir das von Nadine erzählt hat", begann Mona zögerlich und schluchzend, „ist mir sofort der Udo eingefallen. Der Bademeister, versteht ihr. Die beiden haben sich gestern Nachmittag ziemlich gefetzt. Nadine war stinksauer, weil der Udo dauernd so blöde Anmachen drauf hat."

„Was heißt gefetzt?", fragte Schönwald nach.

„Nadine hatte Udo ziemlich zur Sau gemacht. Er sei ein Blödmann, der nichts anderes als Sex im Kopf habe, und so weiter."

„Und, stimmt das? Hatte Nadine damit recht gehabt?", bohrte jetzt Naderer nach.

„Ja. Ich mein' es ist nicht immer so, dass einem der Udo auf die Nerven geht, aber meistens doch. Zumindest Nadine und mir ist in letzter Zeit ziemlich einiges gegen den Strich gegangen."

„Hast du denn mitbekommen, dass Bartl kurz nach Nadine das Bad verlassen hat?", wollte Naderer wissen.

„Nein. Er ging zwar von uns weg. Angeblich hatte er zu tun. Dann habe ich ihn nicht mehr gesehen."

„Was hatte Nadine denn vor, als sie das Strandbad verlassen hat?"

„Sie wollte mit ihrem Bike eine Runde drehen. Mehr hat sie nicht gesagt. Ich glaube sie wollte einfach nur weg. Weg von Udo."

„Kannst du dir vorstellen, dass Bartl Nadine gefolgt ist?", schaltete sich nun Schönwald ein.

„Keine Ahnung. Aber so cool wie er sich gab, hat er Nadines Abfuhr sicher nicht weggesteckt. Das mag so ein Macho wie Bartl nicht wirklich."

„Ich muss' dich das jetzt fragen, Mona. Da führt leider kein Weg vorbei", war es wieder Schönwald, die nun mit dieser heiklen Frage herausrückte. „Weißt du von irgendwelchen – sagen wir mal sexuellen Übergriffen oder Tätlichkeiten von Bartl – gegenüber jungen Mädchen. Also Mädchen aus deiner Klasse oder aus deiner Clique?"

„Das ist schwierig zu sagen, weil manche Mädchen damit prahlen, dass sie etwas mit dem Udo hatten. Ob das stimmt oder nur pure Angabe ist, kann man nur schwer feststellen, vor allem, wenn es nur Klassenkameradinnen oder bekannte Mädels sind. Unter Freundinnen, wie Nadine und ich es sind", Mona stockte, „wie Nadine und ich es waren, spricht man offen über so etwas. Und eigentlich ging uns der Bartl allen auf die Nerven. Ich meine, den Mädchen, die gestern mit Nadine und mir zusammen waren. Auch wenn die eine oder andere schon mal ein wenig flirtete, was Ernsthaftes war da bestimmt nicht dahinter."

„Und sonst", hakte Schönwald nochmals nach, „hast du jemals irgendetwas gehört?"

„Nicht wirklich. Aber vor ein, zwei Wochen habe ich ganz beiläufig mit Sabrina Hartl gesprochen. Auch über den Bartl. Und sie meinte, dass sie jetzt von Udo's Anmachen endgültig die Schnauze voll habe und künftig nach Obertrum oder Seeham ins Strandbad gehen wollte."

„Hatte Sabrina denn erzählt, was vorgefallen war?", wollte Naderer Konkreteres erfahren.

„Sie hat so etwas wie ‚verbale Vergewaltigung' erwähnt und dass sie das so nicht länger hinnehmen wolle. Sie habe es dem Udo auch direkt ins Gesicht gesagt und ihn – wortwörtlich – einen ‚Kleine-Mädchen-Ficker' genannt, der bei Frauen seines Alters wohl keinen hochbekäme."

„Hast du danach nochmals mit Sabrina sprechen können?", war es jetzt wieder Schönwald die nachhakte.

„Nein, leider, ich habe sie dann nicht mehr gesehen", antwortete Mona, der jetzt offensichtlich wieder klar wurde, dass sie von einer toten Schulkameradin sprachen. Sie legte das Gesicht zwischen beide Hände und weinte. „Ich kann es nicht glauben“, schluchzte sie, „erst Sabrina und jetzt Nadine. Wisst ihr, was da abgeht?“

„Leider nicht wirklich“, gestand Naderer, „aber wir tun unser Möglichstes, Mona.“

„Eine letzte Frage“, warf Schönwald ein. „Kannst du dir vorstellen, dass der Bademeister etwas mit dem Tod der beiden Mädchen zu tun hat?“

„Eigentlich nicht. Aber wenn man den Udo reizt, kann der schon mal ausrasten. Ob das allerdings so weit führen könnte, kann ich nicht sagen. Trau ich mich einfach nicht.“

„Danke, Mona“, beendete Naderer die Befragung. „Danke und Kopf hoch. Das Leben geht weiter, so blöd das im Moment auch klingen mag.“

„Ja, ich weiß“, schluchzte das Mädchen.

Die beiden Beamten verabschiedeten sich von Mona und baten ihre Mutter noch mit nach draußen zu kommen.

„Bei dir urlaubt derzeit ein Herr Hainbach. Richtig?“, erkundigte sich Naderer.

„Ja, warum?“

„Wir müssen mit ihm sprechen. Wir wissen, dass er gerade im Gastgarten zu Mittag isst. Deine Kellnerin hat uns darüber schon informiert. Kannst du uns irgendwas über diesen Gast erzählen?“, wollte Naderer wissen.

„Eure Kollegen haben sich glaube ich schon über den Mann erkundigt. Jedenfalls hat mir meine Rezeptionistin etwas in der Art berichtet. Nein, ich wüsste nicht, was es da zu erwähnen gäbe. Ein ganz gewöhnlicher, unauffälliger Urlauber eben. Allein stehend, ja, aber das ist heute auch nichts Besonderes mehr, oder?“

„Erinnerst du dich zufällig, was er letzten Donnerstagnachmittag oder gestern Nachmittag gemacht hat? Ob er im Hause war?“, wurde Naderer etwas konkreter.

„Nein, Max, meine Gäste müssen sich nicht bei mir abmelden“, versuchte die Wirtsfrau zu scherzen. „Ich kümmere mich nicht darum, was meine Gäste so machen, während sie hier bei mir ihren Urlaub verbringen. Außer sie erzählen es, wenn ich mit ihnen bei einem Glas zusammensitze. Aber mit dem Herrn Hainbach hat sich das noch nicht ergeben. Fragt doch bei meinen Mädchen nach, die reden auch mit unseren Gästen. Vielleicht wissen die etwas. Ich sollte jetzt jedenfalls nach Salzburg, wenn ihr mich nicht me Ja, ja, hr braucht.“

37

„Entschuldigen Sie bitte“, sprach Naderer den Mann am hintersten Tisch des Gastgartens an. „Mein Name ist Naderer, Chefinspektor Naderer von der Polizeiinspektion Obertrum. Das ist meine Kollegin, Frau Gruppeninspektorin Schönwald. Sind Sie Herr Hainbach?“

„Ja, worum geht's denn“, antwortete der Urlauber und stellte dabei die Kaffeetasse ab, aus der er gerade einen Schluck genommen hatte. „Habe ich falsch geparkt?“

„Nein, soviel ich weiß nicht.“

„Hätte mich auch gewundert, denn ich habe gar kein Auto in Verwendung. Bin ausschließlich mit meinem Bike unterwegs. Oder gibt's bei euch jetzt auch schon ein Knöllchen für falsch abgestellte Bikes?“, machte sich Herr Hainbach lustig.

Naderer lächelte. Schönwald nicht und meinte: „Herr Hainbach, wir müssen Ihnen ein paar Fragen stellen. Hätten Sie denn etwas Zeit für uns?“

„Bitte, setzen Sie sich zu mir. Ich bin im Urlaub. Zeit ist also momentan nicht wirklich das Thema“, lächelte Hainbach und machte mit beiden Armen eine einladende Geste.

„Also, meine Herrschaften, wo drückt denn der Schuh?“, forderte Hainbach die Polizisten auf, mit ihrer Fragestunde zu beginnen und grinste breit.

Hainbach, 48 Jahre alt, war durchtrainiert, sonnengebräunt und stellte mit seinen knapp einhundertneunzig Zentimetern eine ordentliche Portion Mann. Sein Haar hingegen war schon etwas schütter, erste blanke Stellen waren zu erkennen. Er war glatt rasiert, als hätte er in Kürze einen Geschäftstermin. Ungewöhnlich buschig hingegen, stachen seine Augenbrauen hervor. Im glatt rasierten Gesicht wirkten sie fast wie ein Hohn.

„Herr Hainbach“, eröffnete Naderer nun endgültig die Befragung, „Sie sind zum ersten Mal hier im Urlaub? Also ich meine hier in Salzburg?“

„Das erste Mal seit längerer Zeit. Früher, mit meiner Frau, war ich öfter mal hier. Wir – ich meine ich – mag diese hügelige Gegend mit den vielen Seen und den herrlich grünen Wiesen. Zum Biken die schönste Gegend, die ich kenne.“

„Sie sind geschieden?“, tat Schönwald, als ob sie von nichts wüsste.

„Meine Frau ist eines Tages verschwunden und bis heute nicht wieder aufgetaucht. Lange dachte ich wirklich, sie hat mich wegen eines anderen verlassen. Heute bin ich sicher, sie lebt längst nicht mehr. Ich weiß, dass sie Opfer eines Verbrechens wurde. Aber wie auch immer, jetzt verbringe ich meine Urlaube alleine und – in diesem Jahr erstmals wieder – in Salzburg.“

„Wohnten Sie auch früher schon hier im Gasthof Neumayr?“, tat jetzt auch Naderer völlig ahnungslos.

„Nein. Früher konnten wir uns noch etwas mehr Luxus leisten. Es ist schön hier, aber nicht zu vergleichen mit unserem Appartement im Gmachl in Bergheim, wenn Sie es kennen?“

„Wann waren Sie zuletzt hier in Salzburg?“, fragte Schönwald.

„Wann war das?“, überlegte Hainbach, oder zumindest tat er so. „Nun, meine Frau ist seit 2004, nein seit 2005 vermisst.

2004 waren wir nicht auf Urlaub, also muss es 2003 gewesen sein. Ja, ich denke es war im Sommer 2003.“

„Erinnern Sie sich an irgendwelche Vorfälle, Ereignisse oder Zwischenfälle während dieses Urlaubs?“, erkundigte sich Schönwald.

„Jetzt, fast zehn Jahre später? Ich bitte Sie! Nein, was soll es da gegeben haben? Mal abgesehen von den üblichen kleinen Zwistigkeiten mit meiner Holden, fällt mir momentan nichts dazu ein. Soweit ich mich erinnere, war es ziemlich heiß, was ich aber auch nur noch weiß, weil meine bessere Hälfte dauernd über die Hitze gelästert hatte. Unerträglich, das hält doch kein Mensch aus, hatte sie immer gejammert. Nein, sonst kann ich mich an nichts Aufregendes erinnern.“

„Wissen Sie noch, wann genau Sie Ihren Urlaub hier verbrachten, damals 2003?“, fragte Naderer.

„Wann genau? Lassen Sie mich nachdenken. Ja, genau, damals machten wir immer während der ersten drei Juliwochen Betriebsurlaub. Es muss in dieser Zeit gewesen sein. Ganz sicher!“

„Genau in dieser Zeit ist hier in der Gegend ein junges Mädchen spurlos verschwunden“, warf Schönwald nun ziemlich kühl ein. „Spurlos verschwunden, so wie wenig später Ihre Frau.“

„Von wenig später kann da ja wohl nicht gesprochen werden. Das mit meiner Frau geschah 2005, also ganze zwei Jahre nach unserem letzten Urlaub hier. Und ehrlich gesagt, verstehe ich nicht, was das eine mit dem anderen zu tun haben soll?"

„Können Sie sich denn noch daran erinnern?", fragte Naderer nach. „Ich meine, daran, dass das Mädchen damals verschwunden ist? Genau zu der Zeit, als Sie hier Ihre Ferien verbrachten?"

„Ehrlich gesagt, fällt mir spontan gar nichts dazu ein. Aber vielleicht haben wir uns, also meine Frau und ich, in dieser Zeit einfach zu viel mit uns selbst beschäftigt. Es war nicht unbedingt unsere beste Zeit, damals."

„Weshalb war es denn so stressig zwischen Ihnen beiden?", war es nun wieder Schönbach, die nachhakte. „Gab es ein außereheliches Verhältnis. Hatten Sie oder Ihre Frau eine Geliebte, einen Liebhaber?"

„Muss ich Ihnen darauf überhaupt antworten?", tat Hainbach nun ziemlich empört. „Ich meine, das ist alles ganz schön intim und ich kann mir nicht vorstellen, was das alles mit Ihrem Fall vor Urzeiten zu tun haben soll."

„Ich will jetzt mal Klartext mit Ihnen reden, Herr Hainbach", übernahm Naderer das Wort. „Als Sie 2003 Ihren Sommerurlaub hier verbrachten, ist ein junges Mädchen spurlos verschwunden. Jetzt, acht Jahre später, führt Ihr Urlaub Sie wieder hierher ins Salzburger Seenland. Und wir haben wieder ein Mädchen das verschwunden ist. Allerdings haben wir das Mädchen inzwischen gefunden. Tot. Ermordet. Und, es geht noch weiter. Es gibt nämlich seit heute früh noch ein totes junges Mädchen. Auch ermordet. Gut, das mag alles nichts mit Ihnen zu tun haben, aber Sie sind nun mal einer von ganz Wenigen, die zu beiden Zeiten hier vor Ort waren oder sind. Also von den

Touristen, versteht sich. Wir können nun mal keine Möglichkeit ausschließen. Auch nicht, dass einer unserer Urlaubsgäste etwas damit zu tun hat. So gesehen, Herr Hainbach, glaube ich schon, dass Sie uns auf unsere Fragen antworten sollten. Auch in Ihrem Interesse."

Hainbach war aufmerksam Naderers kurzem Monolog gefolgt. Die Information über die zwei weiteren ermordeten Mädchen hatte offenbar Wirkung gezeigt. Saß Hainbach bislang eher lässig am Tisch, ein Bein über das andere geschlagen und entspannt in den Sessel gelehnt, so saß er jetzt gerade am Gartentisch und drehte etwas nervös einen Zahnstocher zwischen seinen Fingern.

„Ich sagte ja schon", begann Hainbach mit einer Antwort, „dass ich damals, als meine Frau so plötzlich verschwand, einen Kerl dahinter vermutete. Sollte es so gewesen sein, dann sicher aus Rache, weil ich schon ab und an mal etwas mit einer anderen Frau hatte. Jedenfalls gab es deswegen immer häufiger ernsthafte Streitereien und Auseinandersetzungen. Wir hatten immer wieder mal über Scheidung geredet. Taten es aber dann doch nicht. Warum auch immer. Irgendwie ging's doch wieder eine Zeit lang gut."

„Gab es Ihrerseits auch während Ihres Urlaubs Affären?", hakte Schönwald ein.

„Nein, gewiss nicht. Die gab's überhaupt nur auf Geschäftsreisen."

„Die Ferienzeit hier verbrachten Sie gemeinsam mit Ihrer Frau?"

„Wir sind nicht jede Stunde zusammengehangen, wenn Sie das meinen. Tagsüber hatten wir nicht unbedingt das gleiche Programm. Sie stand mehr auf Wellness und so Frauensachen halt. Ich bin mehr der Naturmensch. Ich war – so wie auch jetzt – fast den ganzen Tag draußen unterwegs."

„Die Zeit für einen Urlaubsflirt hätte es also absolut gegeben?", schloss Schönwald daraus. „Man kann sich ja auch in unserer schönen Natur zu einem Date treffen."

„Könnte man, ja sicher. Dem war aber nicht so."

„Was mich etwas erstaunt, Herr Hainbach", übernahm Naderer die nächste Frage, „ist die Tatsache, dass Sie sich so gar nicht an die Sache von damals erinnern wollen. Es gab in der Gegend doch ziemliches Aufsehen. In der ganzen Region war das Verschwinden des Mädchens das Gesprächsthema schlechthin. Eigentlich sollten Sie ja auch von der Polizei einvernommen worden sein. An so etwas erinnert man sich doch, oder?"

„Wann genau ist denn das Mädchen damals verschwunden? Und wie hieß sie?"

„Kathrin Hochreiter verschwand am 17. Juli 2003. An diesem Tag hatte man sie das letzte Mal gesehen", antwortete der Polizist.

Hainbach schien nachzudenken. Spielte immer noch unaufhörlich mit dem Zahnstocher zwischen seinen Fingern.

„Doch ja, der Name sagt mir nichts, aber das Datum. Der 17. Juli war unser Hochzeitstag. Ich weiß noch, dass ich an dem Tag eigens nach Salzburg gefahren bin, um ein nettes Geschenk für meine Frau zu besorgen. Ich wollte sie überraschen und wieder für etwas bessere Stimmung sorgen. Aber es wurde eine ziemliche Pleite. Sie wertete mein Geschenk als billige Wiedergutmachung – oder besser nur als Versuch dazu – und verweigerte die Annahme. Worauf ich ziemlich wütend reagierte. Na und so ergab ein Wort das andere und wir fetzten uns mal wieder. Keine schöne Szene für einen Hochzeitstag und das beim Abendessen auf der Gartenterrasse im Gmachl."

„Und was geschah dann?", fragte Schönwald nach.

„Meine Frau ließ mich eiskalt sitzen. Ich setzte mich an die Hotelbar und betrank mich. Ich war wütend über mich selbst. Normalerweise regte ich mich über solche Szenarien längst nicht mehr so auf. Ich wusste, nicht, weshalb ich an diesem Abend derart wütend war. Also trank ich, bis ich wieder ruhiger war oder bis ich nicht mehr so klar über alles nachdenken konnte. Am nächsten morgen beschloss ich, zu einer mehrtägigen Bergtour aufzubrechen. Ich brauchte einfach Ruhe und Abstand zu meiner Frau. Und vermutlich habe ich genau deshalb von all dem Rummel um das vermisste Mädchen nichts mitbekommen. Ich war ganze fünf Tage in den Bergen unterwegs. Ja, so war das damals."

„Sie wurden also gar nicht von unseren Kollegen befragt?", wollte Schönwald bestätigt wissen.

„Nein, daran würde ich mich erinnern. Da hat Ihr Kollege schon recht. So etwas würde man nicht vergessen."

„Herr Hainbach, dürfte ich Sie bitten, uns Ihre Bergroute von damals zusammenzustellen. Also wann waren Sie wo, wo haben Sie jeweils übernachtet, und so weiter. Sie können uns dies, wenn Sie wollen, einfach per Mail zusenden. Denken Sie, Sie können das bis morgen Mittag für uns erledigen?", ersuchte Naderer den Touristen um Mithilfe. „Hier ist meine Karte. Die Mail-Adresse steht auch darauf."

„Ja, ich werde das für Sie machen. Auch wenn ich nicht ganz verstehe, was das heute noch bringen soll."

„Wenn es etwas bringt, dann vermutlich mehr zu Ihrer Entlastung als Belastung", schloss Schönwald.

„Wie lange sind Sie noch hier anzutreffen?", fragte Naderer.

„Bis zum 31. Juli."

„Dann können wir Sie hier erreichen, wenn es noch Fragen gäbe?"

„Ja, abends bin ich meistens hier. Und manchmal auch mittags, wie Sie sehen."

„Vielen Dank, Herr Hainbach, und noch ein paar schöne Tage", verabschiedete sich Naderer mit einem Händedruck. Schönwald deutete einen Salut an und verabschiedete sich ebenfalls.

Hainbach blieb zurück. Nahm noch einen Schluck von seinem Bier, das inzwischen ziemlich lau war und rief der Kellnerin zu, „zahlen, bitte."

„Zwei ermordete Mädchen, hier in dieser Idylle", überlegte der Urlauber, während er auf die Rechnung wartete, „das sorgt schon für ziemliches Aufsehen. Aber, dass die Polizei da Zusammenhänge zu der Sache von 2003 sieht oder konstruiert, überrascht mich. Und dann auch noch dieser Hinweis auf das Verschwinden meiner Frau. Ich glaube, ich war zu freundlich zu den beiden Bullen. Im Nachhinein betrachtet, waren die schon ziemlich anmaßend. Aber was soll's. Die werden keine Zeit haben, sich näher mit meiner Akte zu befassen. Und wenn doch, was wollen die Landeier hier finden, wenn nicht mal die Kriminalisten bei uns etwas Belastendes finden konnten."

Nein, Hainbach konnte sich entspannt zurücklehnen. Er war überzeugt, dass da nicht plötzlich wieder in seiner Vergangenheit herumgewühlt würde. Und damit basta.

38

Als Schönwald und Naderer gegen halb drei an diesem Nachmittag die Polizeiinspektion betraten, kam ihnen gerade Bartl entgegen.

„Hallo, Herr Bartl“, grüßte Naderer, „haben Sie Ihre Aussage wegen des Rucksacks zu Protokoll gegeben?“

„Ja, habe ich“, antwortete dieser schlecht gelaunt.

„Ist Ihnen denn vielleicht inzwischen jemand eingefallen, der gesehen haben könnte, dass Sie gestern Nachmittag wirklich mit dem Bike unterwegs oder abends zu Hause waren?“

„Nein, aber ich habe auch nicht darüber nachgedacht. Aber vielleicht finden Sie ja jemanden.“

„Sie haben nicht vor zu verreisen?“, rief Schönwald dem Bademeister nach, der schon fast durch die Eingangstür verschwunden war. „Sollte dem so sein, müssten wir es wissen, okay?“

„Ja“, knurrte der Bademeister nur und warf die Türe von außen zu.

„Habt ihr ein paar Minuten für mich?“, kam die Frage von Oberbrandacher, der inzwischen zu den beiden getreten war.

„Ja, klar!“, antwortete Naderer. „Wir gehen in mein Büro.“ Wenig später saßen sich Naderer, Schönwald und Oberbrandacher gegenüber. Schönwald schenkte Mineralwasser aus, während Oberbrandacher einen Stapel Akten vor sich auf dem Tisch sortierte.

„Wie sieht's mit der SOKO aus?“, wollte Naderer zuerst wissen.

„Alles paletti! Die Kolleginnen und Kollegen sind schon beim Übersiedeln. Wir bekommen den Turnsaal in der Hauptschule und das Konferenzzimmer fast unmittelbar daneben. Im Turnsaal richten wir momentan 24 Arbeitsplätze ein. Im Konferenzzimmer können wir unsere Meetings abhalten. Für dich und Karin steht je ein Schreibtisch bereit.“

„Gut“, meinte Naderer, „dann schau bitte, dass wir uns gegen 18 Uhr zu einem ersten Meeting treffen können.

Und informier' bitte Major Steinecker davon. Ich denke, er möchte vielleicht dabei sein."

„Wird alles veranlasst."

„Nun, was hast du sonst an Neuigkeiten für uns", erkundigte sich Schönwald bei Oberbrandacher.

„Beginnen wir mal wieder bei Seibold. Die Kollegen von der Kripo in Salzburg haben sich nochmals über die Abreise von Seibold im Jahr 2003 schlau gemacht. Einer seiner engeren Mitarbeiter erinnerte sich offenbar daran, dass Seibold tatsächlich aufgrund einer bevorstehenden Firmenübernahme aus dem Urlaub zurückbeordert wurde. Er konnte allerdings nicht wirklich sagen, worum es ging, da die Sache damals nicht in seinen Kompetenzbereich fiel. Allerdings wusste ein anderer, ebenfalls recht enger und langjähriger Mitarbeiter, der heute im obersten Management tätig ist, dass Seibold damals zu nichts weiterem als einem Handshake angereist war. Die Verträge waren gerade unterzeichnet, als Seibold den Konferenzraum betrat und alle Beteiligten zu einem Pressefoto um sich herum scharte. Mehr soll der Big Boss damals nicht zu dem Deal beigetragen haben."

„Wann genau war das?", wollte Schönwald wissen.

„Am 19. Juli 2003."

„Er traf also am 19. in Frankfurt ein. Wann kam er dann wieder nach Mattsee zurück?"

„Am 24. Juli. Laut Aussage von Herrn Monger vom Parkhotel. Der hat das in seinen Unterlagen offensichtlich so festgehalten."

„Wenn also der Seibold irgendwas mit Kathrins Verschwinden zu tun hatte, dann wollte er sich mit der Urlaubsunterbrechung vielleicht einfach nur aus der Schusslinie nehmen oder sich den Befragungen der Polizei entziehen. Wäre denkbar, oder?", wandte sich Naderer an seine Mitarbeiter.

„Ja, schon“, meinte Schönwald, „zumindest verschaffte er sich damit ziemlich viel Zeit zum Nachdenken. Befragt wurde er dann doch noch. Aber eben, fünf, sechs Tage später.“

„Gab es denn überhaupt irgendetwas, das Seibold damals mit dem Verschwinden des Mädchens in Zusammenhang brachte?“

„Nein, die Kollegen haben nichts in ihren Akten vermerkt“, schloss Oberbrandacher für sich und den Moment die Akte Seibold.

„Hast du inzwischen die Akteneinsicht im Fall Hainbach bekommen?“, fragte Schönwald.

„Ja, hab’ ich bekommen. Zwei Kollegen haben sich der Sache angenommen und den Akt weitestgehend durchgearbeitet. Sie kommen – in aller Kürze – zu folgendem Schluss: Dass Hainbach damals wirklich ohne Prozess und ohne mögliche Verurteilung aus der Sache raus kam, lag zu fast einhundert Prozent am Auftauchen dieser dubiosen Frau Hainbach auf Mallorca. Der damalige Zeuge, der Frau Hainbach so sicher auf Mallorca gesehen haben wollte, stand in keinerlei Beziehung zu Hainbach. Jedenfalls konnte nicht festgestellt werden, dass die beiden sich kannten oder jemals zuvor gesehen hatten. Es gab Fotos, beispielsweise von einer Veranstaltung im Hotel, worauf die Frau Hainbach zweifelsfrei zu erkennen war. Also kam die Staatsanwaltschaft zu dem naheliegenden Schluss, dass die Dame definitiv untergetaucht war oder einfach ihren Mann verlassen hatte. Ein Verbrechen schien offenbar nicht vorzuliegen.“

„Gibt es irgendetwas, was uns an der Ansicht der Staatsanwaltschaft könnte zweifeln lassen?“, unterbrach Naderer.

„Das Einzige“, fuhr Oberbrandacher fort, „ist diese Lebensversicherung, der damals noch keine Bedeutung beigemessen wurde, da es ja eben keine tote Frau Hainbach gab."

„Was ist mit der Lebensversicherung?", hatte es Schönwald plötzlich eilig, mehr zu erfahren.

„Nun, da gibt es eine etwas eigenwillige Klausel. Die besagt nämlich, dass die Versicherungsleistung auch zu erbringen ist, wenn eine der versicherten Personen für mindestens 24 Monate verschwunden – oder wie es im Versicherungsdeutsch heißt – verschollen bleibt. Es war eine Versicherung auf Gegenseitigkeit zwischen Frau und Herrn Hainbach. Inzwischen – und zwar ziemlich genau 24 Monate nachdem Frau Hainbach das letzte Mal auf Mallorca gesehen wurde – wurde die Versicherungssumme an Herrn Hainbach ausbezahlt. Eine Million Euro auf den Cent genau."

„Und was sagen unsere deutschen Kollegen dazu?", war Naderer neugierig.

„Sie wurden damals seitens der Versicherung über die Auszahlung informiert. Dieser Umstand wurde in den Akten vermerkt. Das war's. Damit wurde auch gleichzeitig die Akte Hainbach geschlossen. Spätere Einträge gibt es nicht mehr."

„Gut soweit", schloss Naderer nun die Sache Hainbach, „wir behalten das mal im Hinterkopf. Vielleicht ergibt sich noch was. Ansonsten müssen wir nicht unbedingt schlauer sein wollen, als unsere Kollegen aus der Nachbarschaft. Wie hat sich Bartl bei der Protokollierung verhalten?"

„Ich würde sagen, er war total genervt. Irgendetwas liegt dem im Magen. Und so ganz bedenkenlos würde ich ihm seine Version vom Auftauchen und Verschwinden des Rucksacks nicht abkaufen. Dass seine Gespräche, wie er es nennt, mit den jungen Mädchen im Bad so harmlos waren, glaub' ich ihm auch nicht."

„Was haben eigentlich Nadines Freundinnen dazu gesagt?

Wir haben ja inzwischen mit allen gesprochen, oder?“, erkundigte sich Schönwald.

„Ja, das haben wir. Überall großes Entsetzen. Trauer. Bei den Mädchen ebenso wie bei den Eltern. Nadines Tod hat einen regelrechten Schock ausgelöst. Zwei tote Mädchen hier bei uns. Ermordet. Das ist fast unvorstellbar und für die meisten ein Horrorszenario. Zurück zu den Mädchen. Sie finden alle die Sprüche vom Bartl lästig. Meistens zumindest. Aber es gab schon Situationen, wo sie sich selbst vielleicht nicht so ganz aus der Verantwortung ziehen konnten. Was sie aber einheitlich aussagten, ist, dass Bartl von Nadines Abfuhr vom Montag ziemlich irritiert war. Sie können sich durchaus vorstellen, dass der Herr Bademeister das nicht so einfach auf sich beruhen lassen wollte.“

„Hast du sonst noch etwas für uns?“, kam eine Art

Abschlussfrage von Naderer.

„Nein“, antwortete Oberbrandacher, „ich bin soweit durch. Wir sehen uns dann also um 18 Uhr in der Hauptschule, okay?“

39

Etwa zur selben Zeit beschloss Dr. Seibold, die nächsten ein, zwei Tage doch im Hotel zu verbringen. Eine Pfeife wollte er noch rauchen, dann würde er ins Tal fahren. Er war nicht sonderlich aufgeregt, trotz der Vorkommnisse der letzten Tage und Nächte. Es geschahen Dinge, für die er selbst noch keine Erklärung hatte. Deshalb, meinte Seibold, sollte er doch etwas näher am Ball sein, wenn es Neuigkeiten rund um diese Nadine gab. Zwar ist die Nachricht von ihrem Auffinden bereits bis zu ihm zum Jagdhaus durchgedrungen, aber es mochte doch Informationen geben, die er vielleicht gerne schneller erfahren würde und sollte. Also würde er die nächsten Tage im Parkhotel Mattsee verbringen.

Dass er trotz all dem, was ihn momentan so beschäftigte und doch ziemlich beunruhigte, halbwegs entspannt war, lag wohl daran, wie er den Vormittag dieses Tages verbringen konnte. Jedenfalls konnte sich Seibold nicht erinnern, zuvor je derart intensive Interneterlebnisse erfahren zu haben. Als er darüber nachdachte, jetzt, mit seiner Pfeife im rechten Mundwinkel, in seiner Liege auf der Jagdhaus-Terrasse, spürte er, dass nicht nur die Sonne sein Glied in seiner Short zum Glühen brachte. Er hätte nie im Traum daran gedacht – früher – dass es auf dieser Welt derart böse Mädchen gab. Überall auf der Welt. Und es gab nichts, keinen Wunsch, den die jungen Dinger nicht erfüllten.

40

Dr. Dr. Karel Posch saß an diesem sonnigen Nachmittag im uferseitigen Gastgarten des Hotels Fürst in Salzburg Stadt. Er war gerne hier in diesem Hotel und ganz besonders in diesem Gastgarten, der einem einen wunderschönen Blick auf die Salzach gewährte und auf das Treiben, das an den Promenaden beiderseits des Flusses herrschte.

Schon seit zwei Stunden saß Dr. Posch hier. Zuerst hatte er sich eine Sachertorte – die Spezialität des Hauses –

mit einem Verlängerten Kaffee gegönnt. Natürlich mit Sahne. Dr. Posch konnte es sich leisten, Sahne zum Kuchen zu nehmen. Er war von drahtiger Statur. Mit 179 Zentimeter Körpergröße kein Riese, aber durchschnittlich groß. Allerdings ließ sein schlanker Körper ihn größer wirken. Sein hageres Gesicht mit den tief liegenden Augen wurde von dem dichten, silbergrauen Haar fast gekrönt. Seine gepflegten Finger zeigten, dass der Mann mehr mit seinem Kopf, als mit den Händen zu arbeiten verstand. Mit seinen knapp sechzig Jahren war Dr. Posch alles in allem ein adretter Mann. Durchaus attraktiv.

Dr. Posch, ein gebürtiger Tscheche, der schon seit Anfang seines Studiums in Deutschland lebte und auch deutscher Staatsbürger war, bestellte gerade das zweite Achtel des ausgezeichneten Pinot Grigio, den er so gerne trank. Bei diesem Wetter hier zu sitzen und diesen herrlichen Weißen zu genießen, erfüllte den studierten Ökonomen mit großer Freude. Entspannt lehnte er im Loungesessel und blinzelte der noch hoch stehenden Sonne entgegen.

Wäre Dr. Posch jetzt und heute zu seinem Vergnügen, also beispielsweise zu seinem jährlichen Urlaub hier gesessen, hätte es wohl nichts mehr gegeben, was er in diesem Augenblick vermissen würde. Doch Dr. Posch, dieser kluge und erfahrene Geschäftsmann aus Frankfurt, war nicht zum Vergnügen hier.

Ihn hatte so etwas wie das Gegenteil von Vergnügen hierher verschlagen. Rache, war sein Ansinnen. Oder, wie er es für sich formulierte: Wiedergutmachung.

Es war ziemlich genau acht Jahre her, dass der Unternehmer zuletzt hier in Salzburg, im Hotel Fürst, zu Gast war. Auch sonst war er seit damals nicht mehr in Österreich unterwegs. Er nippte an seinem Weißwein und wunderte sich dabei selbst darüber, dass er seit damals keinen

Fuß mehr auf österreichischen Boden gesetzt hatte. Das wurde ihm erstmals bewusst. „Schade eigentlich“, dachte Posch, „noch ein Grund mehr, nach Wiedergutmachung zu verlangen.“ Mit einem etwas größeren Schluck bestätigte sich der Ökonom in dieser Feststellung.

Dr. Posch war Anfang der Siebziger nach Deutschland gekommen. In Berlin studierte er Wirtschaftswissenschaften im Rekordtempo und schloss sein Studium mit Auszeichnung ab. Der damals gerade mal Fünfundzwanzigjährige hätte ein großzügiges Stipendium für ein Studium in Oxford bekommen, was er allerdings ablehnte und sich für weitere Studien an der Uni Frankfurt einschrieb. Während der junge Doktor der Wirtschaftswissenschaften so ziemlich alles studierte, was mit Ökonomie, Unternehmensführung, Personalentwicklung und so weiter zu tun hatte, verdiente er bereits gutes Geld bei renommierten Unternehmen, vorwiegend Global Playern. Er arbeitete hart, studierte fleißig und war mit dreißig eine kleine, nein mittlere, Berühmtheit in Deutschlands Wirtschaftspublikationen.

Mit fünfunddreißig schaffte er es bereits auf die Titelseiten der bekanntesten Wirtschaftsmagazine wie Manager, Focus oder Format. In dieser Zeit galt der junge Ökonom als der Unternehmenssanierer schlechthin. Allerdings der einzige, der unter all dem Druck und der finanziellen Notwendigkeiten derartiger Firmensanierungen nie auf die Mitarbeiterinnen und Mitarbeiter vergaß. Was ihm auch den Beinamen ‚Der knallharte Menschenfreund‘ einbrachte. Tatsächlich schaffte er es in vielen seiner Sanierungsfälle, Mitarbeiter, die abgebaut werden mussten, in anderen Unternehmen, vielfach in jenen, die er gerade saniert hatte, unterzubringen. Was diese Menschen dafür zu geben imstande waren und zu leisten vermochten, kam wiederum seinen ehemaligen Problemfällen zugute. Wie gesagt, der junge Dr. Dr. Posch war ein Phänomen. Wo er die Leitung eines Unternehmens übernahm, wurden in kürzester Zeit wieder schwarze Zahlen geschrieben.

Darüber hatte natürlich auch Dr. Helmut Seibold, etwa gleich alt wie Dr. Posch, schon viel gelesen und gehört. Er selbst war damals noch für ein durchaus renommiertes Consulting-Unternehmen mit Niederlassungen um den halben Globus, tätig. Ebenfalls erfolgreich, wenngleich nicht in dem Ausmaß, wie Dr. Posch.

Als sich die beiden studierten Ökonomen im Oktober 1993 bei einem Galaabend der oberen Zehntausend unter Deutschlands Wirtschaftstreibenden und deren oberstem Management, zu dem die Deutsche Wirtschaftskammer einlud, zufällig kennenlernten, war es so etwas wie Liebe auf den ersten Blick – bezogen halt auf gemeinsame wirtschaftliche Interessen.

In den kommenden zwei Monaten steckten die beiden Wirtschaftsexperten in jeder freien Minute zusammen. Dr. Seibold wusste aus seiner beruflichen Erfahrung, wie viel Geld mit einem Consulting-Unternehmen zu verdienen war. Dr. Posch wusste, woran es selbst den besten Consultern immer noch fehlte. Kurz vor Weihnachten 1993 wurde die ‚S & P Consulting and Personal GmbH‘ ins Firmenbuch des Landesgerichts Frankfurt eingetragen.

Nur drei Jahre später wurde aus der Gesellschaft mit beschränkter Haftung, deren Gesellschafter je zur Hälfte Dr. Posch und Dr. Seibold waren, eine Aktiengesellschaft. Von überall her kamen Interessenten, die Anteile an dem aufstrebenden Consulting-Unternehmen ankaufen wollten. In kürzester Zeit verfügte die ‚WWC World Wide Consulting AG’ über ein Stammkapital, um das die Geschäftsleitung selbst von namhaften deutschen Konzernen beneidet wurde.

Zwei weitere Jahre danach residierte die WWC AG neben dem Stammhaus in Frankfurt auch an so repräsentativen Plätzen wie Berlin, München, Zürich, London und Monte Carlo. Mit rund 350 Mitarbeiterinnen und Mitarbeitern erreichte der Personalstand des Unternehmens einen neuen Höchstwert, obwohl dieser von Beginn an bewusst niedrig gehalten wurde. Entsprechend attraktiv die jährlichen Gewinne, welche die junge AG schon in ihren ersten Jahren einfahren konnte.

Im zehnten Geschäftsjahr, das gegen Jahresende recht großzügig begangen werden sollte, verfügte die WWC AG auch über eine Niederlassung in New York. Ein Büro in Hongkong sollte dank einer Firmenübernahme noch im Sommer dieses Jahres Realität werden. Das Unternehmen beschäftigte zu dieser Zeit 500 Mitarbeiterinnen und Mitarbeiter weltweit.

Ihr unternehmerisches Können und Geschick war nicht das Einzige, was die beiden Erfolgsmanager gemeinsam hatten. Für sie beide gab es noch eine gemeinsame Leidenschaft: Urlaub in Österreich. Dr. Seibold zog es schon seit 1991 regelmäßig in die Alpenrepublik. Er war leidenschaftlicher Jäger oder – besser formuliert – er war leidenschaftlich interessiert an der Gesellschaft seiner meist auch recht betuchten und einflussreichen Jagdkameraden. In der Salzburger Seenregion fand er beides: Wild und betuchte Jagdkameraden. Dr. Posch war seit jeher mehr der Kultur zugewandt. Seine große Leidenschaft waren die Salzburger Festspiele, die er 1994, damals auf Einladung seines Geschäftspartners und Freundes Dr. Seibold, erstmals besuchte. Bis 2003 genoss er deren Höhepunkte in jedem Sommer, ohne Unterbrechung und mit großen Freuden. Damals wohnte Posch im Hotel Fürst, direkt an der schönen Salzach gelegen.

Jetzt, acht Jahre später, saß Dr. Posch erstmals wieder im wunderschönen Gastgarten des Hotels und nahm einen gemäßigten Schluck von seinem Pinot Grigio. Eigentlich rauchte er nicht. Aber ab und an, zu besonderen Anlässen oder wenn er sich etwas gönnen wollte, tat er es. So auch heute.

Dr. Posch lehnte sich nun tief in seinen Loungesessel zurück und gönnte sich noch zwei, drei, vier genüssliche Züge. Dabei spürte er, dass ihn auch der Rauch etwas berauschte.

„Zusammen mit dem Wein, der Sonne und diesem Ort hier", lächelte er in sich, „ein echt berauschendes Erlebnis." Die Sonne lachte noch immer von einem wolkenlosen Himmel.

Der Alkohol war es, der den Geschäftsmann urplötzlich in Erinnerungen schwelgen ließ. Obwohl es für Posch nicht wirklich Erinnerungen waren, denn fast täglich umgab er sich mit Gedanken rund um diese Zeit. Rund um diese schrecklichen Ereignisse. Rund um den schicksalhaften Juli 2003.

Dr. Posch residierte damals zusammen mit seiner Gattin Hannelore, die nur drei Jahre später einem schweren Krebsleiden erlag, wie üblich im Hotel Fürst. Wie üblich besuchten und genossen die beiden zahlreiche Aufführungen und Veranstaltungen der Salzburger Festspiele. Seit das Ehepaar 1994 zum ersten Mal dieses traditionsreiche Event erleben durfte, gab es kein anderes Highlight mehr, als eben die Salzburger Festspiele. Sommer für Sommer, Jahr für Jahr ein Hochgenuss für Frau und Herrn Dr. Posch. Dass dabei auch interessante geschäftliche Kontakte geknüpft oder gepflegt wurden, interessierte den ernsthaft kulturinteressierten Tschechen nur am Rande.

Nachdem er sich all die Jahre davor, zum Teil mit plumpen Ausreden, zum Teil mit offenen Worten gegenüber seinem Geschäftspartner darum drücken konnte, wusste er, dass an diesem 16. Juli 2003 endgültig kein Weg mehr daran vorbeiführen würde. Wie jedes Jahr lud Dr. Seibold auch in diesem Sommer zu seinem traditionellen ‚Jagdherren-Abend' in das Jagdhaus seiner Jagdkameradschaft. Das Jagdhaus gehörte zur jährlichen Pacht der Jagdrechte dazu, der Jagdherren-Abend allerdings war einzig und allein Dr. Seibolds Einladung. Ein jährliches Highlight für viele. Für prominente Politiker, betuchte Geschäftsleute, langjährige Freunde und Geschäftspartner und ausreichend junge, attraktive Damen.

Dr. Posch mochte diese Art Feste nicht. Auch wenn er sich nie daran störte, dass sein Geschäftsfreund und Partner derlei Partys veranstaltete, er selbst fand daran keinen Gefallen. Aber in diesem Sommer 2003 führte wohl endgültig kein Weg mehr daran vorbei. Seine Hannelore hatte kein Problem damit. „Jetzt hab' dich nicht so", scherzte sie, „so verrucht, wie allgemein gesagt, wird es schon nicht sein. Und an jungen Mädels hattest du noch nie großes Interesse, oder!"

Dr. Posch hatte nicht vor, länger als nötig der illusteren Party seines Geschäftspartners beizuwohnen und entschied sich daher, mit seinem Wagen zu fahren. Als er rund eine halbe Stunde später sein Auto auf dem zum Jagdhaus gehörenden Parkplatz abstellte und ausstieg, hatte er kein gutes Gefühl.

Der Jagdherren-Abend war schon in vollem Gange. Die Musik drang ihm lautstark entgegen, als er vom Parkplatz in Richtung Terrasse ging, wo ziemlich Betrieb herrschte.

Gott sei Dank war es Seibold, der seinen Geschäftspartner als Erster die Stufen hinunterkommen sah.

„Karel, mein Freund“, rief er und lief ihm gleichzeitig entgegen, „warum hast du uns solange warten lassen? Komm’, lass uns eine Runde drehen und ich stelle dich meinen Freunden vor.“

„Danke, Helmut! Hast du zuvor noch ein Glas für mich? Ich fühl mich sicherer, wenn ich etwas in Händen halte.“

„Aber sicher, Karel, greif zu! Du brauchst nichts, um dich sicherer zu fühlen. Die Menschen hier warten alle auf dich. Sie wollen endlich meinen Geschäftspartner kennenlernen. Den erfolgreichen Manager, den so profilierten Ökonomen. Und außerdem sind auch einige Gäste darunter, die du ohnehin schon kennst. Komm’ jetzt!“

Gefühlte zwei Stunden und bewusste drei Glas Sekt später war der Vorstellungsmarathon endlich vorüber. Seibold blieb bei einem langjährigen Freund hängen, während sich Posch endlich ein ruhiges Plätzchen suchen konnte und in aller Ruhe ein Glas Cognac genoss, das er sich kurz zuvor von irgendeinem Tablett schnappte. Er wollte rauchen. Er musste rauchen. Das kam selten vor. Dieses ‚musste rauchen‘! Aber jetzt hatte er das Gefühl, er würde keine zehn Minuten mehr überleben, ohne zu rauchen.

Er schaute sich nach einem der Service-Mädchen um. Derer gab es in reichlicher Zahl. Ziemlich aufreizend gekleidet. Alle. Mit ihren kurzen Röckchen, ihren Blusen mit dem tiefen Ausschnitt und den, soviel er sehen konnte, blanken Busen darunter. Er fragte sich gerade, ob die Mädchen überhaupt schon 18 Jahre alt waren, als er endlich eines dieser jungen Dinger auf sich zukommen sah.

„Na, Herr Doktor, eine kleine Auszeit für Sie“, lächelte das Mädchen ihn an. „Darf ich Ihnen irgendetwas bringen?“

„Ja, haben Sie Zigaretten im Angebot?"

„Ich werd' nachsehen. Einen Augenblick."

„Hübsches Ding", schoss es Posch durch den Kopf, als sein Blick an den langen Beinen des Mädchens hängen blieb, während sie zurück ins Haus ging. „Aber so verdammt jung. Ob diese Mädels auch wirklich für die speziellen Dienste und Wünsche der Gäste zuständig sind?", überlegte der Ökonom weiter. „Oder sind das eher die etwas älteren Damen, die hier auch zahlreich vertreten sind. Muss ja wohl so sein. Es soll ja ein Jagdherren-Abend sein. In der Einladung war nichts davon zu lesen, dass man seine Frau mitbringen sollte. Also sind die einen wohl fürs Service und die anderen für die Unterhaltung der Gäste zuständig."

„Bitte, Herr Doktor, Ihre Zigaretten. Feuer habe ich Ihnen auch gleich mitgebracht", lächelte das Service-Mädchen freundlich.

„Vielen Dank, sehr freundlich. Ach, sagen Sie, könnten Sie mir vielleicht eine gute Flasche Weißwein bringen? Wenn es gibt, bitte einen Pinot Grigio."

„Aber selbstverständlich. Einen Augenblick bitte."

Dr. Posch war zu dem Entschluss gelangt, es sich hier, am äußersten Rand der großen Terrasse, in diesem bequemen Loungesessel gemütlich zu machen, ein gutes Fläschchen Wein zu trinken und dabei – was er ganz gerne tat – die anderen Leute aus der Distanz zu beobachten. Später dann würde er sich wohl – ohne besonders aufzufallen – verabschieden können.

Die junge Serviererin kam die Terrasse entlang. In den Händen ein Tablett mit einer Karaffe Wasser, einem Glas und einer Flasche Pinot Grigio im Eiskübel. Sie stellte alles auf dem kleinen Tisch vor Posch ab, öffnete, vielleicht noch etwas ungeübt, die Flasche, ließ den Gast kosten und schenkte nach, als dieser sich mit der Qualität des Weines einverstanden zeigte.

„Bitte, Herr Doktor, genießen Sie den Abend. Und wenn ich noch was für Sie tun kann, melden Sie sich!“

In den folgenden zwei Stunden genoss Dr. Karel Posch seinen geliebten Pinot Grigio, etwa zehn Zigaretten und ziemlich viel Partystimmung um ihn herum. Was ihn bei derlei Veranstaltungen immer wieder besonders amüsierte, war die Art und Weise, wie sich die doch älteren Herren vor den jungen Damen aufplusterten. Als ob sie diese wirklich erobern müssten. Und das, obwohl jeder hier wusste, dass der Gastgeber schon dafür gesorgt hatte, dass es seinen Gästen an nichts fehlen sollte. Immer wieder entlockten derlei Gerangel und plumpe Anmache um die anwesenden Damen vom Escortservice dem Herrn Doktor ein süffisantes Lächeln.

Nein, auch wenn seine Ehe längst nicht mehr das war, was man als gut oder harmonisch bezeichnen konnte, so war er dennoch nicht bereit, sich an diesem typisch männlichen Wettstreit zu beteiligen. Überhaupt waren käufliche Damen nicht wirklich sein Ding. Er war sich immer bewusst, dass er die Frauen auch ohne Geld für eine gemeinsame Nacht gewinnen konnte.

Während der letzten zwei Stunden störten nur wenige den amüsanten Abend von Posch. Zwei- oder dreimal kam eines dieser Mädchen auf ihn zu und erkundigte sich um sein Wohlergehen, womit sie wohl meinten, ob sie ihm Gesellschaft leisten oder sonst irgendwie zu Diensten sein konnten. Zweimal schaute das freundliche Mädchen vom Service bei ihm vorbei. Auch der eine oder andere Jagdherr gesellte sich gelegentlich mal zu Dr. Posch, wechselte ein paar belanglose Worte und verzog sich meistens schnell wieder. Wohl auch, weil Posch nicht sehr gesprächig war.

Der Letzte, der bei Posch vorbeikam, war sein Geschäftspartner und langjährige Freund, Dr. Seibold.

„Ich hab' schon bemerkt", begann dieser, „du hast dich mal wieder in eine Ecke zurückgezogen und den Beobachter-Status eingenommen. Und genießt du es?"

„Ja", lachte Posch, „es ist wirklich amüsant. Und dein Pinot Grigio ist vom Feinsten. Danke!"

„Geht dir etwas ab. Möchtest du etwas Gesellschaft?"

„Nein, Helmut, danke. Du weißt ja, dass diese jungen Dinger nicht wirklich mein Ding sind. Kümmere du dich um die wichtigen Gäste hier. Ich komm' schon klar."

Er zündete sich eine weitere Zigarette an, nahm einen kräftigen Schluck und lehnte sich entspannt zurück. Dabei merkte Posch, dass er inzwischen doch ziemlich getrunken hatte. Nach diesem Glas, beschloss Dr. Posch, würde er sich ein Taxi bestellen. Sein Auto konnte er auch am nächsten Tag hier abholen.

Während er da so saß, trank und rauchte, bemerkte er, wie die Party immer lockerer, die Gäste immer freizügiger und gewiss auch betrunkener wurden. Als er zwischendurch einmal zur Toilette ging, fiel ihm auf, dass etliche Gäste wohl schon gegangen waren. Ob allein oder in Begleitung konnte er nicht beurteilen. Jedenfalls wurden jene Jagdfreunde, die noch anwesend waren, von den Damen bestens bedient. Es war keine Orgie, die da zu beobachten war. Dennoch war zu spüren, dass in dieser Nacht nur die wenigsten alleine nach Hause gehen würden. Oder vielmehr, gar nicht nach Hause sondern wohl eher in eines der Hotelzimmer, die Dr. Seibold vorsorglich schon mal reservieren ließ. Unter höchster Diskretion, versteht sich.

Zurück auf der Terrasse, zündete er sich noch eine letzte Zigarette an. Ein Taxi hatte er bereits rufen lassen. Er rauchte mit genüsslichen Zügen und nahm noch den einen oder anderen Schluck dazu. Er hatte genug. Genug getrunken. Genug geraucht. Und eigentlich auch genug gesehen und gehört. Als er oben am Parkplatz das Taxi heranfahren sah, stand er auf und ging, ohne sich von irgendjemandem zu verabschieden. Er war ohnehin davon überzeugt, dass die noch Anwesenden alle Hände voll zu tun hatten und grinste bei dem Gedanken.

„Herr Doktor, darf ich Ihnen noch etwas bringen“, drang eine männliche Stimme an sein Ohr.

Dr. Posch erschrak, riss die Augen auf und wusste für den Moment nicht, wo er ist oder wie ihm geschah. Der Kellner schaute ihn etwas verdutzt an.

„Entschuldigen Sie“, fasste sich der Wirtschaftsexperte schnell wieder, „ich war tief in Gedanken.“

„Entschuldigen Sie, Herr Doktor, ich wollte Sie nicht erschrecken. Sorry.“

„Kein Problem. Ist alles gut. Und ja, Sie können mir gerne noch ein Glas bringen. Vielen Dank.“

„Es muss ein Ende haben“, forderte Dr. Posch in Gedanken.

„Ich kann mich nicht Tag für Tag von meinen Erinnerungen in die Tiefe ziehen lassen. Es muss Schluss sein. Ein für alle Mal!“

41

Seit seinem unfreiwilligen Besuch auf der Polizeiinspektion war Bartl im Strandbad und versah Dienst. Zumindest war er anwesend. Zu viel mehr hatte er momentan keine Lust. Er war nervös, gereizt und schlecht drauf. Außerdem hatte er noch immer keine Zeit gefunden, sich den gestrigen Tag noch einmal in aller Ruhe durch den Kopf gehen zu lassen. Also den Rest des Tages, von da an, wo er gesehen hatte, wie Nadine sich von diesem deutschen Touristen hatte verwöhnen lassen. Da oben, bei seinem noblen Jagdhaus, während er, wie ein Schnüffler hinter einer Böschungsmauer saß und die beiden ausspionierte.

„Ich bin im Büro, wenn mich jemand sucht", hinterließ Bartl mit knappen Worten am Kiosk, wo er sich zuvor noch einen Aperol-Spritz einschenken ließ.

Im Büro war es angenehm kühl. Der Ventilator sorgte für kalte Luft. Bartl setzte sich in seinen Bürodrehsessel, öffnete eine neue Packung Zigaretten und zündete eine an. Tief inhalierte er den Rauch. Er entspannte sich zusehends. Ihm fiel ein, dass er immer noch nicht wusste, wie der Tourist mit diesem Jagdhaus eigentlich hieß. Via Funk rief er seinen Hilfsbademeister. „Du sag' mal", war Bartl kurz angebunden, „weißt du eigentlich, wem dieses große Jagdhaus da oben bei den Egelseen gehört? Das hat doch vor einigen Jahren irgendein Deutscher gekauft, oder?"

„Das gehört einem Dr. Seibold aus Frankfurt. Der wohnt seit Jahren jeden Sommer im Parkhotel. Du kennst den doch auch. Manchmal sitzt er am Stammtisch im Stiftskeller."

„Ja, klar. Jetzt weiß ich's auch wieder. Danke dir und Ende."

„Wusste ich's doch, dass ich den Typen kenne", führte Bartl seine Überlegungen fort. „Dass mir der Name nicht eingefallen ist. Dieser alte, reiche Piefke. Was Nadine wohl mit dem zu schaffen hat", wunderte sich der Bademeister, bevor er sich an die weiteren Geschehnisse des gestrigen Nachmittags erinnerte.

Darüber, dass immer wieder lautes Lachen an sein Ohr drang, während er da hinter dieser Böschungsmauer kauerte und ab und an einen verstohlenen Blick in Richtung Terrasse riskierte, ärgerte ihn am meisten. Wohl weil er nicht verstand, was Nadine mit diesem alten Deutschen da zu feiern hatte. Die ließen es sich richtig gut gehen. Sekt oder wohl eher Schampus und allerlei Leckereien, die sie sich schon mal gegenseitig zum Mund führten. Er konnte nicht erkennen, was die beiden da verspeisten, aber offensichtlich hatten sie Spaß dabei.

Kurzzeitig überlegte er, ob er sich nicht einfach dazu gesellen, oder zumindest dieses Date hier unterbrechen oder stören sollte. Aber diesen Gedanken verwarf er schnell wieder. So mutig war er auch wieder nicht. Oder zumindest nicht so draufgängerisch. Eine Blöße wollte er sich unter keinen Umständen geben.

Nadine und dieser Piefke. Was ging da ab? Nein, er wollte sich das nicht weiter antun. Sollte er auch noch zusehen, wie die beiden miteinander in die Kiste hüpften. Nein, sicher nicht. Aber wer weiß, vielleicht konnte er ja sein neu erworbenes Wissen um die beiden schon bald irgendwie nutzen. Vielleicht ließ sich ja Nadine damit etwas freundlicher stimmen?

Die beiden verschwanden lachend im Haus. Okay, jetzt ist Schluss, beschloss er und schlich zurück zum Parkplatz, stieg auf sein Bike und überließ Nadine ihrem Schicksal.

Wieder zurück in der Gegenwart konnte Bartl immer noch nicht glauben, dass sich Nadine mit diesem Dr. Seibold eingelassen hatte. Nadine tat so was doch nicht für Geld. Oder doch? Das Mädchen kam aus gutem Haus, die hatte es nicht nötig, sich zu prostituieren. Vielleicht stand sie auf ältere Herren? War das der Grund, weshalb er bei ihr nie punkten konnte?

„Lass' diese sinnlosen Grübeleien", ermahnte sich Bartl selbst in Gedanken. „Nadine ist tot. Das bringt alles nix mehr. Es geht nicht mehr darum, was Nadine bei dem Alten wollte, sondern viel mehr darum, warum Nadine jetzt tot ist? Hatte der reiche Piefke das Mädchen umgebracht?"

Für Bartl stand fest: „Ja, der Deutsche war's. Ich war es, der Nadine zuletzt bei ihm gesehen hatte. Klar. Und ich kann das bezeugen."

Bei diesem Gedanken schoss es Bartl durch den Kopf, dass er erneut einen Riesenfehler gemacht hatte. Nach der Sache mit dem Rucksack war es jetzt seine Aussage gegenüber den beiden Polizisten in Bezug auf Nadine und den Montagnachmittag.

Okay, er hatte erst kurz zuvor von Nadines Tod erfahren. Er hatte keine Zeit darüber nachzudenken, was er der Polizei erzählen sollte. Und das Naheliegendste war wohl, zunächst einmal jeden Verdacht von sich selbst fern zu halten. Was hätte die Polizei wohl angenommen, hätte er ihnen von seiner Verfolgung erzählt.

Jetzt, im Nachhinein betrachtet, zweifelte er selbst daran, ob das wirklich klug war. Aber wie gesagt, er hatte keine Zeit zum Nachdenken. Das würde er der Polizei schon klarmachen können, oder? Jedenfalls hatte er mit der ganzen Sache nichts zu tun und damit basta.

42

Dienstag, der 21. Juli 2011, 18 Uhr. In der Hauptschule der Marktgemeinde Obertrum herrschte hektische Betriebsamkeit. Mehr als 30 Kriminal- und Polizeibeamte waren anwesend und bildeten die eben gegründete SOKO Déjà-vu. Einige davon nahmen an dem auf 18 Uhr angesetzten Meeting der Bereichsleiter teil. In kleinen Gruppen wurde gerade heftig diskutiert, als auch Inspektor Naderer den Konferenzraum betrat und das Meeting eröffnete.

„Geschätzte Kolleginnen und Kollegen“, begann er mit einer kurzen Begrüßung, „schön, dass die SOKO Déjà-vu auf derart erfahrene Polizisten und Kriminalisten zurückgreifen kann, wie ich sie hier am Tisch versammelt sehe. Ich bin überzeugt, wir werden die beiden Fälle lösen und ich hoffe, es wird bald so weit sein. Diese Sitzung hat in erster Linie den Zweck, unter uns allen einen einheitlichen Wissensstand sicherzustellen. Kollege Oberbrandacher hat alle relevanten Daten und bisherigen Ergebnisse für Sie zusammengefasst. Die wesentlichen Details werden wir gleich gemeinsam besprechen. Ich möchte nun das Wort noch kurz an den eigentlichen Leiter der Untersuchung, Herrn Major Steinecker, übergeben.“

„Ich denke, liebe Kolleginnen und Kollegen, ich kann mir jede Bemerkung zu den Taten, deren Grausamkeit und Brutalität ersparen. Wir sind hier beisammen, um schnellst möglich eine Klärung der grausamen Morde herbeizuführen. Und ich bin sicher, dass jeder sein Bestes dazu beitragen wird. Ich werde meinerseits versuchen, uns die Medien weitestgehend vom Hals zu halten. Über den Leiter der SOKO muss ich vermutlich auch keine Worte verlieren, zumindest den hier Anwesenden ist Inspektor Naderer ohnehin bekannt. Also dann, Max, gehen wir's an“, beendete Steinecker seine kurzen Ausführungen.

„Auch wenn wir noch immer keinen wirklichen Zusammenhang rekonstruieren können, so sollten wir doch mit einem Fall beginnen, der heute fast genau acht Jahre zurück liegt. Damals ist auch ein Mädchen verschwunden.

Spurlos untergetaucht und zwar bis heute. Das Mädchen, Kathrin Hochreiter, war damals ebenfalls 17 Jahre alt und ebenfalls Schülerin an der HAK in Neumarkt. Alle Details zu den seinerzeit sehr intensiven Untersuchungen findet ihr in den Unterlagen. Jedenfalls konnten wir niemals ermitteln, wann und wo Kathrin tatsächlich zuletzt gesehen wurde. Es gab keine Anhaltspunkte dafür, dass Kathrin von zu Hause weggelaufen war. Nichts. Zusammengefasst muss man heute definitiv sagen, das Mädchen war wie vom Erdboden verschluckt."

„Wo seht ihr dennoch einen Zusammenhang zwischen den Fällen oder zumindest gewisse Verdachtsmomente?", fragte Kriminalinspektor Brettfeld von der Salzburger Kripo nach.

„Nachdem wir erstmals über eine mögliche Verbindung der Fälle nachgedacht hatten, haben wir überprüft, ob es Touristen gab, die sowohl 2003 als auch heute bei uns Urlaub machten und machen. Dabei sind wir tatsächlich auf zwei sehr interessante Namen gestoßen. Dr. Helmut Seibold zählt ohnehin schon zu unserem Kreis der Verdächtigen und ein gewisser Markus Hainbach hat sich durch das ebenso bis dato ungeklärte Verschwinden seiner Frau sozusagen selbst diesem Kreis angeschlossen. Viel mehr haben wir dazu definitiv nicht, bis auf die Umstände, dass alle drei Mädchen 17 Jahre alt und Schülerinnen an derselben Schule waren."

„Die Hauptverdächtigen sind also im Moment dieser Dr. Seibold und Hainbach. Sehe ich das richtig?", erkundigte sich Kriminalinspektorin Heidi Walser, ebenfalls von der Kripo in Salzburg.

„Darauf komme ich gerne etwas später zurück, Kollegin", erwiderte Naderer mit einem Lächeln. „Zunächst möchte ich die beiden Fälle nochmals durchgehen und zwar vor allem in Hinblick darauf, welche wichtigen Fragen noch immer offen sind. Beginnen wir mit Sabrina Hartl. Leider konnten wir noch immer nicht ermitteln, wo sie sich in den letzten Stunden vor ihrer Ermordung aufgehalten hatte. Ihre Spur verliert sich hier – Naderer zeigt mit einem Zeigestock auf die Karte, die hinter ihm auf einer Leinwand eingeblendet erschien – an der Brücke wo sich Wanderweg und Bikeroute kreuzen. Von der Ortsmitte zu Fuß in rund einer halben Stunde zu erreichen. Hier wurde sie zuletzt mit dem Franz Steiner junior gesehen. Allerdings kommt der für uns nicht mehr als möglicher Täter in Betracht."

„Gibt es irgendetwas, das auf einen möglichen letzten Aufenthaltsort schließen lässt?", wollte eine junge Kollegin von der Polizeiinspektion Neumarkt wissen.

„Auf weiten Teilen ihrer Haut hat die Gerichtsmedizin einen Sonnenbrand festgestellt, den sie sich mit fast hundertprozentiger Sicherheit an jenem Donnerstag geholt hatte. Ihre letzte Mahlzeit bestand aus feinstem Räucherlachs und Toast, dazu Champagner in nicht ganz kleiner Menge. Sonnenbrand und Räucherlachs deuten für uns eindeutig auf Dr. Seibold hin, der etwas oberhalb von Mattsee ein recht luxuriöses Jagdhaus besitzt. Und vom Typ her ist es ihm schon zuzutrauen, dass er junge Mädchen mit Lachs und Schampus verwöhnt. Bei einer Befragung zu diesem Thema ergaben sich allerdings keine konkreten Anhaltspunkte. Lachs, Toast und Schampus gönne sich der Herr auch gerne mal ganz für sich alleine, behauptete er."

„Gab es denn schon eine Hausdurchsuchung bei Seibold?", war es wieder Brettfeld, der nachhakt.

„Nein, aber das wird einer der nächsten Schritte sein. Wenn Sabrina bei ihm war, werden wir Spuren finden. Außerdem gibt es da noch ein Indiz, dem ich bislang vermutlich zu wenig Bedeutung beigemessen habe. Warum auch immer? Jedenfalls habe ich am Freitag mit Herrn und Frau Seibold im Stiftskeller gesprochen. Ich wusste, dass die Seibolds öfter mal im Stiftskeller zu Gast waren. Kurzum: Seibold sagte selbst aus, dass er erst wenige Tage zuvor mit Sabrina und deren Eltern über ein Studium in Frankfurt und über mögliche Unterstützungen seitens der Familie Seibold gesprochen habe. Außerdem gab es Bemerkungen von Herrn Seibold, die einem das Gefühl vermitteln konnten, er wisse bereits, dass Sabrina tot war. Was ich aber übersehen oder besser beinahe überhört hätte, ist die Aussage vom jungen Steinerbauer, der Sabrina, nach bisherigem Wissensstand, als Letzter da unten an der Brücke getroffen hatte. Er erwähnte nämlich, dass Sabrina ihm gegenüber meinte, sie sei unterwegs um sich um ihre Zukunft zu kümmern. An den genauen Wortlaut konnte sich der junge Mann nicht mehr erinnern. Ich sehe darin definitiv einen weiteren Hinweis in Richtung Seibold. Vielleicht wollte Sabrina ja Genaueres über die von ihm gemachten Äußerungen oder Versprechungen erfahren und war deshalb zu Seibolds Jagdhaus gegangen."

„Das klingt ziemlich viel versprechend", attestierte Major Steinecker.

„Also, ich möchte Seibold morgen früh zum Verhör hierher beordern und ihn ziemlich eindeutig mit den neuen Erkenntnissen konfrontieren. Außerdem hat Seibold kein Alibi für den Donnerstagabend. Und wir werden ihn dann auch gleich mit dem Fall Nadine unter Druck setzen. Und gleichzeitig hätte ich gerne die schon erwähnte Hausdurchsuchung bei Seibold."

„Ich werde gleich nach dem Meeting alles Nötige veranlassen", versprach Steinecker.

„Bleiben wir noch beim Fall Sabrina“, fuhr Naderer fort. „Gibt es denn irgendetwas Neues zu den gefundenen Schleifspuren?“

„Nicht wirklich“, beantwortete KTU-Leiter Franz Wörgötter, der auch am Morgen am Fundort von Nadines Leiche anzutreffen war, die Frage. „Auch zu den dazugehörenden Fußspuren fehlt uns noch immer das passende Paar Schuhe. Weder die bei Seibold abgeholten noch jene von Bartl kommen dafür in Frage.“

„Wer ist Bartl?“, wollte Kollegin Walser wissen.

„Ein weiterer Verdächtiger“, erklärte Naderer, „aber dazu kommen wir gleich. Haben wir zu dem gefundenen Knopf inzwischen mehr erfahren?“

„Wie in unserem Bericht festgehalten“, war es wieder Wörgötter, der antwortete, „handelt es sich nahezu zweifelsfrei um den Knopf eines sogenannten ‚Blauen‘, eines Arbeitsoveralls, der von Bauern, Bauarbeitern, Waldarbeitern und vermutlich noch hundert anderen Berufsgruppen getragen wird. Wenn ihr uns also nicht exakt die richtige ‚Blaue‘ ins Labor liefert, wird uns diese Spur kaum weiterbringen.“

„Jedenfalls müssen die Kollegen bei den Hausdurchsuchungen besonders darauf achten, ob ein solcher Arbeitsoverall zu finden ist. Ja, ich habe von Hausdurchsuchungen gesprochen, weil ich auch bei Herrn Bartl eine solche vornehmen möchte. Womit wir nun eben bei unserem zweiten – wenn Sie so wollen – Hauptverdächtigen sind. Udo Bartl ist der Bademeister und Pächter unseres Strandbades in Mattsee. Er genießt einen etwas zweifelhaften Ruf als Gigolo. Sowohl Sabrina als auch Nadine, sowie einige ihrer Freundinnen, haben sich ziemlich über die plumpen Anmachversuche und sexistischen Sprüche des Herrn Bademeister geäußert. Sabrina jedenfalls erwähnte unlängst ihren Eltern gegenüber, dass sie nicht mehr ins

Strandbad gehen wolle, wegen des Bademeisters. Und Nadine hatte am Tag ihrer Ermordung ziemlichen Streit mit dem Herrn Bartl. Außerdem war er es, der den Rucksack von Sabrina an die spätere Fundstelle verbracht hatte. Auch wenn er damit schon bei der ersten Einvernahme, heute Morgen, von sich aus erzählte und eine halbwegs plausible Erklärung dafür lieferte, muss diese nicht zwangsweise der Wahrheit entsprechen."

„Hört sich auch recht viel versprechend an, finde ich", zeigte sich Kollegin Walser über den zweiten Tatverdächtigen erfreut.

„Außerdem hat Bartl für den gestrigen Nachmittag und Abend kein Alibi. Zu einem Alibi für Donnerstag müssen wir ihn noch befragen. Das würde ich auch gerne auf morgen Vormittag terminisieren. Unmittelbar nach der Hausdurchsuchung. Okay?"

„Absolut", bestätigte Steinecker. „Den Durchsuchungsbeschluss habt ihr spätestens um sieben morgen früh vorliegen."

„Im Fall Nadine Hellweg sind die gerichtsmedizinischen Untersuchungen inzwischen abgeschlossen. Dr. Andrea Frey kann uns dazu mehr sagen. Bitte Andrea!"

„Wie schon bei Sabrina liegt hier eindeutig Tod durch Ersticken vor. Den Mädchen wurde – so banal es klingen mag – einfach Mund und Nase mit einer Hand zugedrückt, bis sie erstickt waren. In beiden Fällen können wir davon ausgehen, dass der Täter auf den am Rücken liegenden Opfern gekniet war. Und zwar so, dass er mit seinen Knien und seinem Gewicht beide Arme fixieren konnte. Eindeutige Blutergüsse deuten darauf hin. Ebenso trifft in beiden Fällen zu, dass die Opfer nicht vergewaltigt wurden, wenngleich starke Schwellungen und Reibungen im Genitalbereich auf eine versuchte Vergewaltigung hindeuten. Es gibt allerdings keinerlei Spermaspuren. Übrigens: Nadine ist zwischen zehn und elf Uhr gestern Abend ermordet worden."

„Gibt es überhaupt irgendwelche Spuren, die für einen möglichen DNA-Abgleich zu gebrauchen wären?", erkundigte sich Brettfeld.

„Bislang leider nicht. Weder an den Kleidungen noch an den Opfern selbst, die übrigens in beiden Fällen sorgfältig gewaschen wurden bevor sie an ihre späteren Fundorte verbracht worden sind. Unter Zeitdruck hatte der Täter offensichtlich nicht gestanden. Und ja, sämtliche äußeren Verletzungen bei Nadine – ausgenommen eben die Blutergüsse an den Oberarmen – stammen von ihrem Absturz, sind also alle post mortal. Sowohl Sabrina als auch Nadine waren bis zu ihrer Ermordung ‚pumperlg'sund' wie man bei uns sagt."

„Wie können wir uns denn dieses Waschen der Opfer vorstellen?", hakte Walser nach.

„Gute Frage", fand Dr. Frey. „So etwas lässt sich nicht mit hundertprozentiger Sicherheit sagen, aber ich vermute Folgendes: Der Täter hatte die Opfer ausgezogen und mit einem Hochdruckreiniger abgespritzt. Es gibt da so ganz kleine feine Druckstellen, die auf das Auftreffen eines einsetzenden Wasserstrahls deuten könnten. Offensichtlich hat er die Opfer dann wieder angezogen und nochmals in bekleidetem Zustand derselben Prozedur unterzogen. Kleidungsstücke sind direkt am Körper am besten von allfälligen Spuren zu reinigen. Und der Täter verwendete dazu reines Wasser, also keinerlei Zusätze. Und er machte seinen Job gründlich. Jedenfalls konnten wir weder Haare noch Fasern noch sonst etwas finden."

„Wir sollten also bei den Hausdurchsuchungen auch nach einem Hochdruckreiniger suchen", schaltete sich nun erstmals Schönwald ein.

„Ja“, antwortete Dr. Frey, „und nach entsprechenden Räumlichkeiten. So ein Gerät setzt man ja nicht unbedingt im Wohnzimmer ein und im Freien wird der Täter dergleichen nicht veranstaltet haben.“

„Sind eigentlich Nadines Eltern inzwischen wieder zurück?“, warf Naderer eine Frage ein.

„Ja, sie waren bereits bei uns. Ich brauch’ euch nicht zu schildern, in welchem Zustand. Die sind fix und fertig. Es war das erste Mal, dass Nadine alleine zu Hause bleiben durfte.

Mit siebzehn dachten die beiden, geht das in Ordnung, ist ihr Mädchen erwachsen genug um auf sich selbst aufzupassen“, schilderte Oberbrandacher.

„Kurz bevor ich hierher gefahren bin“, unterbrach Dr. Frey, waren die beiden zur Identifizierung des Mädchens bei mir. Eine schlimme Sache. Manche Eltern kommen nie darüber hinweg. Übrigens auch dann nicht, wenn wir die Täter fassen. Leider!“

„Konnten sie irgendetwas aussagen, das uns weiterhelfen könnte?“, fragte Naderer nach.

„Nein, sie haben am Sonntagabend zuletzt mit ihr telefoniert. Von Nadines Problemen mit Bartl wussten sie nichts. Auch sonst gab es nichts, das uns weiterbringen könnte“, vermeldete Oberbrandacher.

„Ich möchte nochmals auf Seibold zurückkommen“, warf Naderer ein. „Wir wissen, dass Seibold auf junge Mädchen steht. Auf ganz junge. Allerdings wissen wir nur, dass er dieser Leidenschaft im Internet nachgeht. Aus dem realen Leben liegen uns diesbezüglich keinerlei Hinweise oder Informationen vor. Als Kollegin Schönwald und ich den Seibold gestern in seinem Jagdhaus besuchten, wurden wir selbst Zeugen seiner Online-Leidenschaften. Es blieb nur wenig Zeit, aber was ich da gesehen habe, ist mehr als erschreckend und das nicht nur was Seibold angeht. Ich denke, dass unsere Spezialisten in Salzburg sich mal um diese Plattform kümmern sollten. Alle Infos dazu in euren Unterlagen.

Ich möchte auch nochmals kurz auf den Herrn Hainbach zu sprechen kommen. Wir konnten heute mit ihm reden, waren aber ziemlich zurückhaltend und das ganz bewusst. Wir haben ihn nicht mal nach einem Alibi für die beiden Tatzeiten befragt. Ich möchte aber, dass wir nun auch ihn etwas härter anpacken und ebenfalls morgen Vormittag zum Verhör hierherholen. Ich kann mir allerdings nach wie vor nicht vorstellen, wie die Fälle Kathrin Hochreiter und Frau Hainbach zusammenhängen könnten. Dennoch sollten wir nichts unversucht lassen. Sollten wir auf ein neues Indiz rund um das Verschwinden seiner Frau stoßen, so werden es uns unsere Nachbarn wohl nicht verübeln. Mord verjährt nie und selbst wenn nur Totschlag oder eine Betrugssache dahinter steckt, wäre die Sache noch nicht verjährt."

„Gibt es noch irgendwelche Fragen?", warf Major Steinecker in den Raum.

„Ja", war es wieder die Kollegin Walser, die sich meldete, „wie geht es nun weiter? Alle weiteren Schritte sind für morgen geplant. Was machen wir jetzt?"

„Ich persönlich und einige meiner Kollegen werden sich eine kurze Auszeit nehmen. Duschen, frisches Hemd und so, ihr versteht. Von den neu hinzugekommenen erwarte ich derweil ein ausführliches Studium der Unterlagen. Es ist jetzt halb acht. Ich schlage vor, wir sehen uns wieder hier um 21 Uhr."

43

Dr. Seibold war inzwischen wieder im Parkhotel Mattsee eingetroffen. Er erkundigte sich an der Rezeption, wo Herr Monger zu erreichen sei und wurde von der freundlichen Dame an die Bar verwiesen.

„Herr Dr. Seibold“, gab sich Monger über Gebühr freundlich, als er seinen treuen Stammgast auf sich zukommen sah, „schön, Sie wieder bei uns zu wissen. Ich hoffe, Sie konnten die Tage auf dem Berg genießen?“

„Danke“, erwiderte Seibold bewusst knapp. Er mochte dieses überschwängliche Gehabe seines Hausherrn nicht. „Laden Sie mich auf einen Cognac ein?“, fragte er, ohne ernsthaft eine Antwort zu erwarten.

„Aber sicher, gerne. Ihre Hausmarke, wenn's recht ist?“

„Ja bitte. Und nehmen Sie sich auch einen. Ich muss mit Ihnen reden.“

Der Hotelier stellte zwei exakt eingeschenkte Schwenker vor sich auf die Bar und setzte sich neben Seibold.

„Was kann ich für Sie tun, Herr Doktor?“

„Was ist das für eine Sache mit dieser zweiten Toten?“, tat Seibold, als ob er bislang von nichts wüsste. „Was ist los im Seenland? Muss man um sein Leben fürchten?“

„Es ist schrecklich“, antwortete Monger und man merkte, dass er mehr um sein Geschäft als um jedwede Menschenleben besorgt war. „Diese armen jungen Dinger, beide auf so abscheuliche Weise ums Leben gekommen, das ist nicht gut für eine Urlaubsregion. Und natürlich ganz schlimm für die Mädchen und deren Eltern.“

„Wissen Sie etwas Neues in der Sache? Gibt es Festnahmen oder Verdächtige? Was macht die Polizei?“

„Die Polizei hat eine SOKO eingerichtet, eine Sonderkommission, die sich ausschließlich mit der Klärung der beiden Morde befasst. Mehr weiß ich auch nicht."

„Der Steinerbauer hat offensichtlich nichts mit der Sache zu tun?"

„Soviel ich weiß, ist der wieder zu Hause. Schon seit gestern morgen, wenn ich richtig informiert bin."

„Hat die Polizei neue Verdächtige?"

„Angeblich musste dieser Bademeister, der Bartl, zum Verhör anrücken. Worum es dabei ging, weiß ich allerdings nicht."

„Gut, mein Lieber", gab sich Seibold jetzt wieder überfreundlich, „danke für die Infos. Ich zieh mich in meine Suite zurück. Wissen Sie vielleicht, wo meine Frau sich gerade aufhält?"

„Unsere Damen an der Rezeption haben vor etwa einer halben Stunde ein Taxi für Ihre Gattin und Frau Dr. Neuhold bestellt. Angeblich haben die Damen Karten für die Festspiel-Oper heute Abend bekommen. Woher, dürfen Sie mich nicht fragen."

44

Wieder in seiner Suite, machte Seibold es sich zuerst mal gemütlich. Raus aus den Klamotten, rein in eine Short. Dazu gönnte er sich ein reichlich eingeschenktes Glas Cognac. Er legte sich hinaus auf die große Dachterrasse. Gelassen beobachtete er, wie die Sonne über Mattsee unterging.

Gut, überlegte Seibold, nach dem gestrigen Besuch der Polizei, konnte er ganz entspannt sein. Trotz all der Fragen, war nichts Bedrohliches dabei, resümierte er. Jetzt allerdings, nach dem Tod des zweiten Mädchens, das vermutlich die letzten Stunden und Minuten ihres Lebens mit ihm verbracht hatte, könnte die Sache doch gefährlich werden.

„Ich muss nachdenken", war Seibold überzeugt. „Ich muss mir klar werden, was da abgeht. Und zwar, bevor die Polizei wieder vor der Tür steht. Und ich muss eine Strategie entwickeln. Also, was ist denn nun wirklich passiert?", versuchte Seibold in Gedanken, die wesentlichen Momente zu rekonstruieren.

Nachdem Sabrina an diesem späten Donnerstagnachmittag aus der Toilette zurückkam, hatte er bereits eine zweite Flasche Champagner geöffnet und zwei frische Gläser eingeschenkt. Merklich von einer gewissen Erregung ergriffen, saß er auf dem großen Sofa im Wohnzimmer, inzwischen nur mehr mit einem Frottee-Bademantel bekleidet. „Komm', setz dich zu mir Sabrina. Ich möchte dir auf meinem Notebook ein paar Bilder von der Wohnung zeigen, die du nächsten Herbst beziehen kannst."

Als Sabrina näher kam, roch Seibold, dass sie frisches Deodorant aufgetragen hatte. „Sie riecht betörend", dachte er, ohne etwas dazu zu sagen.

Seibold klappte seinen Laptop auf, klickte hier und klickte da und öffnete eine Bildergalerie, die tatsächlich an die zwanzig Fotos der betreffenden Wohnung zeigte.

„Wie groß ist denn die?", wollte Sabrina wissen. „Die ist ja riesig, Helmut."

„Ich glaube, sie hat 120 Quadratmeter. Und sie ist fix fertig eingerichtet. Im Prinzip musst du nur einziehen und wohnen. Hier kannst du endlich leben, wie du es dir vorstellst."

„Geil. Ich bin hin und weg, Helmut. Wenn's doch nur schon soweit wäre. Am liebsten würde ich morgen schon nach Frankfurt übersiedeln."

„Vielleicht möchtest du in diesen Ferien noch zwei Wochen in Frankfurt verbringen. So quasi zum Probewohnen oder einfach um Frankfurt schon mal ein wenig kennenzulernen. Was meinst du?"

„Steht denn die Wohnung leer?"

„Ja, Sabrina, die wartet wohl schon auf dich. Aber werden deine Eltern das erlauben?"

„Ja, da bin ich sicher. Aber wie soll mein Vater eine so große, noble Wohnung in einer Stadt wie Frankfurt bezahlen?"

„Komm', lass uns einen Schluck trinken, bevor der Schampus warm wird", forderte er Sabrina auf und reichte ihr ein Glas. Beide nahmen einen kräftigen Schluck.

„Schau Sabrina", ging er jetzt einen deutlichen Schritt vorwärts in jene Richtung, die für ihn zum Ziel führen sollte. „Ich bin ein alter Mann. Ich habe so ziemlich alles erreicht in meinem Leben. Zumindest spielt Geld keine Rolle mehr. Etwa so, wie meine Ehe, die auch keine Größe mehr in meinem Leben ist. Du bist ein junges, ausgesprochen attraktives Mädchen. Ein Mädchen, das das Leben noch vor sich hat und viel erreichen kann. Vor allem dann, wenn es Menschen gibt, die dir die Wege zum Leben zeigen. Die dir Türen öffnen und Tore aufstoßen können."

Er unterbrach kurz, um Sabrina nochmals das Glas mit Schampus zu reichen. Beide nahmen wieder einen kräftigen Schluck. Er vor lauter Erregung.

„Genauer gesagt, Sabrina, kann ich dir die Welt zu Füßen legen. Ich kann dich zu einer Karrierefrau machen. Die einzige Gegenleistung, die ich erwarte, ist etwas Zuneigung. Ein bisschen Zärtlichkeit. Ein wenig Leben, wenn du verstehst. Alles Dinge, die mir meine Frau längst nicht mehr geben kann."

Er rückte etwas näher zu Sabrina und legte den Arm um ihre Hüften.

„Ich könnte mir jede Frau dieser Welt kaufen. Nutten und auch unzählige Frauen, die für Geschenke und Zuwendungen genau dasselbe machen, sich aber keineswegs als Prostituierte fühlen. Dass meine Wahl auf dich fällt, Sabrina, solltest du als Glück sehen. Ein bisschen Sex mit einem alten Mann und dafür eine Welt, die dir in jeder Richtung offen steht. Und ich kann sehr großzügig sein, wenn du verstehst."

Seine Hand berührte jetzt erstmals Sabrinas Brust. Die Brustwarze, die er da zu streicheln begann, ragte seinen Fingern hart entgegen. Dass es Sabrinas Angst und Unerfahrenheit war, die ihre Nippel so fest machte, merkte er nicht. Zumindest wollte er es nicht merken.

„Helmut", begann Sabrina zaghaft und schob dabei seine Hand von ihrer Brust, „ich kann dich gut verstehen und habe eigentlich nichts anderes erwartet. Aber ich hab' noch keine Sekunde darüber nachgedacht. Ich weiß nicht recht. Sex mit einem Mann, der beinahe mein Opa – entschuldige – sein könnte. Ich weiß ja eigentlich auch noch nicht viel darüber. Ich bin nicht so erfahren, wie du vielleicht denkst."

Seine linke Hand wanderte inzwischen ziemlich zielstrebig zwischen ihre Beine. Sie presste ihre Schenkel zusammen, was er wieder falsch deutete.

„Helmut, lass mir doch bitte etwas Zeit. Ich muss darüber nachdenken. Du bist ein attraktiver Mann. Ich habe mit Nähe zu dir kein Problem. Aber Sex, Helmut, Sex ist etwas anderes."

Er nahm die Hand von ihren Schenkeln und reichte ihr das Glas. Sabrina leerte es in einem Schluck. Seibold tat es ihr gleich.

„Wie ich schon sagte, Sabrina“, versuchte er eine neue Masche.

„Ich bin ein alter Mann. Was alten Männern am meisten fehlt, ist Zeit. Unsereiner muss sehen, dass er aus der verbleibenden Zeit noch das Beste rausholt. Da gehörst du absolut dazu. Ich möchte dich haben, verstehst du. Und zwar lieber heute als morgen.“

Während er sprach, fuhr seine Hand Sabrinas Rücken entlang tief in ihre Hotpants. Sabrina zuckte zusammen. Seine Erregung stieg merklich. So sehr, dass jetzt auch seine rechte Hand tätig wurde. Diese schob er zwischen ihren Schenkeln kraftvoll in Richtung Sabrinas Schoß. Nervös versuchte er, den Knopf an ihrer Short zu öffnen.

„Bitte Helmut“, versuchte Sabrina ihn etwas zu beruhigen, „wir können uns doch Zeit lassen. Komm’ lass uns noch einen Schluck nehmen.“ Zumindest die nestelnde Hand zwischen ihren Schenkeln entfernte sich, um das Glas Schampus zu greifen. Sabrina atmete erleichtert auf.

„Ich muss schon wieder zur Toilette“, entschuldigte sich das Mädchen und versuchte damit etwas Zeit zu gewinnen. „Der Schampus hat es in sich“, lächelte sie und ließ Seibold sitzen.

Er hatte nicht erwartet, dass Sabrina so mir nichts dir nichts gleich mit ihm ins Bett hüpfen würde. Aber etwas gelöster und entspannter hatte er sie schon erwartet, nach all dem Champagner, den sie inzwischen getrunken hatten. Bis sie zurückkam, musste er sich etwas einfallen lassen, wenn er das Mädchen doch noch rumkriegen wollte. Er überlegte.

Als sich Sabrina wenig später wieder neben ihn setzte, startete er einen neuen Versuch.

„Weißt du was, Sabrina, ich habe da eine tolle Idee. Wir müssen ja nicht gleich über Sex reden. Vielleicht entspannen wir uns fürs erste einfach mal bei einem gemeinsamen Bad in meinem Whirlpool. Was meinst du?"

„Ja, das können wir gerne machen", willigte Sabrina ein, im Wissen, dass sie unten drunter ihren Bikini anhatte.

Er ergriff die Schampus-Flasche und die beiden leeren Gläser und ging Sabrina voran in das große Badezimmer mit dem Whirlpool, das im ersten Stock des Jagdhauses lag. Er stellte Flasche und Gläser ab, schenkte nach und hielt Sabrina ihr Glas hin. Sie tranken.

Als Seibold sah, wie Sabrina sich ihr T-Shirt über den Kopf streifte, konnte er sich kaum mehr beherrschen. Er wollte diese jungen festen Brüste berühren, liebkosen. Seine Erregung wuchs.

Dann knöpfte das Mädchen seine Hotpants auf. Nicht bewusst langsam oder gekonnt verführerisch. Nein, einfach nur so, um sie kurz darauf auszuziehen. Er saß am Whirlpool und beobachtete erregt jeden von Sabrinas Handgriffen.

Dann stand Sabrina nur noch mit ihrem knappen Bikini bekleidet vor ihm. Dass sie sich nicht weiter auszog, überraschte ihn zunächst. Aber er fand sich schnell damit ab. Vermutlich wollte sie, dass er ihr den Bikini auszog. Jetzt gleich oder im Bad? Er entknotete den Gürtel seines Morgenmantels und ließ diesen nach hinten von sich gleiten. Mit offensichtlicher Erregung stand er plötzlich völlig nackt vor Sabrina.

Sabrina erschrak. Dass er vermutlich nackt zu ihr in den Whirlpool steigen wollte, hatte sie erwartet, aber dass er jetzt so vor ihr stand, erfüllte sie mit Angst.

„Helmut, wir wollten doch nur baden. Keinen Sex, hast du gesagt."

„Jetzt hab' dich nicht so", herrschte er sie an und trat dicht an sie heran. Sabrina spürte, wie er sein Glied an ihren Schenkel drückte, während er mit beiden Händen unter ihr Bikini-Oberteil fuhr und anfing, ihre Brustwarzen zu massieren. Nicht etwa zärtlich, sondern brutal.

„Hör' auf damit", keifte sie. „So war das nicht ausgemacht. Bitte, lass' uns die Sache ruhig angehen."

„Sorry, Mädchen, aber du kannst nicht halb nackt vor mir rumtanzen und davon ausgehen, dass das einen alten Herrn nicht erregt. Komm' greif zu", forderte er sie lüstern auf.

Sabrina tat nichts dergleichen. Stocksteif und angstvoll stand sie einfach nur da, während er jetzt eine Hand zwischen ihre Beine schob und anfing, wie wild an ihrer Scham herumzudrücken und zu reiben.

Plötzlich umfasste er mit beiden Händen ihre Schenkel und hob sie hoch, so dass sie seinen erigierten Penis genau zwischen ihren Beinen zu spüren bekam. Noch hatte sie ihr Höschen an, noch rieb sein Glied nur am Stoff ihres Bikinis. Es tat weh. Richtig weh.

„Helmut, lass mich runter so kann ich ja nichts für dich tun."

In der Hoffnung, Sabrina würde nun endlich auf sein Begehren eingehen, stellte er das Mädchen wieder auf ihre Beine. Daraufhin kraulte sie ihm ein wenig durch die üppigen Haarbüschel auf seiner Brust.

„Gibt's noch was zu trinken?"

„Ja, natürlich", grinste er über das ganze Gesicht, drehte sich zum Whirlpool und schenkte ein. Währenddessen schnappte sich Sabrina mit einem Handgriff T-Shirt und Hose und lief los. Die Treppe runter ins Erdgeschoss, dann durchs Wohnzimmer und die Diele zur Haustüre. Nur raus. Nur weg hier.

Er bemerkte Sabrinas Ausriss erst, als sie die Badezimmertür hinter sich zuwarf. Völlig überrascht – denn damit hatte er nicht gerechnet – benötigte er zwei, drei Sekunden, bis er begriff, was da geschehen war. Als er die Badezimmertür aufriss und Richtung Wohnzimmer blickte, sah er Sabrina bereits in die Diele huschen.

„Vergiss' es", dachte er bei sich, „ich renn' doch dieser blöden Kuh nicht auch noch nach."

Wenig später saß er in seinen Shorts auf dem Sofa, nippte an einem Glas Cognac und zündete sich seine Pfeife an. Er dachte nach und überlegte, was Sabrina gegen ihn vorbringen könnte. Vielleicht war sie ja noch immer scharf auf seine Wohnung. Vielleicht war das alles ja nur ein Fehlstart. War er etwas zu forsch vorgegangen? Musste er sich ernsthaft Sorgen machen? Würde die kleine Zicke vielleicht durchdrehen und ihren Eltern etwas erzählen? Womöglich sogar zur Polizei gehen? Was dann? Würde man ihm glauben, wenn er Sabrinas Aussagen einfach als das Geschwätz eines frustrierten jungen Mädchens abtat? Als die Story eines enttäuschten Girlies, das nicht wahrhaben wollte, dass es dem älteren, erfahrenen Businessmann mit ihren eindeutigen Einladungen keine Freude bereiten konnte, ihn stattdessen eher enttäuschte und er daraufhin seine Zusagen bezüglich Wohnung und Unterstützung während des Studiums zurückzog. Oder sollte er sich doch etwas einfallen lassen, um derlei Konfrontation mit der Polizei von vorne weg auszuschließen? Sollte er überlegen, wie er Sabrina zum Stillschweigen bewegen konnte?

Wenig später fasste Seibold einen Entschluss.

45

Es war das Handy, das Seibold, der noch immer in der Relaxliege auf der Terrasse seiner Suite lag, aus seinen Gedanken riss. Etwas erstaunt über den Anruf um diese Zeit, blickte er auf das Display. ‚Unbekannter Anrufer' wurde dort angezeigt. Seibold überlegte, ob er den Anruf überhaupt annehmen sollte. In seiner Firma wusste man, dass er während des Urlaubes Anrufe nur zwischen zehn Uhr früh und zwölf Uhr mittags akzeptierte. Notfälle natürlich ausgenommen. Aber seine Mitarbeiterinnen und Mitarbeiter, die ihn gegebenenfalls erreichen sollten, hatte er ohnehin als Kontakte abgespeichert. Wer also steckte hinter dem ‚unbekannten Anrufer'?

Da sein Handy unbeirrt weiter schepperte, entschloss er sich schließlich doch, den Anruf anzunehmen.

„Ja, bitte", tönte er nicht gerade freundlich.

„Spreche ich mit Herrn Dr. Helmut Seibold?", erkundigte sich eine irgendwie undeutlich zu verstehende Stimme.

„Ja, was gibt's denn?"

„Was es gibt, ist schnell gesagt: Ich habe Sie gestern beobachtet. Sie und dieses Mädchen, das man heute mausetot ganz in der Nähe Ihres luxuriösen Anwesens gefunden hat. Sie haben ja ordentlich aufgetischt für die Kleine. Das war ja wohl nicht aus lauter Jux und Tollerei, oder? Sie wollten doch sicher mit der Lady in die Kiste. Habe ich recht? Jedenfalls war ich – neben Ihnen natürlich – der Letzte, der das Mädchen lebend gesehen hat. Aber wenn Sie wollen, muss die Polizei ja nichts davon erfahren. Sie können sich einen Haufen Scherereien ersparen, wenn Sie verstehen was ich meine."

Seibold begriff sofort, worum es bei dem Anruf ging. Dennoch fragte er: „Was wollen Sie?"

„Eine halbe Million und dann wird niemals irgendjemand etwas davon erfahren. Ihnen wird das bisschen Geld nicht wehtun. Was aber auf Sie zukommt, wenn ich zur Polizei gehe, brauche ich Ihnen wohl nicht zu beschreiben. Sie haben Nadine auf dem Gewissen und ich kann's bezeugen. Also, was meinen Sie? Kommen wir ins Geschäft?"

„Ich muss nachdenken. Außerdem habe ich hier nicht so schnell soviel Geld zur Verfügung. Rufen Sie mich morgen um zehn wieder an", gab Seibold dem Erpresser zu verstehen und legte auf.

Seibold war nervös. Er stand auf und holte sich ein neues Glas Cognac. Ziemlich aufgebracht marschierte er in seiner Suite umher. Schön langsam schienen sich die Ereignisse zu überschlagen. Zuerst die blöde Sache mit Sabrina, dann diese Nadine und jetzt auch noch ein Erpresser. „Hat sich denn plötzlich die ganze Welt gegen mich verschworen?", schoss es Seibold durch den Kopf.

„Ich werde doch nicht einem dahergelaufenen Dorftrottel, der da zufällig etwas gesehen hat, eine halbe Million Euro nachwerfen", überlegte er weiter. „Nein, ein Herr Doktor Seibold wird sich nicht von einem kleinen Landei erpressen lassen. Kommt überhaupt nicht in Frage", beschloss er nach kurzem Überlegen.

Dennoch erschien ihm die ganze Sache immer dubioser. „Ich hätte doch gleich am Freitagmorgen abreisen sollen. Dann hätte ich zumindest nicht gleich zwei dieser Geschichten am Hals. Und den Erpresser vermutlich auch nicht", haderte Seibold mit einer offensichtlich vergebenen Chance.

War er am Freitagmorgen noch davon überzeugt, dass er die Sache mit Sabrina vertuschen oder einem anderen in die Schuhe schieben könne, so überkamen ihn Dienstagnacht doch erste ernsthafte Befürchtungen, dass das, was da gerade ablief, nicht mehr bloß die Anhäufung unglücklicher Umstände war, sondern eine gezielte Provokation gegen ihn höchst persönlich. Und jetzt auch noch diese Erpressung.

Seibold konnte momentan keinen klaren Gedanken fassen und beschloss, zunächst einmal zu Abend zu essen.

46

Chefinspektor Naderer war froh, dass das Meeting der Sonderkommission so gut gelaufen war. Als er zuletzt eine SOKO leitete, damals vor acht Jahren im Fall Kathrin Hochreiter, gab es vor allem von Seiten der Kollegen der Kriminalpolizei doch einige Zweifler oder solche, die nicht verstehen konnten, weshalb Major Steinecker quasi einen Dorfpolizisten mit dieser Aufgabe betraute. Und dass das Ganze, damals wie heute, irgendwie so halb offziell ablief, stieß damals einigen Kollegen ziemlich auf. Heute schien das niemanden mehr zu stören.

Naderer schmiss sich, gerade eine ausgiebige Dusche hinter sich, in frische Klamotten. Auf die Uniform wollte er für heute Abend verzichten. „Und überhaupt“, fiel ihm gerade ein, „wollte er ohnehin schon längst mal mit seinem Vorgesetzten darüber sprechen. Eigentlich würde er ja gerne möglichst oft in Zivil seinen Dienst versehen. Genauso wenig, wie er auf Titel oder Ränge wert legte, genau so unwichtig erschien ihm das Tragen der Uniform. Seine Kollegen bei der Kripo konnten sich ja auch längst dieser, für ihn völlig überholten, Verordnung entziehen.“

„Steht dir gut, Max“, kam es von der Wohnzimmertüre her. „Könntest ruhig öfter mal in Zivil herumlaufen.“ Es war Inspektorin Schönwald, die in ein großes Badetuch gewickelt da unter der Türe stand. „Sorry, aber ich hab' mein frisches Hemd in der Garderobe hängen lassen“, entschuldigte sie sich dafür, dass sie nun halb nackt vor ihrem Vorgesetzten stand Naderer hatte Schönwald angeboten, bei ihm zu duschen und sich umzuziehen. Schließlich würde es wenig Sinn machen, nur für eine Dusche die gut zwanzig Kilometer nach Mattighofen auf sich zu nehmen.

Wenig später gesellte sich Schönwald auffallend frisch und energiegeladen zu Naderer, der in einem Gartensessel auf seiner Terrasse sitzend, die Beine entspannt von sich streckte.

„Möchtest du etwas trinken, Karin? Wir haben noch mehr als eine halbe Stunde Zeit.“

„Meinst du, wir können uns ein Bierchen gönnen?“

„Gewiss doch“, entschied Naderer und ging zum Kühlschrank. Mit zwei Trumer Pils und zwei dieser extrem schlanken Gläser der bekannten Brauerei kam er zurück.

„Bitte, die Dame“, scherzte Naderer, „ein kühles, schönes Blondes, für Sie!“

„Danke“, gab Schönwald mit einem Lächeln und großer Freude auf einen Schluck zurück.

Die beiden Polizisten ließen das Wohltuende eines lauen Hochsommerabends auf sich wirken und blickten dabei entspannt in Richtung des Sees von dem von Naderers Dachterrasse leider nur ein ganz kleines Stück zu sehen war. Da meldete sich Naderers Handy lautstark. Viel zu laut für diesen Moment.

„Hey, du“, meldete sich Susi, nachdem Naderer die Taste mit dem grünen Hörer an seinem Handy gedrückt hatte.

„Wollte nur kurz nachfragen, wie es dir geht?“

„Hallo, wie schön, dich zu hören“, freute sich Naderer unverkennbar. „Soweit alles gut. Ich sitze gerade mit meiner Kollegin Karin, die du hoffentlich bald kennenlernen wirst, auf der Terrasse und wir gönnen uns ein Schlückchen Bier, obwohl wir in ein paar Minuten wieder in der Einsatzzentrale erwartet werden."

„Ich geh kurz zur Toilette", flüsterte Schönwald in Richtung ihres Vorgesetzten.

Naderer deutete mit einer Handbewegung, dass er seine Kollegin verstanden hatte.

„Ich bin spätestens um Mitternacht zu Hause", hörte Schönwald Naderer gerade sagen, als sie wieder auf die Terrasse trat. „Wenn du also willst, kannst du gerne noch vorbeikommen. Okay?"

Was die Dame am anderen Ende der Leitung darauf geantwortet hatte, konnte Schönwald nicht hören. Sie hörte nur noch wie Naderer sich mit einem „Ciao, Bella, dann bis später" verabschiedete, was ihre kurzzeitig aufgetretene Frage genauso gut beantwortete.

„Ich denke, wir müssen los", erinnerte Schönwald ihren Vorgesetzten daran, dass es gleich 21 Uhr war. „Ich trage die Sachen noch weg."

„Ja, wir sollten pünktlich sein."

47

Es war zwei Minuten vor neun als Naderer und Schönwald in der Hauptschule eintrafen. Im Turnsaal herrschte reges Treiben, als der Leiter der SOKO und seine rechte Hand den Saal betraten. An die 20 Kolleginnen und Kollegen waren noch vor Ort, sichteten Akten, recherchierten im Internet, glichen Daten ab und taten, was sie tun konnten, um diese schrecklichen Mordfälle schnellstmöglichst aufzuklären.

Revierinspektor Oberbrandacher kam eilig auf die beiden zu, unter dem Arm einen ordentlichen Stapel mit Akten.

„Wenn ihr wollt, können wir uns gleich noch mal gegenseitig updaten", schlug Oberbrandacher vor.

„So machen wir das. Rufst du die Leitenden zusammen. Wir sehen uns dann gleich im Konferenzraum."

Wenig später war die Führungscrew komplett. Neben Naderer und Schönwald saßen Oberbrandacher, Kriminalinspektorin Walser und Kriminalinspektor Brettfeld am Konferenztisch.

„Ich nehme an, ihr hattet inzwischen Gelegenheit, euch etwas tiefer in die Fälle hineinzuarbeiten", wandte sich Naderer an die beiden Kriminalisten. „Gibt es eurerseits offene Fragen?"

„Fragen vielleicht nicht", begann Brettfeld, „aber um sicher zu gehen, dass wir alles richtig interpretiert und verstanden haben, möchte ich kurz die be- und auch entlastenden Indizien zu unseren drei Hauptverdächtigen zusammenfassen. Okay?"

„Ja, bitte, gerne", war Naderer mit dem Vorschlag einverstanden.

„Eigentlich haben wir es mit drei Fällen zu tun. Und mit drei Verdächtigen. Wir gehen aber davon aus, dass der Täter in zumindest zwei Fällen ident ist, also für den Tod von Sabrina und Nadine verantwortlich zeichnet. Dabei scheint mir Hainbach der am wenigsten Verdächtige zu sein. Vor allem, solange wir ihm nichts in der Geschichte vor acht Jahren und dem Verschwinden seiner Frau nachweisen können. Und selbst wenn er mit dem Fall Kathrin Hochreiter etwas zu tun hätte, können wir nicht wirklich nachvollziehen, was ihn dazu bringen könnte, ganze acht Jahre später wieder hierherzukommen und zwei weitere

Mädchen zu ermorden. Da uns von ihm aber auch noch die Alibis für Donnerstagabend und Montagnacht fehlen, würde ich sagen, wir lassen Herrn Hainbach für den Moment außen vor."

„Nichts desto trotz werden wir ihn morgen Vormittag zum Verhör herholen", hielt Schönwald für alle fest.

„Dann zu unserem Bademeister, dem Herrn Bartl. Auch hier konnten die Alibis noch nicht überprüft werden. Am Montag will er zwar beim Biken und anschließend zu Hause gewesen sein, eine Bestätigung oder Zeugenaussage dafür gibt es bislang nicht. Und nach dem Donnerstagabend wurde Bartl noch nicht befragt. Die Sache mit Sabrinas Rucksack ist für mich eine Fifty-Fifty-Sache. Kann absolut stimmen, was Bartl sagt. Kann aber auch nur gut ausgedacht sein, um sich mit einem schnellen Geständnis quasi zu entlasten, so zu tun, als ob man ohnehin gerne mit der Polizei zusammenarbeitet, aber halt mal kurz zu wenig überlegt hat. Solange wir ihm diesbezüglich nichts anderes beweisen können, werden wir es als wahr hinnehmen müssen.

Sein verwerfliches Verhalten den Mädchen gegenüber macht ihn für uns verdächtig. Da kann schon mal etwas aus dem Ruder laufen. Vielleicht nichts Vorsätzliches, aber irgendwas im Affekt ist doch vorstellbar. Er könnte versucht haben, die Mädchen zur Rede zu stellen oder vielleicht in einem Gespräch unter vier Augen seine Liebhaberqualitäten ins rechte Licht zu rücken. In beiden Fällen ist es zumindest möglich, dass Bartl die Mädchen und späteren Mordopfer getroffen hat. Wir wissen noch nicht lückenlos, wo oder bei wem sich die Mädchen in den letzten Stunden vor ihrem Tod aufgehalten haben. Zumindest gehört Bartl zu jenen paar Menschen, die Nadine zuletzt gesehen haben. Im Strandbad, kurz bevor sie sich ihr Bike schnappte und wegfuhr. Von da an fehlt uns jede Spur. Richtig?"

„Ja, absolut. Bisher gibt es nichts Neues dazu", bestätigte Oberbrandacher.

„Also, ich denke, wir sollten den Herrn Bademeister morgen etwas druckvoller befragen. Was meint ihr?"

„Das wird in jedem Fall geschehen", gab Naderer zurück.

„Und die Hausdurchsuchung steht morgen auch an."

„Dann kommen wir mal zu unserem Top-Kandidaten, dem Herrn Dr. Seibold. Für mich und Kollegin Walser klar die Nummer 1 unter den Verdächtigen. Wir können uns, mehr als bei Hainbach, vorstellen, dass er auch mit dem Verschwinden der Kathrin Hochreiter etwas zu schaffen haben könnte. Ohne dies jetzt wirklich begründen zu können. Aber es spricht auch sonst einiges für ihn. Die Sache mit seinem Angebot an Sabrina und der späteren Aussage von ihr gegenüber dem Steinerbauern, dass sie sich um ihre Zukunft kümmern wolle, ist für uns ziemlich belastend. Dann seine beiden Bemerkungen im ersten Gespräch mit dir, Max. Kann passieren, keine Frage, fügt sich aber doch recht klar in das Bild, das wir von Seibold bisher haben. Ja, und für uns das Wesentlichste: Seine Leidenschaft für junge Mädchen. Auch wenn wir bislang davon ausgehen müssen, dass sich derlei Perverses nur via Internet abspielt. Zumindest ist uns nichts anderes bekannt, oder?"

„Nein. Keine Spur, die uns etwas anderes annehmen ließe", antwortete Schönwald.

„Mit den Alibis sieht es bei ihm ja auch nicht wirklich besser aus. Den Donnerstagabend will er allein in seinem Jagdhaus verbracht haben und bezüglich Montagnacht haben wir ihn noch nicht befragt. Richtig?"

„Ja, korrekt. Aber auch das werden wir morgen früh nachholen. Und zwar auch etwas druckvoller und auch mit Hausdurchsuchung“, gab Naderer in die Runde.

„Ich nehme an“,wandte sich Brettfeld nun an Oberbrandacher, „dass du die Teams für die Hausdurchsuchungen einteilst, oder?“

„Ja, die stehen eigentlich schon“, bestätigte Oberbrandacher.

„Wonach wird speziell gesucht“, wollte nun Kollegin Walser wissen.

„Zunächst suchen wir ganz allgemein nach Anzeichen, die darauf schließen lassen könnten, dass die Mädchen sich da oder dort aufgehalten haben. Dann suchen wir konkret nach einem Arbeitsoverall zu dem vielleicht der gefundene Knopf passt. Und natürlich nach einem Hochdruckreiniger. Außerdem hoffe ich, dass wir in beiden Fällen die Möglichkeit erhalten, Laptops oder Computer zu beschlagnahmen. Was uns auch wichtig ist: Wir wollen die beiden Verdächtigen mit der Hausdurchsuchung etwas aus der Reserve locken. Ihnen klar zu verstehen geben, dass sie für uns inzwischen sehr verdächtig sind. Das hat schon oft geholfen, wie ihr ja sicher wisst“, gab Oberbrandacher ausreichend Auskunft.

„Auf wann hast du die Hausdurchsuchungen angesetzt?“, fragte Naderer nach.

„Gleich um acht Uhr morgen früh. Und zwar zeitgleich. Anschließend bringen wir die beiden Verdächtigen mit zum Verhör, wenn’s recht ist“, verlautete Oberbrandacher.

„Und ich möchte zu der Zeit den Hainbach hier haben“, erklärte Naderer. „Vielleicht versuchst du noch, ihn zu erreichen, sonst ist der womöglich schon in aller Frühe mit dem Bike unterwegs.“

„Mach ich gleich anschließend“, hatte Oberbrandacher die Anweisung verstanden.

„Okay, sonst noch irgendwelche Fragen oder gute Ideen, die uns weiterbringen könnten?“, warf Naderer ein. „Wie sicher bist du dir eigentlich“, schoss Walser mit einer eher ungemütlichen Frage heraus, „dass wir mit unseren Verdächtigen bereits den Täter an der Angel haben?“

„Was die Reihenfolge angeht, stimmen wir überein. Also Seibold, Bartl, Hainbach. Ob einer der drei wirklich der Täter ist, wage ich noch nicht zu behaupten. Dazu wissen wir definitiv noch zu wenig.“

„Haben wir denn Optionen? Haben wir Anhaltspunkte für andere Verdächtige oder ist nach den dreien Schluss?“, bohrte Walser nach.

„Nach dem momentanen Erkenntnisstand“, nahm Schönwald ihrem Vorgesetzten die Antwort ab, „ergeben sich keinerlei Anhaltspunkte, die auf eine andere Person hindeuten. Bis die Arbeit der SOKO neue Optionen auftut, halten wir uns an Seibold & Co.“

„Apropos Seibold“, übernahm Revierinspektor Oberbrandacher das Wort, „da gibt es seit heute Abend etwas Neues. Ein Detail nur, aber sicher nichts, was uns den Herrn Doktor sympathischer macht.“

„Schieß los!“, forderte Naderer seinen Kollegen auf.

„Wir wissen jetzt definitiv, was Dr. Seibold damals, also vor acht Jahren, nach dem Verschwinden der kleinen Hochreiter zur Abreise veranlasst hatte. Für die Firmenübernahme, wie er aussagte, hätte man den Chef nicht wirklich gebraucht. Das wurde heute ziemlich unmissverständlich aus seinem Headoffice verlautet. Da platzte er eher etwas unvorteilhaft dazwischen. Der Deal ging dennoch problemlos und wunschgemäß über die Bühne. Der eigentliche Grund für sein Auftauchen dort war wohl, dass er die Anwesenheit der Medienvertreter für eine weitere wichtige Neuigkeit aus seinem wachsenden Imperium nützen wollte. Jedenfalls ließ er noch in derselben Pressekonferenz eine ziemlich gewaltige Bombe platzen. Er verlautete, dass sein langjähriger Freund und Geschäftspartner, Dr. Dr. Karel Posch, aus persönlichen Gründen, wie er es formulierte, seine Geschäftsanteile an ihn abgetreten habe und mit sofortiger Wirkung sämtliche Funktionen im Unternehmen zurücklegte. Er bedauere diesen Schritt zutiefst, erklärte Seibold vor versammelter Presse, wisse es aber zu schätzen, dass sich sein Freund Posch wegen seiner Geschäftsanteile an sein Vorkaufsrecht gehalten habe. Und er danke ihm für die großartige Arbeit und die ehrliche, innige Freundschaft, die hoffentlich weiter bestehen bliebe. Das war's offensichtlich. Ich konnte das inzwischen auch in den Medien recherchieren. Die gesamte Wirtschaftspresse berichtete darüber. Und dort wird Seibold meist fast wortgleich zitiert."

„Das würde aber bedeuten", gab Walser zu bedenken, „dass wir nun wirklich einen handfesten Grund für Seibolds Abreise damals haben und dass eine Verbindung zum Verschwinden von Kathrin damit eher unwahrscheinlicher wird. Oder sehe ich das falsch?"

„Nein, wahrscheinlich nicht. Aber was mich schon wieder hellhörig macht, ist der Umstand, dass uns Seibold nichts davon erzählt hat. Er faselte etwas von dieser Firmenübernahme, erwähnte aber mit keinem Wort das vermutlich weit bedeutendere Ereignis", äußerte Inspektorin Schönwald ihre Überlegungen.

„Da geht's mir genau wie dir, Karin", bestätigte Naderer seine Assistentin. „Bin schon sehr gespannt, wie Seibold uns das morgen erklären will."

„Wissen wir irgendetwas über diesen Karel Posch? Konnte da schon jemand etwas recherchieren?", fragte Brettfeld nach.

„Einer der Kollegen ist damit beschäftigt“, antwortete Oberbrandacher. „Er will bis zu unserer Besprechung morgen Mittag ausführliche Infos über den Herrn zusammengetragen haben.“

„Wenn du vorher gemeint hast“, wandte sich Naderer nochmals an Kollegin Walser, „dass die nun begründete Abreise des Dr. Seibolds diesen eher entlastet, so müssen wir uns doch im Klaren sein, dass eine Verbindung zwischen den Fällen von heute zu dem vor acht Jahren nicht zwingend gegeben sein muss. Dafür gibt es nach wie vor nur sehr wenige Anhaltspunkte. Was aber die beiden aktuellen Fälle angeht, bleibt Seibold nach wie vor klar mit im Rennen!“

Ein kurzes Klopfen an der Türe ließ die Runde aufschauen. Die Tür wurde einen Spalt weit aufgeschoben. Gerade so, dass die junge Polizistin, die durch den Spalt schaute, ihren reizenden Kopf hindurch schieben konnte. „Entschuldigt“, begann sie zaghaft, „bei mir sitzt ein Herr Dr. Seibold. Er möchte gerne mit Ihnen, Herr Naderer, sprechen. Er meint, er habe ein Verbrechen anzuzeigen.“

„Wenn man vom Teufel spricht …“, reagierte Naderer etwas spöttisch. „Na, dann führen Sie den Herrn Seibold mal herein.“

„Was passiert denn da gerade?“, warf Schönwald erstaunt ein. „Was meint der Seibold damit? Will er gestehen?“

„Kann ich mir nicht vorstellen“, antwortete Oberbrandacher.

„Wir werden es gleich erfahren“, unterbrach Naderer das Rätselraten um etwas, das sich ohnehin in wenigen Minuten offenbaren würde.

„Bitte, Herr Dr. Seibold für Sie“, sagte die Polizistin und schloss hinter Seibold die Türe.

„Einen guten Abend, wünsch ich“, holte Seibold aus, kaum dass er im Raum stand. „Ich habe wichtige Neuigkeiten für Sie." Seibold, der noch immer in sein Ausgehoutfit gekleidet war und eher den Anschein machte, er komme von einer Festspielaufführung als nur vom Abendessen, gab sich selbstsicher und überschwänglich freundlich.

„Bitte, nehmen Sie Platz", lud Schönwald ihn ein und rückte ihm einen freien Sessel zurecht. „Wir sind schon sehr gespannt, was Sie uns zu sagen haben."

„Das dürfen Sie auch", tat Seibold sehr wichtig. „Ich bin sicher, dass Sie dank meiner Hilfe Ihre Fälle schon bald zu den Akten legen können."

„Wollen Sie ein Geständnis ablegen, Herr Seibold?", warf Naderer bewusst etwas provokant ein.

„Wo denken Sie hin. Ich habe doch nichts zu gestehen. Im Gegenteil: Inzwischen bin ich ein Opfer!"

„Ein Opfer?", fragte Schönwald ungläubig nach. „Sind Sie überfallen oder beraubt worden? Wurde bei Ihnen eingebrochen?"

„Nein, ich werde erpresst!"

„Sie werden erpresst?", gab sich jetzt auch Brettfeld sehr erstaunt. „Was heißt, Sie werden erpresst?"

„Jemand will gesehen haben, wie ich dieses Mädchen ermordet haben soll."

„Welches Mädchen?", hakte Schönwald etwas ungeduldig nach. „Wir haben zwei tote Mädchen!"

„Wie heißt sie, die Tote von gestern? Es fällt mir gerade nicht ein."

„Nadine. Nadine Hellweg", half Oberbrandacher Seibolds Erinnerung nach.

„Ja, die meine ich."

„Also, Herr Seibold, erzählen Sie mal der Reihe nach. Was ist geschehen?", forderte der SOKO-Leiter seinen eigentlich Hauptverdächtigen auf zu erzählen.

„Ich habe heute Abend einen Anruf erhalten. Der Anrufer behauptete, gesehen zu haben, dass sich diese Nadine bei mir im Jagdhaus aufgehalten habe. Er meinte, damit wäre klar, dass ich das Mädchen auch ermordet habe. Schließlich sei sie ja später nicht mehr lebend gesehen worden. Er will eine halbe Million sonst würde er mit seinem Wissen zur Polizei gehen.“

„Ganz offensichtlich konnte Sie der Anrufer damit nicht beeindrucken, Herr Seibold“, stellte Schönwald fest. „Konnten Sie die Stimme erkennen?“

„Nein, die war hundertprozentig verstellt. Keine Ahnung womit, aber so krächzt man normalerweise nicht in ein Telefon.“

„Wann genau hat der Mann – ein Mann war es doch, oder – angerufen?“, wollte Oberbrandacher wissen.

„Ich hab’ nicht auf die Uhr gesehen. Aber etwa eine halbe Stunde später war ich beim Abendessen. Das war so um halb neun. Also sagen wir mal gegen acht Uhr heute Abend, plus minus zehn Minuten.“

„Haben Sie einen Verdacht, um wen es sich handeln könnte?“, war es wieder Schönwald, die nachfragte.

„Nein, keine Ahnung, wer auf eine derart verrückte Idee kommt!“

„Ist denn die Idee so verrückt?“, warf Naderer mit einer gewissen Portion Zynismus ein. „Immerhin sind Sie in unseren Augen auch nicht so ganz verdachtsfrei.“

„Also hören Sie mal“, tat Seibold aufgebracht. „Ich habe nichts damit zu tun. Sonst wäre ich jetzt wohl kaum hier.“

„Also so ganz aus der Luft gegriffen wird die Geschichte des Erpressers ja nicht sein, oder?“, fragte Schönwald nach. „Sonst stünde seine Erpressung auf sehr wackeligen Beinen. Finden Sie nicht auch, Herr Doktor?“

„Deswegen wollte ich ja heute Abend ohnehin zu Ihnen kommen. Ich meine, ich habe eben erst von diesem zweiten Mord gehört. Erst vor wenigen Stunden, als ich vom Jagdhaus zurück ins Hotel kam. Dass es doch etwas später wurde, lag an diesem Erpresser-Anruf, der mich ziemlich aus der Fassung gebracht hatte."

„Und, was wollten Sie bei uns? Was wollten Sie uns berichten, Herr Seibold?", unterbrach ihn Naderer.

„Diese Nadine war gestern Nachmittag tatsächlich bei mir im Jagdhaus. Das war's auch schon. Mehr gibt es nicht zu berichten!"

„Interessant. Was wollte Nadine Hellweg bei Ihnen?", fasste Schönwald nach und ließ Seibold spüren, dass es heute Abend noch etwas länger dauern würde.

„Nichts! Das heißt, sie hatte ganz einfach einen Platten. Bei ihrem Bike. Und da dies unweit von meinem Haus passierte, entschied sie sich wohl, dort um Hilfe nachzufragen."

„Und, konnten Sie ihr helfen?", bohrte Schönwald neugierig nach.

„Nein, leider nicht. Ich kenn mich mit Fahrrädern nicht aus. Ich weiß nicht, wie man einen platten Reifen repariert."

„Also schickten Sie das Mädchen ohne zu helfen zum nächsten Nachbarn, oder wie muss ich mir das vorstellen?", drängte die junge Inspektorin weiter auf Antworten.

„Nein, natürlich nicht. Ich bot ihr an, sie nach Hause zu fahren. Da sie ziemlich fertig schien, von ihrem Aufstieg zum Haus, lud ich sie ein, sich zunächst etwas auszuruhen und eine Erfrischung zu sich zu nehmen."

„Champagner?", fuhr Naderer dazwischen.

„Nein, sie wollte irgendetwas Alkoholfreies. Ich brachte ihr ein Glas Orangensaft."

„Und wann brachten Sie das Mädchen nach Hause?“, fragte jetzt wieder Schönwald.

„Das ist es ja eben“, tat Seibold so, als ob er sich schon im Voraus für das Folgende entschuldigen müsse. „Wir haben uns ziemlich verplaudert. Nadine hatte viel zu erzählen. Ja, und irgendwann wollte sie dann doch ein Glas Champagner und etwas später machten wir uns Rührei mit Speck. Sie hatte sich bei mir offensichtlich wohl gefühlt.“

„Rührei mit Speck“, schoss es Naderer durch den Kopf und ein Blick in die Runde zeigte ihm, dass es seinen Kollegen ähnlich erging. „Laut Gerichtsmedizin war dies, das Letzte, was Nadine zu sich nahm. Noch ein Indiz gegen unseren Herrn Seibold.“

„Und wann haben Sie Nadine dann endlich nach Hause gefahren?“, bohrte Schönwald ziemlich aggressiv nach und holte damit ihren Chef aus seinen Gedanken.

„Gegen zehn Uhr abends. Ja, ziemlich genau um zehn!“

„Sie setzten das Mädchen also so um zehn Uhr vor ihrem Haus in Mattsee ab“, argwöhnte Schönwald weiter.

„Nein. Sie wollte nicht nach Hause gefahren werden. Ich sollte sie einfach bei der Ortseinfahrt absetzen. Das letzte Stück wollte sie gehen.“

„Und, hat Sie jemand gesehen? Vielleicht als Nadine ausgestiegen ist oder als Sie das Bike aus dem Auto gehoben haben?“, schaltete sich nun erstmals Kollegin Walser ein.

„Ich weiß es nicht. Jedenfalls habe ich niemanden bemerkt.“

„Hat Nadine erzählt, dass sie noch etwas vorhatte an dem Abend, nachdem Sie sie abgesetzt hatten?“, war es wieder Walser, die weiterfragte.

„Ich kann mich zumindest nicht erinnern.“

„Gut, Herr Seibold“, schaltete sich nun Naderer wieder ein.

„Wenn sich das alles so abgespielt hat, wie Sie es uns schildern, dann müssen wir wohl davon ausgehen, dass Sie und Nadine vom Erpresser beobachtet wurden. Haben Sie irgendetwas bemerkt? Oder anders gefragt, hat der Erpresser etwas erwähnt, was eine Beobachtung bestätigen würde?“

„Bemerkt habe ich nichts, nein. Aber mir war nach dem Anruf gleich klar, dass uns da irgendjemand bespitzelt haben musste. Warum auch immer. Erklären kann ich mir das nicht. Was sollte es da zu sehen geben? Außer natürlich, es handelt sich um den Mörder selbst, der auf sein Opfer wartete.“

„Sie denken also, der spätere Täter hat in aller Seelenruhe bei Ihrem Haus darauf gewartet, bis Nadine nach Hause ging oder von Ihnen nach Hause gebracht wurde, um dann – wann auch immer und wo auch immer – zuzuschlagen?“, formulierte Schönwald ihre Frage so, dass Seibold nur mit einem Ja oder Nein zu antworten brauchte.

„Ja, das denke ich. Ich habe jedenfalls nichts damit zu tun.“

„Wissen Sie eigentlich, wo wir Nadine gefunden haben?“, erkundigte sich Schönwald.

„Nein, woher auch. Ich habe nur kurz mit dem Monger gesprochen, der mir davon erzählt hat. Sonst weiß ich nichts“, meinte Seibold unschuldig.

„Gar nicht weit von Ihrem Haus entfernt“, teilte Schönwald mit. „Und das Erstaunliche daran ist, dass wir nicht nur Nadine, sondern auch ihr Bike da oben gefunden haben. Wenn Sie also Nadine gegen zehn Uhr abends am Ortsrand abgesetzt haben, müsste der Täter etwas später Mädchen und Bike wieder zurück, also ich meine in die

Nähe Ihres Hauses gebracht haben. Haben Sie eine Erklärung dafür, Herr Seibold?"

„Nein, keine Ahnung", regte sich Seibold auf. „Was wollen Sie denn damit andeuten? Ich habe das Mädchen abgesetzt. Was nachher geschah, entzieht sich meiner Kenntnis."

„Solange wir keine Zeugen dafür haben, Herr Dr. Seibold, müssen wir uns einzig und allein auf Ihre Angaben verlassen. Die können stimmen oder auch nicht", warf Naderer bewusst emotionslos ein.

„Wenn der Täter uns beobachtet hat", konterte Seibold nun, bemüht einen spontanen Einfall anzudeuten, „und er schon vorhatte, Nadine zu töten, dann hat er die Leiche vermutlich deshalb wieder in meine Nähe geschafft, um für die Erpressung noch mehr Druckmittel in der Hand zu haben oder die Polizei auf meine Spur zu hetzen. Das könnte doch sein, nicht?"

„Herr Seibold, wir werden für morgen früh eine Hausdurchsuchung bei Ihnen ansetzen", freute sich Naderer, dass er den eigentlichen Grund für diesen Akt nun etwas verschleiern konnte. „Wir müssen zusehen, dass wir Spuren oder Hinweise finden, die Ihre Behauptungen bestätigen. Vielleicht können wir so entlastende Beweise finden. Können Sie morgen um acht Uhr früh bei Ihrem Jagdhaus sein?"

„Ich versteh's zwar nicht, aber wenn Sie meinen. Tun Sie, was Sie nicht lassen können. Ich bin jedenfalls dort, morgen früh."

„Ach, was ich Sie noch fragen wollte, Herr Seibold", schaltete sich Schönwald nochmals ein. „Hätten Sie denn die halbe Million flüssig? Und wie geht die Sache mit dem Erpresser jetzt weiter?"

„Natürlich! Eine halbe Million ist ja nicht so dramatisch viel. Aber ich hätte mit Frankfurt telefonieren müssen. Und wie es weitergeht? Nun, der Erpresser will sich morgen Vormittag wieder melden. Was mich aber interessieren würde: Was unternehmen Sie in der Sache?"

„Wir kümmern uns jedenfalls darum und werden morgen früh dann auch gleich Ihr Handy entsprechend präparieren. Bis dahin werden wir überlegen, wer denn als Erpresser in Frage kommen könnte", beantwortete Naderer Seibolds Frage und gab zu erkennen, dass er damit das Gespräch für beendet hielt

Schönwald stand auf, öffnet die Tür: „Sie können gehen." Kaum hatte Seibold den Konferenzraum verlassen, brach eine recht stürmische Diskussion los.

„Was halten wir denn jetzt von der Sache?", war es Oberbrandacher, der loslegte. „Was will der Seibold damit bezwecken?"

„Vor allem ist wohl auch die Frage, ob wir seine Aussage überhaupt für bare Münze nehmen können?", warf Schönwald ein. „Der kann uns sonst was erzählen."

„Vielleicht ist ihm einfach klar geworden, dass durchaus die Wahrscheinlichkeit besteht, dass jemand Nadine bei ihm gesehen haben könnte und wir früher oder später davon erfahren", brachte Walser ein. „Er beschließt also, uns die Sache von sich aus zu erzählen und erfindet dazu die Erpressung, um auch gleich von ihm abzulenken."

„Ihr geht also davon aus, dass Seibold die Erpressungsgeschichte frei erfunden hat?", wandte sich Naderer an die Runde. „Ich muss ganz ehrlich sagen, dass ich die Sache gar nicht für so unwahrscheinlich halte. Mir ist dazu spontan der Bartl eingefallen. Weiß nicht warum, aber jedenfalls ist mir der Name sofort in den Kopf geschossen."

„Da bin ich ganz deiner Meinung", bestätigte ihn Brettfeld.

„Ich hab auch gleich daran gedacht. Daran, dass wir ja noch immer nicht wissen, ob denn Bartl nicht vielleicht doch der Nadine gefolgt war, als die vom Strandbad losgeradelt war."

„Ja, genau", setzte Naderer fort, „und wenn er wirklich hinterhergeradelt war, kann es gut sein, dass er gesehen hatte, wie Nadine zu Seibolds Haus gegangen war. Und vor allem, ich trau dem Typen auch diese Erpressung zu. Mal schnell die große Kohle machen und dann tschüss! Jedenfalls denke ich, sollten wir Bartl morgen beim Verhör gleich mit der Sache konfrontieren. Oder was meint ihr?"

„Seh ich genauso", schaltete sich Schönwald ein. „Ich kann mir vorstellen, dass der da ziemlich schnell zusammenbricht, wenn wir ihn direkt darauf ansprechen."

„Aber selbst wenn Bartl die Erpressung zugibt", warf Brettfeld ein, „bringt uns das im eigentlichen Fall nicht weiter. Es macht weder Seibold noch Bartl verdächtiger, oder übersehe ich irgendetwas?"

„Zumindest wissen wir dann, wo Nadine sich zuletzt aufgehalten hatte. Auch wenn beide die Möglichkeit hatten, das Mädchen zu ermorden", meinte Schönwald, „sind wir einen Schritt weiter. Ich kann mir schon vorstellen, dass beim Verhör noch die eine oder andere hilfreiche Aussage dazu kommt."

„Dennoch werden wir morgen früh Seibolds Handy entsprechend bearbeiten. Vielleicht liegen wir ja falsch", sagte Oberbrandacher und blickte fragend in die Runde.

„Ich denke, dass wir morgen ordentlich was zu tun haben und wer weiß, was da noch alles auf uns zukommt", beabsichtigte Naderer das Meeting zu beenden.

„Wann sehen wir uns morgen?", wollte Walser noch wissen.

„Die Hausdurchsuchungen sind organisiert, da braucht es uns nicht. Gegen neun, halb zehn, werden wir mit den

Einvernahmen beginnen. Also, was haltet ihr von halb neun?“, schlug der Einsatzleiter vor.

48

Keine halbe Stunde später saß der Inspektor auf der Gartenterrasse des Café Neuhofer. Vor ihm stand ein Glas Cuvée. Ein Blick auf sein Handy zeigte ihm, dass es kurz nach halb elf war. Naderer überlegte, ob Susi schon bei ihm zu Hause auf ihn wartete.

„Sie wird da sein“, beschloss der Polizist und lenkte seine Gedanken wieder in Richtung der laufenden Ermittlungen. So wie er es häufig tat, versuchte er, die Geschehnisse der letzten Stunden noch einmal für sich zusammenzufassen.

Nach wie vor konnte er sich diesen Hainbach nicht wirklich als Täter in den neuen Fällen vorstellen. Sehr wohl aber was Kathrin Hochreiter anging. Und was seine eigene Frau betraf. Vielleicht hatte die irgendwas mitbekommen. Irgendwie herausbekommen, dass ihr Mann etwas mit dem Verschwinden des Mädchens zu tun hatte und musste deshalb auch verschwinden. Dass die beiden Geschehnisse Monate auseinander lagen, irritierte Naderer nicht. Schließlich konnte Frau Hainbach lange Zeit mit ihrem Wissen hinter dem Berg gehalten haben.

Dass Bartl Nadine gefolgt war, vermutete Naderer ohnehin schon von Anfang an. Wenn der kein eindeutiges Alibi bringen konnte, stand diese Tatsache für ihn fest. Und die Erpressung. Das war irgendwie offensichtlich. Da zweifelte Naderer keinen Moment daran. Warum auch immer. Intuition? Keine Ahnung. Er konnte sich durchaus vorstellen, dass Bartl die Taten begangen hatte und trotzdem die Coolness hatte, den Seibold zu erpressen. Vielleicht wollte Bartl so schnell wie möglich weg. Mit einer halben Million ließe sich das gewiss einfacher bewerkstelligen.

Nach wie vor aber war Dr. Seibold sein Hauptverdächtiger. Erpressung hin, Erpressung her. Dass er der Letzte war, bei dem Nadine gesehen wurde, machte ihn noch verdächtiger als zuvor. Und morgen, davon war Naderer überzeugt, würden sich auch Spuren von Sabrina im Jagdhaus finden. Dann werden wir wissen, dass beide Mordopfer sich dort aufgehalten haben. Dann wird es eng werden für den Herrn Doktor. Außerdem war der Seibold auch in der Sache Kathrin Hochreiter ein potenzieller Kandidat für ihn.

Jedenfalls müssen wir morgen bei den Verhören definitiv eine härtere Linie fahren. Die Zeit der Befragungen ist vorbei. Morgen gibt es eindeutige Verhöre. Einvernahmen ohne Rücksicht. Wir müssen vorankommen. Er nahm einen letzten Schluck vom Cuvée.

Wieder blickte Naderer auf sein Handy. Elf Uhr fünfzehn. Er winkte der Serviererin, zahlte und machte sich auf den Weg zu seiner Dachterrassenwohnung. In wenigen Minuten würde er wissen, ob die neue Frau in seinem Leben auch diese Nacht mit ihm verbringen wollte. Er ging langsam. Fast so, als ob er sich davor fürchtete, niemanden in seiner Wohnung anzutreffen. Nein, er war sich sicher, dass Susi da sein würde. Als seine Wohnung in sein Blickfeld kam, sah er, dass dort Licht brannte. Befreit, erleichtert und voller Freude atmete er auf. Ja, sie war tatsächlich da. Er hatte es gewusst. Es war nicht mehr viel los in Mattsee. Kein Mensch wurde Zeuge des übermütigen Tänzchens, das der verliebte Mann auf der Straße hinlegte.

49

Dr. Dr. Karel Posch saß auf der kleinen, keine fünfzehn Quadratmeter großen Terrasse seines Ferienhauses, das er sich vor ein paar Monaten zugelegt hatte. Genau genommen, gehörte es einem Mr. Szaboty aus New Jersey in den USA. Ganz genau genommen, gehörte es jedoch ihm. Nur hatte es offiziell dieser Strohmann für ihn gekauft. Dr. Posch wollte da nicht in Erscheinung treten. Niemand sollte wissen, wer denn wirklich in diesem Ferienhaus aus und ein ging und schon gar nicht, wem es gehörte.

Dieses schöne, bescheidene kleine Anwesen gehört auch zum Ortsgebiet von Mattsee. So wie das Jagdhaus von Dr. Seibold. Und es lag genau genommen keine hundert Meter von diesem entfernt.

Von seiner Terrasse aus sah Dr. Posch geradewegs zum Haus von Dr. Seibold, das in dieser Nacht ganz im Dunkeln lag. Keiner zu Hause. Deshalb saß er auch ganz entspannt auf seiner Terrasse. Neben ihm auf dem kleinen Beistelltisch stand eine Flasche vom besten Rotwein. Es war nicht die erste. Auch wenn er sich schon nachmittags im Fürst das eine oder andere Achtel gönnte, kam er in solchen Minuten und Stunden nicht ohne ein gutes Glas aus. Das lag seiner eigenen Überzeugung nach vor allem daran, dass er noch immer diese schrecklichen Erinnerungen mit sich herum trug. Und derzeit wohl auch daran, dass er gerade zielstrebig daran arbeitete, diese Erinnerungen loszuwerden. Rache zu üben, für etwas, das diese furchtbaren Gedanken in ihm aufkommen ließ. Und damit sollte nun Schluss sein. Deshalb hatte der Ökonom sich dieses kleine Ferienidyll angeschafft. Posch war überzeugt: Schon bald würde die Sache ein Ende haben.

Dr. Posch nahm einen Schluck aus dem gut eingeschenkten Weinglas, stellte es wieder auf dem Beistelltischchen ab und setzte in Gedanken dort fort, wo er nachmittags im Hotel Fürst aus eben diesen gerissen wurde.

Es war gegen Mittag, am Tag nach diesem für ihn so langweiligen Jagdherrenabend, zu dem sein Geschäftspartner und Freund Dr. Seibold geladen hatte und vor dem er sich in diesem Jahr nicht schon wieder drücken konnte, als er am Parkplatz des luxuriösen Anwesens aus dem Taxi stieg. Die Sonne lachte von einem wolkenlosen Himmel über dem Salzburger Land. Er erkannte gleich, dass nur noch sein Wagen und jener von Seibold am Parkplatz standen.

Er schaute zur Terrasse vor dem Haus. Aber von seinem Freund Seibold keine Spur. Er ging die paar Stufen hinab und wollte nachsehen, ob Seibold vielleicht im Haus steckte. Doch keine Menschenseele war zu sehen. Stattdessen sah er auf einer der aufgeklappten Sonnenliegen ein Häufchen lässig zusammen gelegter Kleidungsstücke liegen. Ganz oben auf ein rosafarbener String-Tanga, der ganz bestimmt nicht seinem Geschäftspartner gehörte. „Ob da wohl letzte Nacht jemand nackt nach Hause gefahren war?“, schmunzelte er, während er auf die nur angelehnte Haustüre zuging. In dem Moment wurde diese von innen geöffnet und vor ihm stand ein junges, hübsches Mädchen. Halb nackt. Nur mit einem knappen Bikini bekleidet.

„Entschuldigen Sie bitte“, war er es, der als Erster die Sprache wiederfand. „Ich hoffe, ich habe Sie nicht zu sehr erschreckt. Ich wusste nicht, dass außer dem Hausherren noch jemand im Haus ist.“

„No problem“, antwortete das Mädchen selbstbewusst. „Sie haben mich nicht erschreckt. Ich habe ja schon gehört, dass jemand auf der Terrasse ist. Allerdings dachte ich, dass Helmut zurück ist. Ansonsten hätte ich etwas übergezogen."

„Aber bitte, nur keine Umstände. Ich hab schon ab und an mal ein Mädchen im Bikini gesehen", lachte er. „Allerdings nur ganz selten ein so hübsches!"

„Danke, sehr freundlich. Aber sagen Sie, was wollen Sie von Helmut?"

„Oh, Verzeihung, ich habe mich noch gar nicht vorgestellt. Mein Name ist Karel Posch. Ich bin der Geschäftspartner von Dr. Seibold und außerdem sein Freund. Und Sie? Mit wem habe ich das Vergnügen?"

„Kathrin. Sagen Sie einfach Kathrin zu mir."

„Ich wollte eigentlich nur mein Auto abholen, das ich gestern Nacht hier zurückgelassen habe."

„Dann waren Sie also auch auf der Party, die da letzte Nacht gefeiert wurde?"

„Ja, leider!"

„Sie sind nicht so der Partyfreak, was?"

„Richtig. Und schon gar nicht mit dieser eingebildeten Jagdherrengesellschaft. Und Sie, waren Sie auch dabei?"

„Nein, ich bin erst vor einer Stunde hierhergekommen. Helmut hatte mir kürzlich mal von diesem schönen Haus erzählt und heute stand er plötzlich mit seinem Wagen vor mir und meinte, ich könnte ihm doch Gesellschaft leisten."

„Ja und wo ist Ihr Gastgeber jetzt?"

„Ehrlich gesagt, weiß ich es nicht. Er sagte, er habe noch rasch etwas zu erledigen und wäre gleich wieder zurück. Dann marschierte er los. Zu Fuß. Aber das ist wohl nicht so ungewöhnlich für einen Jäger, oder?"

„Besonders gastfreundlich finde ich das nicht."

„Ach, kein Problem. Er hat mir gezeigt wo der Champagner steht und gemeint, ich solle mich wie zu Hause fühlen."

„Und fühlen Sie sich wie zu Hause?"

„Alles bestens. Nur dass ich halt allein trinken muss. Wie wär's, trinken Sie ein Glas Schampus mit mir?"

„Ja, gerne. Ich muss ja ohnehin auf Helmut warten. Ich möchte noch kurz etwas mit ihm besprechen."

„Na, dann, setzen Sie sich zu mir."

Er setzte sich auf die Liege neben Kathrin und nahm das Glas entgegen, welches sie ihm reichte.

„Zum Wohl, Herr Posch", lachte das Mädchen ihn an.

„Sagen Sie doch einfach Karel zu mir."

Sie stießen an und tranken einen ersten kräftigen Schluck vom gut gekühlten Champagner.

Während der folgenden zwei Stunden unterhielten sich die beiden prächtig. Die junge Kathrin, die noch keine zwanzig war, wie er vermutete, und der ältere Herr, dem sein Alter aber gut zu Gesicht stand, lachten, tratschten und tranken zusammen. Er stellte gerade die zweite Champagnerflasche kopfüber in den Eiskübel, als plötzlich Dr. Seibold auf der Terrasse seines Hauses stand.

„Da hätte ich mich ja nicht so beeilen müssen", lächelte Seibold freundlich grinsend. „Wie ich sehe, bist du in bester Gesellschaft."

„Entschuldige Helmut, wenn wir beide einfach so deinen Champagnervorrat dezimieren. Ich wollte unbedingt noch auf dich warten."

„Was redest du Karel, das ist doch kein Problem. Ich steig nur schnell unter die Dusche und dann komm ich mit einer neuen Flasche, okay? Ihr bleibt doch noch ein wenig, oder?"

„Ja, gerne", strahlte Kathrin, „ich fühl mich hier sauwohl. Schampus trinken mit gleich zwei Gentlemen. Herz was willst du mehr!"

„Vielleicht könnt ihr beiden ja inzwischen ein bisschen was zum Essen herrichten. Ich bin ziemlich hungrig. Alles, was ihr braucht, findet ihr in der Küche und in der Speisekammer. Nehmt, was ihr wollt."

Während sich Seibold frisch machte, hantierten Kathrin und er in der Küche herum. Sie noch immer nur mit ihrem extraknappen Bikini bekleidet, der durchaus reizvolle Einblicke eröffnete. Er inzwischen ohne Oberteil. Es war einfach zu heiß an diesem Nachmittag, um im Oberhemd herum zu sitzen. Beim Herrichten der kleinen Zwischenmahlzeit berührten sich die beiden ab und an flüchtig. Gewollt oder ungewollt. Er fand es jedes Mal aufregend angenehm.

Als Seibold wieder auf die Terrasse kam, war er nur mit einer leichten Short bekleidet. „Na, das habt ihr ja fein hingekriegt. Sieht lecker aus."

Tatsächlich hatten Kathrin und er ordentlich aufgetischt. Schinken, Käse, Speck, Salami, Parmaschinken, Melone, Räucherlachs, Butter, Brot und noch andere leckere kleine Zugaben.

„Den Schampus haben wir auch schon aufgemacht", lachte Kathrin. „Ich hoffe, das ist dir recht."

„Bitte, ihr beiden, setzt euch und lasst es euch schmecken." Es war schon gegen vier, als Seibold eine weitere Flasche entkorkte.

„Für mich nur noch einen kleinen Schluck", legte er die Hand über sein Glas. „Sonst komm ich heute wieder ohne Auto ins Hotel."

„Jetzt hab' dich nicht so Karel", erwiderte Seibold. „Du kannst dich ja später noch ein wenig hinlegen, bevor du losfährst."

„Ja, Karel", forderte auch Kathrin, „sei doch kein Spielverderber, wo wir's doch gerade so lustig haben."

Er wollte an diesem Nachmittag wirklich kein Spielverderber sein. Außerdem fand er die Gesellschaft des jungen Mädchens ausgesprochen angenehm. Inzwischen war es schon etwas mehr als nur Sympathie, stellte er irgendwann für sich fest. Ja, das Mädchen hatte was. Die konnte einem schon ziemlich einheizen. Er ertappte sich immer öfter dabei, wie er auf Kathrins halb entblößte Brüste und den nur ganz spärlich verdeckten Po starrte, was eigentlich so gar nicht seine Art war. Überhaupt hatte er noch nie etwas für so junge Dinger übrig. Er wunderte sich selbst, ob seines Interesses.

Was er nicht bemerkte, ihn aber mindestens ebenso hätte verwundern müssen, war, dass sein Freund Seibold offensichtlich weit weniger Gefallen an dem Mädchen fand. Im Gegenteil: Seibold wirkte kühl, distanziert. Auch wenn er immer wieder am Gespräch teilnahm, auch mal scherzte und lachte, war er irgendwie nicht bei der Sache.

Aber wie gesagt, er bemerkte es nicht. Er hatte zusehends nur noch Augen für Kathrin, der inzwischen der Alkohol schon ziemlich zu Kopf gestiegen war.

Sie stand jedenfalls plötzlich auf, ging in Richtung Küche und kam wenig später mit zwei Flaschen Champagner und ohne Bikinioberteil zurück.

„Ich wollte schon immer mal eine richtige Schampusdusche erleben“, lachte sie herausfordernd und stellte die beiden Flaschen vor den Männern auf den Tisch. Sie selbst stellte sich in einiger Entfernung selbstsicher und recht aufreizend in Pose. „Na los, meine Herren, nur nicht zimperlich. Mir ist heiß, ich will duschen!“

Posch hantierte offensichtlich recht erregt am Flaschenverschluss herum. Schließlich schaffte er es doch, den Korken knallen zu lassen. Seibold tat es ihm gleich, allerdings weit weniger aufgeregt.

Während sein Freund und er das Mädchen über und über mit Schampus benetzten, wusste er auf einmal: Er wollte, nein er musste, dieses Mädchen haben. Ob die wohl mit ihm schlafen würde, fragte er sich plötzlich ziemlich unsicher? Er verwarf seine Bedenken gleich wieder. Er war sich sicher, dass da etwas zu machen war.

Als der letzte Tropfen aus den beiden Flaschen vergossen war, kam die klatschnasse Kathrin auf die beiden Männer zu, küsste beide links und rechts auf die Wangen und meinte: „Ich spring mal rasch unter die Dusche."

„Lass' dir ruhig Zeit", meinte Seibold mit einem süffisanten Grinsen. „Karel und ich haben noch eine Kleinigkeit zu besprechen."

„Na dann, vielleicht kann mich einer der Herren später trocken rubbeln", lachte sie neckisch und verschwand im Haus.

„Karel, mein Lieber, ich schenk uns jetzt mal einen richtig guten Cognac ein. Ich kann das Zeugs schon nicht mehr sehen", wandte sich Seibold an seinen Freund und wies dabei auf die leeren Schampusflaschen.

„Ich auch nicht. Allerdings weiß ich auch nicht, ob ich jetzt noch einen Cognac vertrage."

Kurz darauf kam Seibold mit zwei Gläsern Cognac zurück, stellte diese auf den Tisch und setzte sich. Er stopfte sich in aller Ruhe eine Pfeife, zündete sie an und genoss die ersten zwei, drei Züge, bevor er sich wieder seinem Geschäftspartner zuwandte.

„Zum Wohl, mein Freund. Trinken wir auf die Jugend und das süße Leben."

„Gesundheit", antwortete Posch und stieß mit Seibold an.

„Auf Kathrin! Und jetzt verrate mir bitte, woher du sie kennst. Wie kommt so ein junges Ding hierher?"

„Die hab' ich für dich bestellt", lachte Seibold lauthals. „Nein, Spaß bei Seite. Ich habe Kathrin vor ein paar Tagen kennengelernt. Und irgendwann meinte sie, sie möchte mal das tolle Haus sehen, von dem ich ihr zuvor erzählt hatte. Also lud ich sie ein, mich bei Gelegenheit hier zu besuchen. Das war alles. Aber jetzt zu uns, Karel. Was wolltest du mit mir besprechen."

„Sei mir nicht böse, Helmut, aber dazu habe ich jetzt echt keinen Bock mehr. Und ich hab' schon viel zu viel getrunken. Zum Wohl!"

Mit einem zweiten Schluck leerte er sein Glas.

„Na gut, kein Problem. Ich denke, du möchtest jetzt doch lieber der Kleinen den Rücken schrubben, oder?"

„Ja. Oder nein. Ich weiß es nicht. Ich bin plötzlich so müde und richtig besoffen, glaube ich. Ich leg' mich oben hin, okay?

Wenn die Kleine was von mir will, wird sie mich finden, nicht?"

„Mach' das, Karel. Ich werde ihr schon verraten, wo du zu finden bist. Jetzt ruh dich erst mal aus."

Posch ging hinauf ins Obergeschoss. Das Gästezimmer rechts, wenn man die Treppe hoch kam, war her gerichtet. Vermutlich nicht für ihn, aber auf jeden Fall für jemanden, der hier – warum auch immer – übernachten wollte. Er wollte nicht übernachten, aber sich ausruhen. Ein paar Stunden schlafen. Er fühlte sich so müde. Erschöpft. Obwohl doch dieser Nachmittag mit dem Mädchen, wie hieß sie denn noch, überlegte Posch, so aufregend war. Er hatte wohl doch zu viel getrunken, dachte er noch, warf sich aufs Bett und schlief augenblicklich ein."

„Karel, Karel, mein Gott, wach auf ", vernahm er eine aufgeregte Stimme, ohne feststellen zu können, woher diese kam oder zu wem diese gehörte.

„Karel, wach auf, verdammt. Was hast du getan. Karel!“ Langsam, so als ob es ihm unendlich Mühe bereitete, öffnete er seine Augen. Das Licht der Deckenlampe blendete ihn. Verschwommen nahm er eine Person wahr, die sich über ihn beugte. Vermutlich war es auch dieselbe Person, die ihn an den Schultern packte und versuchte, ihn wachzurütteln. Er spürte den festen Griff der Person, hörte ihre Stimme, war aber nicht im Stande, irgendetwas zu sagen oder Gegenwehr zu leisten.

„Karel“, bohrte sich die Stimme wieder in sein Gehirn. „Karel, was hast du mit dem Mädchen gemacht. Verdammt, wach endlich auf.“

Er spürte die Ohrfeigen, links, rechts, links, rechts, mit denen jemand offensichtlich versuchte, ihn wach zu bekommen. Jetzt sah er die Person deutlicher. Ja, es war sein Freund Helmut. Langsam lichtete sich der Nebel vor seinen Augen. Er wollte etwas sagen, doch seine Stimme versagte.

„Jetzt wach’ endlich auf “, schrie sein Freund und Geschäftspartner.

„Warum tut der so hektisch. Was ist los“, überlegte er und freute sich innerlich, dass er doch einen klaren Gedanken fassen konnte.

„Komm’ schon, Karel, jetzt komm’ endlich zu dir. Was ist denn hier bloß geschehen. Was ist mit Kathrin?“

Kathrin, schoss es ihm durch den Kopf. Das Mädchen, das junge Ding von heute Nachmittag. Was soll schon mit ihr sein. Er kam langsam zu sich.

„Mensch, Karel“, redete Seibold auf seinen Geschäftspartner ein. „Mensch, Junge, was hast du mit dem Mädchen gemacht?“

„Helmut“, brachte er stammelnd hervor. „Was ist passiert? Warum bist du so aufgebracht?“

Jetzt erst spürte er den Körper neben sich. Er streckte seine Hand aus. Ja, klar, das Mädchen, diese Kathrin! Die lag wohl neben ihm. Was für ein Mädchen, dachte er.

„Psst", deutete er. „Psst, Helmut, du weckst die Kleine auf. Ist es denn schon so spät?"

„Karel, bist du nicht bei Trost. Dieses Mädchen neben dir ist tot. Was hast du bloß mit ihr gemacht. Was, Karel? Was ist geschehen?"

Plötzlich war Posch hellwach. Er richtete sich auf, griff erneut neben sich. Dann rieb er sich die Augen und sah hin. Er sah das nackte Mädchen. Reglos. Aber ja, sie schlief. Was sonst. Sie schlief.

Seibold schien die Gedanken seines Freundes zu erraten und wiederholte mit Nachdruck: „Karel, dieses Mädchen da neben dir ist tot. Mausetot! Was hast du bloß mit ihr gemacht?"

Posch, jetzt endlich wirklich wach, fasste dem Mädchen an die Schlagadern am Hals. Kein Puls. Nichts. Er legte sein Ohr auf ihre Brust. Kein Herzschlag. Jetzt erst bemerkte er die weit aufgerissenen Augen, aus denen ihn Kathrin anschaute. Auch er begriff jetzt: Das Mädchen war tot.

„Kannst du mir sagen, was da zwischen euch gelaufen ist?", schrie Seibold ihn an. „Helmut, glaube mir, ich habe keine Ahnung. Ich kann mich nicht mehr erinnern. Ich erinnere mich nicht mal mehr, dass Kathrin zu mir kam."

„Du hast wohl wirklich zu viel getrunken, oder? Du hattest ein Blackout, Karel. Ein Blackout. Ja, genau. Du erinnerst dich an nichts. Das sagen wir auch der Polizei."

„Polizei? Was willst du mit der Polizei? Das Mädchen ist einfach verstorben. Ich hab doch nichts damit zu tun."

„Karel, wonach sieht das aus? Du liegst neben einem Mädchen im Bett, das vor wenigen Stunden noch Lebensfreude pur versprüht hatte und jetzt tot ist. Da hilft nur noch ein Blackout, um dich halbwegs unbeschadet aus der Sache raus zu bekommen. Verstehst du, es ist völlig offensichtlich, was da passiert ist. Ohne ein glaubwürdiges Blackout wanderst du in den Knast. Aber ich bestätige das schon. Ich war ja dabei, als ihr beide euch quasi zugeschüttet habt."

„Du glaubst wirklich, ich hätte dem Mädchen etwas angetan?"

„Was ich glaube oder nicht, mein Lieber, spielt keine Rolle. Du liegst mit einer Toten im Bett, die kurz davor noch absolut lebendig war. Dass du für jeden Polizisten zwischen Hamburg und Mattsee der Hauptverdächtige bist, ist wohl klar, oder? Und dabei habe ich ja noch keine Sekunde darüber nachgedacht, was das für unsere Firma bedeutet. Mein Partner, ein Mörder! Das Blackout wird nicht alles entschuldigen können. Mensch, Karel, was ist in dich gefahren. Um ein paar Jahre Knast wirst du nicht herumkommen. Verdammt, was machen wir, Karel?"

„Was soll ich im Knast? Ich habe nichts getan. Nichts, woran ich mich auch nur dumpf erinnern könnte."

„Karel, als Kathrin aus der Dusche kam, wollte sie geradewegs zu dir. Ich hab' ihr gesagt, wo du zu finden bist. Dann habe ich mich aufs Sofa gelegt und bin eingeschlafen. Und jetzt, jetzt finde ich euch beide so. Hier in meinem Haus, in meinem Gästezimmer."

„Ich kann mich an nichts erinnern."

„Woran auch immer du dich erinnern kannst oder auch nicht, sieh dir mal ihren Hals an. Du hast sie gewürgt. Ganz offensichtlich. Vielleicht warst du einfach etwas zu stürmisch."

„Du glaubst wirklich, ich habe das Mädchen umgebracht? Geht das denn? Ich meine, so ganz ohne jede Erinnerung? Und warum sollte ich das getan haben?"

„Wie auch immer es geschehen ist, ob absichtlich oder im Affekt oder ob es ein Unfall war – vielleicht während du es ihr besorgt hast – ist zweitrangig. Wesentlich ist, mein Geschäftspartner hat mit dem Tod dieses Mädchens zu tun. Und zwar unmittelbar. Was glaubst du, was da in den nächsten Tagen abgeht?"

„Und mich sperren Sie ein, für etwas, an das ich mich in keinster Weise erinnern kann. Man wird mich zum Mörder stempeln. Helmut, hilf mir!"

„Wie soll ich dir helfen? Du bist mein Freund, aber ich kann doch keinen Mörder decken!"

„Mörder? Bist du verrückt? Ich bin doch kein Mörder!" Seibold schaute auf die Leiche, die da neben ihnen im Bett lag und machte Posch damit unmissverständlich klar, dass er ihn, seinen Freund, des Mordes bezichtigte.

„Wir müssen die Polizei verständigen und uns auf dein Blackout berufen. Ich werde das bestätigen. Mehr kann ich nicht für dich tun."

„Lass uns nachdenken, Helmut. Vielleicht fällt uns ja noch etwas ein. Ich will nicht ins Gefängnis. Ich will auch diese Verhöre nicht und auch die Meldungen in der Presse und im Fernsehen will ich nicht. Das bringt uns um, Helmut."

„Was denkst du, Karel, wie sollten wir das, was hier geschehen ist, vertuschen?"

„Sie muss verschwinden! Ja, genau, Helmut, sie muss einfach verschwinden! Weiß denn irgendjemand, dass sie heute hier bei dir war?"

„Vielleicht hast du recht, Karel. Die Kleine kann nicht einfach so dein Leben zerstören. Wir lassen sie verschwinden. Außer uns, weiß ja keiner was davon. Nur du und ich. Ich weiß auch schon wie oder besser gesagt wo. Wir bekommen das hin, Karel. Keine Bange."

„Glaubst du wirklich?"

„Ja, lass mich nur machen. In einer Stunde ist die Sache erledigt. Dann kräht kein Hahn mehr nach dem Mädchen. Sie wird für immer verschwinden."

„Ich steh in deiner Schuld, Helmut. Ich werde dir das nie vergessen."

„Da bin ich ganz sicher, Karel."

50

Es war Mittwochmorgen, acht Uhr früh. Pünktlich rückte das Team der SOKO beim Jagdhaus von Dr. Seibold an. Vier Wagen, zwölf Mann, beeindruckten sogar Seibold, der auf der Terrasse schon auf das Polizei-Kommando wartete.

„Guten Morgen, die Herrschaften", tat Seibold gut gelaunt und scheinbar überzeugt davon, dass die avisierte Hausdurchsuchung nichts Belastendes zu Tage fördern konnte.

„Guten Morgen, Herr Doktor", grüßte Revierinspektor Oberbrandacher freundlich zurück. „Wir dürfen beginnen?"

„Mein Haus gehört Ihnen. Tun Sie, was Sie nicht lassen können."

„Dankeschön", erwiderte Oberbrandacher ironisch und deutete seinen Kollegen, dass sie mit ihrer Arbeit beginnen konnten.

Als auf der Bergstraße, die nahe an Seibolds Jagdhaus vorbeiführte, plötzlich zwei Bagger und drei Lastkraftwagen entlangkamen, scherzte Seibold: „Wollt ihr mein Haus gleich dem Erdboden gleichmachen?"

„Die gehören nicht zu uns, keine Bange, Herr Seibold."

„Wissen Sie denn, was die hier oben wollen?"

„Soviel ich weiß, soll der alte Bauernhof da oben endlich dem Erdboden gleich gemacht werden. Wird ja ohnehin Zeit. Da lebt schon ewig keiner mehr!"

„Welcher Bauernhof?", fuhr Seibold auf. „Welchen Bauernhof meinen Sie?"

„Schauen Sie her, Herr Seibold. Von hier aus sieht man den Hof!"

Seibold trat neben Oberbrandacher. Der zeigte mit seinem Zeigefinger bereits hinauf zu diesem alten Bauernhof, der noch an diesem Tag abgerissen werden sollte.

„Sind Sie sicher?", fragte Seibold nach.

„Ja, ganz sicher. Schließlich haben wir ja den Abriss polizeitechnisch freigegeben. Also, ich meine, ohne dass wir irgendwelche besonderen Sicherheitsvorkehrungen gefordert hatten. Hier oben, da kann nichts passieren. Verstehen Sie?"

Seibold stand schon nicht mehr neben Oberbrandacher. Er saß auf seiner Terrasse und versuchte nervös, seine Pfeife zu stopfen. Als der Polizist näher kam, bemühte sich Seibold, wieder mehr Ruhe und Gelassenheit auszustrahlen. „Wenn Sie mich brauchen", lächelte er zynisch, „bin ich hier draußen anzutreffen."

„Danke", antwortete Oberbrandacher nur und ging zu seinen Kollegen ins Haus.

Seibold biss mehr auf seiner Pfeife herum, als sie zu rauchen. Er war nervös. „Was geschieht denn hier?", überlegte er. „Jetzt reißen die auch noch den Bauernhof ab. Hat sich denn alles gegen mich verschworen? Wer kommt ausgerechnet jetzt auf die Idee, den alten Hof abzureißen? Aber andererseits, wer weiß, wie die so was machen. Einebnen und Gras über alles wachsen lassen. Was soll man denn sonst machen? Einen neuen Hof wird man dort nicht hinstellen."

Oberbrandacher kam aus dem Haus, warf Seibold einen kurzen, unbedeutenden Blick zu. Er telefonierte. „Was sagst du da", fragte der Revierinspektor nach. „Ihr habt Knochen gefunden? Einen Schädel? In der Jauchegrube? Verdammt! Okay, ich schick euch ein paar Leute rauf."

Seibold hatte jedes Wort mitgehört. Er wusste, was das zu bedeuten hatte. Um sicherzugehen, fragte er nach: „Herr Revierinspektor, was Sie da eben gesagt haben? Geht es um die Baustelle da oben, von der wir eben gesprochen haben?"

„Ja! Verdammte Scheiße ist das", maulte der Polizist zurück.

„Jetzt haben wir noch eine Leiche!"

51

„Es ist immer das Erste", schilderte der Bauarbeiter die Geschehnisse seit dem frühen Morgen, „was wir in solchen Fällen zu tun haben. Die Jauchegrube muss ausgepumpt werden. Das uralte Zeugs ist nicht mehr zu gebrauchen. Das muss fachmännisch entsorgt werden."

„Kann ich mir vorstellen, nach all den Jahren", meinte Inspektor Naderer, der neben dem Bauarbeiter, direkt bei der Jauchegrube stand.

„Dann gab es eine Verstopfung beim Absaugrohr", erklärte der Mann weiter, „und als wir das Rohr herauszogen, um zu sehen, woran es lag, haftete das daran." Der Bauarbeiter zeigte auf den Schädel, der unweit von ihnen auf einem ausgebreiteten Flies lag. „Ich bin vielleicht erschrocken, sag' ich Ihnen. So was erlebt man nicht alle Tage."

„Können Sie irgendein Sieb oder einen Filter vor das Absaugrohr geben?", erkundigte sich der Leiter der KTU, Franz Wörgötter, der eben auf die beiden zukam. „Wir müssen versuchen, möglichst viele Teile des Skeletts sicherzustellen, versehen Sie?"

„Ja, wir können da schon was machen", antwortete der Bauverantwortliche. „Aber es wird mühsam. Was denken Sie denn, wie fein muss der Filter sein? Je feiner, desto mühsamer. Die Brühe hier ist nicht gerade Trinkwasser, wenn Sie wissen, was ich meine."

„Ich denke mal, dass ein Netz mit etwa Quadratzentimeter großen Durchlässen ausreichen müsste", schlug Wörgötter vor.

„Das sollte sich machen lassen. Ich kümmere mich darum."

Naderer betrachtete inzwischen die Szenerie um sich herum. Bagger- und LKW-Fahrer saßen untätig herum. Sie konnten im Moment nichts tun. Auch die Truppe des Bauarbeiters, mit dem er eben gesprochen hatte, hatte zunächst Pause. Emsig bei der Arbeit waren im Moment nur die Frauen und Männer der KTU. Wobei Naderer der Meinung war, dass für so ein paar Knochen eine etwas kleinere Truppe gereicht hätte.

„Franz", wandte sich Naderer an den Leiter der Gruppe, „was denkst du, bis wann du irgendetwas zur Identität sagen kannst?"

„Sobald ich mit dem Schädel im Labor bin. Aber nur, wenn du mir genau sagen kannst, mit welchen vorhandenen DNA-Profilen ich die Fundstücke von hier vergleichen soll", meinte Wörgötter und grinste dabei hämisch.

„Bist aber witzig drauf heute", antwortete der Inspektor.

„Woher soll ich das denn wissen?“ Und plötzlich schoss ihm ein Gedanke durch den Kopf. „Aber vielleicht beginnst du deine Vergleichsreihe mit Kathrin Hochreiter.“

„Wenn du meinst. Mir soll's recht sein. Ich melde mich jedenfalls so rasch wie möglich.“

Inspektorin Schönwald, die nach dem Anruf von Oberbrandacher allein mit ihrem Chef hier heraufgefahren war, kam auf die beiden zu. Schon aus einiger Entfernung rief sie ihnen zu: „Wisst ihr was? Ich könnte mir vorstellen, dass wir heute Kathrin gefunden haben. Was meint ihr?“

„Wie kommst du denn darauf?“, hakte Naderer nach.

„Nur so ein Gefühl!“

„Ich habe eben Kollegen Wörgötter gebeten, zunächst einen Vergleich mit den vorliegenden DNA-Spuren von Kathrin vorzunehmen. Irgendwie habe ich auch so ein Gefühl.“

„Das wäre ja was“, brachte Schönwald ihre Vorfreude zum Ausdruck, „wenn wir jetzt, nach mehr als acht Jahren so ganz zufällig ihre Leiche fänden. Oder das, was davon noch übrig ist.“

„Ich denke, wir können hier nicht mehr viel tun“, wandte sich Naderer wieder an Wörgötter. „Ist wohl mehr euer Job als unserer. Also, wir lassen euch machen und sobald es was Neues gibt, meldest du dich. Übrigens: Ist denn Dr. Frey schon informiert?“

„Ja, Sie wartet bereits in meinem Labor auf mich und die Fundstücke. Wir werden uns gemeinsam der Sache annehmen.“

52

Kurz vor zehn an diesem hochsommerlichen 20. Juli 2011 in Obertrum. Schönwald und Naderer saßen sich im Konferenzraum der Hauptschule, dort wo die SOKO interimistisch eine Unterkunft fand, gegenüber.

„Die Hausdurchsuchungen ziehen sich offensichtlich etwas in die Länge. Wollte Oberbrandacher mit Seibold und Bartl nicht gegen halb zehn hier sein?“, vergewisserte sich Schönwald.

„Ja, aber das macht nichts. Mir ist lieber, die Leute schauen etwas genauer hin. Das Verhör der beiden läuft uns nicht davon.“

„Du hast recht, Max. Aber was ist mit Hainbach? Ist der schon hier?“

„Ja, der wartet seit gut einer Stunde. Durch den Skelettfund hat sich seine Einvernahme etwas verzögert. Aber der ist im Urlaub. Da wird er schon etwas Zeit übrig haben.“

„Du wolltest doch eigentlich Oberbrandacher auf ihn ansetzen, oder? Sollten nicht wir beide uns um den Hainbach kümmern. Wer weiß, bis wann Oberbrandacher zurückkommt?“

„Können wir machen, Karin. Besorgst du uns Kaffee? Ich hol’ inzwischen unseren Kandidaten her.“

„Okay, dann bis gleich!“

Als Schönwald mit den drei Cappuccini zurückkam, saß Hainbach ihrem Kollegen gegenüber. Hainbach wirkte entspannt. Offensichtlich hatte ihm die Warterei nichts ausgemacht.

„So, nun möchte ich doch ganz gerne wissen“, eröffnete Hainbach das Gespräch, „was ich hier soll? Ich habe kein Problem damit, dass man mich herbestellt hat, aber mir ist einfach nicht klar weshalb.“

„Zunächst einmal geht es um Ihr Alibi“, antwortete Schönwald, „oder besser gesagt um zwei Alibis, Herr Hainbach. Verraten Sie uns doch, wo Sie letzten Donnerstag zwischen 20 und 23 Uhr waren? Was haben Sie in der Zeit gemacht?“

„Donnerstag letzter Woche“, wiederholte der Vernommene, „lassen Sie mich überlegen. Also spontan würde ich sagen, ich war den ganzen Abend im Gasthof Neumayr. Ja, bestimmt. An diesem Abend machte ich die Bekanntschaft einer reizenden alleinreisenden Dame, die ich nach dem Essen zu einem guten Glas Wein einladen durfte. Ja, das war ganz sicher am Donnerstag.“

„Ihr Rendezvous mit der neuen Bekanntschaft“, hakte Schönwald nach, „wie lange dauerte das?“

„Oh je, erwischt“, gab Hainbach scherzhaft zu, „tatsächlich endete es erst mit dem Frühstück am nächsten Tag.“

„Und das kann die Dame bestätigen?“

„Sicher doch, aber Sie müssen im Hotel nach ihrer Adresse fragen. Ich habe keine und die Dame ist am Freitagvormittag abgereist. Planmäßig“, erklärte Hainbach.

„Gut, Herr Hainbach, wir werden das überprüfen“, übernahm Naderer wieder die Befragung. „Nun zum Montag, also zu vorgestern. Wo waren Sie an diesem Tag, auch so zwischen 18 und 23 Uhr?“

„Vorgestern“, wiederholte Hainbach wieder. „Lassen Sie mich nachdenken. Ja, okay! Also ich weiß zwar, was ich in der Zeit gemacht habe, aber Alibi habe ich dafür keines.“

„Das heißt im Konkreten?“ „Ich habe geschlafen. Und zwar schon vom späten Nachmittag an. Ich hatte eine recht lange und anstrengende Tour unternommen und war hundemüde. Nach dem Duschen habe ich mich hingelegt und wollte eigentlich bis zum Abendessen wieder fit sein.

Anders als sonst bin ich allerdings nicht wieder aufgewacht. Erst um Schlag sechs. Dieser nervigen Kirchenglocken wegen, wenn Sie verstehen."

„Hat Sie denn im Hotel jemand gesehen, als Sie von Ihrer Tour zurückgekommen sind?", fragte Schönwald.

„Ja, die Chefin selbst hat mir den Schlüssel gegeben."

„Immerhin das", attestierte Schönwald. „Haben Sie am nächsten Morgen jemandem davon erzählt. Also, dass Sie so lange durchgeschlafen haben?"

„Ich glaub' schon. Ja, mit der Dame, die fürs Frühstück zuständig ist, habe ich mich kurz darüber unterhalten. Eigentlich auch, weil ich mal wieder meinen Frust über das Gebimmel am frühen Morgen anbringen wollte."

„Gut, Herr Hainbach, wir werden Ihre Angaben überprüfen. Das war's für den Moment", beschloss Naderer die Befragung.

„Es kann allerdings sein, dass wir Sie nochmals befragen müssen. Vor allem, wenn wir zu der Sache von 2003 zu neuen Erkenntnissen kommen."

„Dann beeilen Sie sich mal", scherzte Hainbach froh darüber, dass er wieder gehen konnte, „mein Urlaub dauert leider nicht bis in den Herbst."

„Wir bemühen uns. Jedenfalls danke für Ihre Zeit", verabschiedete sich Schönwald. Naderer reichte dem Urlauber ebenfalls die Hand und bemerkte: „Wir melden uns."

53

Hainbach und Revierinspektor Oberbrandacher gaben sich praktisch die Tür in die Hand. „Es hat sich leider ziemlich gezogen", begann er seinen Bericht, kaum dass er die Tür hinter sich geschlossen hatte, „mit unseren Hausdurchsuchungen. Aber, um es gleich zu sagen: Sie werden uns aller Voraussicht nach weiterbringen."

„Na dann schieß mal los", forderte seine junge Kollegin ihn neugierig auf.

„Beide Herren besitzen einen Hochdruckreiniger. Allerdings hat Bartl nicht wirklich Platz, um diesen in seiner Wohnung einzusetzen. Außer vielleicht im Bad. Dafür will er ihn auch vom Strandbad, wo er eigentlich hingehört, mit zu sich genommen haben. Nämlich um sein Badezimmer mal gründlich zu reinigen. Anders bei Seibold: Der hat eine großzügige Garage mit einem Wasserablauf. Da kann man mit so einem Gerät allerhand anstellen und vielleicht nicht nur Autos waschen."

„Habt ihr die Reinigungsgeräte beschlagnahmt?", wollte sein Chef wissen.

„Ja, die sind bereits unterwegs zur KTU."

„Und, was gibt's sonst noch?"

„Einen blauen Arbeitsoverall haben wir nur bei Bartl gefunden. Allerdings mit allen Knöpfen dran. Trotzdem ist der auch bereits unterwegs nach Salzburg. Sicher ist sicher. Ansonsten hatten die Kollegen nicht den Eindruck, dass der Bademeister häufig Damenbesuch in seiner Wohnung hatte. Es soll dort nicht sehr einladend aussehen. Also nicht das klassische Liebesnest eines Junggesellen. Mit seiner Bleibe wird Bartl die Damen nicht wirklich begeistern können. Abgesehen davon haben wir mit den Nachbarn gesprochen. Die machen den Eindruck, dass sie mitbekommen würden, wenn sich in ihrem Haus Ungewöhnliches abspielen würde. Als Nachbar haben sie an Bartl nichts auszusetzen. Und von zu häufigem Damenbesuch wollten sie nichts wissen. Schon ab und an, aber doch eher selten, für einen Junggesellen."

„Wir gehen bei Bartl auch nicht wirklich davon aus, dass er die Mädchen in seiner Wohnung umgebracht haben könnte. Das passt hinten und vorne nicht. Wenn, dann ist das irgendwo außerhalb geschehen. Vielleicht im Strandbad oder weiß Gott wo. Oder seht ihr das anders?“, fragte Naderer in die kleine Runde.

„Nein, ich denke wir sehen das genauso“, bestätigte der Revierinspektor seinen Chef.

„Wie hat sich Bartl denn bei der Hausdurchsuchung verhalten?“, erkundigte sich Schönwald.

„Er wirkte ziemlich nervös, war aber sonst freundlich und kooperativ. Über unsere Einladung zum Verhör war er dann allerdings alles andere als erfreut. Seit wir hier sind, marschiert er noch nervöser als vorher in unserem Verhörzimmer auf und ab.“

„Das passt schon. Ein wenig Nerven dürfen die Herren schon zeigen“, meinte Naderer. „Und nun zu Seibold. Was gibt es da zu berichten?“

„Fakt ist zunächst, dass es in seinem Jagdhaus Champagner, Räucherlachs und viele weitere Köstlichkeiten gleich zu Hauf gibt. Durchaus möglich, dass Sabrina bei Seibold zu Besuch war. Dann haben wir auch sein Notebook beschlagnahmt, was dem Herrn Doktor gar nicht gefallen hat. Das hab ich gleich hierbehalten. Da können wir selbst einen Blick drauf werfen, nicht?“

„Ja, da soll sich einer der Kollegen darum kümmern. Du weißt selbst, wer dafür am besten geschult ist.“

„Werde ich veranlassen. Dann haben wir noch die Sache mit Sabrinas Sonnenbrand. Also auf der Terrasse des Landhauses brennt vermutlich von morgens bis spät am Nachmittag die Sonne hin. Kein Beweis, aber ein Indiz. Das Wichtigste kommt jetzt: Wir haben im Badezimmer, im Mülleimer eine benutzte Slipeinlage gefunden. Offensichtlich hat es Seibold mit dem Aufräumen nicht so genau genommen oder aber dieses kleine Beweisstück schlicht und ergreifend übersehen. Kann natürlich auch sein, dass er es nicht verschwinden lassen musste, weil es nichts mit unseren beiden Opfern zu tun hat. Aber wenn doch, dann ist zumindest bewiesen, dass eines der Mädchen im Jagdhaus war."

„Na prima", freute sich Schönwald über diese Nachricht.

„Wie ich Dr. Frey kenne, lässt sie derweil alles andere liegen und stehen. Ich denke, wir hören bald von ihr", bemerkte Naderer mit einem Lächeln auf den Lippen.

„Allerdings", räumte Schönwald ein, „hat Seibold ja bereits zugegeben, dass Nadine Hellweg bei ihm war. Also wenn die Slipeinlage von ihr ist, bringt uns das kein Stück weiter."

„Ja, du hast recht. Warten wir's ab", meinte ihr Chef.

„Was mir noch ziemlich eigenartig erschien, war die Reaktion von Seibold, als ich den Anruf bezüglich der Leiche in der Jauchegrube erhielt. Der war plötzlich echt außer sich. Und offen gesagt, habe ich mich schon davor darüber gewundert, weshalb sich Seibold so für die Baugeräte interessierte, die an seiner Straße vorbei fuhren. Er wollte unbedingt wissen, wo und was da passieren soll. Also ich kann mir keinen Reim darauf machen."

„Außer natürlich", unterbrach ihn Schönwald, „es passt wirklich alles zusammen. Stellt euch mal vor, wir hatten recht und unser Herr Seibold hat tatsächlich auch mit Kathrins Verschwinden zu schaffen. Und stellt euch vor, Dr. Frey ruft in der nächsten halben Stunde an und bestätigt, dass die Leichenteile, die man heute Morgen gefunden hat, tatsächlich zu Kathrin Hochreiter gehören. Was dann? Dann haben wir die Erklärung auf dem Tisch, auf die du dir momentan keinen Reim machen kannst."

„Seibold wird nicht so dumm sein, sich allein wegen seines Verhaltens von heute Früh, einen Zusammenhang mit Kathrins Verschwinden andichten zu lassen. Aber es wäre in jedem Fall ein Indiz und vor allem ein Druckmittel mehr“, wandte Naderer ein.

„Wir haben übrigens auch die Autos unserer beiden Hauptverdächtigen zur Spurensicherung überführen lassen. Zumindest bei Sabrina können wir davon ausgehen, dass die Leiche mit einem Auto transportiert wurde. Noch eine Chance auf neue Beweise“, kam Oberbrandacher mit seinem Bericht zu einem Ende.

„Sehr gut, Kollege“, lobte der Einsatzleiter. „Dann gönnen wir uns noch zehn Minuten und starten dann mit dem Verhör von Bartl. Seibold soll ruhig noch ein wenig schwitzen.“

„Apropos schwitzen“, schaltete sich Oberbrandacher nochmals ein. „Die Sache mit der Erpressung scheint Seibold ziemlich kalt zu lassen. Wir haben jedenfalls sein Handy angezapft und sind dabei, sollte sich der Erpresser melden. Seibold ist offensichtlich davon überzeugt, dass die Sache mehr für als gegen ihn spricht. Ich denke fast, er sieht es als Beweis dafür, dass er mit Nadines Ermordung nichts zu tun haben kann.“

„Wenn wirklich Bartl hinter der Erpressung steckt“, gab sich Schönwald überzeugt, „werden wir das schon sehr bald erfahren. Der wird das zugeben, wenn wir ihm etwas einheizen. Da bin ich sicher. Und dann sieht’s für Seibold gleich wieder weniger gut aus. Es sei denn, Bartl gesteht nicht nur die Erpressung, sondern auch gleich den Mord.“

„Daran allerdings hege ich Zweifel“, beschloss Naderer nun seinerseits die Besprechung. „Wir sehen uns in fünf Minuten bei Bartl, okay?“

Naderer nutzte die Zeit für einen kurzen Anruf bei Susi. Lässig lehnte er dabei im Lehndrehsessel, seine Beine übereinander geschlagen auf dem Konferenztisch. Während des kurzen Gesprächs huschte immer wieder ein Lächeln über das Gesicht des Inspektors. Offensichtlich gefiel ihm, was ihm da ins rechte Ohr geflüstert oder gesagt wurde.

54

Bartl saß am Lehrertisch im Klassenzimmer der 4c in der Hauptschule Obertrum. Die Herumlauferei hatte er inzwischen aufgegeben. Er schien sich auch etwas beruhigt zu haben. Er blickte gerade auf sein Handy und stellte fest, dass er schon knapp eine halbe Stunde hier saß. Hier fälschlicherweise festgehalten wurde, wie er selbst überzeugt war, als die Polizeibeamten Schönwald und Naderer den Raum betraten.

„Wie geht's Ihnen, Herr Bartl?", erkundigte sich Schönwald freundlich und lächelte.

„Wie soll's einem schon gehen, wenn man seit Stunden mit der Polizei zu schaffen hat", gab Bartl weniger freundlich zurück.

„Dann schlage ich vor, wir fangen gleich an. Um so früher können Sie wieder gehen. Vorausgesetzt Sie sind ehrlich zu uns und arbeiten mit uns zusammen", machte Naderer dem Bademeister Hoffnung.

„Ich habe nichts zu verheimlichen", meinte dieser und zupfte recht nervös an einem seiner Hemdknöpfe.

„Gut so", tat Schönwald erleichtert. „Dann verraten Sie uns doch gleich mal, wo Sie am Donnerstagabend zwischen 18 und 22 Uhr waren. Was haben Sie in der Zeit gemacht?"

„Donnerstag? Warum denn Donnerstag? Nadine wurde doch erst am Montag ermordet", gab sich Bartl ehrlich überrascht.

„Am Donnerstag wurde Sabrina getötet", schaltete sich Naderer mit deutlichen Worten ein. „Schon vergessen? Schließlich haben Sie ja tags darauf ihren Rucksack verschwinden lassen, oder gibt es da Ihrerseits etwas Neues auszusagen?"

„Nein, das war so, wie ich Ihnen erzählt habe. Und sonst habe ich nix mit Sabrinas Tod zu schaffen. Das können Sie mir glauben."

„Glauben können andere. Wir suchen nach Beweisen, nach der Wahrheit", schaltete sich Schönwald recht harsch ein. „Was haben Sie also am Donnerstag gemacht, Herr Bartl?"

Offensichtlich war Bartl gerade eingefallen, was er denn an besagtem Abend gemacht hatte. Jedenfalls seufzte er erleichtert. „Ich war bis gegen sieben im Bad. Meine Leute können das bestätigen. Ich habe mich ziemlich genau um sieben abgemeldet. Dann war ich kurz zu Hause. Duschen und so. Und dann war ich aus."

„In Begleitung, nehme ich an?", fragte Naderer nach.

„Ja, mit Kleo, einer Touristin aus den Niederlanden, die ich am Tag davor im Strandbad kennengelernt habe."

„Und wissen Sie auch, wo wir die Dame finden können, damit sie uns Ihr Alibi bestätigen kann?", war es wieder Naderer, der nachfragte.

„Sie wohnt angeblich im Seehotel. Mit Nachnamen heißt sie Von Beuten oder zumindest so ähnlich."

„Okay, Herr Bartl, wir werden das nachprüfen", schloss Schönwald die Frage nach dem Donnerstag-Alibi ab. „Und was ist nun mit Montag? Sie bleiben bei Ihrer Aussage von gestern Früh?"

„Die Sache ist so, Frau Inspektorin, dass ich gestern einfach total überfallen wurde mit der Nachricht von Nadines Tod. Ich hatte keine Zeit zum Nachdenken. Keine Zeit zum Überlegen, was ich Ihnen erzählen konnte und was nicht. Sie verstehen, was ich meine?"

„Mit der Wahrheit wären Sie auf jeden Fall richtig gelegen", kritisierte der Einsatzleiter. „Bei einer zweiten Version Ihrer Aussage reagieren wir immer eher misstrauisch. Wenn Sie verstehen, was ich meine."

„Die Wahrheit ist, dass ich Nadine schon nachgefahren bin. Ich wollte ganz einfach noch mal mit ihr reden. Wegen ihrer provokanten Abfuhr vom Nachmittag. Aber bis ich sie letztlich einholen konnte, war sie bereits da oben, dort wo diese Ferienhäuser stehen und dieses pompöse Jagdhaus von diesem Deutschen. Sie wissen, wo das ist?"

„Ja, wissen wir. Machen Sie weiter", antwortete Schönwald.

„Ich habe ja keine Ahnung warum. Aber Nadine stieg von ihrem Bike, schulterte es und marschierte damit geradewegs auf dieses Jagdhaus zu. Natürlich habe ich mich gefragt, was Nadine dort zu suchen hatte. Von dort aus, wo Nadine die Route verlassen hatte, sah ich, wie sie von einem Mann – offensichtlich sehr herzlich – empfangen wurde. Das machte mich ziemlich neugierig."

„Und dann haben sie versucht, näher heranzukommen?", unterbrach ihn Schönwald.

„Ja, ich bin über die Straße zum Haus geradelt und habe mich dort hinter der Böschungsmauer versteckt. Ich konnte zwar nicht hören, was gesprochen wurde, aber sehen konnte ich ziemlich viel."

„Und das hat Sie wütend gemacht", griff Naderer den Schilderungen Bartls vor. „So wütend, dass Sie Nadine abgepasst haben und sie dann irgendwo, möglicherweise im Streit, bei einer Rangelei ermordet haben."

„Sind Sie verrückt", rief Bartl völlig aus dem Häuschen.

„Ich habe Nadine doch nicht umgebracht! Ich doch nicht. Nadine war noch quietschfidel als ich mich vom Acker machte. Irgendwann hatte ich jedenfalls die Nase voll. Meine Neugier war gestillt. Soll die blöde Kuh doch machen, was sie will, dachte ich, und zog ab."

„Und dafür haben Sie Zeugen?", fragte Schönwald mit einer Spur von Hohn in ihrer Stimme.

„Nein, dafür natürlich nicht", wütete der Bademeister lautstark. „Aber ich war so gegen Mitternacht nochmals aus. Ich musste irgendwo ein paar Bier trinken. Also ging ich ins Leobacher, setzte mich dort an die Bar und betrank mich. Das wird man Ihnen dort sicher bestätigen können."

„Nadine ist zwischen 22 und 24 Uhr zu Tode gekommen. Sie haben für diese Zeit also definitiv kein Alibi", schlussfolgerte Schönwald.

„Aber ich bring doch nicht mal schnell ein Mädchen um und setz mich dann seelenruhig irgendwo an den Tresen. Was glauben Sie denn, was ich für ein Mensch bin? Trauen Sie mir das wirklich zu?"

„Dazu will ich zunächst nichts sagen, aber glauben Sie mir, Herr Bartl, es gibt Dinge in unserem Job, die würden Sie auch nicht für möglich halten", antwortete Naderer emotionslos.

„Sie haben also bei dem Jagdhaus Nadine zusammen mit einem Mann gesehen", ging Schönwald nochmals ein paar Fragen zurück. „Konnten Sie den Mann erkennen?"

„Erkennen ja, aber wer er ist, weiß ich nicht. Aber vermutlich der Besitzer des Hauses, also dieser deutsche Urlauber."

„Sie wissen nicht, wer der Mann ist?", verlangte Schönwald nach einer Bestätigung.

„Ich weiß nur wer er ist, aber nicht wie er heißt."

„Okay, Herr Bartl, und jetzt sagen Sie mir mal, warum Sie uns das alles nicht schon gestern erzählt haben. Wenn sich alles so verhält, wie Sie es eben geschildert haben, gab es doch keinen Grund für Sie, uns die Unwahrheit zu erzählen. Oder sehen Sie das anders?"

„Ich konnte einfach nicht nachdenken. Ich war völlig überrascht von Ihrer Nachricht. Und da versucht doch jeder zunächst einmal, sich möglichst aus der Sache herauszuhalten. Sonst war nichts. Gar nichts."

„Es sei denn", schoss Naderer jetzt geradewegs heraus, „Sie hätten schon am Montag, als Sie da oben auf der Lauer lagen, beschlossen, den Herrn Seibold zu erpressen."

„Was? Was denn bitte soll das jetzt?", stammelte Bartl verzweifelt. Sein Gesicht verfärbte sich dabei ins Rote, wie bei einem Kind, das beim Lügen erwischt wurde. „Jetzt bin ich auch noch ein Erpresser. Sie sind verrückt!"

„Herr Bartl, geben Sie mir doch mal Ihr Handy herüber", forderte Schönwald ihr Gegenüber auf.

„Bitte, die Dame", gab sich Bartl jetzt spontan erleichtert und freundlich. Offensichtlich würde sein Handy nicht zu weiteren Verdächtigungen beitragen können.

Schönwald klickte sich dennoch durch die letzten ausgehenden Anrufe. Nein, damit hatte er nicht bei Seibold angerufen. Soviel stand fest.

„Herr Seibold hat jedenfalls Anzeige erstattet und Sie der Erpressung bezichtigt. Vielleicht haben Sie es mit einer

Million ganz einfach übertrieben, Herr Bartl", übertrieb Naderer in zweierlei Hinsicht, ganz bewusst.

„Wie will dieser Seibold wissen, dass ich es gewesen sein soll. Bei solchen Anrufen verstellen die Erpresser doch immer ihre Stimmen, oder etwa nicht?"

„Herr Seibold behauptete, dass dem nicht so war und er Sie deutlich erkannt habe", stieß Schönwald nochmals in dieselbe Richtung wie zuvor ihr Chef.

„Der spinnt! Wie kann der so etwas behaupten?", unterbrach sich Bartl selbst, wohl wissend, dass er jetzt beinahe in eine Falle getappt wäre.

Naderer ließ seinem Gegenüber keine Zeit, sich über seinen Beinahefehler klar zu werden. „Ich dachte, Sie kennen Seibold nicht?"

„Ich kenne ihn auch nicht. Aber ich kenne inzwischen seinen Namen. Mein Assistent wusste, wie der Urlauber heißt, dem dieses Haus da oben gehört."

„Und seit wann wissen Sie das?", stieß Schönwald nach.

„Seit gestern Nachmittag."

„Und dann haben Sie diesen Seibold angerufen und eine Million Euro für Ihr Stillschweigen verlangt. War der Preis dafür nicht doch etwas hoch angesetzt?"

„Eine Million", schreit Bartl jetzt über den Tisch. „Eine Million! Der lügt, der Kerl. Der will da etwas ganz Krummes drehen!"

„Was meinen Sie denn damit, dass Seibold lügt? Haben Sie denn weniger verlangt?", tat Naderer ahnungslos. Überzeugt, dass dies schon einer der letzten nötigen Stöße sein würde, um Bartl der Erpressung zu überführen.

„Womit bitte, sollte ich Seibold erpressen? Ich habe ja nur gesehen, dass Nadine bei ihm war. Als ich dort weg bin, war Nadine am Leben. Das sagte ich ja schon. Womit also, hätte ich diesen reichen Deutschen erpressen können?"

„Dass Seibold vermögend ist, wissen Sie also auch?", fragte Schönwald ganz nebenbei.

„Bei so einem Ferienhaus steht das wohl außer Zweifel", antwortete Bartl jetzt wieder etwas entspannter.

„Warum sind Sie eigentlich so sicher, dass Seibold Nadine auf dem Gewissen hat?", fragte Naderer, fast so, als ob er die letzten paar Fragen und Antworten überhört hätte.

„Nadine war zuletzt bei ihm im Jagdhaus und wenn sie zwischen 22 und 24 Uhr ermordet wurde, hatte wohl kaum mehr ein anderer die Gelegenheit dazu."

„Davon gehen Sie aus, Herr Bartl. Und damit hatten Sie wohl genug in der Hand um Seibold um eine Million zu erleichtern", schlug Schönwald jetzt noch einmal in eine bereits angeritzte Kerbe.

„Was wollt ihr denn immer mit dieser Million", tobte Bartl, stand auf und schlug mit beiden Fäusten auf den Konferenztisch.

„Genau um die Hälfte ging's …"

Bartl merkte urplötzlich, dass er sich hatte provozieren lassen. In Sekundenschnelle versuchte er, in seinem Hirn alle Register zu ziehen. Was konnte dieser Fehler bedeuten? Was konnte er jetzt noch dagegen halten?

„Sie geben also zu", ließ Schönwald dem Beschuldigten wenig Zeit, „Seibold um eine halbe Million Euro erpresst zu haben? Eine halbe Million für Ihr Schweigen?"

„Verdammt, das tut dem Piefke doch nicht weh. Der hat Kohle ohne Ende. Und außerdem: Wer bitte soll denn sonst Nadine umgebracht haben? Da geschieht es dem Typen doch recht, dafür noch ein paar Kröten rüberrücken zu müssen!", versuchte sich Bartl irgendwie zu rechtfertigen.

„Erstens, Herr Bartl, ist es immer noch unser Job, den wahren Schuldigen zu finden und zweitens rechtfertigen Ihr Wissen und Ihre Vermutungen keineswegs eine Erpressung. Wir werden Sie bis zur endgültigen Klärung des Sachverhalts wegen des Verdachtes auf Erpressung hier behalten müssen. Das heißt, Sie werden vorläufig in U-Haft genommen und nach Salzburg überstellt."

„Sie sind verrückt", schrie Bartl. Wieder schlug er mit beiden Fäusten auf den Tisch. „Es ist doch noch gar nichts geschehen. Ein Anruf. Ja, ein einziger Anruf. Und dafür wollen Sie mich jetzt ins Gefängnis stecken."

„Bleiben Sie ruhig, Bartl", gab Naderer etwas genervt von diesem Geschrei zurück, „wir können Sie ohnehin nur 24 Stunden festhalten. Aber mit einer Anklage in der Sache haben Sie in jedem Fall zu rechnen. Und in Sachen Nadine ist Ihre Unschuld auch noch nicht wirklich bewiesen."

„Und warum knöpfen Sie sich nicht diesen Piefke vor", versuchte der Bademeister von sich abzulenken. „Der ist doch viel mehr verdächtig, als ich!"

„Der Herr Seibold ist gleich unser nächster Gesprächspartner", erklärte Schönwald. „Aber wer wie sehr verdächtig ist, das lassen Sie mal schön unsere Sorge sein."

55

Revierinspektor Oberbrandacher, der eben die Überstellung Bartls nach Salzburg veranlasst hatte, betrat – bewaffnet mit drei Bechern Cappuccino – den Konferenzraum, wo Schönwald und Naderer bereits auf ihn warteten.

„Na, das ist ja ein Service“, lobte Schönwald, „danke Heinz. Den können wir jetzt gebrauchen.“

„Allerdings“, schränkte Naderer das Lob ein, „offenbaren die Becher nichts Gutes. Vermutlich können wir frühestens nach dem Verhör von Seibold daraus trinken.“

„Jetzt hab' dich nicht so“, tat Oberbrandacher die Rüge ab.

„So schlimm ist es nun auch wieder nicht.“

Es war Oberbrandacher selbst, der den ersten Schluck nahm. „Autsch, verdammt“, fasste er sich mit der freien Hand an die Lippen. „Du hast recht. Wieso sind die Dinger immer so heiß? Da muss sich mal jemand darum kümmern.“

„Ja, genau“, lachte Schönwald, „irgendjemand muss das wohl tun.“

Oberbrandacher grinste nur. Er wusste, dass dies wieder an ihm hängen bleiben sollte.

„Also, was ist jetzt mit dem Bartl?“, wollte der Revierinspektor wissen.

„Wie erwartet, hat er die Erpressung gestanden. Was Nadine angeht, glaube ich immer weniger, dass er etwas mit der Sache zu tun hat. Was meinst du, Karin?“, wandte sich Naderer an seine Assistentin.

„Irgendwie kann ich mir den Bademeister nicht als kaltblütigen Mörder vorstellen. Da passt einfach zu viel nicht zusammen.“

„Vielleicht sollten wir dennoch die Ergebnisse von KTU und Gerichtsmedizin abwarten. Da könnten noch einige Überraschungen auf uns zukommen“, wandte Oberbrandacher ein.

„Du hast recht“, bestätigte ihn Schönwald. „Gibt's eigentlich noch gar keine Rückmeldungen? Auch nicht zu den Skelettteilen von heute früh?“

„Nein, leider noch gar nichts."

In dem Moment klopfte es und die Tür wurde aufgeschoben, ohne auf ein „Herein, bitte" oder sonst etwas in der Art zu warten.

„Sorry, aber ich glaub' es ist wichtig", meinte der junge Kollege unter der Tür und deutete auf das Blatt Papier in seiner Hand. „Wer will es haben?"

„Gib' schon her", befahl Schönwald mit einem Lächeln.

Der junge Polizist verließ den Raum wieder noch bevor Schönwald vorlesen konnte, was in der E-Mail verlautet wurde. „Schon unser erster DNA-Abgleich hat mit einer Wahrscheinlichkeit von 99,7 Prozent bestätigt, dass es sich bei den Skelettfunden von heute Morgen um Knochenreste der im Jahre 2003 verschwundenen Kathrin Hochreiter handelt."

„Das ist ja ein Ding", reagierte Oberbrandacher zuerst auf die Meldung. „Nach acht Jahren taucht da mitten in anderen Mordermittlungen die Leiche oder was davon noch übrig ist, von dieser Kathrin auf."

„Du hast recht, das ist eine kleine Sensation", bestätigte Naderer seinen Kollegen. „Die Frage ist jedoch, ob uns das in unseren aktuellen Fällen etwas weiterbringt und ob es uns jetzt gelingt, den nun offiziellen Mordfall Kathrin Hochreiter zu klären?"

„Was haltet ihr davon", schlug Schönwald vor, „wenn wir Seibold für heute nach Hause schicken? Irgendwie habe ich das Gefühl, dass wir uns zum Fall 2003 noch ein paar Gedanken machen sollten. Und vielleicht ist es gar kein Fehler, wenn wir auch die weiteren Ergebnisse aus Salzburg kennen, bevor wir mit Seibold sprechen."

„Bin ganz deiner Meinung", antwortete Naderer anerkennend. „Und ich denke auch, es schadet gar nicht, wenn wir Seibold noch etwas schmoren lassen. Also, Heinz, schick' unseren Gast nach Hause. Wir melden uns wieder bei ihm. Vielleicht glaubt er dann auch, er könne sich schon etwas sicherer fühlen."

„Ach ja", schaltete sich Schönwald nochmals ein. „Ich denke, du kannst ihm schon mal eine Entwarnung wegen der Erpressung geben. Sag' ihm aber nur, dass wir den Fall geklärt haben und nicht, um wen es sich beim Erpresser handelt."

„Wird erledigt. Und was dann?"

„Sobald wir die weiteren Ergebnisse aus Salzburg vorliegen haben, rufst du bitte die leitenden Kollegen zusammen. Wir treffen uns dann wieder hier. Okay?", ordnete der Ermittlungsleiter an.

Oberbrandacher verließ den Konferenzraum kommentarlos.

„Wenn du möchtest, lade ich dich zum Essen ein, Karin. Wir könnten auf einen Besuch im Stiftskeller bei den Hartls vorbeischauen."

„Ja, gerne! Ich bin dabei."

56

Es war Punkt halb drei Uhr nachmittags als Inspektor Naderer das Führungsteam seiner SOKO zu einem aktuellen Update begrüßte. Neben den Kriminalisten Walser und Brettfeld war auch der Leiter der Kriminaltechnischen Untersuchung – kurz KTU – Franz Wörgötter im Raum. Oberbrandacher und Schönwald komplettierten das Auditorium.

„Ich möchte gleich auf die Ergebnisse von Dr. Frey zu sprechen kommen", begann Naderer das gegenseitige Update.

„Dass es sich bei den Skelettfunden von heute Früh um Knochenreste der seit 2003 vermissten Kathrin Hochreiter handelt, wisst ihr ja gewiss schon. Was das für uns bedeutet oder wie uns das weiter helfen kann, werden wir etwas später besprechen. Momentan brennen mir definitiv die anderen Erkenntnisse der Gerichtsmedizin unter den Nägeln. Zunächst zu diesen Hochdruckreinigern. Laut Frau Dr. Frey ist das Gerät, das wir bei Bartl gefunden haben aufgrund des maximalen Drucks zu schwach, um an einem Körper derlei Druckstellen zu erzeugen, wie wir sie an den Körpern der beiden Mädchen gefunden haben. Seibolds Gerät hingegen verursacht derlei Abdrücke bereits bei etwa achtzigprozentiger Leistung. Also, 1:0 für Seibold, wenn wir so wollen!“

„Verfügt Seibold auch über entsprechende Räumlichkeiten, um derlei Reinigungsprozedur vorzunehmen?“, erkundigte sich Walser.

„Ja, der hat bei seinem Jagdhaus eine große Doppelgarage mit Wasserablauf “, gab Oberbrandacher Auskunft.

„Die Slipeinlage, welche die Kollegen in Seibolds Haus gefunden haben“, setzte Naderer fort, „trägt eindeutige Spuren von Nadine Hellweg.“

„Was wir ohnehin erwartet haben“, warf Schönwald ein.

„Ja, aber Dr. Frey hatte noch eine Nachricht für uns, mit der wir bestimmt nicht gerechnet haben.“

„Schieß los“, forderte Brettfeld neugierig.

„Unsere Kollegen haben bei der Hausdurchsuchung ganze Arbeit geleistet und aus einer Haarbürste in Seibolds Badezimmer einfach einen Büschel Haare mitgenommen. Die meisten können eindeutig Seibold zugeordnet werden. Aber – und das ist genial – es gibt etliche Haare, die ebenso eindeutig Sabrina Hartl zuzuordnen sind.“

„Damit können wir beweisen", freute sich Schönwald, „dass auch Sabrina in Seibolds Haus war!"

„Ja, das können wir. Und damit steht es wohl 2:0 was unsere Verdächtigen-Rangliste zwischen Seibold und Bartl angeht", bestätigte der Leitende.

„Also ich denke", schaltete sich Walser ein, „dass wir diesen Seibold schnellstmöglich so richtig in die Zange nehmen sollten."

„Nicht so schnell, Kollegin", versuchte Naderer die zugeteilte Mitarbeiterin etwas einzubremsen. „Hören wir uns doch zuerst noch an, was Kollege Wörgötter von der KTU Neues bringt. Du hast ja sicher Gründe dafür, dass du höchst persönlich hierherkommst", übergab Naderer dem Kollegen das Wort.

„Also zunächst zu den Autos. Bartl's Uraltmodell zeigte sich innen als ein riesengroßer Misthaufen. Der hat das Auto bestimmt schon seit Jahren nicht mehr gereinigt. Und wir haben dort Spuren gefunden. Klar. Und zwar Spuren von beiden Opfern. Beide Male handelte es sich um Haare an den Kopfstützen. Gut möglich also, dass die Mädchen einfach das eine oder andere Mal mit Bartl mitgefahren sind. Für mich durchaus vorstellbar."

„Fragen wir ihn danach", schlug Oberbrandacher vor und machte sich eine Notiz diesbezüglich.

„Das krasse Gegenteil: Der Luxus-Benz von Herrn

Seibold. Alles topgepflegt und gereinigt. Selbst der Kofferraum blitzblank. Da gab's nichts zu finden. Im ganzen Auto nicht. Außer für die wahren Freaks in unserer Abteilung. Das sind jene, die nicht Ruhe geben, bevor sie etwas gefunden haben. Und, was soll ich sagen, die Kolleginnen und Kollegen haben etwas gefunden. Und zwar ein Stück eines Knopfes im Profil des hinteren rechten Reifen an Seibolds Wagen."

„Und du willst uns jetzt allen Ernstes weiß machen, dass es sich um das gleiche Modell handelt, wie bei dem Knopf, den wir im Misthaufen gefunden haben?“, hakte Schönwald ziemlich überrascht nach.

„Ja, wir konnten da bereits mit der Firma, die derlei Arbeitsbekleidung herstellt abgleichen. Das Modell ist hundertprozentig identisch. Womöglich stammt es sogar aus derselben Charge. Das erfahren wir noch.“

„3:0 für Seibold“, schoss Naderer dazwischen. „Seinen Arbeitsoverall hat er dann ja wohl in weiser Voraussicht einfach verschwinden lassen.“

„Gut möglich“, meinte Wörgötter, „oder eher sogar höchst wahrscheinlich, dass sich Seibold dieses möglichen Beweisstückes entledigt hat. Vielleicht auch nur, weil das Teil vermutlich ziemlich gestunken hat.“

„Was ist mit der Blauen vom Bademeister?“, wollte Walser sicherheitshalber doch noch wissen.

„Definitiv keine Übereinstimmung. Die können wir ihm bedenkenlos wieder zurückgeben“, antwortete Wörgötter mit einem Schmunzeln auf den Lippen.

„Gut“, fand Naderer, „das passt alles recht gut zusammen. Ich darf mal zusammenfassen, was wir bisher gegen Seibold in der Hand haben. Also, fix ist, dass beide Mädchen im Jagdhaus waren. Bei Sabrina können wir es ihm nachweisen, im Fall Nadine hat er es ja selbst bestätigt. Dann möchte ich nicht übersehen haben, dass wir im Fall Sabrina von Champagner, Lachs und Toast als letzte Mahlzeit gesprochen haben und all das zuhauf auch im Jagdhaus vorgefunden haben. Wenn das auch keine Beweiskraft haben wird, ein Indiz ist es allemal. Dann zu dem Knopf. Scheint also, dass Seibold vielleicht beim Ausladen von Sabrinas Leiche den Knopf verloren hat und später beim Zurückschieben seines Wagens darübergefahren ist.

Auch wenn wir keinen Overall bei ihm gefunden haben, muss ja der Knopf irgendwie zu ihm gefunden haben. Sollte er zufällig dort spazieren gefahren sein, wo ein eventueller anderer Täter seinen Knopf verloren hatte? Etwas viel Zufall, oder? Bin schon gespannt, was Seibold dazu zu sagen hat. Und last, but not least, die Sache mit dem Hochdruckreiniger. Seibold hat Gerätschaft und den Raum für derartige Reinigungsvorgänge."

„Entschuldige, wenn ich dich unterbreche, Max", schaltete sich Schönwald ein. „Sollten wir nicht in der Garage nochmals nach Spuren suchen. Selbst wenn er noch so gründlich vorgegangen ist, zumindest im Wasserablauf oder im Kanal müsste sich doch etwas finden lassen?"

„Ja", zeigte sich Wörgötter von diesem Ansatz begeistert.

„Ich werde gleich nochmals meine Kollegen instruieren. Haben wir denn inzwischen Zugang zu dem Haus?"

„Nein", wusste Oberbrandacher, „aber ich kümmere mich gleich darum. Bis die Kollegen aus Salzburg hier sind, habe ich einen Schlüssel."

„Sehr gut", übernahm Naderer wieder das Wort, „ich möchte nun nochmals auf Kathrin Hochreiter zurück kommen. Der Fundort der Leiche, also des Skeletts liegt nur wenige hundert Meter vom Jagdhaus von Seibold entfernt. Und Heinz meinte, dass Seibold heute früh ziemlich genervt und irritiert auf die auffahrenden Baugeräte reagiert hatte. Kann das irgendetwas bedeuten. Was meint ihr?"

„Wir wissen, dass Seibold auch 2003 hier seinen Urlaub verbracht hat. Genau zu jener Zeit als Kathrin verschwand", versuchte Schönwald eine Antwort. „Aber ich habe einfach keine Idee, was ich mir da ansonsten darunter vorstellen sollte. Weshalb sollte Seibold etwas mit Kathrins Verschwinden oder deren Ermordung zu tun haben. Wissen wir irgendetwas, was einen Zusammenhang denkbar oder nachweisbar macht?“

„Das Einzige vielleicht“, schlug Oberbrandacher vor, „was zumindest den Ansatz einer Vermutung zulässt, ist die damalige Abreise von Seibold oder besser gesagt, die Tatsache, dass Seibold uns dazu nicht die Wahrheit gesagt hatte. Allerdings finde ich nichts, was auf einen Zusammenhang zwischen seiner Abreise, seiner Lüge dazu, dem totalen Rückzug seines Geschäftspartners aus allen Funktionen und Geschäften noch am selben Tag und dem Verschwinden von Kathrin Hochreiter hindeutet. So viel ich mir auch den Kopf zermartere, ich komm’ nicht drauf.“

„Wissen wir zum plötzlichen Ausscheiden des Herrn Dr. Posch inzwischen eigentlich mehr?“, erkundigte sich der Leitende.

„Nur so viel, dass Posch offensichtlich finanziell gut abgegolten wurde“, fasste Oberbrandacher kurz die Nachrichten zusammen, die am Vormittag per Mail aus Frankfurt eingelangt waren. „Wenngleich man der Meinung war, dass die Firmenanteile selbst deutlich unterbewertet über den Tisch gingen. Oder, die beiden hatten dazu eine separate Regelung getroffen, inoffiziell sozusagen. Was aber ebenso Fakt ist, ist die Tatsache, dass bis zu diesem Tag niemand damit gerechnet hatte. Dr. Posch war praktisch mitten im Geschäft. Und er war erfolgreich. In vielen Bereichen erfolgreicher als Seibold. Er hatte noch jede Menge Visionen für die Zukunft. All das deutete damals nicht darauf hin, dass er, in aller nächster Zeit das Handtuch werfen wollte.“

„Also muss irgendetwas zwischen den beiden vorgefallen sein. Wissen wir denn, ob die beiden Herren in dieser

Zeit, also während Seibold hier Ferien machte, Kontakt hatten?", fragte Walser nach.

Der Revierinspektor blätterte durch die Akten, die er vor sich liegen hatte. „Irgendwo gab es dazu eine Info. Wartet einen Augenblick. Ich hab's gleich. Ja, wusst' ich's doch. Also, Kollege Breitfellner ist da zufällig darauf gestoßen. Offenbar waren Dr. Posch und seine Gattin große Fans der Salzburger Festspiele. Das Ehepaar Posch hielt sich jedenfalls im Juli 2003 auch in Salzburg auf. Sie wohnten damals, wie immer, im Hotel Fürst. Ob es damals allerdings persönliche Gespräche oder Telefonate zwischen Seibold und Posch gab, lässt sich daraus nicht ableiten."

„Was wissen wir sonst über diesen Dr. Posch?", erkundigte sich Schönwald.

„Unseren Informationen zufolge dürfte sich Posch inzwischen völlig aus dem Geschäftsleben zurückgezogen haben. Seine Frau ist 2006 einem Krebsleiden erlegen. Noch im selben Jahr hat er sein Unternehmen – ebenfalls im Consulting- Bereich angesiedelt – verkauft. Seitdem ist kaum mehr etwas über Posch in Erfahrung zu bringen."

„Wissen wir, wo sich Posch momentan aufhält?", fragte Walser nach.

„Nein, nicht wirklich", bestätigte Oberbrandacher, dass er und seine Kollegen bereits diesbezüglich recherchiert hatten.

„Offziell wohnt Dr. Posch nach wie vor in Frankfurt. Dort besitzt er eine ansehnliche Villa. Allerdings, so seine Nachbarn, hält sich Posch häufig im Ausland auf. So auch derzeit. Aber wir konnten noch nicht erheben, wo."

„Ich denke, da sollten wir dran bleiben", entschied Naderer.

„Irgendwann ist es vielleicht wichtig, dass wir mit dem Herrn sprechen können."

„Ja, die Kollegen bleiben dran", bestätigte der Revierinspektor.

„Es ist vermutlich zu weit hergeholt", lehnte sich der Einsatzleiter etwas weit aus dem Fenster, „aber stellt euch einfach mal folgendes Szenario vor: Dr. Posch und Dr. Seibold halten sich, wie wir inzwischen wissen, beide zur gleichen Zeit in Salzburg auf. Posch hat irgendetwas mit dem Verschwinden von Kathrin zu tun. Seibold erfährt davon oder wird Zeuge des Vorfalls und zwingt mit seinem Wissen seinen Geschäftspartner zu dem uns bekannten Ausstieg. Wie gesagt, eine etwas gewagte Vermutung, aber die zeitlichen und auch örtlichen Zusammenhänge sind zumindest gegeben."

„Das hieße für uns ja, dass Dr. Posch für den Mord an Kathrin verantwortlich wäre", brachte Schönwald Naderers Vermutungen auf den Punkt. „Und wo sehen wir dann eine Verbindung zwischen 2003 und 2011? Wieso sollte Posch oder auch Seibold jetzt, acht Jahre später wieder morden und wieder ausgerechnet hier bei uns im Seenland?"

„Darauf habe ich im Moment auch keine Antwort", gestand ihr Vorgesetzter offen ein. „Aber vielleicht bringt uns ja die Vernehmung von Seibold dahin gehend etwas weiter. Ich glaube, dass wir zurzeit genügend in der Hand haben, um Seibold richtig unter Druck zu setzen. Wir werden ihn ganz klar mit den beiden aktuellen Mordfällen in Verbindung bringen und ich möchte sogar versuchen, ihm den Mord an Kathrin anzuhängen. Wenn auch nur, um ihn aus der Reserve zu locken. Von sich aus wird er uns wohl nichts dazu erzählen."

„Das bedeutet also", versuchte Brettfeld eine Zusammenfassung, „wir konzentrieren uns jetzt voll und ganz auf Seibold. Hainbach und Bartl sind sozusagen aus dem Rennen?"

„Vorläufig auf jeden Fall“, entschied der SOKO-Leiter. „Und bevor wir mit Seibold reden, hätte ich gerne das Ergebnis der erneuten Untersuchung von Seibolds Garage vorliegen. Wenn da was dabei rauskommt, haben wir ihn wohl endgültig am Haken. Außerdem könnte es nicht schaden, wenn wir dann auch schon wüssten, ob wir diesen Dr. Posch verhören oder befragen könnten, wenn's nötig wird.“

„Das heißt, du willst Seibold erst herholen, wenn wir mehr wissen?“, fragte Schönwald nach.

„Ja, genau. Bis dahin denke ich“, beendete Naderer die Besprechung, „weiß jeder, was er zu tun hat. Mit neuen Ergebnissen bitte sofort zu mir oder Karin, okay?“

Die Kolleginnen und Kollegen machten sich an die Arbeit. Nur Schönwald blieb sitzen und wartete, bis alle den Konferenzraum verlassen hatten.

„Was machen wir beide jetzt?“, wollte sie von ihrem Boss wissen.

„Wissen wir eigentlich, ob unsere Kollegen etwas auf Seibolds Notebook gefunden haben?“

„Nein, aber ich werde gleich mal nachfragen. Bin gleich wieder da, okay?“

„Ja, mach das!“

In dem Moment schepperte Naderers Handy. Es meldete sich sein Vorgesetzter und Freund Peter Steinecker.

„Servus Peter! Du bist mir genau fünf Minuten zuvor gekommen. Wollte eben einen Zwischenbericht abliefern.“

„Hallo Max! Ich denke, es hat sich einiges getan bei euch. Auch wenn ich aus einem anderen Grund anrufe, möchte ich erst mal hören, was es Neues gibt.“

Naderer berichtete ausführlich über die Ergebnisse der eben beendeten Besprechung. Schönwald betrat währenddessen wieder den Raum, in der Hand ein paar Ausdrucke. Mit Handzeichen erkundigte sie sich bei Naderer, ob sie denn draußen warten solle.

„Es ist unser Boss“, unterbrach Naderer kurz seinen Bericht an Steinecker und deutete Schönwald, dass sie keinesfalls stört.

Zwei Minuten später wollte Naderer von seiner Assistentin wissen, ob es bezüglich des Notebooks etwas Erwähnenswertes gibt. Sie schüttelte den Kopf.

„Also, Peter, das war's dann bis hierher. Was hältst du von meiner These zum Mord an Kathrin?“

„Möglich ist Vieles. In jedem Fall aber ist es sicher ein probates Druckmittel gegen Seibold. Also, versucht es in jedem Fall.“

„Ja, geht klar. Aber weswegen hast du denn eigentlich angerufen?“

„Petra hat mich eben angerufen. Offensichtlich konnte sie dich kurzzeitig nicht erreichen. Na jedenfalls gibt es ein neues, interessantes Indiz. Sie hat Nadines Leichnam nochmals Millimeter für Millimeter untersucht und dabei in Nadines Nase ein etwa drei Zentimeter langes Haar gefunden. Und dieses stammt, laut Dr. Frey, eindeutig von Seibold. Wie oder wann auch immer es dort hingekommen sein mag. Vermutlich erst kurz vor oder nach ihrem Tod, da so ein Haar in der Nase ansonsten längst lästig geworden wäre.“

„Das würde ja beweisen, dass Seibold definitiv kurz vor Nadines Tod oder aber zumindest danach mit ihr in Kontakt gekommen ist“, fasste Naderer zusammen. „Jedenfalls wird es langsam eng für unseren Herrn Doktor.“

„Und offensichtlich weiß Seibold das auch. Denn ich habe noch einen weiteren Anruf erhalten. Und zwar von meinem Boss, der kurz zuvor ebenfalls angerufen wurde. Von unserer Landeshauptfrau höchstpersönlich, die sich etwas irritiert darüber zeigte, dass wir offensichtlich fast nur noch in Richtung dieses ehrbaren deutschen Unternehmers und treuen Salzburg-Urlaubers ermitteln würden. Sollten wir nicht wirklich eindeutige Beweise für eine wie auch immer geartete Verwicklung des Herrn Doktors haben, so würde sie es sehr zu schätzen wissen, wenn wir uns auch um andere Optionen – wie sie es nannte – bemühen würden. Außerdem meinte die Landeschefin noch, dass der Herr Bezirkshauptmann seit Jahren mit dem Herrn Seibold befreundet wäre und dieser sich jedenfalls nicht vorstellen könne, dass sein Freund irgendwie mit der Sache zu tun haben könnte. Man solle also in der Sache mit entsprechender Objektivität und Rücksichtnahme vorgehen. Soweit in etwa der Originaltext ihres Anrufes."

„Also hat Seibold vermutlich nochmals beim Bezirkshauptmann interveniert", lieferte Naderer die wahrscheinlichste Erklärung für den Anruf der Landeshauptfrau beim obersten Boss der Landespolizei.

„Davon kannst du ausgehen."

„Und, sollen wir nun dementsprechend agieren?"

„Sicher nicht. Wir haben schon viel zu viel gegen Seibold in der Hand. Da geht's keinen Millimeter mehr zurück. Schaut, dass ihr bald zu einer Klärung kommt."

„Okay, Boss. Wir bemühen uns. Dann bis später", verabschiedete sich Naderer.

„Na prima", freute sich Schönwald über die Neuigkeiten, die sie sich aus den Meldungen ihres Chefs zusammenreimen konnte. „Wann holen wir uns den Seibold her?"

„Morgen früh, gleich um acht. Bis dahin sollte der Bericht der KTU vorliegen und vielleicht finden die Kollegen noch raus, wo dieser Posch steckt."

„Oberbrandacher sollte Seibold vielleicht gleich noch die Vorladung zukommen lassen. Findest du nicht? Und er sollte ihm klar machen, dass er bis dahin den Ort nicht verlassen darf. Nicht, dass uns der Herr Doktor noch abtaucht."

„Du hast recht. Wir sollten ihn bis morgen früh im Auge behalten. Kannst du das veranlassen?"

„Ja, ist schon so gut wie erledigt."

„Am Notebook von Seibold gibt es nichts Interessantes?"

„Nein, nur jede Menge Beweise für seine sexuellen Vorlieben. Sonst leider Fehlanzeige."

„Na, viel haben wir uns da ohnehin nicht erwarten können.

Ich werde mich jetzt mal für zwei, drei Stunden verabschieden und ich denke, du könntest auch mal eine kurze Auszeit nehmen, nicht?"

„Ja, ich würde gern mal zu Hause vorbeischauen. Passt es, wenn ich gegen 21 Uhr wieder da bin?"

„Ja, klar! Wir sehen uns."

57

Seibold war genervt. Nervös schritt er die Längsseite der großen Dachterrasse seiner Suite ab. In der Hand ein Glas Cognac. Er war sehr verärgert darüber, wie man hier mit ihm umsprang. Deshalb hielt er auch den Anruf bei seinem Freund, dem Bezirkshauptmann, für angemessen. Ob es was bringen mochte, konnte Seibold nicht abzuschätzen. Aber schaden, war Seibold überzeugt, konnte es nicht.

Dass man ihn heute stundenlang und umsonst festgehalten hatte, hielt er für eine Zumutung. Und was wollten die jetzt schon wieder in seinem Haus? Wieso hatte dieser Inspektor nach dem Schlüssel verlangt? Und warum sagt ihm keiner, wer hinter der heimtückischen Erpressung stand? Vermutlich konnte die Polizei nichts sagen, weil sie, davon war Seibold überzeugt, den Erpresser ja auch des Mordes – zumindest an Nadine – verdächtigen würde. Und genau diese Überzeugung war es, die Seibold trotz allem etwas ruhiger machte. Was sollten sie groß gegen ihn in der Hand haben? Dass Sabrina bei ihm im Jagdhaus war, konnten sie ihm bis dato nicht nachweisen und von Nadines Besuch hatte er ja ganz von sich aus erzählt. Und sonst, wiegte sich Seibold nun mehr und mehr in Sicherheit, würde die Polizei nicht viel finden können. Also beschloss er, sich noch einen Cognac einzuschenken und es sich auf der Liege bequem zu machen.

Und wegen der alten Sache, resümierte Seibold in Gedanken, wollte er sich erst recht nicht verrückt machen. Sie werden herausfinden, dass es sich um diese Kathrin handelt, mehr aber auch nicht. Zumindest nichts, was ihn mit der Sache in Verbindung bringen könnte. Allein der Umstand, dass man dieses Skelett in der Nähe des Jagdhauses gefunden hatte, bewies gar nichts. Außerdem wurde das Jagdhaus damals noch von vier weiteren Jagdherren genutzt. Da müsste die Polizei schon alle Pächter verdächtigen.

Seibold wollte sich gerade entspannt zurücklehnen, als es an der Appartementtür läutete. Obwohl er nichts bestellt hatte, wunderte sich Seibold nicht sonderlich und ging an die Tür.

„Entschuldigen Sie Herr Dr. Seibold“, sagte Oberbrandacher anstelle eines Grußes, „aber ich muss nochmals kurz stören. Ich habe hier eine Vorladung für Sie für morgen, acht Uhr früh. Und außerdem muss ich Sie bitten, bis dahin den Ort nicht zu verlassen. Also bleiben Sie bitte im Hotel oder zumindest in der Nähe."

Seibold schaute ungläubig. Dass er jetzt erneut vorgeladen wurde, hätte er sich eigentlich nicht erwartet, nachdem man ihn heute ja unverrichteter Dinge nach Hause geschickt hatte.

„Ich versteh nicht ganz", meinte er, „ich war doch heute ohnehin verfügbar. Warum soll ich jetzt morgen wieder bei Ihnen vorsprechen?"

„Ich kann Ihnen dazu nicht mehr sagen. Das ist jedenfalls eine gerichtliche Vorladung, der Sie Folge zu leisten haben. Also dann, bis morgen früh", verabschiedete sich Oberbrandacher noch bevor Seibold nochmals zu Wort kam.

Konnte Seibold sich gerade eben noch zu Ruhe und relativer Gelassenheit motivieren, so war es damit nun endgültig vorbei. Wütend trank er den Cognac in einem Schluck aus. Den teuren Schwenker warf er in einem Wutanfall gegen die Wand. „Die wollen mich fertigmachen", brüllte er. „Die wollen mir doch tatsächlich etwas anhängen."

Seibold war sich im Klaren: für morgen würde er sich etwas einfallen lassen müssen. Er brauchte eine Strategie und er musste sich vorbereiten, musste sich für alle Eventualitäten wappnen.

„Die werden mir nichts anhaben können", schimpfte er laut vor sich hin. „Die nicht, die Scheißbullen."

58

„Man fühlt sich doch gleich wieder wie neugeboren", überlegte der Inspektor, während er auf der Gartenterrasse des Haikky – einem asiatischen Restaurant – auf seine neue Flamme wartete. „Eine Dusche, ein frisches

Hemd und schon könnte man Bäume ausreißen", grinste er und freute sich auf das gemeinsame Abendessen mit Susi, die eigentlich jeden Augenblick auftauchen müsste.

„Darf ich schon etwas bringen?", erkundigte sich die hübsche Serviererin in gebrochenem Deutsch. „Ein Mineralwasser, vielleicht. Ja, bitte."

In dem Moment kam Susi auf seinen Tisch zu und trug dabei ein Strahlen im Gesicht, dass man meinen konnte, die Sonne geht gerade erst auf.

Naderer stand auf, reichte ihr die Hand und küsste Susi auf beide Wangen. Sie küsste zurück, aber auf den Mund.

„Schön, dass du Zeit für ein gemeinsames Abendessen hast, Max. Ich weiß ja, dass du momentan alle Hände voll zu tun hast."

„Zwei, drei Stunden Pause zwischendurch können nicht schaden. Da bekommt man den Kopf wieder frei. Das bringt ab und an mehr, als durchzuarbeiten."

Naderer bestellte zwei Aperol Spritz, nachdem er Susi gefragt hatte, ob sie damit einverstanden war und warf einen Blick in die Speisekarte.

„Magst du Sushi?"

„Ja, und wie", lächelte sie.

„Was hältst du davon, wenn wir gemeinsam dieses Sushi-Schiff für uns bestellen? Zu zweit werden wir das schon schaffen."

„Gute Idee. Das ist sicher köstlich."

Eine gute Stunde, Sushi vom Feinsten in allen Variationen und ein erfrischendes Zitronen-Parfait später saßen sich die beiden bei einem tiefschwarzen Espresso gegenüber. Naderer hielt ihre rechte Hand zwischen seinen beiden Händen und streichelte diese zärtlich.

„Schade, dass ich heute Abend nicht mehr Zeit für dich habe", bereute Naderer schon, dass er sich nur für zwei, drei Stunden abgemeldet hatte. „Aber uns steht morgen eine wichtige Einvernahme ins Haus und wir müssen uns einfach noch etwas besser darauf vorbereiten. Da darf morgen nichts schief gehen.“

„Kein Problem, mein Lieber! Ich finde es großartig, dass wir zusammen essen konnten. Und je eher ihr diese schrecklichen Mordfälle geklärt habt, desto eher wirst du etwas mehr Zeit für mich erübrigen können. Also, haltet euch ran und lass’ mich nicht zulange warten“, lächelte sie herausfordernd.

Naderer bezahlte. Das frisch verliebte Paar stand auf. Er legte den Arm eng um ihre Hüften. Kaum hatten die beiden das Restaurant verlassen, schlang sie beide Arme um seinen Hals und küsste ihn leidenschaftlich. Naderer genoss und verfluchte heimlich seine unmöglichen Arbeitszeiten.

59

Um Punkt sieben Uhr morgens betrat der Chefinspektor die interimistische Einsatzzentrale. Die Kolleginnen und Kollegen waren derart beschäftigt, dass ihn niemand bemerkte.

Naderer, der einmal mehr auf eine Uniform verzichtet hatte und ganz leger nur in Jeans und kurzärmligem weißen Hemd zum Dienst erschien, hielt nach Revierinspektor Oberbrandacher Ausschau. „Hat jemand den Heinz gesehen?“, fragte er in den Saal hinein.

„Der kommt gleich wieder“, kam es zurück.

„Danke! Wenn es etwas Neues gibt oder wenn mich jemand braucht: Ich bin im Konferenzzimmer. Oberbrandacher soll sich dann bitte gleich bei mir melden.“

Der Polizeiinspektor hatte sich gerade erst niedergelassen um sich nochmals die Notizen zu Seibolds Einvernahme vorzunehmen, die er sich gestern spät abends noch erarbeitet hatte, als ein kurzes Klopfen an der Tür ihn aus seinen Gedanken riss.

„Guten Morgen“, grüßte Oberbrandacher freundlich und gut gelaunt. „Ich habe mir erlaubt, euch heute früh mit einem richtig guten Cappuccino zu überraschen. Oh, ist Karin noch gar nicht da?“

„Toll“, grüßte Naderer zurück. „Karin wird jeden Moment eintreffen.“

„Guten Morgen, die Herren“, ertönte eine fröhliche, muntere Stimme von der Türe her, noch bevor Naderer richtig ausreden konnte.

Die Gegrüßten drehten sich zur Türe um, um den Gruß zu erwidern. Allerdings blieb ihnen dieser im Halse stecken. Mit großen Augen schauten sie ihrer Kollegin entgegen, die Unterkiefer nach unten geklappt.

„Ihr könnt eure Münder jetzt wieder schließen. Oder seh’ ich wirklich so schlimm aus?“, lachte Schönwald.

Naderer, der sich zuerst fasste und antworten konnte, meinte: „Schönen guten Morgen, erst mal. Und nein, Karin, du siehst toll aus. Steht dir wirklich gut.“

„Geile Farbe“, gestand Oberbrandacher, der seinen Blick noch immer nicht von der nun kupferfarbenen Haarpracht seiner Kollegin lösen konnte.

„Wie kommst du ausgerechnet auf dieses Kupfer?“, wollte ihr Chef wissen.

„Von dem Rot auf ganz blond schien mir einfach etwas zu drastisch. Von Rot auf Kupfer ist doch ein ziemlich sanfter Wechsel, oder nicht?“

„Doch, doch“, antwortete Oberbrandacher, „und es sieht echt toll aus.“

„Nun denn, wie sieht's aus?", kam Naderer auf die Ermittlungen zu sprechen. „Konnte die KTU bei Seibold noch irgendetwas finden?"

„Ihr werdet es nicht glauben", begann Oberbrandacher seinen kurzen Bericht dazu. „Die Kollegen haben tatsächlich Haare und Hautschuppen sichergestellt, die inzwischen eindeutig Sabrina und Nadine zugeordnet werden konnten. Damit ist Seibold wohl endgültig überführt."

„Wahnsinn!", freute sich Schönwald. „Bin mal gespannt, wie Seibold uns das erklären will."

„Ja, langsam wird es wirklich eng für ihn", meinte auch Naderer. „Aber wir bleiben dennoch hoch konzentriert. Seibold ist nicht blöd. Wir müssen höllisch aufpassen, dass wir uns nicht in die Karten schauen lassen."

„Das bekommen wir hin, Max", munterte Schönwald ihren Chef auf.

„Wissen wir schon, wo dieser Dr. Posch zu finden ist?", wandte sich Naderer wieder seinem Kollegen zu.

„Leider nein! Angeblich ist Posch Anfang Juni aus Frankfurt abgereist. Allerdings ohne zu hinterlassen, wohin die Reise diesmal führen sollte. Unsere Recherchen und Anfragen sind jedenfalls bisher im Sande verlaufen. Aber wir bleiben dran."

„Okay. Danke, Heinz", entließ Naderer seinen Mitarbeiter.

„Und du Karin könntest jetzt noch kurz die anderen Kollegen mit deiner Haarpracht überraschen. Ich würde nämlich gerne nochmals meine Notizen für das Verhör nachher durchlesen. In aller Ruhe, wenn's recht ist."

„Okay, Boss", lächelte Schönwald und verließ gemeinsam mit dem Kollegen den Konferenzraum.

60

Es war zwei Minuten nach acht als jemand kurz an die Tür zum Konferenzraum klopfte und diese unmittelbar und schwungvoll aufriss, ohne auf eine Antwort zu warten. Ebenso schwungvoll schritt dieser Jemand auf Schönwald und Naderer zu, streckte zunächst Schönwald die Hand entgegen und meinte:

„Guten Morgen, mein Name ist Heinrich, Dr. Walter Heinrich. Ich bin Rechtsanwalt in Frankfurt und darf Herrn Dr. Seibold hier und heute Beistand leisten."

„Guten Tag", war alles, was Schönwald auf die Schnelle herausbrachte.

„Guten Tag, Herr Doktor", grüßte Naderer zurück, der seine Überraschung schneller ablegen konnte. „Sie kommen direkt aus Frankfurt?"

„Ja, bin heute früh um sechs Uhr in Salzburg gelandet."

„Offen gestanden, habe ich mich schon gefragt, weshalb sich Dr. Seibold keinen Anwalt zu Hilfe holt."

„Hätte ich gewusst, welchen Anschuldigungen und Verdächtigungen der Herr Doktor hier ausgesetzt ist, wäre ich schon vor Tagen angereist. Aber Dr. Seibold hat mich erst vergangene Nacht informiert."

„Es ist sein gutes Recht, einen Anwalt bei der bevorstehenden Einvernahme dabeizuhaben. Ich nehme an, Sie haben Dr. Seibold mitgebracht?"

„Ja, er wartet draußen. Ich wollte mich nur vorab kurz vorstellen. Und, damit will ich nicht hinter dem Berg halten, feststellen, dass Sie nach meinem Wissensstand ziemlich einseitig ermitteln und meinen Mandanten mit recht abenteuerlichen Anschuldigungen konfrontieren. Wenn Sie nicht inzwischen bessere Argumente vorbringen können, wird das Gespräch heute keine halbe Stunde dauern. Jedenfalls sollten Sie wissen, dass Dr. Seibold heute nur auf begründbare Fragen antworten wird. Auf irgendwelche von Ihnen aufgestellte Spekulationen wird er sich nicht weiter einlassen. Sie verstehen?"

„Ich denke, doch", gab Naderer mit einer gewissen Selbstsicherheit zurück. Er wusste, dass er und Karin in den nächsten Minuten und Stunden recht viel Handfestes vorzulegen hatten.

„Dann bitte ich meinen Mandanten jetzt herein, wenn's recht ist", meinte der offensichtlich noch recht junge Anwalt, der jetzt wieder dynamisch wie zuerst zur Tür ging und Seibold hereinbat.

Dr. Seibold, der den beiden Polizisten dieses Mal nicht im Urlaubsoutfit, sondern in einem grauen, gut sitzenden Business- Anzug gegenübertrat, wirkte ausgeschlafen und ruhig. Sollte er nervös gewesen sein, wusste er dies gut zu verbergen. Nach einer kurzen Begrüßung bat Naderer die Herren Doktoren Platz zu nehmen.

„Darf ich Ihnen einen Kaffee bringen lassen?", fragte Schönwald freundlich nach.

„Ja, das wäre nett", antwortete der Anwalt. Offensichtlich hatte er bereits das Wort für seinen Mandanten übernommen.

Jedenfalls nickte Seibold nur wortlos.

Keine zwei Minuten später standen jeweils eine Tasse Kaffee und ein Glas Mineralwasser vor jedem der vier Anwesenden. Naderer wunderte sich etwas, woher dieser Kaffee in Tassen herkam und vor allem, woher so schnell. Aber das war jetzt nebensächlich, wusste er und eröffnete nun die Befragung.

„Herr Dr. Seibold, Sie wissen, weswegen wir Sie vorgeladen haben?"

„Danke“, mischte sich der Rechtsanwalt gleich ein. „Danke für diese erste Frage. Denn offen gestanden, weiß Herr Seibold nicht, weswegen er hier ist.“

„Da wollen wir doch gleich mal Klarheit schaffen“, war es nun Schönwald, die auf die Anmerkung des Anwalts reagierte.

„Sie sind hier, Herr Seibold, weil wir den Mord an drei jungen Mädchen aufzuklären haben.“

„Drei“, fragte der Anwalt erstaunt dazwischen und schaute fragend seinen Mandanten an. „Ich weiß nichts von drei Mädchen.“

„Es handelt sich dabei um die siebzehnjährige Sabrina Hartl und die ebenfalls siebzehnjährige Nadine Hellweg. Und es geht auch um die damals ebenfalls siebzehnjährige Kathrin Hochreiter, die 2003 spurlos verschwunden ist und deren Skelett gestern früh überraschend gefunden wurde. Damit haben wir es also mit drei Mordfällen zu tun“, schloss Schönwald ihre Begründung.

„Dass dieses dritte Mädchen auch ermordet wurde, steht fest?“, erkundigte sich der Anwalt.

„Ja“, behauptete Naderer, wohl wissend, dass dies so sicher gar nicht ist. Theoretisch zumindest könnte Kathrin auch in die Jauchegrube gefallen sein. Ein Unglück konnte jedenfalls nicht hundertprozentig ausgeschlossen werden. Aber davon ging keiner der Ermittler aus.

„Und wie bitte bringen Sie diese drei Fälle in einen Zusammenhang?“, wollte Seibolds Anwalt wissen.

„Darüber müssen wir Sie nicht informieren. Unser Wissensstand tut nichts zur Sache“, klärte Naderer sein Gegenüber auf.

„Also, Herr Seibold, Sie wissen jetzt weshalb Sie hier sind. Und Sie sollten auch wissen, dass wir Sie hier als Beschuldigten befragen. Dass es ratsam ist, unsere Fragen wahrheitsgemäß zu beantworten, wird Ihnen Ihr Anwalt bereits gesagt haben, nehme ich an", beschloss Schönwald die einleitende Phase der Vernehmung.

„Sie werden Ihre Gründe haben", tat der Anwalt verständnisvoll, „meinen Mandanten zu verdächtigen. Um so mehr sei hier festgehalten, dass Dr. Seibold schon jetzt jegliche Schuld von sich weist."

„Davon gehen wir aus. Verständlich aus Sicht Ihres Mandanten", reagierte Naderer auf des Anwalts Feststellung.

„Also, kommen wir nun zur Sache. Herr Seibold, wir haben Sie kürzlich schon einmal gefragt, weshalb Sie im Sommer 2003 Ihren Urlaub so kurzfristig unterbrochen hatten und abgereist waren. Bleiben Sie bei Ihrer diesbezüglichen Antwort, dass eine Firmenübernahme im Ausland Probleme bereitete und Sie deswegen in Frankfurt gebraucht wurden?"

„Sie wollen also allen Ernstes meinen Mandanten mit dem Fall aus 2003 in Verbindung bringen?", gab sich der Anwalt erstaunt.

„Wir fangen doch gerade erst an, Herr Dr. Heinrich. Also lassen Sie Ihren Mandanten doch antworten", erwiderte Schönwald freundlich und ruhig. „Also, Herr Dr. Seibold, wir warten auf Ihre Antwort."

„Ich weiß zwar nicht, was das mit all dem hier zu tun haben soll, aber ja, deswegen war ich damals abgereist. Ich wurde gebraucht."

„Dann haben Sie sich also ganz zufällig exakt am selben Tag von Ihrem jahrelangen Geschäftspartner und Freund, Dr. Dr. Posch, getrennt? Sie sind nicht deswegen nach Frankfurt gereist?", fragte Naderer nach.

„Ja, doch, auch deswegen. Oder besser gesagt, hatte sich das spontan ergeben. Der Rücktritt meines Partners war zwar erst gleich nach meinem Urlaub geplant, aber wir hatten uns dann kurzfristig entschlossen, dies noch am selben Tag, bei dieser Pressekonferenz bekannt zu geben."

„Und das war auch im Sinne von Herrn Posch?", fragte der Inspektor nochmals nach.

„Ja, gewiss doch. Fragen Sie ihn doch selbst."

„Das werden wir", antwortete Schönwald knapp.

„Können Sie uns denn auch sagen, weshalb Dr. Posch so plötzlich aus Ihrem Unternehmen ausscheiden wollte?", übernahm Naderer die nächste Frage.

„Er war mit einer Begründung sehr zurückhaltend. Er wollte es einfach so haben. Ich denke aber, dass er vermutlich schon damals von der beginnenden Krankheit seiner Frau gewusst hatte."

„Hatten Sie und Dr. Posch im Jahr 2003 Ihren Urlaub zusammen verbracht? Offensichtlich war Dr. Posch zur selben Zeit hier in Salzburg", setzte der Inspektor fort.

„Nein, soweit ging unsere Freundschaft nicht, dass wir zusammen Urlaub machten. Aber ja, er war ungefähr zu dieser Zeit auch in Salzburg. So viel ich mich erinnere, wohnte er mit seiner Frau immer im Fürst. Sie waren ja hauptsächlich der Festspiele wegen hier."

„Haben Sie sich vielleicht ab und an getroffen? Zu einem gemeinsamen Essen, zum Golf, zur Jagd?", fragte Naderer.

„Nein, auch das nicht. Wir hatten keine gemeinsamen Hobbys."

„Sie hatten also während des Urlaubs keinerlei Kontakt. Soll ich das so festhalten?", wollte Naderer wissen.

„Einmal, ein einziges Mal hatte ich es geschafft, meinen Geschäftspartner zu einem unserer Jagdherren-Abende einzuladen. Eingeladen war er öfter, aber nur einmal war er dabei. Das könnte 2003 gewesen sein. Aber sicher bin ich mir nicht."

„Wäre hilfreich, wenn Sie wüssten, in welchem Jahr das war“, wandte Schönwald ein.

„Ja, doch, das war 2003. Ich hatte mich ja noch gewundert, dass er ausgerechnet jetzt, wo er doch in Kürze aus unserem Unternehmen ausscheiden wollte, der Einladung gefolgt war. Ja, stimmt. An diesem Abend war es auch, dass er gemeint hatte, am liebsten würde er die Sache schon morgen hinter sich bringen. Und zwei Tage später war es dann soweit.“

„Dieser Jagdherren-Abend fand also am 13. Juli 2003 statt?“, wollte Naderer bestätigt wissen.

„Wenn Sie das sagen. Ja, es könnte hinkommen.“

„Herr Seibold“, übernahm nun Schönwald die nächste Fragerunde, „war denn an diesem Abend oder am Tag danach irgendetwas vorgefallen? Irgendeine Besonderheit? Hatte Dr. Posch zu viel getrunken? Gab es Streit? Mit Ihnen oder mit anderen Gästen?“

„Nicht, dass ich wüsste. Auch wenn es schon ewig her ist. Aber ich kann mich nicht an etwas Ungewöhnliches oder Besonderes erinnern. Zu viel getrunken hatten wir wohl alle an diesem Abend. Das war meistens so, wenn ich zum Jagdherren- Abend einlud.“

„Das heißt also“, fasste Schönwald zusammen, „Sie hatten Ihren Geschäftspartner zuletzt an diesem Abend gesehen, bevor Sie zwei Tage später in Frankfurt vor die Presse getreten waren?“

„Ja. Das heißt, wir sind zusammen von Salzburg nach Frankfurt geflogen. Wir hatten uns in Salzburg wieder gesehen, nachdem Karel den Jagdherren-Abend verlassen hatte.“

„Am Tag danach also mit Bestimmtheit nicht?“, hakte Schönwald nach.

„Nein, mit Sicherheit nicht. Aber warum ist das so wichtig?“

„Weil exakt an diesem Tag, also am Tag danach Kathrin Hochreiter verschwunden ist", antwortete Schönwald mit Nachdruck.

„Also, bitte, meine Herrschaften", schaltete sich nun der Anwalt ein. „Ich habe doch gleich gesagt: Bitte keine haltlosen Anschuldigungen oder Vermutungen, die aus der Luft gegriffen sind. Darauf gibt es von Herrn Seibold keine Antworten."

„Erstens war das keine Frage, sondern eine Feststellung", gab Schönwald etwas lauter als bisher zurück, „und zweitens ist die Sache gar nicht so sehr aus der Luft gegriffen, Herr Anwalt. Immerhin haben wir das Skelett der Toten unweit vom Jagdhaus Ihres Mandanten gefunden."

„Das ich damals mit vier weiteren Jagdherren gepachtet hatte. Jeder hatte damals einen Schlüssel dazu. Also wenn das Jagdhaus ein Argument für Sie ist, dann sollten Sie sich auch mit den anderen Herren unterhalten", konterte Seibold recht energisch.

„Zunächst beschäftigen wir uns mit Ihnen, Herr Dr. Seibold. Und zwar aus gutem Grund", warf Naderer dazwischen.

„Und wie sieht Ihr guter Grund in diesem Falle aus?", mischte sich Seibolds Anwalt wieder ein. „Ich sehe weit und breit keinen Grund, meinen Mandanten mit dieser Sache in Verbindung zu bringen."

„Herr Dr. Seibold", holte Inspektor Naderer nun zu einem Angriff aus, „mit wem wir in den letzten Tagen auch gesprochen haben, ob in der Branche oder im Umfeld von Dr. Posch: Kein Mensch hatte eine Erklärung dafür, weshalb Ihr Geschäftspartner damals von heute auf morgen alles hingeworfen hat. Im Gegenteil, es gab viele Stimmen, die behaupteten, dass Posch damals noch einiges vorhatte mit Ihrem gemeinsamen Unternehmen. Da stellt sich uns schon die Frage, Herr Doktor, ob Dr. Posch denn nicht vielleicht zu diesem Rücktritt gezwungen wurde, von dem Sie als Einziger profitierten. Und das ganz ordentlich, wie wir inzwischen recherchieren konnten."

„Und womit sollte ich meinen Freund zu diesem Schritt gezwungen haben?", unterbrach Seibold den Inspektor vehement. „Das müssen Sie mir schon genauer erklären."

„Ich bin gerade dabei", konterte Naderer. „Das zeitliche Zusammenfallen der Ereignisse – also das Verschwinden des Mädchens und der völlig unerwartete und unerklärliche Rücktritt von Dr. Posch – sowie der spätere Fundort der Überreste des Opfers und zu guter Letzt Ihre unwahre oder zumindest unvollständige Aussage zu Ihrer plötzlichen Urlaubsunterbrechung in eben genau dieser Zeit, lassen durchaus gewisse Schlussfolgerungen zu, Herr Doktor."

„Und die wären, bitte?", fragte Seibold, jetzt noch etwas lauter als zuvor.

„Ich komme gleich dazu, Herr Seibold. Aber zunächst sehen Sie sich bitte dieses Foto an", der Inspektor legte ein Bild von Kathrin vor Seibold auf den Tisch. „Haben Sie dieses Mädchen schon mal gesehen? Vielleicht damals, im Sommer 2003?"

Seibold warf einen kurzen Blick auf das Bild. Sofort erkannte er das Mädchen wieder, ließ sich aber nichts anmerken. „Nein, zumindest kann ich mich nicht erinnern", log er.

„Gut, es mag ja durchaus sein, dass Sie das Mädchen noch nie gesehen haben. Aber hören Sie sich dennoch mal an, was wir vermuten. Wohlgemerkt, nur vermuten", betonte Naderer nochmals. „Also, an dem Tag nach Ihrem Fest mit den Jagdherren, an dem Tag, an dem auch dieses Mädchen hier spurlos verschwand, hatte sich irgendetwas zugetragen. Wir vermuten, Dr. Posch hatte etwas mit dem Verschwinden des Mädchens zu tun. Vielleicht ist er auch der Mörder. Jedenfalls haben Sie, Dr. Seibold, etwas mitbekommen. Sie wissen vermutlich, was damals geschehen war. Und Sie hatten dieses Wissen dazu benutzt, Dr. Posch zu seinem Rücktritt aus Ihrem gemeinsamen Unternehmen zu zwingen."

„Ich bin froh", schaltete sich der Anwalt ein, „dass Sie diese Fantastereien von vornherein nur als Vermutung bezeichnet haben. Damit können Sie doch überhaupt nichts erreichen. Und wie wollen Sie das jemals beweisen? Selbst wenn Sie richtig lägen, haben Sie da wohl schlechte Karten."

„Nun, wir suchen bereits nach Dr. Posch. Sobald wir mit ihm reden können, werden wir sehen, wie weit unsere Vermutungen von der Wahrheit entfernt liegen", wandte Schönwald ein.

„Auch gut, aber Sie vermuten ja selbst, dass dieser Dr. Posch das Mädchen ermordet haben könnte. Was aber soll dann mein Mandant mit der Sache zu tun haben? Und selbst wenn er irgendetwas mitbekommen hätte, damals, dann macht ihn das noch längst nicht zum Täter."

„Vielleicht nicht zum Täter", räumte der Chefermittler ein, „aber für eine Mittäterschaft oder zumindest für eine Anklage wegen Nichtanzeige einer schweren Straftat könnte es durchaus reichen. Außerdem hat Herr Seibold gestern morgen, als er von den Knochenfunden unweit von seinem Haus erfahren hatte, doch ziemlich sonderbar reagiert. Man könnte durchaus vermuten, dass er gewusst hatte, was es da oben in der Jauchegrube des alten Bauernhofes zu finden gab."

„Und selbst wenn", tat Dr. Heinrich auch diese Vermutung ab, „lässt sich daraus keine Täterschaft meines Mandanten ableiten. Außerdem glaube ich, sind wir in der Sache an einem toten Punkt angekommen. Sie haben nichts Handfestes gegen meinen Mandanten in der Hand. Sie konfrontieren uns mit haltlosen Behauptungen, Vermutungen, wie Sie ja selbst zugeben. Was bezwecken Sie damit, Herr Inspektor?"

„Sie haben recht, Herr Doktor", räumte der Angesprochene ein, „im Mordfall Kathrin Hochreiter haben wir tatsächlich wenig in der Hand. Aber am Ende werden wir schon sehen, wie die Dinge zusammenpassen. Und dann wird ein Schuh draus werden, wie man hier bei uns sagt."

„Gut, Herr Seibold", übernahm nun Schönwald wieder die Befragung, „Sie haben behauptet, dass Sie Sabrina zuletzt an dem besagten Abend im Stiftskeller, zusammen mit ihren Eltern, gesprochen hatten. Ist das korrekt? Sie hatten Sabrina also danach weder gesprochen noch gesehen?"

„Ja, das sagte ich bereits."

„Nun, dann sagen Sie uns bitte, bei welcher Gelegenheit Sabrina in Ihrem Jagdhaus war. Dass das Mädchen sich dort aufgehalten haben muss, ist inzwischen hundertprozentig erwiesen."

Dr. Seibold wirkte erstmals verunsichert. Offensichtlich war er unschlüssig, wie er antworten sollte. Es arbeitete in seinem Hirn. Die Polizisten konnten es förmlich sehen. Seibold schien abzuwägen, ob sie wirklich etwas beweisen konnten oder ob sie ihn nur aus der Reserve locken wollten.

„Wie kommen Sie darauf, dass Sabrina jemals bei mir im Jagdhaus war?", versuchte Seibold Zeit zu gewinnen.

„Sagen Sie uns doch einfach wann und weshalb. Woher wir das wissen, ist unerheblich", antwortete Schönwald.

„Haben Sie dafür denn auch einen Beweis?", wandte der Anwalt mahnend ein, „oder handelt es sich auch hier wieder nur um eine Vermutung, mit der Sie versuchen, meinen Mandanten zu verunsichern?“

„Wie gesagt, wir können beweisen, dass Sabrina im Haus war“, bestätigte Schönwald mit Nachdruck und verlangte jetzt endlich eine Antwort von Seibold.

„Ja“, räumte Seibold jetzt ein, „sie war wohl mal bei mir. Aber das ist bestimmt schon zwei, zweieinhalb Wochen her. Sie war zusammen mit einer Freundin beim Wandern und marschierte direkt am Haus vorbei. Da hab’ ich den Mädchen eine kleine Erfrischung serviert. Das war alles.“

„Waren die Mädchen im Haus?“, fragte Schönwald nach.

„Nein, nein, nur auf der Terrasse“, versicherte Seibold. „Die sind dann auch gleich weiter.“

„Und wissen Sie noch, wer das andere Mädchen war? Sabrina wird ihre Freundin ja wohl vorgestellt haben.“

„Nein, keine Ahnung. Ich erinnere mich nicht.“

„Die Mädchen waren also nicht im Haus?“, wollte Schönwald bestätigt wissen.

„Nein“, wurde Seibold jetzt wieder etwas lauter. „Das sagte ich ja bereits.“

„Wie konnten wir dann Haare von Sabrina in Ihrem Badezimmer finden, Herr Dr. Seibold?“, stieß die junge Polizistin nach.

„Was weiß ich! Vielleicht war sie doch mal kurz zur Toilette. An so was muss man sich nicht erinnern, oder?“, versuchte sich Seibold rauszureden.

„Und bei welcher Gelegenheit war Sabrina in Ihrer Garage?“, schoss Naderer den nächsten Pfeil ab.

„In meiner Garage?“, wiederholte Seibold fragend. „Was soll das Mädchen in meiner Garage? Davon weiß ich nichts.“

„Jedenfalls haben wir auch im Wasserabfluss im Garagenboden Haare von Sabrina gefunden."

„Das ist doch gelogen. Sie wollen mich reinlegen", tobte Seibold.

„Ganz und gar nicht, Herr Seibold", versuchte Naderer den Tobenden zu beruhigen. „Das können wir definitiv beweisen. Und das ist noch nicht alles."

„Dass Sabrina im Jagdhaus war", räumte der Anwalt vorsichtshalber ein, „beweist noch längst nicht, dass Herr Seibold etwas mit dem Mord an dem Mädchen zu tun hat."

„Dass er uns aber immer wieder die Unwahrheit sagt", entgegnete Naderer ganz ruhig, „macht ihn zusehends verdächtig, nicht wahr?"

„Außerdem", übernahm jetzt wieder Schönwald das Wort, „wissen wir, wie die Haare in den Garagenabfluss gekommen waren. Die Gerichtsmedizin hat nämlich nachweisen können, dass Sabrina nach ihrem Tod äußerst penibel gewaschen wurde. Oder sagen wir besser gereinigt. Und zwar mit einem Hochdruckreiniger, der am Körper ganz leichte Druckspuren hinterlassen hatte. Überall dort, wo der Wasserstrahl auf die nackte Haut traf. Die Gerichtsmedizin hat mit dem bei Ihnen beschlagnahmten Hochdruckreiniger die Situation nachgestellt und eindeutig das gleiche Spurenbild erhalten. Es scheint offensichtlich, dass Sabrina in Ihrer Garage gereinigt wurde und zwar mit Ihrem Hochdruckreiniger. Sie werden sich eingestehen müssen, Herr Seibold, dass es nur legitim ist, dass wir deshalb vor allem Sie im Verdacht haben."

Seibold verlor zusehends die Beherrschung. Er sprang auf und donnerte mit einer Hand auf den Konferenztisch: „So einen Hochdruckreiniger hat doch heute fast jeder. Was soll das für ein Beweis sein?", brüllte er.

„Bitte, setzen Sie sich wieder“, forderte Schönwald ihn auf.

„Wir sind nämlich noch lange nicht fertig.“

„Ich muss mich mit meinem Mandanten kurz beraten“, schaltete sich Dr. Heinrich ein. „Gönnen Sie uns eine kurze Pause. Zehn Minuten, vielleicht?“

„Gut, wir lassen Sie zehn Minuten allein. Vielleicht können Sie Herr Dr. Seibold davon überzeugen, dass es besser für ihn ist, unsere Fragen wahrheitsgemäß zu beantworten“, versuchte der Ermittlungsleiter auf den Anwalt einzuwirken, bevor er zusammen mit seiner Assistentin den Raum verließ.

61

„Gut, dass ihr gerade eine Pause macht“, meinte Revierinspektor Oberbrandacher, der seinen Chef und seine Kollegin beim Kaffeeautomaten traf, der inzwischen von der Polizeiinspektion hierher verbracht worden war.

„Hast du Neuigkeiten für uns?“, fragte Schönwald.

„Ja, und gute noch dazu.“

„Dann schieß mal los“, forderte Naderer ihn auf.

„Wir haben Dr. Posch über Skype, dieses Internet-Telefonservice gefunden. Er ist dort registriert. Ich konnte bereits mit ihm sprechen. Offensichtlich ist er zurzeit in Vancouver. Er meinte aber, er könnte bis morgen Abend hier sein, wenn seine Hilfe gebraucht würde.“

„Was hast du ihm gesagt?“, wollte Schönwald wissen.

„Nur so viel, dass wir mit ihm reden müssten, weil sein ehemaliger Geschäftspartner hier bei uns in zwei Mordfälle verwickelt wäre. Er könnte uns mit seinem Wissen vielleicht weiterhelfen. Mehr nicht."

„Und dafür fliegt er gleich her? So etwas kommt auch nicht alle Tage vor", wunderte sich Naderer.

„Noch dazu, wo wir ihn ja eigentlich im Fall der Kathrin Hochreiter auch unter Verdacht haben. Zumindest nach unserer momentanen Theorie", wunderte sich auch Schönwald.

„Davon weiß er ja nichts", meinte Oberbrandacher.

„Würdest du dich so unaufgefordert und freiwillig mit der Polizei verabreden, wenn du jemanden ermordet hättest? Auch wenn es ein paar Jahre her ist?", stellte Naderer eine rein rhetorische Frage.

„Stimmt", bestätigte der Kollege mit einem Nicken, „also wenn er morgen wirklich hier ankommt, dann spricht das eher gegen unsere Theorie."

„Jedenfalls ist es sicher hilfreich, wenn wir mit ihm sprechen können", beschloss Naderer das Thema und blickte auf das Display seines Handys. „Die zehn Minuten sind um. Wir müssen wieder."

„Ihr kümmert euch um unseren Gast", rief Schönwald im Weggehen noch ihrem Kollegen zu. „Holt ihr ihn am Flughafen ab?"

„Sobald ich weiß, wann genau er ankommt, veranlasse ich alles. Kein Problem."

62

„Herr Dr. Seibold hat sich entschlossen, ein umfassendes Geständnis abzulegen", waren die ersten Worte des Anwaltes Dr. Heinrich, die an Naderers und Schönwalds Ohr drangen, kaum, dass sie wieder Platz genommen hatten. „Er möchte reinen Tisch machen, und Ihnen nun alles offen legen, was er weiß beziehungsweise wie sich alles zugetragen hat."

„Eine weise Entscheidung", pflichtete Naderer dem Anwalt bei. „Dann lassen Sie uns mal hören, was Sie gestehen wollen."

„Eines möchte ich vorausschicken", begann Dr. Seibold. „mit der Ermordung der Mädchen habe ich nichts zu schaffen. Ein Geständnis dieser Art werden Sie von mir nicht bekommen."

„Was mich nicht überrascht", erwiderte Schönwald.

„Sabrina war am Donnerstag letzter Woche tatsächlich bei mir im Jagdhaus. Völlig überraschend kam sie plötzlich den Weg entlang, winkte mir zu und stand wenig später auf meiner Terrasse. Natürlich habe ich ihr etwas angeboten. Sie machte es sich bei mir gemütlich. Es schien ihr zu gefallen. Wir tranken Champagner und etwas später servierte ich Räucherlachs und Toast. Es war ein sehr unterhaltsamer Nachmittag. Wir haben viel gelacht. Wie ich im Laufe unserer Unterhaltung erfuhr, wollte Sabrina noch mal über mein Angebot bezüglich Studentenwohnung und –job in Frankfurt mit mir reden. Offensichtlich konnte sie es kaum mehr erwarten, bis es soweit war. Und sie wollte von mir hören, ob es mir mit dem Angebot tatsächlich ernst war. Ich konnte sie von meiner ehrlichen Absicht überzeugen. Wir haben dann im Laufe des Nachmittags ziemlich viel getrunken. Irgendwann versuchte ich ihr klarzumachen, was ich mir als kleine Gegenleistung für meine Unterstützung erwarten würde. Sie war nicht sonderlich erschrocken darüber, versuchte aber das Thema zunächst mal hinauszuschieben, in dem sie meinte, sie könne mir da ohnehin nicht das Gewünschte bieten, unerfahren wie sie wäre und außerdem könnten wir ja dann in Frankfurt wieder darüber reden."

„Und so gingen sie in dicker Freundschaft und Frieden auseinander und haben sich nicht mehr gesehen", warf Naderer etwas zynisch und zweifelnd ein.

„Lassen Sie Herrn Seibold doch ausreden", forderte der Anwalt ihn auf.

„Ich gebe zu, Sabrina hatte mir an diesem Nachmittag ziemlich zugesetzt. Mit ihren aufreizenden Hotpants, ihrem knallengen T-Shirt und so wie sie sich zurechtgemacht hatte, konnte sie einem Mann schon ziemlich einheizen. Ich wollte mich nicht so einfach zufrieden geben und nicht abwarten, ob sich denn später in Frankfurt etwas ergeben würde. Nein, ich wollte Sabrina gleich. Und ich war sicher, Sabrina war dem nicht so abgeneigt, wie sie vorgab. Sie wollte sich einfach nur ein wenig bitten lassen. Ich tat ihr auch den Gefallen. Ich warb mit allen Mitteln um ihre Gunst. Und sie genoss es, den ganzen Nachmittag über. Die jungen Dinger wissen heute ganz genau was sie wollen, wissen auch wie sie es bekommen und sie wissen auch, was sie bereit sind, dafür zu geben."

„Sie wollen also andeuten, dass Sabrina zum Jagdhaus kam, um mit Ihnen zu schlafen, damit sie sich Ihrer Unterstützung während ihres Studiums sicher sein konnte?", hinterfragte Schönwald Seibolds letzten Sätze.

„Jedenfalls gab sie sich so an diesem Nachmittag."

„Sie sagten doch selbst, sie habe Ihre deutliche Aufforderung zum Sex klar abgelehnt", hakte Schönwald nach.

„Ich sagte, die jungen Mädchen wollen sich bitten lassen. So wie alle Frauen."

„Und was geschah dann weiter?", wollte Naderer mehr von Seibold erfahren.

„Wie gesagt, wir tranken den ganzen Nachmittag Champagner und wir tranken ziemlich viel. Irgendwann meinte Sabrina, sie müsse jetzt aber wirklich nach Hause. Da riss mir dann irgendwie der Geduldsfaden. So einfach sollte sie mir nicht davon kommen. Ich wurde etwas aggressiver. Versuchte sie nicht mehr nur mit Worten sondern auch mit zärtlichen Berührungen zu verführen. Und dann ergab eines das andere. Je mehr sie sich wehrte, desto erregter wurde ich."

„Und dann haben Sie sich einfach genommen, wovon Sie meinten, es stünde Ihnen ohnehin zu?", warf Schönwald ziemlich aggressiv ein.

„Ich war wie von Sinnen. Ich hatte zu viel getrunken, viel zu viel. Da gehen schon mal die Gäule mit einem durch."

„Sie haben Sabrina also tatsächlich vergewaltigt?", war es wieder Schönwald die nach stieß.

„Soweit kam es nicht. Nach ein paar Minuten wurde mir trotz allem Alkohol klar, dass das nicht rechtens war. Ich ließ von ihr ab, entschuldigte mich und bot ihr an, sie nach Hause zu bringen."

„Und Sabrina nahm Ihr Angebot dankend an, stieg irgendwann glücklich und zufrieden aus Ihrem Auto, sie verabschiedeten sich und wären bestimmt gute Freunde geblieben, wenn nicht unglücklicherweise jemand Sabrina ermordet hätte. Ausgerechnet noch in dieser Nacht", warf Naderer jetzt erneut mit einigem Zynismus ein.

„Nein, Sabrina machte sich kurz zurecht, sagte noch etwas wie ‚Sie können sich Ihre Wohnung in Frankfurt in die Haare schmieren' und lief davon."

„Und seitdem haben Sie das Mädchen nicht mehr gesehen?", fragte Schönwald mit einem Unterton der klarmachte, dass sie an Seibolds Schilderungen zweifelte.

„Ja, ich habe Sabrina nicht mehr lebend gesehen."

„Sie haben das Mädchen also einfach so weggehen lassen? Sie mussten doch befürchten, dass sie Sie zumindest wegen versuchter Vergewaltigung anzeigen oder wenigstens mit ihren Eltern darüber sprechen würde."

„Vermutlich war ich zu betrunken. Jedenfalls kam mir der Gedanke nicht."

„Herr Seibold", versuchte Naderer nun eine Zusammenfassung von dessen Aussage. „Sie gestehen also hier eine versuchte Vergewaltigung an einem Mädchen, das inzwischen zu Tode gekommen ist und Sie also nicht mehr belasten können hätte. Wir wissen übrigens, dass Sabrina nicht vergewaltigt wurde. Um so mehr frage ich mich, was Sie mit Ihrem Geständnis bezwecken wollen. Eigentlich hätte es doch gereicht, Sie hätten einfach nur von einem Besuch Sabrinas berichtet. Vielleicht auch noch von einem feuchtfröhlichen Nachmittag. Keinesfalls war es aus Ihrer Situation heraus notwendig, uns eine versuchte Vergewaltigung zu gestehen. Sie wissen, dass Sie dafür, wenn Sie dabei bleiben, in jedem Fall zur Rechenschaft gezogen werden?"

„Natürlich ist sich mein Mandant dessen bewusst", schaltete sich Dr. Heinrich ein. „Aber lassen Sie Herrn Seibold fortsetzen, dann werden Sie verstehen, weshalb er sich zu diesem Geständnis entschlossen hat."

„Bitte, Herr Seibold, fahren Sie fort", forderte Schönwald den Beschuldigten auf.

„Die Sache ist nämlich so: Als ich am nächsten Morgen – es war wohl so gegen sechs Uhr, ich bin Frühaufsteher, müssen Sie wissen – auf meine Terrasse trat, lag Sabrina wieder in der Liege, auf der sie die meiste Zeit des vorigen Nachmittag gelegen hatte. Ich traute meinen Augen nicht. Zunächst dachte ich, dass sie einfach umgekehrt wäre und sich hier auf der Liege zum Schlafen hingelegt hätte. Warum auch immer. Jedenfalls wollte ich schon zurück ins Haus um Sabrina mit einer Tasse frischen Kaffee zu wecken, als mir plötzlich der Gedanke kam, Sabrina könnte auch tot sein. Warum auch immer. Jedenfalls ging ich um die Liege herum, sah in Sabrinas Gesicht und dabei in ihre weit aufgerissenen Augen. Sabrina war wirklich tot."

„Sabrina hat sich also bei Ihrem Haus auf die Terrasse gelegt, war eingeschlafen und dann … erfroren, einfach so gestorben … was sollen wir uns darunter vorstellen?", warf Naderer dem Erzählenden an den Kopf. „Oder hatte jemand Sabrina ermordet und die Leiche dann ausgerechnet bei Ihnen abgelegt? Eine groteskere Geschichte hätten Sie sich nicht einfallen lassen können?"

„Ich darf doch bitten", mahnte der Anwalt den Chefinspektor zur Ruhe und Objektivität.

„Okay", entschuldigte sich Naderer, „und vor lauter Schrecken haben Sie die Leiche verschwinden lassen anstatt einfach die Polizei zu rufen."

„Sabrina hat die letzten Stunden vor ihrem Tod vermutlich bei mir verbracht. Wir hatten getrunken. Ich hatte das Mädchen beinahe vergewaltigt. Seien Sie doch ehrlich, Sie hätten mir kein Wort geglaubt, wenn ich bei Ihnen angerufen hätte. Nein, mir war klar, dass man Sabrina keinesfalls bei mir finden durfte. Und mir war auch klar, dass man jede Menge Spuren von mir bei Sabrina finden würde."

„Deshalb als die Waschungen. Diese Rundum-Reinigung mit dem Hochdruckreiniger?", verlangte Schönwald nach einer Bestätigung dieser Erkenntnis der Gerichtsmedizin.

„Ja."

„Und dann haben Sie die Leiche kurzerhand entsorgt? Wie sind Sie denn ausgerechnet auf den Steiner-Hof gekommen?", fragte Schönwald.

„Der junge Steiner erschien mir immer schon als etwas zurück geblieben. Ein sonderbarer Typ jedenfalls. Der kam mir gleich in den Sinn und war für mich auch ein idealer Verdächtiger, sollte man die Leiche doch irgendwann finden."

„Dann waren Sie es also, der am Sonntag anonym bei uns angerufen und den Hinweis auf den jungen Steiner platziert hatte?", wollte Schönwald nun auch diesen Punkt bestätigt wissen.

„Ja."

„Sie haben also Sabrinas Leiche gereinigt, auch die Kleidung, die sie anhatte, haben die Leiche in Ihr Auto verbracht und sind anschließend zum Steiner-Hof gefahren. Dort haben Sie dann in aller Seelenruhe die Leiche im Misthaufen vergraben. Müssen wir uns das so vorstellen?", übernahm Naderer die Fortsetzung von Seibolds Geschichte, von welcher der Inspektor nur schwer zu überzeugen war.

„Ja", antwortete Seibold nur.

„Was haben Sie bei dieser außergewöhnlichen Beerdigung getragen?", fragte Naderer wieder ziemlich zynisch.

„Ich habe mir so einen Arbeitsoverall übergezogen. Wieso fragen Sie?"

„Wo ist der Overall jetzt?"

„Den habe ich noch am selben Tag verbrannt."

„Wissen Sie, Herr Seibold", schaltete sich Schönwald wieder ein, „bis auf die Sache mit der Leiche im Misthaufen, haben Sie bisher eigentlich nur gestanden, was wir Ihnen ohnehin nachweisen konnten. Dass Sabrina in Ihrem Haus war. Die Sache mit dem Waschen der Leiche. Die versuchte Vergewaltigung. Für all das, haben wir bereits hieb- und stichfeste Beweise. Inzwischen können wir auch Beweisen, dass tatsächlich Sie die Leiche hatten verschwinden lassen. Wir haben einen Knopf Ihres Overalls unmittelbar bei der Leiche im Misthaufen sichergestellt. Und ein exakt gleicher Knopf hat sich offensichtlich im Reifen Ihres Autos festgeklemmt. Den dürften Sie wohl beim Ausladen des Mädchens verloren haben. Also, all das, Herr Dr. Seibold, hätten wir Ihnen ohnehin nachgewiesen. So erscheint Ihr Geständnis doch in einem etwas anderen Licht. Ich denke mal, Sie wollen damit nur von der eigentlichen Tat, dem Mord, ablenken. Allerdings haben wir bislang nichts entdecken können, was Ihre abenteuerliche Theorie von einem anderen Täter bestätigen könnte. Und einfach so gestorben ist Sabrina definitiv nicht. Sie wurde eindeutig und recht brutal erstickt."

„Genau damit bestätigen Sie nur, wie recht ich damit hatte, die Leiche verschwinden zu lassen. Sie glauben mir tatsächlich nicht, oder?", wandte Seibold ein.

„Wir haben damit unsere Probleme, ganz offen gesagt", gab Naderer zu. „Außerdem, Herr Doktor, gibt es bekanntlich noch ein Opfer, noch einen Mord. Und wieder sind Sie es, den wir auch in diesem Fall als Beschuldigten vernehmen."

„Herr Dr. Seibold hat bereits angekündigt, dass er ein umfassendes Geständnis ablegen will. Also, hören Sie sich bitte an, was er Ihnen in dieser Sache zu sagen hat", wandte Dr. Heinrich ein.

„Bitteschön, Herr Seibold, wir sind schon sehr gespannt", forderte Schönwald den Beschuldigten auf, sich zu erklären.

„Diese Nadine war ein Flittchen, wenn Sie es genau wissen wollen", eröffnete Seibold seine nächste Geschichte. „Die hatte es von Anfang an darauf angelegt, mich zu verführen. Das mit dem kaputten Reifen mag sich ja wirklich so verhalten haben. Jedenfalls war er platt, das habe ich gesehen. Und vielleicht suchte sie ja wirklich zufällig Hilfe bei mir. Keine Ahnung. Jedenfalls saßen wir noch keine zwei Stunden zusammen – und sie hatte bis dahin noch kaum Alkohol getrunken – begann sie zu erzählen, dass sie zur Zeit ganz alleine zu Hause wäre, dass ihre Eltern ohne sie auf Urlaub gefahren sind und sie nun endlich einmal tun und lassen könne, was sie wolle. Sie sei frei, meinte sie. Erstmals so richtig frei. Irgendwann später fragte sie, ob ich denn auch Gästezimmer hier hätte. Sie müsse ja nicht nach Hause. Mittlerweile trank sie doch ziemlich viel. Sie kippte den Schampus runter, dass ich kaum mithalten konnte. Irgendwann wollte sie dann zur Toilette. Die Sonne war gerade untergegangen, aber es war noch immer richtig warm. Daran erinnere ich mich so genau, weil das Mädchen plötzlich im Bikini vor mir stand. Auf meinen Hinweis, dass es für ein Sonnenbad nun wohl zu spät wäre, lachte sie nur und meinte: Mir war einfach zu heiß! Geht es dir denn nicht genauso? Bis zu diesem Moment waren wir noch per Sie. Sie schenkte erneut nach und lud mich ein auf das ‚Du' anzustoßen. Natürlich mit Küsschen, meinte sie."

„Und damit war klar: Das Mädchen wollte mit Ihnen ins Bett", unterbrach Schönwald den Doktor.

„Zeigen Sie mir einen Mann, der dabei cool bleibt. Das sind doch ganz eindeutige Aufforderungen. Herr Inspektor, Sie sind ein Mann. Was sagen Sie dazu?"

„Also erstens würde ich einem siebzehnjährigen Mädchen nicht so viel Alkohol geben und zweitens würde ein so junges Mädchen mehr den Vater als den Mann in mir wecken, wenn Sie verstehen, was ich meine. Aber erzählen Sie doch, was dann weiter vorgefallen ist."

„Es war vielleicht so halb zehn, zehn, als sie wieder zur Toilette wollte. Sie meinte, es wäre jetzt dann doch etwas frisch. In der Tat war auch mir inzwischen etwas kühl. Also bot ich ihr an, sich bei einem Sprudelbad etwas aufzuwärmen. Sie fand das toll. Ich ließ den Whirlpool einlaufen, entkorkte eine neue Flasche Schampus und setzte mich ins Bad. Als sie zur Tür hereinschaute und mich im Bad sitzen sah, tat sie völlig überrascht und meinte: Ich wusste nicht, dass du auch ein Bad nehmen wolltest. Entschuldige. Natürlich forderte ich sie auf, sich zu mir ins Sprudelbad zu setzen. Sie könne ja den Bikini anlassen. Aber irgendwie schien ihr mein Vorschlag nicht zu gefallen. Sie sagte nur: Ich zieh mir nur noch rasch meine Klamotten über, dann bin ich auch schon weg. Lass' dich nicht stören. Ich war entsetzt. Nach all der Anmache jetzt einfach so zu passen, mich einfach im Whirlpool sitzen zu lassen. Nein, das ging doch nicht. Ich sprang aus dem Pool und direkt zur Toilette, wo sie sich gerade ihr T-Shirt überstreifen wollte. Ich sah ihre blanke, feste Brust und mir war klar: Ich musste das Mädchen jetzt haben. Ich versuchte es mit Zärtlichkeiten. Aber wie schon bei dem anderen Mädchen, war es ihre Abwehr, die mich mehr und mehr reizte. Nach all dem, was sie am Nachmittag und am Abend von sich gab und so wie sie sich mir darbot, war dieses Sträuben und Wehren doch nur, um mich ganz in Rage zu bringen. Anders konnte und wollte ich mir das nicht erklären."

„Sie gestehen uns also soeben die zweite Vergewaltigung?", unterbrach nun Schönwald.

„Nein, nein. Denn es war wieder allerhöchstens ein Versuch. Irgendwann trat sie mich derart gekonnt zwischen die Beine, dass ich, ob ich wollte oder nicht, von ihr ablassen musste. Während ich mich am Boden liegend vor Schmerzen krümmte, schnappte sie sich ihren Rucksack, ihr T-Shirt und stürzte die Treppe hinunter und hinaus zur Tür. Was ich zwar nicht sah, aber hörte."

„Nachdem der Schmerz nachließ, sind Sie ihr nach, haben Sie da oben an der Bikeroute eingeholt und eben mal so den Abhang runter gestoßen“, griff Schönwald den Ausführungen des Beschuldigten vor.

„Nein. Ich bin ihr nicht nachgelaufen. Bis ich wieder halbwegs gehen konnte, war sie schon über alle Berge. Als ich mir irgendwann später auf der Terrasse eine Pfeife anrauchen wollte, sah ich, dass sie offensichtlich ohne Bike weggerannt war. Mir war zu diesem Zeitpunkt klar: Wenn dieses Mädchen irgendwann und irgendwem etwas davon erzählen würde, würde ich alles abstreiten. Ich würde mir ein Alibi besorgen und damit Basta. Das Flittchen hätte wohl schlechte Karten.

Außerdem kam es ja überhaupt nicht zu einer Vergewaltigung. Das, was dem nun aber im Weg stand, war das Bike. Also nahm ich es, schob es bis hinauf zur Bikestrecke und warf es bei nächster Gelegenheit den Abhang hinunter.“

„Sie wollen uns also allen Ernstes weiß machen“, wandte Naderer ein, „Sie haben das Bike runter geworfen und dann, hat ein Mörder, also ein Dritter, quasi das Mädchen hinterher geworfen. Ganz zufällig exakt an der gleichen Stelle, so dass Mordopfer und Bike unmittelbar nebeneinander liegend gefunden wurden?“

„Was weiß denn ich? Ich habe jedenfalls mit dem Tod des Mädchens nichts zu tun.“

„Aber Sie waren es doch, der auch das Mädchen oder ihre Leiche an derselben Stelle den Abhang hinunter geworfen hatte, nicht wahr?“, hakte Schönwald nach.

„Als ich keine halbe Stunde später zum Haus zurückkam, lag die tote Nadine auf meiner Terrasse. Sie können sich vorstellen, wie erschrocken ich war. Erst Sabrina, dann diese Nadine. Und beide Mädchen, beide toten Mädchen, hatte irgendjemand bei mir abgelegt. Schlagartig wurde mir klar, dass es da jemand auf mich abgesehen hatte. Ja, da wollte mich jemand doch tatsächlich zum Mörder stempeln."

„Daraufhin haben Sie auch Nadines Körper und Kleidung gereinigt, so wie bei Sabrina, und sie dann anschließend über den selben Abhang entsorgt, wie kurz zuvor ihr Fahrrad", griff nun Naderer den Schilderungen des vermeintlichen Mörders vor.

„Ja! Es durfte doch keine Spuren geben, die zu mir führten. Das ist doch verständlich. Und jetzt sagen Sie bloß nicht wieder, ich hätte die Polizei verständigen sollen. Dann säße ich nämlich schon längst hinter Gittern und könnte gar nichts mehr tun, um meine Unschuld zu beweisen."

„Sie behaupten also beide Mädchen waren bei Ihnen, beide Mädchen wurden von Ihnen quasi vergewaltigt, aber mit dem Tod beider Mädchen wollen Sie nichts zu schaffen haben. Sie denken allen Ernstes, dass wir Ihnen diese Storys abkaufen?", fasste Schönwald zynisch zusammen.

„Also bitte, die Herrschaften", meldete sich nach langem Schweigen auch Dr. Heinrich mal wieder zu Wort, „was sollte Herrn Seibold veranlassen, zwei so unschöne und gewiss strafbare Vorgänge zu gestehen, wenn er etwas mit der Ermordung der Mädchen zu tun hätte? Dann hätte er vernünftigerweise doch besser ganz geschwiegen oder völlig die Unwahrheit gesagt."

„Nun, Herr Dr. Heinrich, Sie scheinen zu übersehen, dass wir Ihrem Mandanten inzwischen sehr vieles ohnehin nachweisen können. Und letztlich hat Herr Seibold nichts weiter gestanden, als das, was mittlerweile bewiesen ist. Also durchaus denkbar, dass alles nur von seiner eigentlichen Täterschaft und vom schlimmsten aller Verbrechen ablenken sollte, nämlich dem Mord an zwei jungen, gesunden, lebensfrohen Mädchen", entgegnete Schönwald aggressiv.

„Außerdem, Herr Seibold", setzte Naderer nach, „hatten Sie für beide Morde mehr als nur ein Motiv. Wir haben also Motive – wohlgemerkt in der Mehrzahl – wir haben Beweise und Indizien. Warum, Herr Doktor, sollten wir Ihren Pseudogeständnissen und Ihren Geschichten Glauben schenken? Jeder Haftrichter wird uns sofort einen Haftbefehl unterschreiben und ich glaube sogar, dass wir mit dem, was wir gegen Sie in der Hand haben, bereits ein Verfahren eröffnen könnten. Erschwerend kommt noch hinzu, dass Sie uns in beiden Fällen zunächst belogen hatten. All das, Herr Seibold, hat für mich nur eine Konsequenz: Ich muss Sie in Untersuchungshaft nehmen. Nach aktuellem Stand der Ermittlungen sind Sie höchst verdächtig."

„Wegen der Vergewaltigungsversuche", räumte der Anwalt ein, „die mein Mandant noch dazu aus freien Stücken zu gegeben hat, dürfte wohl auch eine Anzeige auf freiem Fuß ausreichen. Bezüglich Ihrer Anschuldigungen im Falle der Mordtaten bin ich nicht so überzeugt, dass Sie einen Haftrichter finden, der Herrn Dr. Seibold heute noch in U-Haft nimmt."

„In jedem Fall, Herr Dr. Seibold, nehme ich Sie hiermit unter dem dringenden Verdacht, Sabrina Hartl und Nadine Hellweg ermordet zu haben, fest. Sie werden jetzt nach Salzburg überstellt und dort dem Haftrichter vorgeführt. Alles Weitere wird dieser zu entscheiden haben. Das war's dann für den Moment. Vielen Dank", beschloss Naderer das Verhör und das Gespräch.

Als Dr. Seibold zusammen mit seinem Anwalt den Raum verlassen wollte, rief Schönwald den beiden noch nach: „Ach übrigens, Herr Dr. Seibold, es gilt da ja auch noch den Mord an Kathrin Hochreiter aus dem Jahr 2003 aufzuklären. Wir werden morgen mit Dr. Karel Posch darüber reden. Bin schon sehr gespannt, was der Herr uns zu erzählen hat."

63

„Hallo, Herr Steinecker, schön, Sie hier zu sehen", begrüßte Schönwald den eigentlichen Boss der Ermittlungen.

„Grüß Sie, Frau Schönwald! Wie geht es Ihnen? Jetzt, wo die Fälle offensichtlich gelöst sind?"

„Mir ginge es blendend, wenn wir von Seibold ein Geständnis bekommen hätten. Sie wissen ja, wie das ist. Aber ich denke schon, dass wir den Richtigen in U-Haft genommen haben. Oder was meinen Sie?"

„Ja, klar! Für mich ist die Sache stimmig. Nichts desto trotz möchte ich nochmals mit euch reden. Mit Max, mit Ihnen und den anderen Leitenden."

Wenig später begrüßte Major Steinecker die SOKO-Verantwortlichen, Naderer, Schönwald, Oberbrandacher, Walser und Brettfeld im Konferenzzimmer zu einer, wie er es formulierte, Abschlussbesprechung.

„Ich bin sehr angetan von eurer Arbeit und von jener der KTU und von Dr. Frey in der Gerichtsmedizin. Es hat sich mal wieder gezeigt, wie gut wir hier zusammenarbeiten. Ich werde jedenfalls heute Nachmittag noch eine Pressekonferenz geben. Zuvor aber wollte ich mich mit euch absprechen. Schon um sicherzugehen, dass wir alle denselben Wissensstand haben und die derzeitige Situation gleich einschätzen. Wenn ich also der Presse mitteile, dass wir mit Dr. Helmut Seibold den mutmaßlichen Mörder von Sabrina Hartl und Nadine Hellweg gefasst haben, dann ist das auch eure Meinung?"

„Leider haben wir kein Geständnis von Seibold. Noch nicht. Aber es spricht einfach alles für ihn als potenziellen Täter. Karin und ich sind gleich nach der Überstellung Seibolds nochmals alle Daten und Fakten durchgegangen. Es spricht alles für ihn. Seine Geständnisse sehen wir als Ablenkungsmanöver. So quasi unter dem Motto, wenn ich das schon alles gestehe, warum sollte ich, wenn ich schuldig wäre, nicht auch noch den Rest gestehen. Ein letzter Versuch Seibolds, den Kopf doch noch mal aus der Schlinge zu ziehen", fasste Naderer als Erster zusammen.

„Und Fakt ist", unterbrach ihn Schönwald, „dass Seibold nur gestanden hat, was wir ihm ohnehin nachweisen konnten. Dass Sabrina bei ihm war. Dass er Sabrinas Leiche weggeschafft und vergraben hat. Dass die Mädchen von ihm, in seiner Garage gereinigt wurden … und, und, und! Seine Vorliebe für ganz junge Mädchen, die er ja auch zugegeben hat, spricht ebenso für ihn als Täter. Und dann noch der Umstand, dass er uns zunächst einmal nach Strich und Faden belogen hatte. Für mich ist Seibold definitiv dringend tatverdächtig. Alles andere wird der Prozess zeigen. Auch wenn es – in der Hauptsache – vermutlich ein Indizienprozess werden wird."

„Allerdings", räumte Brettfeld ein, „kann ich mir vorstellen, dass Seibold bei einem Prozess zusammenbricht und doch ein Geständnis ablegt. Mir kommt nämlich vor, dass er in den letzten zwei, drei Tagen ziemlich an Standfestigkeit verloren hat."

„Ja, das sehe ich auch so", bestätigte Schönwald. „Seibold ist nicht mehr dieser coole Businessman wie bei unseren ersten Befragungen. Irgendetwas macht ihm definitiv schwer zu schaffen. Vielleicht ja doch sein Gewissen."

„Ihr habt inzwischen auch Kontakt zu diesem Dr. Posch? Der will morgen definitiv hierher nach Mattsee kommen?", fragte Steinecker.

„Ja, das stimmt. Gemeldet hat er sich aus Vancouver und bei Oberbrandachers Anruf war er sofort bereit nach Salzburg zu fliegen. Mich wunderte das zwar auch etwas, aber für uns ist es jedenfalls sehr hilfreich", beantwortete der SOKO-Leiter die Frage seines Vorgesetzten.

„Ist er damit für euch aus dem Rennen, was den Mord an Kathrin Hochreiter betrifft?"

„Auch wenn ich mir nicht recht vorstellen kann, weshalb sich jemand, der einen Mord begangen haben soll, sich so unaufgefordert auf ein Gespräch mit der Polizei einlässt, möchte ich vorerst durchaus an unserer These festhalten. Ich kann mir gut vorstellen, dass dieser Dr. Posch damals mit Kathrins Verschwinden zu tun und sich damit erpressbar gemacht hatte. Aber morgen Abend wissen wir mehr dazu", erklärte Naderer seine Sichtweise.

„Wenn Dr. Posch morgen aber erklärt oder vielleicht sogar belegen kann, dass er mit der Sache aus 2003 nichts zu tun hat, kann das Auswirkungen auf die beiden aktuellen Mordfälle haben? Ich meine, kann die Situation eintreten, dass wir morgen Abend unter Umständen erfahren, dass Dr. Seibold doch nichts mit Sabrinas und Nadines Tod zu schaffen hatte?", wollte der Major wissen.

„Ich denke, dass die Fälle nicht so unmittelbar zusammenhängen", antwortete Schönwald. „Auch wenn wir noch nicht ganz sicher wissen, was sich 2003 zugetragen hatte, so dürfte dies an der Schuld Seibolds nichts ändern. Meine Meinung, jedenfalls."

„Mir ist da irgendwann schon mal ein anderer Gedanke gekommen“, versuchte Naderer eine Alternative aufzuzeigen.

„Wer weiß, vielleicht hat Seibold auch Kathrin Hochreiter auf dem Gewissen. Vielleicht hat er das, was wir bisher darüber wissen, inszeniert und – wie auch immer – alles so gedreht, dass Dr. Posch sich für den Mörder hielt. Damit hatte er seinen Geschäftspartner in der Hand und konnte alles von ihm verlangen. Aber, offen gesagt, ändert das nichts an unserem Verdacht gegen Dr. Seibold. Sollte es so gewesen sein, hätte Seibold nicht nur zwei sondern gleich drei Morde zu verantworten.“

„Wäre es denn auch denkbar“, fragte Steinecker weiter, „dass weder der eine noch der andere etwas mit der Sache Hochreiter zu tun haben?“

„Beweisen können wir in der Sache so gut wie nichts. Doch die Vermutung liegt nahe, dass es sich so wie bisher angenommen oder so, wie es Max eben beschrieben hat, abgespielt hatte“, antwortete Schönwald. „Und ich bin überzeugt, dass wir nach dem Gespräch mit Dr. Posch klarer sehen.“

„Also, dann spreche ich, sobald ich in Salzburg bin, mit dem Staatsanwalt und anschließend mit der Presse. Wir werden bekannt geben, dass Dr. Helmut Seibold aus Frankfurt nach unserem Stand der Ermittlungen dringend tatverdächtig ist und deshalb in Haft genommen wurde und angeklagt wird. Ist das damit geklärt?“

„Mein okay hast du in jedem Fall“, stimmte Naderer zu.

„Ich sehe weit und breit keine Alternative“, bestätigte auch Schönwald diese Vorgehensweise.

Oberbrandacher, Walser und Brettfeld nickten nur.

„Gut, meine Damen und Herren“, schloss Major Steinecker, „dann gratuliere ich Ihnen nochmals zu Ihrem schnellen Ermittlungserfolg. Ach ja, ich denke, wir können damit die Arbeit der SOKO einstellen und diese damit auflösen."

64

„Die Sonderkommission, die vor zwei Tagen eingerichtet wurde, hat ganze Arbeit geleistet", war ab siebzehn Uhr in allen regionalen Radiosendern und etwas später auch im Fernsehen zu hören. „Die beiden grausamen Mordfälle im Salzburger Seenland an zwei siebzehnjährigen Mädchen konnten geklärt werden. Unter der Leitung von Major Peter Steinecker konnte die SOKO den sechzigjährigen deutschen Geschäftsmann Helmut S. als dringend verdächtig festnehmen. Laut offizieller Pressemitteilung der Polizei Salzburg liegt zwar noch kein Geständnis vor, die Beweise und Indizien sollen aber eindeutig sein. Außerdem könnte der Verdächtige auch mit einem Mordfall an einem ebenfalls siebzehnjährigen Mädchen aus dem Jahr 2003 in Verbindung gebracht werden. Die Ermittlungen dazu laufen noch."

Naderer, Schönwald und Oberbrandacher hatten sich gerade diese Regionalnachrichten im Fernsehen angesehen.

„Gut, gut, meine Lieben", meinte Naderer, „wenn die das schon so verlauten, dann denke ich, können wir unsere Arbeit als SOKO auch definitiv beenden. Heinz, kannst du alles Notwendige veranlassen. Ich denke es ist ausreichend, wenn wir morgen im Laufe des Vormittags hier ausziehen. Bis morgen früh bleibt nicht viel zu tun. Ich schlage vor, wir machen Feierabend und sehen uns morgen um acht in der Polizei-Inspektion wieder."

„Ich bin froh, wenn ich mal wieder zu Hause vorbeischauen kann“, gestand Schönwald ganz offen.

„Ich werde noch kurz die Kolleginnen und Kollegen instruieren und mich dann auch vom Acker machen, wenn's recht ist“, erklärte sich auch Oberbrandacher mit dem Vorschlag seines Chefs einverstanden.

65

„Dass ich schon heute Abend mit dir zusammen sein kann“, lächelte Susi zu Naderer hinüber, „hätte ich nicht zu träumen gewagt. Aber ich freu mich riesig darüber. Was für ein Abend. Schau mal, der Himmel ist sternenklar. Nicht ein Wölkchen über uns.“

Kaum, dass Naderer das Hauptschulgebäude verlassen hatte, hatte er auch schon Susis Nummer gewählt. Mögen die anderen den Ermittlungserfolg feiern, wie sie wollten, er wollte diesen ‚gewonnen‘ Abend jedenfalls unbedingt mit ihr verbringen. Und sie offenbar auch. Jedenfalls stimmte sie sofort zu, als Naderer vorschlug, bei sich zu Hause für sie beide zu kochen.

Schlag acht war er mit seinen ‚Penne all‘ arrabbiata’ fertig. Die Nudeln exakt al dente, wie es sich gehörte. Sein Lieblingscuvée stand bereits am Terrassentisch, zwei passende Gläser, zwei Wassergläser und ein Karaffe frischen Wassers ebenso.

Jetzt saßen sich die beiden auf Naderers Dachterrasse im Dämmerlicht gegenüber. Die Nudeln waren einfach köstlich, wie Susi mehrfach begeistert bestätigte. Naderer hatte inzwischen das Geschirr abgeräumt, Wasser nachgeschenkt und die zweite Flasche geöffnet.

„Du hast recht“, antwortete Naderer, „solche Abende muss man einfach genießen. Wie warm es noch ist. Und in ein paar Minuten ist es ganz dunkel, dann gibt’s nur noch die Sterne am dunklen Himmel und uns beide.“

„Ich muss dir was sagen, Max“, schien Susi etwas loswerden zu wollen.

Augenblicklich schlug des Polizisten Herz etwas schneller.

„Habe ich was falsch gemacht? Will sie schon wieder Schluss machen?“, schoss es ihm durch den Kopf.

„Ich bin keine zwanzig mehr, Max. Und ich habe schon einiges erlebt, das kannst du mir glauben. Aber ich habe mich schon ewig, wirklich ewig, bei keinem Mann mehr so wohl und geborgen gefühlt wie bei dir. Ich bin, auch wenn es kitschig klingt, total verliebt.“

„Du machst mich glücklich, Susi, überglücklich sogar. Ich bin ja so froh, dass wir uns getroffen haben. Ich bin mindestens ebenso verliebt. Und glaube mir, ich gehe mit derlei Ansagen sonst sehr sparsam um.“

Susi stand auf, nahm ihr Glas und setzte sich rittlings auf Naderers Schoß. „Zum Wohl, mein Lieber, und lass uns auf deinen Erfolg trinken.“

„Lass uns auf uns trinken. Auf unsere neue Liebe. Denn, wie heißt es so schön: Eine neue Liebe ist wie ein neues Leben! Zum Wohl, mein Schatz, auf uns.“

Beide nahmen einen kräftigen Schluck. Dann legte Susi beide Arme um Naderers Hals und küsste ihn. Leidenschaftlich, begehrend, stürmisch …

66

„Dein Vater hat mich gleich angerufen“, versuchte Bernd, Schönwalds Verlobter, zu erklären, weshalb er gerade eben mit ihr in ihrer Wohnung zu Abend aß, „als du ihm mitgeteilt hast, dass ihr die beiden Fälle klären konntet und du heute nach Hause kommen willst. Da bin ich gleich losgefahren. Die Seminare morgen kann ich schwänzen, das hab’ ich eh schon alles drauf. Ich glaube, es ist wichtiger, dass wir mal wieder einen entspannten Abend zusammen verbringen können.“

„Das sieht mein Vater wohl auch so“, machte Schönwald ein wenig auf beleidigt. „Schließlich hat er dich ja her zitiert, oder?“

„Er hat mir das nicht aufgetragen, wenn du das meinst. Ich bin hier, weil ich hier sein wollte. Weil ich mit dir zusammen sein will, um deinen Erfolg zu begießen.“

„Aber durchblicken hat er es schon lassen, oder, dass es ihm recht wäre, wenn du herkommst?“

„Ja, aber ich wäre auch von alleine auf die Idee gekommen, das musst du mir glauben. Schließlich haben wir ja schon ewig keinen ruhigen, schönen Abend verbracht.“

„So ewig wie du tust, ist das zwar noch nicht her“, lächelte Schönwald jetzt, „aber ich bin sehr froh, dass du da bist.“

„Ich weiß, dass dein Vater sich vielleicht zu sehr in unsere Beziehung einmischt, Karin. Aber du musst auch sehen, dass wir uns einfach gut verstehen und ich nun mal wirklich in der Lage bin, sein Unternehmen, das was er sich in all den Jahren mühsam aufgebaut hat, fortzuführen. Da muss man schon verstehen, dass er einiges daran setzt, diese Option nicht wieder aus der Hand zu geben. Und – auch wenn du es nicht siehst – sieht er damit auch dich versorgt. Was ihm das eigentlich Wichtige ist.“

„Na ja, da bin ich mir nicht ganz so sicher“, legte Schönwald ein Schmollen um ihre Lippen, „was dem alten Herrn wichtiger ist: Die Firma oder ich. Aber irgendwo hast du sicher recht.“

„Außerdem, mein Schatz“, lachte Bernd jetzt, „hatte ich nicht vor 600 Kilometer zu fahren, um den ganzen Abend über deinen Vater zu diskutieren.“

„Ach nein“, tat Schönwald erstaunt, „worüber wolltest du denn dann mit mir reden?“

„Vielleicht über deine kupferfarbenen Haare. Seit wann trägst du die denn so?“

„Seit gestern. Gefällt es dir?“

„Sieht scharf aus. Wenn ich nicht so müde wäre, könnten mich die doch glatt verrückt machen.“

„Ach was, du bist müde?“, lächelte Schönwald. „So müde ist mein Gatte in spe? Aber ein Küsschen bekommst du noch hin, oder?“

Schönwald setzte sich auf ihn und küsste ihn. Zärtlich, nur ein Küsschen nach dem anderen. Bald war er es, der seine Lippen fest an die ihren presste. Leidenschaftlich und kein bisschen müde …

67

Es war noch nicht sieben Uhr früh an diesem Donnerstagmorgen in Mattsee. Die Sonne war bereits aufgegangen und lachte wieder von einem wolkenlosen Himmel. Der Polizeiinspektor war gerade aufgewacht. Mit verschlafenen Augen schaute er zum Fenster hinaus und sah einen strahlendblauen Himmel. Da schepperte sein Handy los. Jetzt erst sah er, dass Susi noch neben ihm lag.

Schnell drückte er die grüne Taste. Ohne sich zu melden schlich Naderer aus dem Bett in Richtung Wohnzimmer. Erst als er die Schlafzimmertüre hinter sich zugezogen hatte, meldet er sich.

„Naderer, Polizei Obertrum, bitteschön“, flüsterte er ins Handy.

„Was ist los bei dir, Max?“, fragte sein Vorgesetzter. „Habe ich dich geweckt?“

„Gerade nicht, Peter, aber wach bin ich in der Tat noch nicht. Was gibt es denn so früh am Morgen?“

„Leider ganz schlechte Nachrichten. Seibold hat sich heute Nacht in seiner Zelle erhängt.“

„Das darf doch nicht wahr sein. Verdammte Scheiße“, reagierte Naderer ziemlich laut und heftig. „Wäre das denn nicht zu verhindern gewesen? Damit konnte doch keiner rechnen, oder? Das war doch nicht der Typ dafür?“

„Ja, ich wollt’ es erst auch nicht glauben, aber es ist nun mal geschehen. Daran können wir nichts mehr ändern.“

„Aber was bedeutet das jetzt für uns? Kein Geständnis, kein Prozess, bleiben unsere Fälle damit ungeklärt?“

„Es ist so, Max, dass Seibold einen Abschiedsbrief hinterlassen hat. Eine Kopie davon hast du bereits in deiner Mail. Bis wann kannst du im Büro sein?“

„In zwanzig Minuten bin ich da. Ich ruf ’ dich an, sobald ich die Mail gelesen habe, okay?“

„Noch geht nichts an die Presse, wir unterhalten uns erst. Bis gleich!“

68

„Wissen wir, wann Schönwald eintrifft?“, fragte Naderer die Diensthabenden Kollegen in der Polizeiinspektion. Nur ein kurzer Gruß ging voraus.

„Sie ist schon da“, lachte Oberbrandacher. „Sie ist doch immer bei den Ersten.“

„Dann such’ sie bitte und komm’ in fünf Minuten mit ihr in mein Büro.“

Kaum im Büro öffnete der Leiter der PI Obertrum sein Outlook. Einige neue Nachrichten wurden empfangen. Dann endlich jene von Steinecker. Im Anhang fand er den eingescannten Abschiedsbrief von Seibold. Er druckte diesen gar nicht erst aus. Er wollte sofort wissen, was drin stand und las vom Bildschirm ab:

„Ich bin nicht bereit, für zwei Morde ins Gefängnis zu gehen, die ich nicht begangen habe. Und weil ich weiß, dass vermutlich zu viel gegen mich spricht und die Chancen, freigesprochen zu werden, mehr als schlecht stehen, wähle ich diesen Weg. Auch, weil mich schon allein der Verdacht gegen mich vermutlich ruinieren würde. Nein, ich bin nicht bereit, mich alldem auszusetzen. Da ziehe ich die Ruhe und den Frieden in einer anderen Welt vor.

Um so wichtiger ist es mir aber, noch einmal mit aller Deutlichkeit festzuhalten, dass ich mit den Morden an den beiden Mädchen nichts zu schaffen habe. Ich habe sie nicht getötet. Weder Sabrina, noch Nadine. Ich bin in diesen Fällen unschuldig, was die Tötung betrifft.

Es ist mir aber auch ein Anliegen, endlich meine Schuld am Tod dieser Kathrin Hochreiter gestehen zu können. Zu lange hat mich diese Last in ihren Klauen gehalten. Auch wenn es nicht den Eindruck gemacht haben mochte: Ich habe diese Tat schon tausendmal bereut.

Kurzum: Ich habe Kathrin damals dafür bezahlt, dass sie beim Jagdhaus auf Dr. Posch wartete, dass sie mit all ihren Reizen nicht geizte und den alten Herrn ein wenig aus der Ruhe brachte. Die ganze Sache war von mir von langer Hand geplant. Dass es letztlich Kathrin traf, war reiner Zufall. Ich hatte nichts gegen dieses Mädchen. Um so mehr jedoch gegen meinen Geschäftspartner. Es wurde höchste Zeit, ihn loszuwerden. Mein Plan damals war genial und funktionierte, wie man weiß einwandfrei. Ich habe Kathrin ermordet und alles so dargestellt, dass Posch glauben musste, er hätte die Tat begangen. Dadurch, dass ich letztlich die Leiche entsorgte, ohne ihn wissen zu lassen wo, hatte ich ihn völlig in der Hand. Selbst wenn er eines Tages zur Polizei gegangen wäre, hätte er ja nicht mal eine Leiche vorweisen können. Und wo keine Leiche, da ist es wohl schwer, einen Mörder dingfest zu machen. Nun denn, zwei Tage später war ich meinen Geschäftspartner los. Ein für alle mal. Ich hatte mein Ziel erreicht. Auch wenn ich das Ganze schon seit Jahren für einen Fehler halte, heute spielt das für mich alles keine Rolle mehr.

Ich wollte es nur noch loswerden. Ich will diesen Mord nicht ungestanden mit ins Grab nehmen.

Ansonsten habe ich nichts mehr zu sagen. Meine Frau wird ein sorgloses Leben führen können. Und ich eine entspannte, sorglose Zeit danach. Dr. Helmut Seibold!“

In dem Moment betraten Schönwald und Oberbrandacher das Büro. Gut gelaunt und nicht ahnend, was sie gleich erwarten würde.

„Nun, ihr beiden, konntet ihr einen schönen Abend verbringen? Seid ihr ausgeschlafen?“

„Alles bestens“, antwortete Schönwald kurz.

„Ich bin fit“, meinte Oberbrandacher. „Was steht denn an?“

„Leider nichts Gutes“, begann Naderer. „Dr. Seibold hat sich vergangene Nacht das Leben genommen.“

„Was“, schoss es aus Schönwald heraus, „das darf doch nicht wahr sein. Haben wir etwas falsch gemacht? War das zu erwarten? Hätten wir ihn überwachen müssen?“

„Steinecker und ich sind bereits zu dem Schluss gekommen, dass es nicht vorherzusehen war. Diesbezüglich trifft uns keine Schuld“, erklärte Naderer.

„Trifft uns sonst eine Schuld?“, fragte Oberbrandacher besorgt nach.

„Drüben im Drucker liegen zwei Ausdrucke. Je ein Exemplar für jeden von euch. Der Abschiedsbrief von Dr. Seibold. Lest ihn bitte selbst. Ich telefoniere inzwischen noch mal mit Steinecker.“

Naderer verließ das Büro in Richtung Kaffeeautomat, den er dort wo er sonst immer stand nicht vorfinden konnte. „Ja, klar“, fiel ihm ein, „der steht ja noch in der Schule.“ Inzwischen meldete sich Steinecker an seinem Handy, den er gedankenlos angewählt hatte.

„Ja, Max hier. Ich hab’s gelesen. Schöne Scheiße! Müssen wir das jetzt für bare Münze nehmen. Ich kann nicht glauben, dass wir so weit danebengelegen haben.“

„Ich hab schon etwas nachgedacht, Max“, erklärte Steinecker. „Was ist, wenn sich dieser Dr. Posch einfach an Seibold gerächt hat. Wenn er es ihm praktisch mit fast gleichen Mitteln heimzahlen wollte?“

„Dr. Posch ist seit mehreren Wochen im Ausland unterwegs. Zuletzt in Vancouver. Wie soll er das angestellt haben?“

„Das wird sich zeigen. Aber ich denke, wir sollten uns jetzt doch ganz auf diesen Posch konzentrieren. Er wird heute Abend in Mattsee erwartet, oder?“

„Ja, wenn er tatsächlich kommt.“

„Versucht zunächst noch so viel wie möglich über den Mann rauszubekommen. Je mehr ihr wisst, desto sicherer könnt ihr agieren."

„Geht klar. Ich werde gleich alles veranlassen. Was machst du mit der Presse?"

„Es gibt um zehn Uhr wieder eine Pressekonferenz. Wir können mit der Sache nicht hinter dem Berg halten. Abgesehen davon, sagen Selbstmörder wie wir wissen nicht immer die Wahrheit. Manchmal ist es auch nur ein letzter Versuch Schmach und Schande von sich oder der Familie abzuwenden."

„Gut, Peter, ich melde mich bei dir, sobald sich etwas Wichtiges ergibt, ansonsten spätestens nach dem Gespräch mit Posch."

Als Naderer sein Büro wieder betrat, diskutierten Schönwald und Oberbrandacher eifrig über den Inhalt des Abschiedsbriefs.

„Max, was hältst du davon? Was unternehmen wir?", fragte Schönwald aufgebracht und neugierig.

„Steinecker hat eben die These aufgestellt, dass, wenn Seibold in der Sache Kathrin die Wahrheit sagt, es möglich wäre, dass Posch sich spät aber doch für das, was Seibold ihm eingebrockt hatte, mit ziemlich ähnlichen Mitteln gerächt haben könnte. Wir werden nun zunächst mit aller Energie dieser These folgen. Das heißt im Klartext, wir müssen bis heute Abend so viel wie möglich über Posch in Erfahrung bringen. Und das Wichtigste dabei: Ich will wissen wann er sich wo aufgehalten hat. Also während der letzten ein, zwei Wochen. Ich möchte alle Angaben im Detail bestätigt haben. Verstanden?"

„Alles klar, Boss", antwortete der Revierinspektor. „Wir werden gleich alle Kollegen instruieren und uns an die Arbeit machen. Karin, kommst du mit?"

„Ich bin in zwei Minuten bei dir“, antwortete Schönwald. Als Oberbrandacher das Büro verlassen hatte, fragte die junge Polizisten: „Sag’ mal Max, wenn Seibold in seinem Brief die Wahrheit sagt, wir aber mit der neuen These am Holzweg sind und Posch definitiv nicht als Täter in Frage kommt. Was machen wir dann?“

„Ich weiß es nicht. Aber Selbstmörder sagen, wie wir aus Erfahrung wissen, in ihren Abschiedsbriefen auch nicht immer die Wahrheit. Wenn wir also nicht wirklich noch auf handfeste Argumente stoßen, dass Seibold doch nicht der Täter war, bleibt es wohl beim derzeitigen Ermittlungsstand. Aber letztlich entscheiden das jene, die eine Etage höher sitzen.“

„Okay, danke! Ich bin ja schon sehr auf das Gespräch mit Posch gespannt.“

„Ja, ich auch und wir beide sollten uns unbedingt noch kurz davor ausführlich unterhalten und alle Erkenntnisse bis dahin miteinander durchgehen. Wann wird Posch denn erwartet? Holt jemand ihn ab?“

„Ich werde alles organisieren.“

69

Die SOKO wurde am Vortag aufgelöst. Oberbrandacher und ein Teil seiner Kolleginnen und Kollegen sollten eigentlich für die Räumung des Schulgebäudes sorgen, das sie kurzfristig als SOKO belegt hatten. Aber jetzt war alles anders. Oberbrandacher hatte das gesamte Team – also jene, die auch sonst auf der Polizeiinspektion Obertrum ihren Dienst versahen – einer neuen Aufgabe zugeteilt. Alle hatten nur noch einen Job: So viel wie nur möglich über diesen Dr. Posch herauszufinden. Auch Schönwald und Naderer kümmerten sich darum. Der Chefinspektor hatte es sich zur Aufgabe gemacht, herauszufinden, ob sich Dr. Posch nach seinem Urlaub im Jahre 2003 nochmals – wann auch immer und wozu auch immer – in Salzburg aufgehalten hatte. Aktuell telefonierte er gerade mit einem Tourismusbüro nach dem anderen. Bislang jedoch Fehlanzeige. In keinem der Büros lag eine Gästemeldung zu einem Dr. Dr. Karel Posch aus Frankfurt vor. Aber noch hatte er ja acht oder neun Büros vor sich. Da kam Kollegin Schönwald in sein Büro.

„Was hältst du davon, wenn ich nach Salzburg ins Hotel Fürst fahre. Immerhin hatte Dr. Posch jahrelang dort seinen Urlaub verbracht."

„Ja, gute Idee. Habt ihr denn inzwischen ein halbwegs aktuelles Foto von Posch beschaffen können?"

„Ja, haben wir im Internet gefunden. Offensichtlich vom Herbst letzten Jahres. Das sollte reichen."

„Dann fahr los und frag dich dort durch das gesamte Personal. Viele wird es allerdings nicht mehr geben, die Posch von 2003 oder früher kennen. Bei dem Personalwechsel, der heutzutage im Gastgewerbe üblich ist. Einen Versuch ist es wert. Viel Glück."

„Danke, ich melde mich, sobald ich was weiß."

Naderer hängte sich wieder ans Telefon und setzte seinen momentanen Job fort.

Das Gros der Kolleginnen und Kollegen war damit beschäftigt, herauszufinden, wann sich Posch wo aufgehalten hatte. Eine mühsame Kleinarbeit und doch, Schritt für Schritt ging es voran.

Revierinspektor Oberbrandacher telefonierte und mailte ununterbrochen mit Frankfurt. Er wollte so viel wie möglich darüber erfahren, was Dr. Posch nach seinem Ausstieg bei Seibold getan hatte. Am liebsten lückenlos. Einiges hatte er bereits in Erfahrung gebracht. So wusste er, dass Posch sehr bald danach sein eigenes Consulting-Unternehmen gegründet hatte und damit offensichtlich sehr erfolgreich war. In weniger als drei Jahren stand er in einem offiziellen Ranking nur noch drei Ränge hinter dem Unternehmen, das er drei Jahre davor verlassen musste. Oberbrandacher wusste inzwischen auch, dass Dr. Seibold vor einigen Jahren versucht hatte, das Unternehmen von Dr. Posch aufzukaufen. Und er wusste auch, dass Seibold auch damals sämtliche Tricks angewandt hatte, auch jene, die scharf an der Legalität vorbeischrammten. Offensichtlich hatte Dr. Posch von dieser bevorstehenden feindlichen Übernahme Wind bekommen und sein Unternehmen gerade noch rechtzeitig an eine amerikanische Consulting-Gruppe verkauft. Ausgerechnet an Seibolds größten Konkurrenten. Viel mehr war bis zu diesem Moment nicht herauszufinden. Aber Oberbrandacher war zufrieden. Wenn das so voranging, würde er bis zur Deadline viel Neues auf den Tisch legen können.

Die Zeit verging. Um siebzehn Uhr wollte Dr. Posch in Mattsee eintreffen. Abgeholt werden wollte er nicht. Er nehme sich immer ein Mietauto. Das wäre er so gewohnt, argumentierte er.

Es war gerade Mittag, als Schönwald zur Tür hereinstürzte.

„Was ist los?“, fragte Oberbrandacher, der sie als Erster sah.

„Sitzt dir der Teufel im Nacken?“

„Komm’ mit Heinz. Ist Max in seinem Büro?“

„Ja, aber worum geht’s denn?“

„Komm einfach mit. Alles weitere im Chefbüro!“

Naderer war beim Telefonieren, als die beiden das Büro betraten. Schönwald deutete ihm, er möge sich kurz fassen. Es war eilig. Als Naderer ein paar Sekunden später sein Gespräch beendete, war Schönwald nicht mehr zu halten.

„Ich habe im Hotel Fürst zwei Mitarbeiter getroffen, die unabhängig voneinander behaupteten, Dr. Posch wäre am Dienstag vergangener Woche und am Freitag im Gastgarten des Hotels gesessen. Beide kannten Posch schon von damals und machten ihre Angaben schon allein auf den von mir genannten Namen hin. Als ich das Foto herzeigte, gab es für die beiden keinen Zweifel mehr."

„Bestens", freute sich Naderer. „Es beweist zwar nicht, dass Dr. Posch gestern nicht wirklich in Vancouver war, aber es beweist, dass er rund um die Tage der Taten in der Gegend war. Gut gemacht, Karin."

„Er muss doch irgendwo gewohnt haben. Ich meine an den Tagen, als er in Salzburg war. Im Fürst offensichtlich nicht, sonst wüssten wir das längst", meinte Oberbrandacher.

„Ich bin inzwischen mit allen Tourismusbüros durch. Eine Gästemeldung eines Dr. Posch gab es die letzten Jahre nirgends und gewiss nicht in den letzten Tagen."

„Reist Dr. Posch unter falschem Namen?", suchte Schönwald nach einer Erklärung.

„Heinz, frag' du mal beim Flughafen in Salzburg nach, am besten auch gleich in München, ob da in den letzten zwei, drei Wochen ein Dr. Posch angekommen oder abgereist ist. Nach Vancouver fährt man ja nicht mit dem Auto."

„Okay, ich kümmere mich gleich darum", bestätigte der Revierinspektor und wollte schon losgehen, als sein Chef ihn zurückpfiff.

„Sorry, Heinz, warte noch einen Moment. Mir kommt da gerade noch ein anderer Gedanke. Was ist denn, wenn sich Posch irgendwann ein Ferienhaus oder einfach ein Haus hier bei uns gekauft hat. Dann gibt es natürlich keine Gästemeldungen. Und wenn der das auch noch über einen Strohmann gemacht hat, dann finden wir gleich überhaupt nichts."

„Wenn wir davon ausgehen, was wir seit heute Morgen als neue These in den Raum gestellt haben, also dass Posch sich mit ähnlichen Verbrechen an Seibold rächen wollte, dann sind zwei Dinge naheliegend", warf Schönwald ein. „Erstens, er wird ein Haus, eine Wohnung oder was auch immer nicht unter seinem Namen kaufen, sofern ihm dieses Objekt als Versteck dienen sollte. Und zweitens könnte das Objekt ganz in der Nähe von Seibold, also vom Hotel oder noch viel eher in der Nähe seines Jagdhauses liegen. Dr. Posch müsste Seibold beinahe rund um die Uhr im Auge gehabt haben, sollte er tatsächlich diese Verbrechen begangen haben."

„Du hast recht, Karin. Heinz, bitte, zieh so viele Kollegen wie möglich von den Recherchen ab. Fragt in Neumarkt, Eugendorf und Straßwalchen nach freien Kollegen. Wir brauchen jeden Mann und jede Frau. Gebt allen ein Foto von Dr. Posch und schickt sie los. So schnell wie möglich. Sie sollen hier in Mattsee beginnen und jeden, den sie irgendwo antreffen, fragen, ob sie den Mann auf dem Foto kürzlich gesehen haben. Langsam glaube ich wirklich, dass Posch sich hier aufgehalten hat beziehungsweise hier aufhält und etwas mit der Ermordung der Mädchen zu schaffen hat."

„Okay, Boss, wir legen gleich los", bestätigte Schönwald.

„Karin, wir beide treffen uns um sechzehn Uhr wieder hier. Wir müssen uns noch besprechen, okay?"

„Ja, klar."

„Und sobald es Interessantes gibt, sofort Meldung an mich.

Danke, ihr beiden."

In den folgenden Stunden waren mehr als 30 Polizistinnen und Polizisten unterwegs um Einheimische und Touristen nach Dr. Posch zu befragen. Eine mühsame Arbeit, deren Ergebnis aber für die Befragung des Dr. Posch ausgesprochen wichtig war.

70

Seit sechzehn Uhr saßen Naderer und Schönwald in dessen Büro beisammen um die letzten Ermittlungsergebnisse zu besprechen und eine Strategie für das Gespräch mit Dr. Posch auszuarbeiten. Es war zwei Minuten nach siebzehn Uhr, als Oberbrandacher kurz anklopfte, die Tür öffnete und Herrn Dr. Karel Posch meldete. Als der zur Tür herein kam, erkannten die Ermittler sofort den Mann auf dem Foto.

Dr. Posch war elegant gekleidet. Hellgrauer, leichter Sommeranzug, weißes Hemd, olivfarbene Krawatte ließen den Mann jünger wirken als er tatsächlich war. Seine grauen Haare gaben ihm einen sehr seriösen, freundlichen Touch. Die Hände penibel gepflegt, bemerkte Naderer, als er Dr. Posch begrüßte.

„Bitte, Herr Dr. Posch, nehmen Sie doch Platz", forderte Naderer ihn auf. „Ich hoffe, Sie hatten eine angenehme Reise?"

„Aber ja, doch. Vielen Dank der Nachfrage, aber wissen Sie, ich fliege so häufig in der Weltgeschichte herum, dass es für mich nicht mehr bedeutet, als für viele andere der tägliche Weg von zu Hause zur Arbeit und zurück."

„Darf ich Ihnen etwas anbieten, Herr Doktor?", erkundigte sich Schönwald freundlich.

„Ein Wasser vielleicht? Brunnenwasser, wenn möglich, denn wo sonst bekommt man noch so frisches, gutes, natürliches Wasser, wie hier."

Während Schönwald sich um das Wasser kümmerte, fuhr Naderer freundlich fort: „Herr Doktor, wir sind wirklich sehr dankbar, dass Sie die lange Reise auf sich genommen haben und uns Ihre wertvolle Zeit widmen wollen. Tatsächlich gibt es einige offene Fragen, die vermutlich nur Sie beantworten können. Vielen Dank schon mal im Voraus."

„Aber bitte, keine Ursache. Sie werden bald sehen, dass ich durchaus meine Gründe dafür habe."

Schönwald servierte das Wasser, setzte sich neben Naderer, Dr. Posch gegenüber und eröffnete die eigentliche Befragung.

„Herr Dr. Posch, darf ich fragen, wann Sie zuletzt hier in Salzburg waren?"

„Oh, das ist lange her. Ziemlich genau acht Jahre. Aber warum fragen Sie?"

„Sie sind heute eigens zu diesem Gespräch aus Vancouver angereist?"

„Ja, ich bin gegen fünfzehn Uhr mit meinem Privatjet in Salzburg gelandet."

„Ach, das erklärt einiges", erwiderte Schönwald. „Mit Ihrem Privatjet. Da ist es ja kein Wunder, dass wir Ihren Namen auf keiner Passagierliste gefunden haben."

„Wieso haben Sie denn danach gesucht?"

„Dazu kommen wir später", kam Naderer seiner Kollegin zuvor. „Sie reisen generell mit Ihrem Jet?"

„Ja, aber ich versteh nicht ganz, worauf Sie hinaus wollen."

„Wie gesagt, dazu kommen wir später. Zunächst müssen wir Sie über eine ganz neue Entwicklung informieren. Ihr früherer Geschäftspartner, Herr Dr. Seibold, den wir wegen des dringenden Verdachtes zwei junge Mädchen ermordet zu haben, gestern in Untersuchungshaft genommen haben, hat sich in der vergangenen Nacht in seiner Zelle erhängt."

Gespannt blickte Naderer in Poschs Gesicht. Auch Schönwald bemühte sich, irgendeine Regung in dessen Gesicht zu erkennen. Aber es gab nichts zu sehen. Posch blieb regungslos. Empfindungslos bis in den feinsten Nervenstrang.

„Haben Sie denn schon davon gehört, oder haben Sie mit so etwas gerechnet, Herr Doktor?", hinterfragte Schönwald Poschs Ausdruckslosigkeit.

„Nein, weder noch", antwortete der ruhig, „aber ganz offen gesagt, empfinde ich eine gewisse Genugtuung, wenngleich ich auch entsetzt darüber bin, dass Seibold sich so mir nichts, dir nichts aus der Affäre zieht."

„Das klingt doch etwas verbittert. Ist das auf die Geschehnisse im Jahr 2003 zurückzuführen?", fragte Schönwald nach.

„Seibold hat mich damals reingelegt. Eiskalt. Minutiös geplant und vorbereitet. Und ich Idiot bin voll darauf reingefallen."

„Herr Dr. Posch", unterbrach ihn Naderer ganz bewusst, „wir wissen das bereits. Dr. Seibold hat einen Abschiedsbrief hinterlassen in dem er alles zum Fall Kathrin Hochreiter dezidiert gestanden hatte. Wir wissen, dass Sie unschuldig sind und wir wissen, dass Seibold Sie heimtückisch aufs Kreuz gelegt hatte. Er schrieb übrigens auch, dass er den Tod des Mädchens schon tausendmal bereut habe. Davon, dass ihm Ihr Schicksal über all die Jahre auch nur irgendwie zu schaffen machte, schrieb er allerdings nichts."

„Natürlich nicht", maulte Posch über den Tisch. „Ein paar Jahre später wollte der mich doch tatsächlich noch einmal in den Ruin treiben. Der bereute nichts, das können Sie mir glauben. Ein Mann wie Seibold tat, was er für richtig hielt, egal inwieweit das mit Ethik, Moral oder Gesetz zusammenpassen würde. Seibold war ein skrupelloser Geschäftsmann, der, wie wir nun alle wissen, auch über Leichen ging."

„Sie haben ihm die Sache von damals nie verziehen, oder?", schaltete sich Schönwald ein. „Freuen Sie sich eigentlich darüber, dass sich Seibold unter der Last der Beschuldigungen umgebracht hat?"

„Meine liebe Dame, es geht bestimmt ganz zuletzt darum, ob mich das freut oder nicht. Vielmehr finde ich es feig, dass er sich so lapidar aus der Verantwortung gestohlen hat. Mehr Genugtuung hätte ich empfunden, wenn ich irgendwo gelesen hätte, Seibold wandert bis ans Lebensende hinter Gitter. Ja, das hätte mir besser gefallen."

„Sie haben also über all die Jahre gewusst, dass Seibold Sie damals hereingelegt hatte? Oder war es nur eine Vermutung Ihrerseits?", setzte Schönwald mit der nächsten Frage fort.

„Es dauerte eine gewisse Zeit, bis ich klar eins und eins zusammenzählen konnte. Aber als ich dann erfuhr, dass das Mädchen völlig grundlos verschwunden war, war mir klar, dass Seibold das alles arrangiert hatte. Aber was sollte ich tun? Ich hatte keine Ahnung, wo er die Leiche des Mädchens hatte verschwinden lassen. Sollte ich also zur Polizei gehen, von einem Mord erzählen, zu dem es keine Leiche gab. Vermutlich hätte man mich ausgelacht. Seibold jedenfalls hätte mich vermutlich für verrückt oder senil erklären lassen. Heute, so dachte ich, könnte ich endlich meine ganze Geschichte loswerden."

„Und nun müssen Sie feststellen, wir wissen schon alles. Und wieder ist Seibold Ihnen zuvor gekommen", hakte wieder Schönwald nach.

„Was mich wirklich ärgert, ist der Umstand, dass ich ihm mit meiner Aussage nun so gar nichts mehr anhaben kann. Jetzt, wo die Leiche gefunden wurde, stünde doch immerhin seine Aussage gegen meine und wer weiß, wem man eher geglaubt hätte. Vor allem, da Seibold auch noch des Mordes an zwei weiteren Mädchen beschuldigt wurde. Ich denke, das Schicksal hätte dieses Mal in meine Hände gespielt. Oder was glauben Sie?"

„Unter den von Ihnen geschilderten Umständen höchstwahrscheinlich ja. Vermutlich wäre Seibold des dreifachen Mordes angeklagt worden", teilte Naderer Poschs Ansichten.

„Fakt ist aber, Herr Dr. Posch", ging Schönwald mit einer gewissen Aggressivität dazwischen, „dass wir uns heute einer völlig neuen Situation gegenübersehen. Dr. Seibold weist nämlich in seinem Abschiedsbrief jegliche Schuld am Tod der beiden Mädchen von sich. Er vermutete, dass ihn jemand absichtlich in Verdacht bringen wollte."

„Typisch Helmut", setzte Posch ein künstliches Grinsen auf, das nicht verhindern konnte, dass die beiden Polizisten eine plötzliche Anspannung ihn seinem Verhalten wahrnahmen, „selbst angesichts des Todes leugnet er lieber alles, anstatt sich der Verantwortung zu stellen. Für mich ist er, auch in Anbetracht der Geschehnisse 2003, klar der Mörder. Egal was Sie davon halten oder ob Sie seiner Geschichte glauben. Außerdem, und das nehmen Sie mir jetzt bitte nicht übel, möchte ich das Ihre Sorge sein lassen. Es ist Ihre Sache, herauszufinden, wer nun wirklich die beiden Mädchen ermordet hat. Für mich war es Seibold und das ist für mich ausreichend. Damit kann ich gut leben."

„Sie haben vollkommen recht, Herr Dr. Posch", antwortete Naderer völlig ruhig, „wir müssen letztlich entscheiden, ob der Fall für uns geklärt ist, ob wir von der Schuld Seibolds überzeugt sind, oder ob wir weiter nach einem Schuldigen suchen wollen oder müssen. Und momentan müssen wir davon ausgehen, dass wir uns in Dr. Seibold getäuscht haben und tatsächlich wieder nach einem möglichen Täter suchen müssen."

„Wie gesagt, Herr Inspektor, meine Geschichte konnte ich ja leider nicht mehr wirklich als Neuheit an den Mann bringen und zu allem anderen habe ich, verständlicherweise, nichts zu sagen oder beizutragen. So dürfte mein Besuch hier bei Ihnen ein kurzer gewesen sein. Schade."

„Wo wohnen Sie denn heute Nacht?", fragte Schönwald völlig unerwartet.

„Ich konnte mich noch nicht darum kümmern, aber ich denke im Hotel Fürst werden sie schon ein Plätzchen für mich haben. Schließlich war ich dort jahrelang Stammgast."

„Und warum übernachten Sie denn nicht einfach in Ihrem schmucken Ferienhaus, Herr Doktor?", fragte jetzt Naderer quer.

„In meinem Ferienhaus? Wie kommen Sie denn auf die Idee?", fragte Posch jetzt sichtlich aufgeregt zurück.

„Schauen Sie doch, Herr Doktor, wir wissen, dass Sie seit einiger Zeit ein Ferienhaus hier in Mattsee besitzen. Also offiziell besitzt es ein gewisser Herr Szaboty, aber der weiß ja nicht mal genau, wo das Haus steht. Bewohnt wurde das Haus jedenfalls ausschließlich von Ihnen. Und wir wissen auch, Herr Posch, dass Sie während der letzten drei Wochen viel weniger von der Welt gesehen haben, als Sie uns glauben machen wollten. Sie haben sich in dieser Zeit praktisch ausschließlich hier in Mattsee und ab und an in Salzburg aufgehalten."

Damit hatte Posch ganz offensichtlich überhaupt nicht gerechnet. Mit weit aufgerissenen Augen starrte er den Inspektor an. Unfähig, etwas auf dessen Behauptungen zu antworten. Es dauerte eine Zeit, bis Posch endlich reagierte.

„Selbst wenn dem so gewesen wäre, habe ich damit sicher kein Gesetz der Welt übertreten. Ich muss nicht jedem auf die Nase binden, wo ich mich gerade aufhalte. Oder welche Schlüsse ziehen Sie daraus?"

„Es ist eigentlich ganz simpel", erklärte Schönwald, „nachdem wir Seibolds Abschiedsbrief gelesen hatten, stellten wir uns die Frage, wer denn wohl dem Seibold derart übel mitspielen wollte. Und eigentlich passen Sie da ziemlich genau in unser Puzzle. Rache dafür, was Seibold Ihnen damals vor acht Jahren angetan hatte, ist eine ziemlich plausible Erklärung."

„Das Problem war nur", ging Naderer dazwischen, „dass wir bis vor wenigen Stunden davon ausgehen mussten, dass Sie überall anders auf der Welt unterwegs waren, nur eben nicht hier im Seenland."

„Aber wie Sie nun selbst eingestehen mussten", löste Schönwald nun wieder ihren Chef ab, „hatten wir uns diesbezüglich geirrt. Oder besser gesagt, wir hatten uns noch nicht umfassend genug informiert."

„Jetzt wissen wir aber, dass Sie nicht nur ein Motiv, sondern auch die Möglichkeit hatten, die beiden Mädchen zu ermorden und alles so zu arrangieren, dass Seibold fast chancenlos, als Hauptverdächtiger in unser Visier geraten würde", folgerte Naderer.

„Herr Dr. Posch“, wurde Schönwald nun drängend, „wir haben keinen halben Tag gebraucht um praktisch Ihr ganzes Leben zu recherchieren. Wir haben in wenigen Stunden herausgefunden, dass Sie seit Wochen hier zu Gast sind. Was glauben Sie, wie lange wir brauchen werden, um Ihnen den Mord an Sabrina und Nadine nachzuweisen?“

„Jedenfalls werden Sie uns solange Gesellschaft leisten müssen, bis wir Ihre Schuld oder Ihre Unschuld beweisen können. Aber seien Sie zuversichtlich“, drückte sich Naderer bewusst höhnisch aus, „ich denke, wir stehen kurz vor der Aufklärung. Oder wie sehen Sie das?“

„Warum sollte ich zwei Mädchen ermorden, um mich an Seibold zu rächen? Jetzt, wo die Leiche dieser Kathrin aufgetaucht ist, hätte ohnehin alles für mich gesprochen und Seibold wäre dafür ins Gefängnis gekommen. Also warum bitte?“

„Als die beiden Mädchen umgebracht wurden, Herr Doktor“, antwortete Schönwald laut, „wusste noch niemand etwas davon, dass wir bald auch Kathrins Skelett finden würden. Davon, dass das geschieht konnte keiner ausgehen. Auch Sie nicht!“

„Außerdem, wenn Seibold nicht durch den Tod der beiden Mädchen schon derart in Verdacht geraten wäre, hätte das Schicksal gewiss nicht so klar in Ihre Hände gespielt, wenn Aussage gegen Aussage gestanden hätte.“

„Der Tod der beiden Mädchen kam Ihnen in jedem Fall sehr gelegen, wenn nicht ohnehin alles von Ihnen arrangiert wurde“, setzte Schönwald fort.

„Und außerdem, Herr Doktor, erklären Sie mir bitte mal, weshalb Sie sich ausgerechnet ein Ferienhaus zulegten, das in Sichtweite zum Haus Ihres Erzfeindes liegt. Wollen Sie behaupten, dass Sie am besten entspannen können, wenn jene Menschen, die Ihnen Derartiges zugefügt haben, möglichst nahe bei Ihnen sind? Wollen Sie uns das ernsthaft Glauben machen?", hinterfragte nun Naderer wieder.

„Sie haben ein klar erkennbares Motiv. Sie waren vor Ort, ganz anders als ursprünglich von Ihnen behauptet und Sie haben sich eigens – über einen Strohmann – ein Haus zugelegt, das es Ihnen ermöglichte, Seibold – also das Opfer Ihrer Rache – praktisch durchgehend im Auge zu behalten", fasste Schönwald knapp zusammen.

„Außerdem, Herr Doktor", setzte wieder Naderer fort, „wenn wir Seibolds Aussagen heranziehen, dann passt da sehr gut jemand in das Raster, der Ihre Kenntnisse hatte. Jemand, der jederzeit genau wusste, was Seibold gerade tat oder nicht tat."

„Und was Sie taten oder nicht taten, Herr Dr. Posch", mischte sich jetzt Schönwald wieder recht harsch ein, „werden wir Minute für Minute, Vorkommnis für Vorkommnis recherchieren und beweisen. Und wenn wir noch Wochen dafür benötigen, letztlich werden wir Sie überführen."

Plötzlich war es still in Naderers Büro. Die beiden Polizisten sagten nichts mehr. Sie wollten, dass die letzten Sätze in aller Ruhe und Klarheit auf Posch einwirken konnten. Sie schwiegen weiter. Posch hatte es momentan offensichtlich die Sprache verschlagen. Es war still. Ganz still. Man konnte meinen, alle im Raum hielten den Atem an.

Naderer und Schönwald schwiegen weiterhin. Sie wussten: Der Nächste, der etwas sagt, muss Posch sein. Bis dahin – auch wenn es noch viele Minuten dauern würde – wollten sie beide schweigen.

Dass Naderer plötzlich begann, mit einem Bleistift nervtötend auf die Schreibtischplatte zu klopfen, gehörte zur Strategie. Monoton, total gleichmäßig klopfte das hintere Ende des Stifts auf den Tisch. Tack, tack, tack … unaufhörlich. Immer im gleichen Rhythmus.

„Kann ich ein Wasser haben“, durchdrang plötzlich Poschs Stimme die Ruhe im Raum.

„Sicher“, antwortete Schönwald bewusst knapp, ging um den Tisch und besorgte Wasser.

Als sie wieder am Tisch saß und Posch gerade das Glas absetzte, aus dem er wie ein Verdurstender gierig getrunken hatte, schien sein Widerstand gebrochen.

„Ich bin zu alt für solche Spielchen. Ich bin müde. Die letzten Tage haben mich 20 Jahre meines Lebens gekostet. Ich will und kann nicht mehr. Ich habe die beiden Mädchen ermordet. Aus Rache an Seibold. Ja, ich wollte ihn als Mörder ins Gefängnis schicken und vor aller Welt als Ungeheuer erscheinen lassen. Ja, ich habe gemordet und ich habe den Tod zweier Mädchen zu verantworten und in Kauf genommen, um meine Rachegelüste zu stillen. Bitte stellen Sie die Fragen, die Sie stellen müssen und lassen Sie mich dann in Ruhe.“

71

Damit hatten Naderer und seine Assistentin nicht gerechnet. Aber sie waren heilfroh darüber. Auch wenn es sich damit bestätigte, dass sie Seibold fälschlicherweise des Doppelmordes bezichtigt hatten. Man wird es ihnen nachsehen, jetzt, wo endlich die ganze Wahrheit zu Tage kommen würde. Doch diesmal wollten sie sichergehen, absolut sicher. Das Geständnis von Dr. Posch sollte nicht irgendwann wieder widerrufen werden können und es sollte auch keine Zweifel an diesem Geständnis geben, weder von den Oberen noch von Seiten der Medien. Alles sollte glasklar am Tisch liegen. Auch deshalb mussten sie Posch nun mit einigen Fragen konfrontieren oder besser gesagt, er musste ihnen seine – wahre – Geschichte erzählen.

„Nun, Herr Dr. Posch, Ihr Geständnis in allen Ehren, aber wir müssen wissen, wie das alles vor sich gegangen ist. Schildern Sie uns doch bitte, wie Sie Sabrina Hartl ermordet haben“, forderte Naderer sein Gegenüber auf.

„Ich wusste schon seit Jahren von Seibolds Leidenschaft für junge Mädchen. Oft genug war ich mehr oder weniger direkt damit konfrontiert, bei Geschäftsreisen, meine ich. Mir war klar, dass sein Jagdhaus inzwischen mehr der Befriedigung seiner Leidenschaften diente, als der Jagd. Deshalb setzte ich alles daran, dieses Haus über dem seinen kaufen zu können. Ich hatte ein kleines Vermögen dafür bezahlt. Dass das alles erst jetzt passierte, lag vor allem daran, dass ich immer wieder an meinem Vorhaben zweifelte. Ich wollte sichergehen, dass alles klappt, so wie ich mir das vorstellte. Und Eile hatte ich letztlich keine. Ich hatte so viele Jahre damit gelebt, irgendwann kam es dann auf ein Jahr mehr oder weniger nicht mehr an. Als ich dieses Haus endlich bekommen konnte, war klar: Jetzt war die Zeit reif. Reif für meine Rache. Seit Anfang Juli beobachtete ich jeden Schritt von Seibold. Der konnte kaum aufs Klo, ohne dass ich es mitbekam. Dass ich ein wenig Geduld aufbringen musste, war mir klar. Aber es gab ja auch nichts mehr, gar nichts mehr, was ich versäumen konnte. Nichts mehr in meinem Leben war wichtiger, als endlich Rache zu üben.

Vergangenen Donnerstag war es dann soweit. Ich sah dieses Mädchen schon den Weg hinaufkommen. Zunächst war ich noch nicht sicher, ob die denn wirklich zu Seibold wollte. Aber ja, geradewegs ging sie auf sein Haus zu. Da wusste ich, Szene eins meines Planes würde an diesem Tag wohl endlich über die Bühne gehen. Tatsächlich kam alles, wie ich es mir erhofft, wie ich es geplant hatte. Mit meinem Fernglas konnte ich sogar verfolgen, wie Seibold das Mädchen bedrängte. Irgendwann verschwanden die beiden dann aus meinem Blickfeld. Ich vermutete, Seibold würde jetzt aufs Ganze gehen. Und ich hatte wohl recht, keine halbe Stunde später rannte die Kleine aus dem Haus. Ich wartete zu der Zeit bereits am Parkplatz des Jagdhauses. Das Mädchen rannte mir praktisch in die Arme. Ich versuchte sie zu beruhigen. Tröstete sie und versprach ihr, sie ins Tal zu bringen. Langsam beruhigte sie sich. Und gerade als sie wieder etwas zu Atem kam, nahm ich ihr diesen. Ich wollte es so schnell wie möglich hinter mich bringen. Es ging auch ganz leicht. Ich hielt ihr von hinten den Mund und die Nase zu und wartete nur, bis sie leblos in sich zusammensackte. Ich erschrak weniger als ich vermutete, als das Mädchen tatsächlich tot vor mir lag.

Da ich davon ausging, dass Seibold das Mädchen sicher bedrängt hatte, legte ich sie neben dem Weg ins Gras, kniete mich über sie und hielt mit beiden Knien ihre Arme fest. Ich dachte, dass dies deutlich auf eine Misshandlung hinweisen könnte, wenn man blaue Flecken an ihren Oberarmen finden würde. Jedenfalls hatte ich das fest eingeplant. Danach ließ ich die Kleine einfach liegen und wartete, bis ich sah, wie Seibold das Licht im Haus ausmachte. Dann nahm ich das Mädchen und legte es in eine der Liegen auf Seibolds Terrasse. Das war's! Alles andere, da war ich sicher, würde sich ergeben. Ich war sogar fast ganz sicher, dass Seibold die Leiche verschwinden lassen würde, anstatt die Polizei zu rufen. Und, wie wir alle wissen, ich hatte recht."

„Ja, Herr Posch, Sie hatten recht! Offensichtlich lief alles genau wie geplant. Was hätten Sie gemacht, wenn das Mädchen nicht weggelaufen wäre. Wenn Sie einfach bei Seibold übernachtet hätte und morgens, irgendwann am helllichten Tag erst das Haus verlassen hätte?"

„Ich hätte ganz einfach auf die nächste Gelegenheit gewartet. Wie gesagt, an Zeit mangelte es mir nicht. Ich hatte alle Zeit der Welt."

„Hatten Sie eigentlich von vornherein geplant, es Seibold quasi doppelt heimzuzahlen. Ihm also einen Doppelmord anzuhängen?", fragte Schönwald.

„Ja, grundsätzlich ja! Eine Rache ist erst dann eine echte Rache, wenn man es doppelt zurückzahlt. Aber zwingend war es nicht. Hätte sich die Gelegenheit nicht mehr ergeben, hätte ich es dabei belassen. Also wenn Sie ihn beispielsweise gleich nach Sabrinas Tod verhaftet und eingesperrt hätten, hätte es auch das zweite Opfer nicht gegeben."

„Und wie war das dann mit Nadine, dem zweiten Mädchen?", wollte Naderer dazu eine Erklärung.

„Wie schon gesagt, es hätte eigentlich nicht sein müssen. Aber die Gelegenheit war günstig. Auch wenn ich nicht damit gerechnet hatte. Ich konnte nicht davon ausgehen, dass Seibold so kurz danach dieselben Fehler wieder machen würde. Aber manchmal ist ein Mann eben nicht mehr Herr seiner selbst. Seine Leidenschaft war wohl einmal mehr stärker als sein Verstand. Ich wusste sofort, was kommen würde, als Seibold die erste Flasche Schampus öffnete. Er würde versuchen, auch dieses Mädchen ins Bett zu bekommen. Das war mir schnell klar. Und ebenso schnell war mir klar, dass ich noch in dieser Nacht meinen zweiten Mord begehen würde."

„Sie haben also keine Sekunde überlegt, ob es wirklich notwendig war, ein zweites Mädchen zu töten? Sie haben nicht darüber nachgedacht, ob das Mädchen denn wirklich auch noch sterben müsste?", ging Schönwald dazwischen.

„Nein, keine Sekunde! Ich wollte die doppelte Rache und ich war überrascht, ich war happy, als sich da plötzlich und so kurz darauf, die Chance dazu bot. Dass deshalb noch ein Mädchen sterben musste, berührte mich in dem Moment nicht."

„Also, Herr Posch, wie lief das mit Nadine ab?", herrschte Schönwald ihn an. „Wie haben Sie Nadine ums Leben gebracht?"

„Eigentlich lief alles genauso ab wie beim ersten Mal. Mit dem Unterschied, dass kaum dass das Mädchen tot vor mir lag, Seibold aus dem Haus kam, und das Bike des Mädchens fand. Ich war mir unsicher, was jetzt geschehen würde und versteckte mich neben dem toten Mädchen im Gras. Offensichtlich wollte Seibold das Bike wegschaffen. Jedenfalls kam er plötzlich die Hauseinfahrt rauf und schob das Fahrrad keinen halben Meter an uns vorbei in Richtung Radweg. Das war die Gelegenheit! Während ich Seibold noch den Weg entlanggehen sah, nahm ich das Mädchen, warf es über meine Schultern und schaffte es auf Seibolds Terrasse. Dann sah ich auch schon Seibold zurückkommen. Ich ließ das Mädchen liegen, wie es gerade lag und schlich mich schnell davon. Als ich mich zwei, drei Minuten später auf der Terrasse meines kleinen Hauses niederließ, spürte ich, dass mich das alles doch mehr Kraft kostete, als ich angenommen hatte. Gleichzeitig aber verspürte ich eine tiefe innere Befriedigung. Was Seibold dann mit der Leiche anstellte, erfuhr ich erst tags darauf aus den Medien. Ich war wohl zu geschafft und war offensichtlich gleich eingeschlafen."

„Wohl so etwas wie der Schlaf des Gerechten", fuhr Schönwald ihn an. „Sie hatten gerade einen zweiten Mord begangen, ein junges, lebensfrohes Mädchen mitten aus dem Leben gerissen. Und Sie erzählen uns etwas von gleich eingeschlafen. Haben Sie denn seither auch nur eine Sekunde lang Reue gefühlt? Haben Sie schon mal darüber nachgedacht, was sie den Mädchen, was sie den Hinterbliebenen angetan haben?"

„Ich musste das tun. Die Mädchen waren nur Mittel zum Zweck. Das war nichts Persönliches", antwortete Posch erschöpft. „Es hätte auch jedes andere junge Mädchen treffen können. Die Auswahl hat übrigens Seibold getroffen, nicht ich."

„So, mir reicht es jetzt", schloss der Chefinspektor die Befragung. „Wir wissen, was wir wissen mussten. Herr Dr. Posch, ich nehme Sie hiermit fest, wegen des dringenden Verdachtes zwei Morde begangen zu haben. Sie werden augenblicklich in U-Haft überstellt. Und ich bin froh, wenn es mir erspart bleibt, auch nur ein weiteres Wort mit Ihnen wechseln zu müssen."

„Und ich", schob Schönwald ein, „möchte Ihnen mitgeben, dass mir bis zu diesem Tag noch nie etwas so Berechnendes und Eiskaltes untergekommen ist, wie gerade eben. Und ich sage bewusst ‚Etwas', denn mit einem Menschen hat das wohl nichts mehr gleich."

Naderer, der inzwischen Oberbrandacher zu sich gebeten hatte, meinte nur noch: „Oberbrandacher, bringt bitte dieses Monster hier weg. Es kommt direkt nach Salzburg. Sollen die zusehen, was sie mit ihm machen."

72

Es war elf Uhr nachts. Der Inspektor saß allein mit einer Flasche seines Cuvées auf der Dachterrasse. Natürlich hatte er mit Susi telefoniert. Aber für einen gemeinsamen Abend, eine gemeinsame Nacht, war er nicht in Stimmung.

Er schenkte gerade den letzten Schluck nach, lehnte sich zurück und blickte gegen den sternenklaren Himmel als ihm klar wurde: „Je weniger Menschliches in einem Täter steckt, desto schwieriger ist es wohl, ihn zu überführen. Und wenn gar nichts Menschliches mehr da ist, ist es schier unmöglich. Wir hatten verdammtes Glück.“

Robert Ellmer
Himmelfahrtstag
Krimi
€ 19,90, 160 Seiten, gebunden
ISBN 978-3-902744-29-6

Der Huber ist von Anfang an in der Bredouille. Zuerst holt ihn sein Chef, der Leiter der Kriminalabteilung der Salzburger Gendarmerie, vom Urlaub zurück. Ein prominenter Franzose soll in einem Nobelhotel am Wolfgangsee versucht haben, eine Servierhelferin zu vergewaltigen. Dann stirbt ihm plötzlich seine einzige Zeugin.

Huber glaubt natürlich nicht an Zufall und wird einigen einflussreichen Leuten so richtig lästig. Im Gegensatz zu Staatsanwältin und Untersuchungsrichter ist der Huber nämlich nicht von der Schuld des noblen Franzosen überzeugt.

Er ermittelt in Salzburg und in Paris und bekommt es bald mit übermächtigen Gegnern zu tun.

Hubers letzter Fall?

Weitere **Krimis** finden Sie unter **www. verlagshaus-hernals.at**